Ruth Ware

Jocul minciunii

Traducere din engleză și note de
Ionela Chirilă

3
TREI

Editori:
Silviu Dragomir
Vasile Dem. Zamfirescu

Director editorial:
Magdalena Mărculescu

Redactor:
Carmen Botoșaru

Coperta colecției: Faber Studio
Foto copertă: Guliver / Getty Images / © Trini Schultz

Director producție:
Cristian Claudiu Coban

Dtp:
Mihaela Gavriloiu

Corectură:
Roxana Nacu
Irina Mușătoiu

Descrierea CIP a Bibliotecii Naționale a României
WARE, RUTH
Jocul minciunii / Ruth Ware; trad. din engleză de Ionela Chirilă. –
București: Editura Trei, 2018
ISBN 978-606-40-0324-9

I. Chirilă, Ionela (trad.)

821.111

Titlul original: *The Lying Game*
Autor: Ruth Ware

O.P. 16, Ghișeul 1, C.P. 0490, București
Tel.: +4 021 300 60 90 ; Fax: +4 0372 25 20 20
e-mail: comenzi@edituratrei.ro
www.edituratrei.ro

ISBN: 978-606-40-0324-9

Pentru draga mea Hel,
cu (șaptezeci?) grămezi de iubire

În dimineața asta, Estuarul e larg și cufundat în tăcere, cerul de un albastru-fad e bătut de nori rozalii, unduioși și văluriți ca solzii de pește, iar marea, puțin adâncă, abia dacă se încrețește în briza calmă, astfel că lătratul câinelui s-a auzit în liniștea din jur ca niște detunături de armă, alungând roiuri de pescăruși care țipă și se învârtesc în aer.

Câinele zburdă fericit înspre râu, aruncând în aer cârdurile de nagâți și rândunele în timp ce zorește de-a lungul canalului, unde pământul se leapădă de dunele de nisip încărcate de spini și iarbă, făcând loc noroiului împânat cu trestie, un loc în care apa este când dulce, când sărată.

În depărtare, Moara[1] *stă de pază, neagră și bătută de vânturi, proiectată pe cerul calm al dimineții, singura construcție umană din peisajul care se retrage încet în mare.*

— Bob! Vocea femeii care se chinuia, gâfâind, să țină pasul, se aude stridentă peste tirul de lătrături. Bob, ticălosule ce ești! Dă jos din gură! Dă jos din gură, n-auzi? Ce-ai găsit?

---

[1] Tide Mill — în engleză, în original, moară de apă care are la bază energia mareomotrică. Pentru coerență, în carte o vom numi Moară.

Pe măsură ce se apropie, vede câinele care trage iar de ceva ce iese din noroi, încercând să-l scoată de acolo.

— Bob, brută mizerabilă, ești plin de noroi din cap până-n picioare! Dă-i drumul! Oh, Doamne, sper că nu e altă oaie moartă!

Câinele mai trage o dată, face un ultim efort eroic, suficient de puternic încât să-l arunce câțiva pași înapoi în jos pe țărm, cu ceva în gură. Câinele se cațără repede înapoi pe malul canalului, așezând triumfător captura la picioarele stăpânei.

Și, ca mareea care se întinde peste țărmuri, liniștea se lasă încă o dată peste golf, în timp ce femeia stă în picioare, uluită, cu câinele răsuflând din greu la picioarele ei.

REGULA 1

SĂ MINȚI

Nu se aude altceva decât o banală alarmă de SMS, un *bip-bip* domol răsunând în noapte, dar care nu-l trezește pe Owen și nu m-ar fi trezit nici pe mine, dacă n-aș fi fost deja trează, zăcând în pat, contemplând întunericul, cu copilul alintându-se la piept, nu tocmai sugând, dar nici dându-mi drumul.

Stau întinsă și mă gândesc o clipă la mesajul primit, întrebându-mă de la cine ar putea să fie. Cine trimite mesaje la ora asta? Niciunul dintre prietenii mei nu e treaz la ora asta... și totuși poate că Milly a intrat în travaliu... Oh, Doamne, nu poate să fie Milly, nu? Am promis să-l iau pe Noah la mine dacă părinții lui Milly nu ajung la timp din Devon ca să aibă grijă de el, dar nu m-am gândit că...

Din locul în care mă aflu, nu reușesc să ajung la telefon și, în cele din urmă, o desprind pe Freya de la sân, punându-i un deget în colțul gurii, și o așez pe spate, o legăn ușor, iar ea, îmbuibată de lapte, își dă ochii peste cap de somn, ca un drogat. O privesc o clipă, cu palma așezată ușor pe trupușorul ei ferm, simțind freamătul inimii în colivia ei pe măsură ce copila se liniștește, apoi mă întorc să verific telefonul, iar propria-mi inimă, imitând-o pe cea a fiicei mele, își grăbește și ea pasul.

Tastez PIN-ul, închizând ușor ochii din cauza luminozității ecranului, și-mi spun să încetez cu prostiile; mai sunt patru luni până îi vine vremea lui Milly să nască, așa că probabil e doar un spam de genul: *V-ați gândit că ați putea să recuperați banii de asigurare de la banca dumneavoastră?*

Dar când telefonul s-a deblocat în sfârșit, văd că nu e Milly. Iar mesajul nu are mai mult de patru cuvinte.

Am nevoie de voi.

Este 3:30 dimineața, iar eu sunt trează de-a binelea, măsurând cu pașii podeaua rece a bucătăriei, mușcându-mi unghiile ca să încerc să-mi potolesc pofta de țigări. N-am mai pus gura pe țigară de aproape zece ani, dar nevoia să fumez e uriașă în diverse momente de stres și frică.

Am nevoie de voi.

Nu trebuie să întreb ce vrea să zică, pentru că știu, așa cum știu și cine a trimis mesajul, chiar dacă este de pe un număr pe care nu-l recunosc.

Kate.

Kate Atagon.

Simplul ei nume îmi trezește amintiri incredibil de vii, ca un talaz: mirosul săpunului ei, pistruii de pe nas, scorțișoară pe pielea măslinie. Kate. Fatima. Thea. Și eu.

Cu telefonul cald încă în buzunar, așteptând să curgă mesajele, închid ochii și mi le imaginez pe toate.

Fatima doarme lângă Ali, cuibărită la spinarea lui. Răspunsul ei va veni pe la 6 dimineața, când se trezește să le gătească micul dejun Nadiei și lui Samir și să-i pregătească de școală.

Thea... pe Thea nu mi-o pot închipui așa de ușor. Dacă lucrează în ture de noapte, atunci e la cazinou unde personalul nu are voie cu telefoane personale, care sunt încuiate în vestiare până la sfârșitul programului. Poate că iese din tură pe la 8 dimineața? Apoi se duce cu fetele să bea un pahar de ceva și abia după aceea va răspunde, agitată după o noapte în care a reușit cu brio să facă față tuturor amatorilor, să adune cipurile, să aibă grijă să nu fie trasă pe sfoară de jucătorii profesioniști.

Și Kate. Kate trebuie să fie trează... doar ea mi-a trimis mesajul! Stă la masa de lucru a tatălui ei — masa ei acum, bănuiesc — uitându-se pe fereastra care dă spre Estuar cu apele lui cenușii înaintea zorilor, reflectând norii și trupul întunecat al Morii. Fumează, așa cum a făcut dintotdeauna. Ochii îi sunt pironiți asupra valurilor, a curenților veșnic schimbători ai mareei, într-un peisaj care nu se schimbă niciodată și care totuși, în același timp, nu e niciodată același de la un moment la altul — ca și Kate, de altfel.

Părul ei lung e dat la o parte de pe față, dezvăluind osatura fină și liniile săpate în colțurile ochilor de cei treizeci și doi de ani de vânt și mare. Degetele ei sunt pătate de vopsele uleioase infiltrate în cuticule, intrate adânc sub unghii, iar ochii ei sunt de un albastru-închis, cea mai adâncă nuanță posibilă, profundă și de nepătruns. Stă și așteaptă răspunsurile noastre. Dar ea știe foarte bine ce o să-i răspundem — ce răspundem de fiecare dată când primim un mesaj cu aceste patru cuvinte.

Vin.

Vin.

Vin.

— Vin! îi urlu spre scări lui Owen care strigase ceva peste scâncetele și sughițurile Freyei.

Când ajung sus, în dormitor, îl găsesc cu ea în brațe, mergând prin cameră dintr-o parte într-alta, cu fața încă boțită și roșie de la pernă.

— Îmi pare rău, zice el, înăbușindu-și un căscat. Am încercat s-o calmez, dar n-am deloc noroc cu ea. Știi cum face când e flămândă.

Mă așez în pat și mă proptesc de perne, până când reușesc să stau cu spatele pe tăblia patului, iar Owen îmi întinde o Freya roșie la față de indignare, care întâi îmi aruncă o privire furioasă, apoi se aruncă pe sânii mei, icnind de mulțumire.

E liniște în casă, nu se aude decât suptul ei lacom. Owen cască din nou, își ciufulește părul, se uită la ceas și apoi își trage chiloții pe el.

— Te scoli deja? îl întreb eu surprinsă.

El îmi face semn că da.

— Păi, dacă tot m-ai trezit... N-are sens să mă culc din nou, doar ca să mă trezesc la 7. Urăsc lunea!

Mă uit la ceas. E ora 6, mai târziu decât mi s-a părut mie. Probabil că m-am plimbat prin bucătărie mai mult decât am crezut.

— Dar tu ce făceai trează la ora asta? mă întreabă el. Te-a trezit mașina de gunoi?

Clatin din cap.

— Nu, n-am mai putut să dorm.

O minciună. Aproape că uitasem cum se simte pe limbă, alunecoasă și nesuferită. Simt în buzunarul de la cămașa mea de noapte greutatea și căldura telefonului. Aștept să vibreze.

— Asta e, zice el, chinuindu-se să-și înăbușe încă un căscat și încheindu-și nasturii de la cămașă. Vrei cafea, dacă tot fac?

— Da, sigur, îi zic. Apoi, în momentul în care iese pe ușă, îl strig: Owen!

Dar a plecat deja și nu mă aude.

Se întoarce zece minute mai târziu cu cafeaua, dar de data asta am lecția deja pregătită și știu ce urmează să-i zic și tonul relaxat pe care o să-i spun. Înghit totuși, cu greutate, și-mi trec limba peste buzele uscate de neliniște.

— Owen, am primit ieri un mesaj de la Kate.

— Kate de la muncă? întreabă el.

Pune cafeaua pe masă, trântind-o ușor; se varsă puțin, iar eu mă folosesc de mâneca de la cămașa de noapte ca de o cârpă, ca să șterg cafeaua.

— Nu, Kate Atagon. Știi, am fost la școală cu ea?

— Oh, Kate *aia*. Tipa care și-a adus câinele la nunta la care am fost?

— Exact. Shadow.

Mi-l aduc aminte. Shadow, un ciobănesc german cu un nas negru și cu blana ca tăciunele pe spate. Mi-aduc aminte de felul lui de a sta în ușă, de a mârâi la străini, de a-și arăta burta ca neaua celor pe care îi îndrăgește.

— Deci...? mă îmboldește Owen, iar eu îmi dau seama că tac de ceva vreme, pierzând șirul gândurilor.

— Ah, da. Deci, m-a invitat să stau la ea o vreme și m-am gândit că aș putea să mă duc.

— Nu sună rău deloc. Când vrei să pleci?

— Păi... acum. M-a invitat să mă duc acum.

— Și Freya?

— O iau cu mine.

Evident, aproape că am spus, dar m-am abținut. Freya n-a acceptat niciodată biberon, indiferent cât ne-am chinuit cu ea. O singură dată m-am dus într-o seară la o petrecere și a urlat de la 7:30 la 11:58, când am intrat buluc pe ușa apartamentului ca s-o iau rapid din brațele epuizate și înțepenite ale lui Owen.

Urmează din nou tăcere. Freya își lasă capul pe spate, mă privește încruntată și apoi râgâie ușor și se întoarce la treaba ei serioasă, să se sature. Văd pe chipul lui Owen gândurile care îi trec prin cap... că îi va fi dor de noi... că va avea patul numai pentru el... că o să doarmă până târziu dimineața...

— Aș putea să lucrez la camera copilului, zice el în cele din urmă.

Dau din cap că da, deși asta e o continuare a unei discuții mai lungi pe care am tot avut-o. Owen ar vrea ca, la șase luni, Freya să fie mutată în camera ei, iar dormitorul, și eu odată cu el, să îi aparținem din nou. Eu... sunt de altă părere. Motiv pentru care nu mi-am făcut timp să decongestionez camera de oaspeți și s-o văruiesc în culori potrivite pentru un bebeluș.

— Sigur, cum să nu? îi zic eu.

— Păi, atunci, ce să zic, dă-i bătaie! zice Owen într-un final. Se întoarce cu spatele și încearcă să-și găsească o cravată. Vrei mașina? mă întreabă el, peste umăr.

— Nu, e OK. O să iau trenul. Kate o să mă ia de la gară.

— Ești sigură? Doar n-o să te trambalezi în tren cu toate lucrurile Freyei, nu? E dreaptă?

— Poftim? Pentru o clipă nu pricep ce vrea să zică, apoi îmi dau seama: cravata. Ah, da, e dreaptă. Nu, pe bune. Mi-e bine cu trenul. O să fie mult mai ușor, pentru că, dacă Freya se trezește, pot s-o hrănesc. O să pun toate lucrurile ei în cărucț.

Owen nu-mi răspunde și-mi dau seama că el deja își face planul pentru ziua de azi, bifând în minte căsuțe, exact cum făceam și eu acum câteva luni — numai că acum am senzația că era într-o altă viață.

— OK, ei bine, uite, dacă ești de acord, plec azi.

— Azi? Își ia mărunțișul de pe comodă și și-l pune în buzunar, apoi vine să mă sărute pe frunte, de plecare. Dar ce-i așa grabă?

— Nu-i nicio grabă, zic eu și simt cum mă înroșesc.

Urăsc să mint. Mă distra cândva, până când minciuna mi-a fost băgată pe gât cu de-a sila. Acum nu mă gândesc des la asta, poate și pentru că m-am gândit prea mult timp, dar e întotdeauna acolo, în spatele amintirilor, ca un dinte care deranjează dintotdeauna și care, dintr-odată, zvâcnește de durere.

Însă cel mai mult detest să-l mint pe Owen. Am reușit întotdeauna să-l țin departe de pânza de păianjen a minciunilor, și acum e atras în cursă. Apoi mă gândesc la Kate, la mesajul care e acolo, în telefonul meu, și am senzația aceea de otravă care se scurge din el, infestând camera, amenințând să distrugă totul.

— Ideea e că, în clipa de față, faza cu Kate pică în perioada dintre proiecte, așa că e un moment potrivit pentru ea și... o să mă întorc la muncă în câteva luni, așa că am sentimentul că e cum nu se poate mai bine acum.

— OK, zice el, amuzat, fără să bănuiască ceva. Bun, atunci ar fi mai bine să te sărut cum trebuie de plecare.

Mă sărută, un sărut adevărat, adânc, care mă face să-mi amintesc de ce-l iubesc și de ce nu suport să-l mint. Apoi se retrage și o sărută pe Freya. Ea își mută privirea într-o parte ca să se uite la el, neîncrezătoare, oprindu-se o clipă din supt, apoi se întoarce la treaba ei, sugând cu o hotărâre pe care o îndrăgesc din cale-afară.

— Și eu te iubesc, vampiraș ce ești, îi zice Owen cu dragoste. Apoi, spre mine: Cât durează călătoria?

— Cred că patru ore. Depinde de legături.

— OK, păi, distracție plăcută și dă-mi un mesaj când ajungi. Cam cât crezi că o să stai?

— Câteva zile? arunc eu într-o doară. O să mă întorc înainte de weekend.

Încă o minciună. Nu știu. N-am nici cea mai vagă idee. Cât timp are Kate nevoie de mine.

— O să văd când ajung acolo.

— Bine, spune el. Te iubesc.

— Și eu te iubesc.

În sfârșit, ceva despre care nu trebuie să mint.

Îmi aduc aminte de ziua aceea, ba chiar de ora și minutul în care am văzut-o pe Kate pentru prima oară. Era în septembrie. Luasem trenul spre Salten, unul de dimineață, ca să ajung la școală înainte de ora prânzului.

— Scuză-mă! am strigat eu, emoționată, spre peronul gării, cu vocea marcată de anxietate.

Fata din fața mea s-a întors. Era foarte înaltă și extrem de frumoasă, cu un chip prelung, ușor arogant, ca o pictură de Modigliani. Părul ei negru îi ajungea până în talie, decolorat la capete într-o nuanță de auriu care se difuza treptat înspre creștet, iar blugii îi erau rupți pe talie.

— Da?

— Scuză-mă, de-aici pleacă trenul spre Salten? am întrebat-o cu răsuflarea întretăiată.

Ea m-a măsurat din cap până-n picioare, iar eu simțeam cum mă judecă, analizându-mi uniforma Internatului Salten, fusta bleumarin, țeapănă de nouă ce era, și puloverul fără cusur pe care îl luasem de pe umeraș în dimineața aceea pentru prima dată.

— Nu știu, a zis ea în cele din urmă, întorcându-se spre o fată din spatele ei. Kate, ăsta e trenul spre Salten?

— Nu fi nașpa, Thee! i-a întors-o fata.

Vocea ei aspră părea a unei persoane mai în vârstă, dar nu credeam că are mai mult de șaisprezece, șaptesprezece ani. Părul castaniu-deschis era tuns foarte scurt, încadrându-i chipul și, chiar și când îmi zâmbea, pistruii ei ca niște condimente presărate pe nas se încrețeau.

— Da, a zis ea, ăsta e trenul spre Salten. Totuși, ai grijă să urci în jumătatea care trebuie, că se desparte în Hampton's Lee.

Apoi s-au întors cu spatele la mine și erau deja la jumătatea scărilor spre peron când mi-am dat seama că nu întrebasem care era jumătatea care trebuie?

M-am uitat pe panoul informativ.

Pentru Salten, urcați-vă în primele șapte vagoane din față, scria pe panou, dar care erau primele „din față"? Primele din față, adică cele mai aproape de turnichete sau primele, adică cele din fața trenului, în direcția de mers a trenului când iese din stație?

Nu era nimeni de la gară prin preajmă ca să întreb, iar pe panou vedeam că nu am decât câteva minute la dispoziție ca să aflu, așa că, în cele din urmă, m-am dus spre capătul trenului, unde am văzut că se duceau și fetele, și mi-am târât valiza grea în vagonul din urmă.

Intrasem într-un compartiment cu doar șase locuri, din care niciunul ocupat. De îndată ce am închis ușile, s-a auzit fluierul conductorului și, cu sentimentul oribil că s-ar putea să fiu în partea greșită a trenului, m-am așezat, simțind pe pielea picioarelor asprimea tapițeriei de pe scaun.

Trenul s-a pus în mișcare în zăngănit și scârțâit de roți, metal pe metal, ieșind din caverna întunecată a gării, iar soarele a inundat brusc compartimentul, aproape orbindu-mă. Mi-am pus capul pe spătar și am închis ochii, ca să nu mă mai deranjeze soarele și, pe măsură ce trenul prindea viteză, îmi imaginam cam ce-ar fi dacă n-aș ajunge în Salten, unde mă aștepta directoarea. Dacă ajungeam în Brighton sau Canterbury sau în cu totul alt loc? Sau, și mai rău, ce s-ar întâmpla dacă m-aș rupe în jumătate când trenul avea să se despartă, trăind două vieți, fiecare deviind de la cealaltă, fiecare îndepărtându-se din ce în ce mai mult de acel „eu“ la care trebuia să ajung.

— Bună, am auzit o voce, și am căscat ochii instantaneu. Văd că ai reușit să urci, în cele din urmă.

Era fata de pe peron, cea căreia cealaltă i-a zis Thee. Stătea în ușa compartimentului meu, rezemându-se de cadrul de lemn, învârtind între degete o țigară neaprinsă.

— Da, i-am răspuns, încă ușor iritată că ea și prietena ei nu s-au deranjat să-mi explice la care capăt să urc. Sau, mă rog, am continuat eu, cel puțin așa sper. Ăsta e capătul corect pentru Salten, nu?

— Da, ăsta e, mi-a răspuns ea laconic, m-a măsurat din nou din cap până-n picioare, a bătut țigara neaprinsă de cadrul ușii și apoi mi-a zis, cu aerul cuiva care era pe punctul de a-ți face o favoare: uite care-i faza, să nu crezi că-s vreo scorpie, dar voiam să-ți zic că oamenii nu se îmbracă în mod normal cu uniforma de școală când merg cu trenul.

— Poftim?

— Lumea se schimbă în uniformă în Hampton's Lee. E... cum să zic? Ceva prestabilit. M-am gândit să-ți zic. Numai bobocii și nou-venitele poartă uniforma pe drum. Te cam face să ieși în evidență.

— Deci... și tu ești la Internatul Salten?

— Mda. Îmi spăl păcatele.

— Thea a fost exmatriculată, s-a auzit o voce din spatele ei și am văzut că cealaltă fată, cea tunsă scurt, stătea pe coridor, ținând în mână două pahare de ceai. De la trei școli. Salten e ultima ei redută. N-o primesc nicăieri în altă parte.

— Mda, dar măcar nu sunt la mila nimănui, a zis Thea, dar mi-am dat seama din felul în care a zis-o că cele două erau prietene și că felul acesta de a se călca pe coadă una pe cealaltă făcea parte din ritualul lor. Tatăl lui Kate e profesor de desen acolo, mi-a zis ea. Așa că o parte din contractul lui cu școala a fost un loc gratuit pentru fiică-sa.

— Slabe șanse pentru Thea să fie la mila cuiva, a zis Kate. *Crescută-n puf*, a mormăit ea, deasupra paharelor de ceai, făcându-mi cu ochiul.

Am încercat să nu zâmbesc.

Kate și Thea s-au privit într-un fel anume și mi-am dat seama că și-au spus ceva, pe mutește, din priviri, apoi Thea mi s-a adresat.

— Cum te cheamă?

— Isa, am răspuns.

— I-auzi, Isa. Ce-ar fi să vii să stai cu mine și cu Kate? A ridicat din sprânceană, iar ea a adăugat: Compartimentul nostru e ceva mai încolo, pe coridor.

Am tras adânc aer în piept și, simțindu-mă ca și cum eram pe cale să mă arunc cu capul în jos într-o fântână, am dat scurt din cap. Mi-am luat valiza și am urmat-o pe Thea, neavând nici cea mai vagă idee că acel gest atât de simplu îmi va schimba viața pentru totdeauna.

E un sentiment ciudat să mă întorc în Gara Victoria. Trenul spre Salten e nou, cu vagoane fără compartimente și uşi automate, nu uşi de-alea străvechi care ți se închideau în nas, pe vremea când mergeam la şcoală, însă peronul nu s-a schimbat mai deloc şi îmi dau seama că am petrecut şaptesprezece ani evitând, în mod inconştient, acest loc — evitând tot ceea ce ar putea fi asociat cu perioada aceea.

Ținând cu greu paharul de cafea într-o mână, mai să-l scap, împing cu greutate cărucioru Freyei în tren, îmi pun cafeaua pe o măsuță goală şi apoi urmează acelaşi moment de chin prin care trec mereu, încercând să desfac căruciorul: mă lupt cu cleme care nu se deschid şi cârlige care nu-şi dau drumul. Slavă Domnului că e linişte în tren şi că nu mai e nimeni în vagon, aşa că nu mă aprind toată de ruşine, ca de obicei, uitându-mă la coada de oameni din față şi din spate sau care se împing să treacă de mine în puținul spațiu rămas. În cele din urmă — chiar în momentul în care se aude fluierul de plecare şi trenul se leagănă, oftează şi începe să se mişte cu greu din gară —, ultima clemă cedează şi partea detaşabilă a căruciorului Freyei se desprinde, uşoară în mâinile mele. O pun în siguranţă pe fetiţă, încă adormită, de partea cealaltă a măsuţei pe care mi-am lăsat cafeaua.

Iau cafeaua cu mine şi mă duc să văd de celelalte bagaje. În minte îmi vin tot felul de imagini teribile: trenul se zguduie şi cafeaua fierbinte se varsă peste Freya. Ştiu că sunt iraţională, doar Freya e pe partea cealaltă a culoarului! Dar, de când o am pe ea, aşa am ajuns. Toate fricile mele — fie că e vorba de despărţirea trenurilor sau de uşile lifturilor sau de şoferii ciudaţi de taxi sau de vorbit cu oameni necunoscuţi —, toate aceste nelinişti şi-au făcut cuibul în jurul Freyei.

În sfârşit, suntem amândouă aşezate confortabil, eu cu cartea şi cafeaua, Freya, adormită, cu păturica ei lipită de obraz. În lumina strălucitoare de iunie, chipul ei e angelic — pielea îi e imposibil de fină şi de curată — iar pe mine mă inundă un sentiment fierbinte de dragoste, atât de şocant şi de dureros, de parcă s-ar fi vărsat cafeaua aceea clocotită peste inima mea. Stau pe scaun şi pentru o clipă nu sunt altceva decât mama ei şi nu mai e nimeni în lumea asta în afara noastră în această oază de lumină şi dragoste.

Apoi îmi dau seama că telefonul îmi vibrează.

Pe ecran apare *Fatima Chaudhry*. Şi inima mi se opreşte o clipă în loc.

Deschid mesajul, cu degetele tremurânde.

Vin, zice. *O să plec în seara asta, după ce adorm copiii. O să ajung acolo între 9 şi 10.*

Şi aşa începe. Deocamdată niciun mesaj de la Thea, dar o să apară şi acesta. Vraja a fost spulberată — iluzia că nu suntem decât eu şi Freya, plecate într-o călătorie la mare. Îmi aduc aminte unde mă duc de fapt şi de ce. Îmi aduc aminte ce-am făcut.

Sunt în trenul de 12:05 din Victoria, le scriu eu celorlalte. *Kate, vii să mă iei din Salten?*

Niciun răspuns, dar ştiu că n-o să mă lase baltă.

Închid ochii, pun mâna pe pieptul Freyei, ca să ştiu că e acolo. Şi încerc să adorm.

Mă trezesc tresărind şi cu inima bubuindu-mi de zgomotul unor zdruncinături şi manevre şi primul meu instinct e să văd ce e cu Freya. Preţ de câteva clipe nu-mi dau seama ce m-a trezit, apoi înţeleg: trenul se desparte şi noi suntem în cel de Hampton's Lee. Freya se zvârcoleşte morocănoasă în căruţ şi pare că, în cele din urmă, dacă am puţin noroc, o să se calmeze; dar apoi trenul mai bufneşte o dată, mai violent decât prima dată, şi ochii ei se deschid brusc, plini de indignare şi surpriză, iar faţa i se congestionează brusc, şi Freya e gata să urle de nervi şi foame.

— Şşş..., îi şoptesc eu, luând-o, caldă şi agitată, din cuibul ei de pături şi jucării. Şşş..., nu s-a întâmplat nimic, scumpa mea, nu s-a întâmplat absolut nimic, păpuşa mea. N-ai de ce să te sperii.

Ea mă priveşte întunecat, furioasă, lovind cu capul ei mic de pieptul meu, în timp ce-mi desfac nasturii de la cămaşă, simţind cum curge laptele din mine, o senzaţie în acelaşi timp de rutină deja, dar şi mereu străină de mine.

În timp ce ea suge, se aud încă o zdruncinătură şi un pocnet, apoi fluierul locomotivei, şi trenul se pune iar în mişcare, iese din staţie, peronul făcând loc unor parapete, apoi caselor şi, în cele din urmă, câmpiilor şi stâlpilor de telegraf.

Totul e atât de familiar, că-mi stă inima în loc. Londra, în toţii anii în care am locuit acolo, s-a schimbat întruna.

Ca Freya, niciodată aceeaşi de la o zi la alta. Aici se deschide un magazin, dincolo se închide un pub. Clădiri — precum Gherkin sau The Shard — răsar ca din apă, un supermarket se întinde ca un pustiu, iar blocurile de apartamente par a răsări singure precum ciupercile, scoţând capul din pământ reavăn şi spărgând peste noapte cimentul de deasupra.

Dar traseul ăsta, călătoria asta... nu s-au schimbat deloc.

Iată şi ulmul uscat.

Apoi cazemata din vremea celui de-al Doilea Război Mondial, gata să cadă.

Apoi podul şubred, peste care roţile trenului se aud dogit deasupra prăpastiei.

Închid ochii şi sunt iar în compartiment, cu Thea şi Kate, râzând în timp ce ele îşi trag fustele peste blugi, îşi încheie nasturii de la cămăşi şi-şi leagă cravatele peste vestele uşoare de vară. Thea purta ciorapi, îmi aduc aminte cum îi rula peste picioarele ei imposibil de lungi şi de subţiri, apoi cum se chinuia să-şi lege jartierele sub fusta de la uniformă. Îmi aduc aminte de roşeaţa care mi se răspândise în obraji la vederea pulpelor ei şi cum mi-am ferit privirea, fixând-o spre câmpurile de grâu de toamnă, cu inima bătându-mi puternic în piept, în timp ce ea râdea de pudoarea mea.

— Ai face bine să te grăbeşti, i-a zis Kate molcom Theei. Ea era îmbrăcată şi şi-a împachetat blugii şi cizmele în valiza de pe standul de bagaje. Ajungem curând la Westridge, unde sunt întotdeauna cârduri de amatori de plajă şi doar nu vrei să-i provoci un infarct vreunui turist.

Thea s-a mulţumit să scoată limba la ea, apoi şi-a terminat de încheiat portjartierele şi de netezit fusta exact când trenul a intrat în gară, la Westridge.

Şi, exact cum prevăzuse Kate, pe peron se vânzoleau o grămadă de turişti şi, în momentul în care trenul a oprit în gară, Thea a lăsat să-i scape un geamăt scurt. În uşa compartimentului nostru a apărut o familie de turişti care se îndrepta spre plajă, mamă, tată şi un băieţel de vreo şase ani, cu o găleată şi o lopăţică de nisip într-o mână şi o îngheţată de ciocolată topită în cealaltă.

— Mai e loc pentru încă trei? a întrebat tatăl vesel, deschizând uşa şi lăsându-i pe toţi să dea buzna înăuntru, trântind uşa după ei.

Compartimentul, şi aşa mic, a devenit deodată neîncăpător.

— Îmi pare rău, a zis Thea şi chiar părea că regretă în mod autentic, ne-ar plăcea să vă primim, dar prietena noastră aici de faţă, a zis ea şi a arătat spre mine, a primit o permisiune de ieşire din închisoare de o zi şi parte din înţelegere este să nu aibă niciun fel de contact cu minorii. Decizia curţii a pus accentul anume pe acest aspect.

Bărbatul a început să clipească des, iar nevestei i-a scăpat un râs nervos şi scurt. Băiatul nu asculta, era prea preocupat să culeagă bucăţi de ciocolată de pe tricou.

— La copil ne gândim în primul rând, a zis Thea serios. Ca să nu mai zic şi de faptul că Ariadne chiar *nu* vrea să se întoarcă la şcoala de corecţie.

— Alături e un compartiment gol, a zis Kate, iar eu mi-am dat seama că încerca din răsputeri să nu râdă. S-a ridicat şi a deschis uşa spre coridor. Îmi pare rău. Nu vrem să vă deranjăm. Dar cred că, pentru binele tuturor, cel mai bine e să plecaţi.

Bărbatul ne-a aruncat o privire bănuitoare şi apoi le-a făcut loc nevestei şi băieţelului să iasă în coridor.

N-au ieşit bine, că Thea a şi început să pufnească pe nas, abia aşteptând să se închidă uşa compartimentului, dar Kate dădea din cap nemulţumită.

— Nu primeşti niciun punct pentru asta, a zis ea. Chipul ei se chinuia să ascundă chicotele de râs pe care şi le suprima. Nu te-au crezut, a zis ea.

— Ei, hai! Thea a scos o ţigară din pachetul pe care îl ţinea în buzunarul sacoului şi a aprins-o, trăgând adânc în piept, sfidând semnul de pe geam care zicea: „Fumatul interzis." Au plecat, nu-i aşa?

— Dar, dar asta numai pentru că au crezut că eşti nebună de legat. Nu se pune.

— Ăsta e... un joc la voi? am întrebat eu, nesigură.

A urmat o pauză lungă.

Thea şi Kate s-au uitat una la cealaltă şi am văzut din nou acea comunicare mută dintre ele, ca un curent electric curgând de la una la alta, ca şi cum s-ar fi hotărât ce să răspundă. Apoi Kate a zâmbit, un zâmbet discret, tainic, s-a aplecat în faţă, spre spaţiul dintre cele două banchete, atât de aproape, că îi vedeam dârele întunecate din ochii albaştri-cenuşii.

— Nu e un joc oarecare, a spus ea. Este Jocul cu J mare. Este Jocul Minciunii.

Jocul Minciunii.

Îmi amintesc totul acum, cu aceeaşi acurateţe şi forţă ca mirosul mării şi ţipătul pescăruşilor deasupra Estuarului, şi nu-mi vine să cred că aproape îl uitasem — uitasem de carnetul cu scorurile pe care Kate îl ţinea deasupra patului, acoperit cu însemnări criptice pentru sistemul ei complex de marcare. Atâtea puncte pentru o nouă victimă. Atâtea puncte pentru credulitate maximă.

Figuranții răsplătiți pentru detalii elaborate sau pentru că reușeau să recâștige încrederea cuiva care se prinsese de schemă. Nu m-am gândit la asta atât de mulți ani, dar, într-un fel, am jucat jocul în tot acest răstimp.

Oftez și mă uit la Freya care suge, la chipul ei liniștit, la capacitatea ei de a fi absorbită de momentul în sine. Și nu știu dacă pot s-o fac. Nu știu dacă mă mai pot întoarce.

Ce s-a întâmplat de a determinat-o pe Kate să ne cheme atât de brusc și de urgent, în toiul nopții?

Nu poate fi decât un singur lucru... și nu pot să cred că s-a ajuns la asta.

Trenul intră în Salten și abia atunci începe telefonul să-mi sune pentru ultima dată, iar eu îl scot din buzunar, gândind că mi-a scris Kate ca să-mi confirme că vine să mă ia de la gară. Dar nu. Era Thea.

Vin.

Peronul gării Salten e aproape gol. Zgomotul trenului se stinge încet, înlocuit de liniştea rurală, lăsându-mă să aud zgomotele verii din Salten: greieri cântând, păsările ciripind, sunetul îndepărtat al semănătoarei care trece pe câmpuri. Înainte vreme, de câte ori ajungeam în gară, mă aştepta microbuzul care mergea la Internatul Salten, o maşină bleumarin cu inscripţii în albastru-strălucitor. Acum parcarea e goală, fierbinte şi prăfuită, nu e nici ţipenie de om, nici măcar Kate.

O dau pe Freya jos de pe peron, cu căruţ cu tot, şi mă îndrept spre ieşire, cu geanta grea atârnându-mi pe umăr, întrebându-mă ce să fac. S-o sun pe Kate? Trebuia să fi vorbit cu ea de la început, să ştie când ajung. Am presupus că a primit mesajul, dar... dacă nu mai are baterie la telefon? Oricum, nu e niciun telefon fix la Moară, şi nici vreun alt număr la care să pot suna.

Pun frânele la căruţ, apoi scot telefonul să mă uit la mesaje şi să văd cât e ceasul. Tocmai bag pinul, când aud motorul unei maşini huruind înfundat pe drumurile joase şi mă întorc şi văd o maşină care trage în parcarea gării. Mă aşteptam să văd Land Roverul imens şi uzat pe care îl conducea Kate acum şapte ani, când ne-am văzut la nunta Fatimei, o namilă cu scaune late şi cu Shadow scoţând capul pe geam, cu limba atârnându-i afară. Dar nu e. E un taxi. Nu-mi dau seama imediat dacă e ea sau nu, apoi văd că ea este, chinuindu-se să coboare pe uşa din spate, şi inima mi-o ia la galop, iar eu nu mai sunt o avocată cu o carieră în drept civil şi mamă. Sunt doar o fetişcană care aleargă spre prietena ei pe peronul gării.

— Kate!

E exact la fel. Aceeaşi siluetă subţire, aceleaşi încheieturi osoase, acelaşi păr castaniu şi piele de culoarea mierii, cu nasul uşor cârn şi stropit cu pistrui. Părul îi e lung acum, legat la spate cu o bandă elastică, iar în pielea fină din jurul ochilor şi a gurii sunt săpate câteva riduri, dar altfel e Kate, Kate a mea şi, îmbrăţişându-ne, trag adânc aer în piept, adulmecându-i mirosul specific de ţigări şi terebentină şi săpun, pe care mi-l amintesc foarte bine. O îndepărtez şi mă uit la ea şi, în ciuda a toate, rânjesc prosteşte.

— Kate, repet eu fără noimă, iar ea mă trage înapoi într-o îmbrăţişare, îngropându-şi faţa în părul meu, strângându-mă atât de tare încât îi simt oasele.

Apoi aud un cârâit şi-mi aduc aminte cine sunt, omul care am devenit... şi toate câte s-au întâmplat de când ne-am văzut.

— Kate, zic iar, și numele ei rostit de mine sună atât de frumos, Kate, vino s-o cunoşti pe fiica mea.

Trag parasolarul de pe căruţ şi iau de acolo bondocul supărat şi i-l prezint.

Kate ia fata, extrem de tulburată, apoi chipul ei slab şi expresiv se luminează cu un zâmbet.

— Eşti o frumoasă, îi zice ea Freyei, iar vocea ei este caldă şi aspră, aşa cum mi-o aduc aminte. Exact ca mama ta. E superbă, Isa.

— Nu-i aşa?

O privesc pe Freya cum se uită la Kate, plină de mirare, cu ochii ei albaştri fixând ceilalţi ochi, la fel de albaştri. Întinde mânuţa ei dolofană spre părul lui Kate, dar se opreşte, vrăjită de jocul luminii şi culorii.

— Are ochii lui Owen, îi zic. Când eram copil, întotdeauna mi-am dorit să am ochi albaştri.

— Haide, zice Kate în cele din urmă, vorbind cu Freya, nu cu mine. O ia de mână, mângâindu-i carnea grăsuţă şi fină ca mătasea, degetele încreţite. Hai să mergem!

— Ce-a păţit maşina ta? am întrebat-o în timp ce ne îndreptam spre taxi, Kate ţinând-o pe Freya, iar eu împingând căruţul în care pusesem geanta.

— Eh, s-a stricat iar. O s-o repar, dar nu am bani, ca de obicei.

— Oh, Kate.

Oh, Kate, când o să-ţi iei o slujbă ca oamenii? Aş fi putut s-o întreb şi asta. Kate, când ai de gând să vinzi Moara, să te duci undeva unde oamenii îţi vor aprecia munca, în loc să te bazezi pe cei câţiva turişti care vor să-şi facă vacanţa în Salten şi care sunt din ce în ce mai puţini? Dar ştiu deja răspunsul. Niciodată. Kate nu va vinde niciodată Moara. Nu va pleca niciodată din Salten.

— Doamnelor, ne întoarcem la Moară? întreabă taximetristul de pe geamul maşinii, iar Kate îi face semn că da.

— Mersi, Rick.

— O să strâng eu căruţul şi-l pun în spate, zice el, ieşind din maşină. Se pliază, nu?

— Da.

Mă chinui iar cu clamele, apoi îmi dau seama.

— Fir-ar, am uitat scaunul pentru maşină. Am adus în schimb scoica asta — m-am gândit că poate să doarmă în ea.

— Eh, n-o să vedem nicio maşină de poliție pe aici, zice Rick relaxat, împingând portiera portbagajului peste căruțul pliat. Poate cu excepția băiatului lu' Mary, continuă el, dar ăsta n-o să aresteze pe nimeni din maşina mea.

Nu pentru poliție îmi făceam eu griji, însă numele acela nu-mi dădea pace, mă tot zădăra.

— Băiatul lui Mary? întreb eu, uitându-mă spre Kate. Doar nu Mark Wren?

— Ba chiar el, zice Kate, gura strâmbându-i-se într-un zâmbet deloc vesel. Acum este sergentul Wren.

— Nu pot să cred că are vârsta la care să fie sergent!

— E doar cu câțiva ani mai mic decât noi, zice Kate, şi-mi dau seama că are dreptate.

Treizeci de ani e o vârstă mai mult decât respectabilă ca să ajungi ofițer de poliție. Dar nu pot să mă gândesc la Mark Wren ca la un bărbat de treizeci de ani, nu mi-l închipui decât ca puşti de paisprezece ani cu acnee şi cu o buză de sus pufoasă, stând permanent cocoşat ca să ascundă cei aproape doi metri ai lui. Mă întreb dacă îşi aduce aminte de noi. Dacă îşi aduce aminte de Joc.

— Îmi pare rău, zice Kate, în timp ce îmi pun centura. Ține-o în poală... ştiu că nu e o situație ideală.

— O să merg foarte încet, spune Rick, ieşind în salturi din parcarea desfundată şi intrând pe drumul plin de hârtoape. Şi apoi, ne lămureşte el, nu avem de mers decât câțiva kilometri.

— Dacă o iei prin mlaştină, sunt mai puțini, zice Kate.

Mă strânge de mână şi ştiu că se gândeşte de câte ori am bătut noi drumurile acelea, până la şcoală şi înapoi, traversând cu grijă mlaştina sărată, prin locuri ştiute.

— Dar n-am putea să facem chestia asta cu căruciorul.

— E cam cald pentru iunie, nu? zice Rick, deschizând discuția, în timp ce vira la o cotitură, iar eu mă trezesc cu un puhoi de raze strălucitoare şi fierbinți drept în față. Clipesc des, întrebându-mă dacă mi-am pus şi ochelarii de soare în bagaj.

— Te sufoci, zic eu. În Londra nu era nici pe departe atât de cald.

— Păi şi atunci, ce te readuce prin părțile noastre?

Ochii lui Rick mă fixează din oglinda retrovizoare.

— Ai fost colegă cu Kate în şcoală, nu-i aşa?

— Aşa e, îi răspund.

Apoi mă opresc. Chiar aşa, ce m-a readus aici? Un mesaj? Patru cuvinte? Mă uit în ochii lui Kate şi-mi dau seama că nu poate să-mi spună nimic, nu de față cu Rick.

— Isa a venit pentru reuniune, zice Kate pe neaşteptate. La Internat.

Clipesc nedumerită, iar ea mă strânge de mână a avertizare, însă apoi ajungem la trecerea de nivel cu calea ferată şi maşina se zguduie din rărunchi peste şine, şi sunt nevoită s-o țin pe Freya cu ambele mâini.

— Aud că sunt foarte luxoase petrecerile alea la Internatul Salten, zice Rick. Fata mea mai mică e chelneriță acolo din când în când ca să mai facă şi ea un ban de buzunar şi aud tot felu'. Baldachine, şampanie şi toate alea.

— Eu n-am fost niciodată la vreo petrecere acolo, zice Kate. Dar, na, sunt cincisprezece ani de când am absolvit şi m-am gândit că ăsta ar fi anul potrivit pentru o astfel de petrecere.

Cincisprezece? La început am zis că a greşit calculul, dar apoi îmi dau seama că are dreptate. Au trecut şaptesprezece ani de când am plecat, după examene, dar dacă rămâneam şi pentru treapta următoare, avea dreptate. Pentru restul celor din clasă, asta urma să fie aniversarea a cincisprezece ani de la terminare.

Virăm la încă o cotitură şi o ţin pe Freya şi mai strâns, cu inima în gât, tânjind după scaunul de maşină. Ce *prostie* că nu m-am gândit să-l iau cu mine!

— Vii des aici? mă întreabă Rick, uitându-se în retrovizoare.

— Nu, îi răspund. Eu... n-am mai fost aici de multă vreme. Ştii cum e.

Mă foiesc în scaun, dându-mi seama c-o ţin pe Freya prea strâns, dar nereuşind să-i dau drumul.

— E greu cu timpul.

— Frumoasă bucata asta de lume, îmi aruncă Rick înapoi. Nu pot să mă gândesc că aş putea trăi în altă parte, dar bănuiesc că, pentru cineva care nu s-a născut şi n-a crescut aici, e altceva. De unde sunt părinţi tăi?

— Sunt... au fost..., mă bâlbâi eu şi simt lângă mine prezenţa liniştitoare a lui Kate şi inspir adânc. Tatăl meu trăieşte în Scoţia acum, continui eu, dar de crescut, am crescut în Londra.

Trecem cu maşina peste un grilaj metalic, apoi bariera de copaci se deschide şi ajungem în mlaştini.

Şi, deodată, iată-l dinaintea mea. Estuarul. Mare şi cenuşiu şi presărat în tot locul cu pâlcuri de stufăriş, cu apele bătute de vânt, reflectând leneş fâşiile de nori albiţi de soare şi totul atât de strălucitor şi de clar şi de mare, că simt cum mi se pune un nod în gât.

Kate mă priveşte şi o văd zâmbind.

— Uitaseşi cum e? m-a întrebat ea domol.

Clatin din cap.

— Niciodată!

Dar nu e adevărat. Uitasem. Uitasem cum poate să fie. Niciun loc din lumea asta largă nu e asemenea Estuarului. Am văzut multe râuri, am traversat multe alte estuare. Dar niciunul nu e atât de frumos ca acesta, unde pământul şi cerul şi marea curg unul într-altul, amestecându-se, saturându-se, unduindu-se şi împerechindu-se, până când nu mai poţi distinge între ele, până când nu-ţi mai poţi da seama unde se termină cerul şi unde începe marea.

Drumul se îngustează, rămânând o singură bandă, apoi se transformă într-un drum de pietriş, cu iarba crescând printre urmele lăsate de cauciucuri.

Şi apoi, în faţa mea, Moara; o siluetă neagră proiectată pe marea umbrită de nori, mai dărăpănată şi mai obosită decât îmi aduceam eu aminte. Nu e într-atât o clădire, cât mai degrabă o colecţie de lemne aduse de ape, aruncate la un loc de vânturi, arătând de parcă e gata-gata să fie pusă la pământ în orice moment, de cea mai mică pală. Tresar cu inima în gât, iar amintirile mi se revarsă, nestăvilite, în cap, fără hotar, fără noimă.

Thea, înotând goală în Estuar, în amurg, pielea ei de culoarea aurului în lumina apusului, iar umbrele lungi şi negre ale copacilor piperniciţi brăzdând apele ca lava, transformând Estuarul într-un decor intens ca blana unui tigru.

Kate, revărsată peste fereastra Morii, într-o dimineaţă de iarnă, când promoroaca era groasă pe geamurile din casă sau îmbrăca în blană de gheaţă trestia şi papura, Kate, cu braţele desfăcute larg, trimitea vălătuc în aer rotocoale albe din gură.

Fatima, pe puntea de lemn, pârjolindu-se la soare, în costumul ei minuscul de plajă, cu pielea ca mahonul în razele de soare ale verii şi o pereche imensă de ochelari de soare reflectând lumina valurilor.

Şi Luc... Luc... dar aici inima mea se contractă şi nu mai pot continua.

Am ajuns la o poartă cu grilaj de lemn pusă de-a curmezişul drumului.

— Ar fi mai bine să ne oprim aici, îi zice Kate lui Rick. Azi-noapte fluxul a fost cam mare şi de-aici încolo pământul e încă foarte moale.

— Eşti sigură? întreabă el întorcându-se peste umăr. Nu mă deranjează să-mi încerc norocul.

— Nu, o să mergem pe jos.

Se apleacă să deschidă portiera şi-i întinde o bancnotă de zece lire, însă el îi face semn că n-o vrea.

— N-am ce face cu banii tăi, dragă.

— Rick, zău aşa...

— Niciun Rick, zău aşa. Tatăl tău a fost un om cumsecade, indiferent ce zic unii prin părţile astea, iar tu ai rămas aici şi ai rezistat, în ciuda bârfitorilor de tot felul. O să-mi dai tu altă dată.

Kate înghite nodul din gât şi o văd cum încearcă să spună ceva, dar nu poate, aşa că vorbesc eu pentru ea.

— Mulţumesc frumos, Rick, zic eu. Însă *eu* vreau să plătesc. Te rog.

Şi îi întind o bancnotă de zece lire de la mine.

Rick ezită, aşa că pun bancnota în scrumieră şi mă dau jos din maşină, cu Freya în braţe, în timp ce Kate scoate din portbagaj căruciorul şi geanta de voiaj. În cele din urmă, când Freya e deja pusă bine în cărut, îmi face un semn de mulţumire.

— Bine. Dar ascultați aici: dacă voi, doamnelor, veți avea vreodată nevoie să vă duc undeva, să mă sunați, ați înțeles? Zi sau noapte. Nu vreau să mă gândesc la voi pe undeva, fără maşină. Locul ăsta, continuă el, arătând spre Moară, o să cadă într-una din zilele astea şi dacă o să aveți nevoie să ajungeți undeva, să nu cumva să nu mă sunați, cu sau fără alea zece lire. Priceput?

— Priceput, zic eu, făcând un semn scurt din cap.

Era liniştitor gândul că el era acolo.

După ce pleacă Rick, ne uităm una la alta, fiecare, în mod inexplicabil, incapabilă să scoată un cuvânt, simțind căldura soarelui bătându-ne în cap. Vreau s-o întreb pe Kate de mesaj, dar ceva mă oprește.

Înainte să mă hotărăsc să vorbesc, Kate se întoarce și deschide poarta, închizând-o apoi în urma noastră, iar eu mă îndrept spre podețul de lemn care unește Moara de țărm.

Moara în sine stă pe o limbă de nisip care abia dacă ajunge pentru clădirea propriu-zisă care, cândva, cred că era și ea unită de țărm. La un moment dat, pe când Moara era în construcție, a fost săpat un canal îngust care o despărțea de mal, dirijând astfel fluxurile și refluxurile spre roata instalată, în vremea aceea, în canal. Roata nu mai e de mult, în locul ei rămânând numai un ciot de lemn negru ieșind în unghi drept din perete, unde fusese prinsă și de unde acum pornea pontonul din lemn peste cei trei metri de apă care despărțeau Moara de țărm. Îmi aduc aminte cum, acum șaptesprezece ani, toate patru treceam peste podețul acela, uneori toate deodată, însă acum mi-e teamă că n-o să-mi susțină greutatea.

E mai îngust decât îmi aduc eu aminte, cu stinghiile albite de sare, putrezite pe alocuri, fără ca cineva să fi instalat, în toți acești ani, o bară de care să te ții, dar Kate urcă pe el fără frică, ducându-mi bagajul. Trag adânc aer în piept, încercând să ignor imaginile stârnite în minte (stinghii care cedează, cărutul care cade în apa sărată) și o urmez, cu un nod în gât, împingând căruciorul peste bucățile rupte de lemn, reușind să respir numai când ajung pe partea cealaltă, unde mă aflu în relativă siguranță.

Ușa e descuiată, așa cum e dintotdeauna. Kate deschide ușa și se dă la o parte, lăsându-mă să trec, iar eu o împing pe Freya peste prag, cu tot cu cărut, și intru în casă.

N-am mai văzut-o pe Kate de șapte ani, dar în Salten n-am mai fost de mai bine de două ori pe atât. Am senzația, pentru o clipă, că m-am întors în timp, că am iar cincisprezece ani, iar frumusețea locului care stă să se prăbușească mă copleșește pentru prima dată. Văd iar ferestrele lungi și asimetrice, cu geamurile crăpate, cu vedere spre estuar, acoperișul în boltă se înalță până la grinzile înnegrite, scara se învârte beată, ocupând spațiul din jur, sărind din balustradă precară în balustradă precară, trecând de dormitoare, oprindu-se în mansarda construită sus, pe căpriori. Văd plita arsă, cu burlanul șerpuind în sus, și canapeaua joasă, cu arcurile sărite, dar, mai presus de toate, văd tablourile, peste tot numai tablouri. Pe unele nu le recunosc, trebuie să fie ale lui Kate, amestecate cu altele pe care le simt ca pe niște prieteni vechi sau ca pe niște nume pe care mi le aduc aminte pe jumătate.

Acolo, deasupra chiuvetei pătate de rugină, e o ramă în care e o fotografie cu Kate copil, cu fața grăsună și rumenă, concentrată să apuce ceva de dincolo de ramă.

Dincolo, între două ferestre lungi, atârnă o pânză neterminată, o imagine a Estuarului într-o dimineață de iarnă, sfârâind în înghețul adânc, peste apele căruia se abate un bâtlan.

Lângă ușa care dă spre toaleta de afară, e agățat un portret în acuarelă înfățișând-o pe Thea ale cărei trăsături se dizolvă în marginile aspre ale hârtiei.

Iar deasupra biroului, dau cu ochii de o schiță în creion reprezentându-ne pe mine și pe Fatima, cu brațele împletite, imitând un hamac, râzând, râzând ca și cum nimic din lumea asta nu ne putea răni.

E ca și cum mii de amintiri vin deodată de-a valma peste mine, fiecare înfigându-și în mine ghearele ascuțite, trăgându-mă în trecut, apoi aud un lătrat puternic și, când mă uit, dau cu ochii de Shadow, țopăind fericit, o furtună de blană albă și cenușie. Îl mângâi pe creștet, încercând să nu-l las să se urce pe mine, iar el își împinge capul în picioarele mele; Shadow însă nu face parte din trecut, iar vraja s-a rupt.

— Nu s-a schimbat, îi zic eu, știind că sună prostește.

Kate ridică din umeri și începe să desfacă centurile de siguranță, ca s-o scoată pe Freya din căruț.

— Ceva-ceva s-a schimbat. A trebuit să înlocuiesc frigiderul.

Îmi face semn spre frigiderul din colț care arată mai famat și mai bătrân decât predecesorul lui.

— Evident că a trebuit să vând o bună parte din cele mai frumoase picturi ale lui tata. Ce n-am acoperit din vânzarea tablourilor lui, am acoperit din ale mele, dar nu e același lucru. A trebuit să vând unele dintre preferatele mele: scheletul fluierarului și cel cu ogarul de pe plajă... cât despre restul, n-am avut inimă să mă despart de ele.

Se uită peste creştetul Freyei la tablourile care au mai rămas, iar privirea ei mângâie fiecare lucrare în parte.

I-o iau pe Freya din brațe şi o salt peste umăr, fără să-i spun ce gândesc, şi anume că locul în sine arată ca un muzeu, ca una dintre casele acelea memoriale ale vreunei personalități, înghețată în timp, în momentul în care locul a fost părăsit. Dormitorul lui Marcel Proust, fidel reconstruit în Musée Carnavalet, biroul lui Kipling, păstrat neatins, ca în chihlimbar, în Bateman's.

Numai că aici nu sunt cordoane care să țină lumea departe de exponate, ci doar Kate care îşi duce viața ei obişnuită în casa memorială a tatălui ei.

Ca să-mi maschez gândurile, mă duc spre fereastră, o mângâi pe Freya pe spatele cald şi ferm, mai mult ca să mă calmez pe mine decât pe ea, şi privesc în linişte Estuarul. Marea s-a retras, dar pontonul de lemn care dă spre golf e doar la câtiva metri de valuri; mă întorc spre Kate surprinsă.

— S-a scufundat pontonul?

— Nu doar pontonul, zice Kate cu mâhnire. Asta e problema. Locul ăsta *tot* se scufundă. Am adus un evaluator să se uite la casă şi individul mi-a zis că nu are o fundație ca lumea şi că dacă ar fi să-mi fac acum dosar de ipotecă, nu mi-ar da nimeni credit.

— Dar... stai puțin, ce vrei să spui? Cum se scufundă? Nu poți s-o stabilizezi? S-o proptești cumva? S-o subzidești, am vrut să zic? Nu se poate chestia asta?

— Nu prea. Problema e că nu e nimic altceva decât nisip dedesubt. Nu am pe ce să fac temelie ca să stea. Poți să amâni inevitabilul, dar în cele din urmă o să fie dusă de valuri.

— Şi nu e periculos?

— Nu prea. Adică da, se creează ceva mişcare în straturile de la suprafaţă, ceea ce face ca podeaua să fie cam neuniformă, dar casa n-o să dispară în seara asta, dacă asta te îngrijorează. Mai degrabă ar putea să apară probleme la reţeaua de curent electric, chestii de felul ăsta.

— *Poftim*?

Mă holbez aiurea la întrerupătorul din perete, ca şi cum aştept să iasă scântei în orice clipă. Pe Kate o umflă râsul.

— Stai liniştită, când am văzut că nu-i a bună deloc, am instalat un disjunctor mare cât o zi de post. Dacă ceva începe să bolborosească, o să întrerupă tot şi gata. Dar asta înseamnă că, la un flux mare, luminile au obiceiul să se cam stingă.

— Locul ăsta nu poate fi asigurat?

— Asigurat? întreabă ea uitându-se la mine de parcă am întrebat ceva excentric şi lipsit de noimă. Ce mama dracului să fac eu cu asigurarea?

Clatin din cap, neînţelegând.

— Ce mai *cauţi* aici? Kate, e nebunie curată ce faci. Nu poţi trăi aşa.

— Isa, spune ea, cu răbdare. Nu pot pleca. Cum aş putea să plec? A fost catalogată ca fiind de nevândut.

— Păi n-o vinde... dar pleacă, las-o! Dă cheile băncii. Declară-te în incapacitate de plată, dacă nu se poate altfel.

— Nu pot să plec, spune ea încăpăţânată şi se îndreaptă spre plită, ca să întoarcă maneta şi să dea drumul la gaz. Ceainicul de pe ea începe să sfârâie domol, iar ea apucă două căni şi o cutie amărâtă de ceai.

— Ştii de ce nu pot pleca.

Şi nu-i pot răspunde, pentru că da, ştiu. Ştiu exact de ce nu poate pleca. Şi e tocmai motivul pentru care şi eu m-am întors.

— Kate, o strig, simţind că-mi ard măruntaiele. Kate! Mesajul acela...

— Nu acum, răspunde ea. E cu spatele la mine şi nu pot să-i văd chipul. Îmi pare rău, Isa, eu... pur şi simplu n-ar fi drept. Trebuie să aşteptăm să vină şi celelalte.

— Bine, îi răspund încet.

Dar, dintr-odată, îmi dau seama că nu e bine. Că nu e bine deloc.

Fatima e următoarea care ajunge.

Soarele stă să apună; în timp ce întorc paginile unui roman, încercând să nu mă las dusă de gânduri, simt venind o adiere domoală şi caldă prin ferestrele deschise. Parte din mine vrea s-o scuture pe Kate până scoate adevărul din ea. Dar cealaltă parte — una la fel de mare — se teme de ce urmează.

Pentru moment, cel de faţă, e linişte şi pace; eu cu cartea mea, Freya moţăind în căruciorul ei, Kate la plită, din tigaia dansând pe flacără ridicându-se arome de mâncăruri sărate şi condimentate. O altă parte din mine vrea să fixeze momentul acesta cât mai mult posibil. Poate că, dacă nu vorbim despre asta, o să fie exact ceea ce i-am zis lui Owen: o reuniune a unor prietene vechi.

Din tigaie se aude un sfârâit care mă face să tresar, timp în care Shadow se apucă să latre ritmic, în rafale. Întorc capul şi aud scrâşnete de cauciucuri de pe şoseaua principală, intrând pe drumul care coboară spre Estuar.

Mă ridic din scaunul de la fereastră şi deschid uşa care dă înspre coastă şi văd lumini revărsându-se peste mlaştini şi un 4x4 negru venind în salturi, cu muzica urlând din difuzoare, înnebunind păsăretul care se aruncă în văzduh, bătând din aripi şi roind de zor. Maşina se apropie din ce în ce mai mult, tot mai mult, apoi se opreşte brusc, în sunet de pietre zdrobite şi frâne călcate cu fermitate. Motorul se opreşte şi brusc liniştea se întoarce.

— Fatima? strig eu şi portiera şoferului se deschide, iar o clipă mai târziu alerg spre ea, traversând pontonul.

Coborând pe mal, îşi aruncă braţele în jurul meu într-o îmbrăţişare atât de puternică, încât uit să mai respir.

— Isa! Ochii ei strălucitori sunt negri precum cei ai măcăleandrului. Cât timp a trecut?

— Nu-mi aduc aminte!

O sărut pe obrazul pe jumătate ascuns într-o eşarfă de mătase şi rece de la aerul condiţionat din maşină şi apoi o îndepărtez ca să mă uit la ea cum trebuie.

— Cred că ultima dată ne-am văzut după ce-ai născut-o pe Nadia şi am venit la voi s-o văd, ceea ce înseamnă că au trecut... fir-ar, şase ani?

Ea dă din cap că da şi-şi aranjează clamele care ţin eşarfa în loc şi, pentru o clipă, mă aştept să şi-o dea jos, presupunând că e o chestie şic, genul Audrey Hepburn. Dar nu, n-o dă jos, ci doar îşi prinde clamele mai bine şi dintr-odată îmi dau seama. Nu e o eşarfă oarecare — e un hijab. Asta e nouă. Şi nu că era nouă de când eram noi copii, ci nouă de când ne-am văzut ultima dată.

Fatima mă surprinde şi-şi dă seama la ce mă gândesc, aşa că, prinzându-şi ultima clamă în păr, îmi aruncă un zâmbet.

— Ştiu, e ditamai schimbarea, nu? M-am tot gândit ani de zile dacă s-o fac sau nu şi, când s-a născut Sam, nu ştiu. Pur şi simplu aşa am simţit eu că e bine.

— A fost... Ali e cel care..., încep eu şi-mi vine imediat să-mi trag una, când văd că Fatima îmi întoarce o privire piezişă.

— Isa, draga mea, mă ştii tu pe mine să fac ceva ce nu vreau, doar pentru că am ascultat de un mascul? spune ea şi oftează.

Mă gândesc că oftează din cauza mea, deşi poate că e un oftat pentru toate dăţile când i s-a pus aceeaşi întrebare.

— Nu ştiu, zice ea în continuare. Poate că, odată cu apariţia copiilor, am reevaluat nişte lucruri. Dar poate că e ceva spre care m-am îndreptat dintotdeauna. Nu ştiu. Tot ce ştiu e că n-am fost niciodată atât de fericită cât sunt acum.

— N-am vrut să...

Mă opresc, încercând să-mi dau seama ce simt. Mă uit la gulerul închis până sus şi la eşarfa înfăşurată în jurul capului şi nu pot să nu-mi aduc aminte de părul ei frumos, de felul în care îi curgea peste umeri, ca un râu, acoperindu-i sutienul de la costumul de baie, de părea că nici nu are nimic pe ea în afară de păr. Ambrose i-a zis la un moment dat Lady Godiva, deşi am înţeles referinţa abia mai târziu. Şi acum... acum nu mai e. Acum e ascuns. Dar înţeleg dorinţa ei de a vrea să lase în urmă acea parte a trecutului ei.

— Sunt impresionată, atâta tot. Şi Ali? El... adică şi el e la fel de implicat în toată chestia asta? Ţine Ramadanul şi toate alea?

— Dap. Păi e ceva ce am redescoperit împreună.

— Părinţii tăi trebuie să fie mulţumiţi.

— Nu ştiu. E puţin cam greu să-mi dau seama... adică, da.

Îşi aruncă geanta pe umăr şi traversăm amândouă pontonul, călcând cu atenţie, în ultimele străfulgerări de lumină ale apusului.

— Cred că sunt mulţumiţi; deşi mama mi-a zis foarte clar că n-o deranjează că nu port eşarfă, cred că, în secret, a fost chiar foarte fericită că mi-am schimbat perspectiva. Părinţii lui Ali... o să-ţi vină să râzi, dar ei n-au fost tocmai mulţumiţi. Mama lui e criminală, îmi zice întotdeauna chestii de genul: *Dar, Fatima, oamenilor din ţara asta nu le place hijabul, o să-ţi faci zile grele la muncă, celelalte mame de la şcoală o să creadă că eşti vreo radicală.* Am încercat să-i spun că la mine, la clinică, oamenii sunt ridicol de recunoscători că au reuşit să găsească o doctoriţă de familie care vorbeşte urdu şi care e dispusă să muncească full-time şi că jumătate din prietenii copiilor mei sunt oricum din familii musulmane, dar degeaba, că ea tot nu mă crede.

— Şi Ali ce face?

— Ali e foarte bine. Tocmai a devenit consultant. Adică, ce să zic, lucrează din greu... dar asta facem cu toţii.

— Eu nu, zic eu, râzând oarecum vinovată. Eu tai frunza la câini, în concediu de maternitate.

— Ei da, zice ea şi-mi zâmbeşte în colţul gurii. Îmi aduc aminte cum e cu tăiatul ăsta al frunzei la câini. Presupune să nu dormi cu zilele şi să ai sfârcurile crăpate. Mersi, dar prefer munca de la clinică oricând, zice ea, uitându-se în jur. Unde e Freya? Vreau s-o cunosc.

— Doarme! E ruptă de oboseală după drumul ăsta, cred. Dar o să se trezească imediat.

Ajungem la Moară şi Fatima se opreşte o clipă, cu mâna pe clanţă.

— Isa..., zice ea încet şi ştiu ce gândeşte şi ce urmează să mă întrebe, fără să fie nevoie s-o spună.

Îi fac semn că nu.

— Nu ştiu. Am întrebat-o pe Kate, dar mi-a zis că vrea să aşteptăm până ajungem toate. A zis că n-ar fi drept altfel.

Fatimei i-au căzut umerii şi, dintr-odată, totul pare lipsit de sens — întrebările de complezenţă, seci, uscate ca praful de pe buze. Ştiu că Fatima e la fel de stresată ca mine şi că ne gândim amândouă la mesajul de la Kate şi că încercăm să nu ne gândim la ce-ar putea însemna. Ce *trebuie* să însemne.

— Eşti pregătită? o întreb.

Ea răsuflă din străfunduri, lăsând aerul să treacă de buzele ei strânse, apoi dă din cap.

— Mai pregătită de-atât n-o să fiu niciodată. Futu-i, o să fie foarte ciudat!

Apoi deschide uşa şi văd cum trecutul o învăluie, aşa cum m-a învăluit şi pe mine.

În prima zi când am ajuns în Salten şi am coborât din tren, pe peron, în afară de Kate, Thea şi încă o fată subţirică şi brunetă, de vreo unsprezece sau doisprezece ani, tocmai la capătul celălalt, nu mai era nimeni. Fata străbătea nesigură peronul, în sus şi în jos, apoi a pornit spre noi. Pe măsură ce se apropia, am văzut că purta uniforma de la Salten şi, când a venit şi mai aproape, mi-am dat seama că era mult mai mare decât socotisem eu — avea cel puţin cincisprezece ani — numai că era mignonă.

— Bună, a zis ea. Sunteţi şi voi la Salten?

— Nu, suntem o gaşcă de pedofili care poartă uniformele astea ca să atragă victime, a zis Thea automat, clătinând apoi din cap. Îmi pare rău, a zis ea, a fost o prostie din partea mea. Da, şi noi mergem la Salten. Eşti nouă?

— Da, a răspuns ea, venind să ni se alăture, în drum spre parcare. Mă cheamă Fatima.

Avea un accent londonez care mă făcea să mă simt imediat ca acasă.

— Unde sunt toate celelalte? M-am gândit că o să coboare o grămadă de fete de Salten din trenul ăsta.

Kate a clătinat din cap.

— Majoritatea îşi aduc copiii cu maşina, mai ales după vacanţa de vară. Iar fetele înmatriculate la zi şi cele care stau la internat doar în timpul săptămânii încep şcoala luni.

— Sunt multe fete la zi?

— Cam o treime din şcoală. Eu sunt la internat în regim săptămânal. Sunt aici pentru că am fost la Thea în Londra câteva zile şi am zis că să ne întoarcem împreună.

— Unde locuieşti? a întrebat Fatima.

— Uite, acolo.

Kate a arătat în depărtare, spre o fâşie de apă strălucitoare, undeva peste mlaştinile cu ape sărate. Am clipit să văd mai bine. Nu distingeam nicio casă acolo, dar era ceva, în spatele unor dune sau poate al unui şir de copaci pitici de-a lungul liniei ferate?

— Dar tu? a zis Fatima, întorcându-se spre mine.

Avea un chip rotund şi prietenos şi un păr negru, frumos, pieptănat pe spate de la tâmple şi prins într-o clamă.

— Eşti aici de mult? În ce an eşti?

— Am cincisprezece ani şi intru în anul cinci. Sunt... sunt nouă. O să stau şi eu la internat.

Nu voiam să-i spun de la capăt toată povestea — boala mamei mele, lungile şederi în spital care ne-au lăsat, pe mine şi pe fratele meu de treisprezece ani, Will, singuri cu tata care lucra la bancă până târziu în noapte... tristeţea care ne-a doborât pe amândoi când au decis, din seninul cel mai albastru, să ne trimită departe. Nu avusesem niciodată probleme, nu? Nu m-am răzvrătit niciodată, n-am luat droguri, nu le-am făcut circ de adolescentă. M-am comportat față de mama şi de boala ei cu şi mai mare precauție, dacă se putea mai mare. Am muncit din greu şi am avut grijă şi mai mult de casă decât înainte. Am gătit şi am făcut cumpărături şi țineam minte s-o plătesc pe femeia care ne făcea curățenie, atunci când tata uita.

Şi apoi, discuția... *e mai bine pentru amândoi... o să fie mai distractiv să fiți pe cont propriu... continuitate... educația n-o să aibă de suferit... anul acesta e unul important, pentru că urmează examenele.*

N-am ştiut ce să zic. Eram de fapt destul de şocată în continuare. Will se mulțumise să dea din cap, cu buza de sus țeapănă, dar noaptea l-am auzit plângând. Tata îl ducea în ziua aceea la Internatul Charter, motiv pentru care eu călătoream de una singură.

— Şi tata era ocupat azi, a zis Fatima. Amândoi sunt doctori. Sunt ocupați cu chestia asta pe care o fac, ceva caritabil pentru VSO, ştii? Un an de muncă gratis.

— La dracu'! a zis Thea. Părea impresionată. Nu mi-l pot imagina pe tata să renunțe el la un weekend, darămite un an întreg. Şi nu sunt plătiți deloc?

— Nu prea. Adică, da, primesc un soi de leafă modică, un soi de alocație, cred că ăsta e cuvântul. Dar e raportat la salariile care se plătesc local şi nu cred că asta înseamnă foarte mult. Dar bine, ei nu pentru asta o fac — e un soi de chestie religioasă, o versiune a ritualului sadqa[2].

[2] SADQA e o ofrandă, un act de caritate (pomană), o faptă plină de virtute, în religia musulmană. Se consideră o dovadă de credință (eeman). Se poate oferi un animal întreg (capră sau oaie) cuiva sărman sau în nevoie.

Discutând, am înconjurat clădirea modestă a gării, unde ne aştepta un microbuz albastru, în uşa căruia stătea o femeie în fustă şi jachetă, ţinând în mână o mapă de scris.

— Bună, fetelor, a zis ea către Thea şi Kate. Aţi petrecut bine vara asta?

— Da, mulţumesc, domnişoară Rourke, a răspuns Kate. Ele sunt Fatima şi Isa. Ne-am întâlnit în tren.

— Fatima...?

Stiloul domnişoarei Rourke trecea în revistă numele de pe listă.

— Qureshy, a zis Fatima. Se scrie Q, U, R...

— M-am prins, a întrerupt-o domnişoara Rourke tăios, bifând un nume. Şi tu trebuie să fii Isa Wilde.

A pronunţat un soi de „Izza," dar am dat vag din cap.

— Nu pronunţ cum trebuie?

— De fapt, ar trebui să rimeze cu Tisa.

Domnişoara Rourke n-a comentat nimic, dar a scris ceva pe foaia ei, ne-a luat valizele şi le-a pus în spatele microbuzului, apoi am urcat şi noi, una câte una.

— Închide uşa, ne-a aruncat domnişoara Rourke peste umăr, iar Fatima s-a întins după mâner şi a închis portiera, zdruncinând-o bine.

Apoi am pornit, ieşind săltând din parcarea desfundată, luând-o în vale spre ţărm, pe o şosea tăiată adânc în asfalt.

Thea şi Kate sporovăiau întruna în spatele autobuzului, în timp ce eu şi Fatima stăteam stresate, una lângă cealaltă, încercând să pretindem că facem asta în fiecare zi.

— Ai mai stat vreodată la internat? am întrebat-o pe Fatima.

Ea a clătinat din cap.

— Nu. Şi, drept să-ți spun, nici nu eram convinsă că vreau să vin. Eram pregătită psihic să mă întorc în Pakistan cu părinții mei, dar mama nici n-a vrut să audă. Dar tu?

— Şi la mine e prima dată, i-am zis eu. Ai fost vreodată în vizită la internat?

— Da, am fost la sfârşitul anului trecut, când am mers cu mama şi tata să ne uităm la diverse internate. Ție cum ți s-a părut?

— Eu... n-am mai fost până acum. N-am avut ocazia.

Când tata mi-a zis, eram deja în fața faptului împlinit, prea târziu ca să mai ajung la zilele porților deschise şi în perioada de vizite. Dacă Fatima a gândit vreo clipă că e bizar ce zic, n-a schițat niciun fel de gest care să-i trădeze sentimentele.

— Nu are a face, a zis ea. Arată ca şi cum... bine, acum să nu mi-o iei în nume de rău, că o să sune ca naiba, dar arată ca o puşcărie de fițe.

Mi-am înăbuşit un zâmbet şi am încuviințat din cap. Ştiam ce voia să zică, văzusem pozele în broşură care aveau, *într-adevăr*, ceva din aerul acela de închisoare — fațada mare, dreptunghiulară şi albă care dădea spre mare, nenumărații kilometri de balustrade de fier. Fotografia de pe coperta broşurii arăta un exterior care era incredibil de auster, cu proporțiile geometrice bine delimitate, mai degrabă accentuate, decât atenuate, de patru turnulețe uşor absurde, câte unu pe fiecare colț, de parcă arhitectul îşi pusese la îndoială conceptul în ultimul moment şi le-a trântit acolo, aşa, într-o doară, într-un soi de încercare de a mai tăia din severitatea colțurilor, dar nu eram de părere că putea exista ceva care să reziste în asemenea loc bătut de vânturi.

— Crezi că putem să ne alegem cu cine să fim? Adică să avem un cuvânt de spus cu cine împărțim dormitoarele, am zis eu.

Era o întrebare cu care îmi băteam capul de când am plecat din Londra. Fatima a ridicat din umeri.

— Nu știu. Nu cred, adică îți dai seama ce dezastru ar fi dacă toată lumea s-ar apuca să umble în căutare de colege de cameră. Cred că o să ne pună ei cu cineva.

Am dat iar din cap. Citisem cu atenție manualul de informare, mai ales la punctul acesta, pentru că acasă fusesem obișnuită să am locul meu, și am fost cumplit de dezamăgită că Salten nu oferă fetelor câte o cameră, cu excepția celor din anul șase. Fetele din anii patru și cinci trebuiau să împartă camera cu încă o fată. Măcar nu erau camere din acelea înghesuite de cămin, cum se întâmplă cu anii mai mici.

După asta, am tăcut amândouă, Fatima citind un roman de Stephen King, iar eu uitându-mă pe fereastră la mlaștinile sărate care defilau prin fața mea, apele întinse cât vedeai cu ochii, digurile înalte și canalele șerpuitoare și dunele de nisip care flancau drumul de coastă, simțind microbuzul clătinat de curenții marini.

Ne-am apropiat de o curbă și microbuzul a încetinit și am văzut-o pe domnișoara Rourke arătând spre ceva anume și apoi a virat brusc pe un drumeag de pietriș alb care ducea spre școală.

E ciudat, acum că școala-internat Salten e atât de puternic imprimată în mintea mea, să-mi aduc aminte că a existat o vreme când totul era nou și bizar pentru mine, dar în ziua aceea am stat în microbuz, în liniște, în timp ce ne croiam drum spre școală, cu un Bentley și un

Mercedes în faţă, şi încercam să cuprind totul cu privirea, să internalizez tot ce vedeam.

În faţa mea se ridica o faţadă imensă, orbitor de albă pe albastrul cerului, exact aşa cum văzusem pe coperta broşurii, severitatea ei complimentată de disciplina geometrică a ferestrelor strălucitoare care erau construite la intervale egale, fără greş, şi de siluetele negre ale scărilor de incendiu cocoţate pe zidurile laterale, înlănţuind turnurile ca un soi de iederă industrială. În jur erau terenurile de hochei şi tenis, întinzându-se în depărtare, apoi kilometri întregi de păşune îngrădită, retrăgându-se încet, făcând loc mlaştinilor din spatele şcolii.

Pe măsură ce ne apropiam, am văzut uşile negre de la intrare deschise larg, apoi o imagine copleşitoare a unui furnicar de fete de toate formele şi mărimile, alergând în dreapta şi-n stânga, ţipând una la cealaltă, îmbrăţişându-şi părinţii, salutându-şi prietenii, profesorii.

Microbuzul s-a oprit şi domnişoara Rourke ne-a dat în primire, pe mine şi pe Fatima, unei alte profesoare care s-a recomandat drept domnişoara Farquharson-Port (sau, poate, cine ştie, domnişoara Farquharson, Sport). Thea şi Kate s-au topit în mulţime, iar eu şi Fatima ne-am trezit luate pe sus de masa urlătoare de fetişcane care verificau liste şi exclamau care mai de care la vederea locurilor din cămine sau din echipele de sport, ducându-şi genţile şi geamantanele, comparând conţinutul cutiilor cu mâncare sau noile tunsori.

— Nu e o chestie obişnuită aici să avem fete noi în clasa a cincea, zicea domnişoara Farquharson, iar vocea ei se ridica, fără efort, peste larma din jur, în timp ce ne conducea printr-un hol cu lambriuri de lemn, la capătul căruia era o scară răsucită. În mod normal încercăm să punem fetele noi cu cele care sunt aici de multă vreme, dar, din varii motive, am zis că o să vă punem pe amândouă la un loc, a zis ea, consultându-şi lista. Sunteți în... Turnul 2B. Connie...

A apucat-o de mână pe-o fată care îi dădea alteia în cap cu o rachetă de badminton.

— Connie, du-le, te rog, pe Fatima şi pe Isa la Turnul 2B, bine? Ia-o pe la cantină, ca să ştie unde să meargă la prânz, după. Fetelor, prânzul e la 1 fix. O să auziți un clopoțel, dar să ştiți că nu vă lasă la dispoziție decât cinci minute să ajungeți, aşa că vă sfătuiesc să vă porniți de îndată ce-l auziți, pentru că e ceva de mers de la turnuri. Connie o să vă arate pe unde s-o luați.

Şi eu, şi Fatima am dat din cap, puțin amețite de volumul înnebunitor al vocilor răsunătoare, şi am început să ne târâm bagajele după Connie care îşi luase deja zborul, dispărând prin mulțime.

— În mod normal n-aveți cum să folosiți intrarea principală, a zis ea peste umăr, în timp ce noi ne chinuiam să ne ținem după ea, dându-ne coate şi făcându-ne loc printre grupurile de fete şi ferindu-ne de tavanul jos al unui pasaj de la capătul culoarului. Numai în prima zi a fiecărui trimestru, a continuat ea, şi numai dacă eşti o Emi.

— O Emi? am repetat eu după ea.

— Elevă eminentă din consiliul administrativ. Asta înseamnă şefele de internat... şefele de promoție... prefecții... chestii din astea. O să aflați, dacă o să ajungeți acolo vreodată. Dacă aveți dubii, nu folosiți uşa aia şi gata. E enervant, pentru că e cea mai rapidă cale să ajungi la plajă şi la terenurile de hochei, dar nu merită să se afle că ai ieşit.

S-a aplecat brusc, fără să ne spună şi nouă, trecând printr-un alt pasaj, arătând spre un coridor cu pereţii din piatră.

— Acolo e cantina, exact în capăt. Nu vor deschide uşile alea până la 1, dar să nu întârziaţi, că o să fie ca dracu' să găsiţi un loc după aia. Chiar sunteţi în Turnul 2?

Nu mi se părea că aveam ce să răspundem la întrebarea asta, dar Fatima a răspuns pentru amândouă.

— Aşa a zis femeia aceea.

— Norocul vostru, a răspuns Connie invidioasă. Turnurile au cele mai bune camere, toată lumea ştie asta.

N-a explicat mai departe de ce, ci s-a mulţumit să împingă o uşă din peretele cu lambriuri şi să meargă cu paşi mari, apăsaţi, pe nişte scări înguste şi întunecate, ascunse în spatele uşii. Eu gâfâiam, încercând să ţin pasul, iar valiza Fatimei se lovea de trepte la fiecare pas.

— Haideţi, a zis Connie fără răbdare. I-am promis Letiţiei că o să mă întâlnesc cu ea înainte de prânz şi în ritmul ăsta nu mai ajung nicăieri.

Am dat iar din cap, de data asta destul de morocănoasă, şi mi-am târât valiza pe încă un set de scări, încă un etaj.

În cele din urmă, am ajuns la o uşă pe care scria Turnul 2, moment în care Connie s-a oprit.

— Vă supăraţi dacă vă las aici? N-aveţi cum să greşiţi, mergeţi tot înainte şi o să le găsiţi, sunt numai două camere, A şi B. Voi sunteţi în B.

— Nu-i bai, a zis Fatima cu jumătate de glas, iar Connie s-a făcut nevăzută fără prea multă vorbă, ca un iepure pe câmp, lăsându-ne perplexe şi cu răsuflarea tăiată.

— Mda, m-a zăpăcit total, a zis Fatima, după ce-a plecat. Dracu' ştie cum o să ajungem de aici la cortină.

— Cred că a zis cantină, am răspuns eu automat, apoi mi-am muşcat limba, dar Fatima n-a părut să observe sau, mă rog, să se simtă jignită că am corectat-o.

— Mergem? întreabă ea, deschizând uşa turnului. I-am făcut semn că da, iar ea a făcut o plecăciune, ironică. După dumneavoastră...

Am aruncat o privire înăuntru. Încă o scară, de data asta una în spirală, dispărând la etaj, aşa că am oftat şi am apucat de mânerul valizei cu ceva mai multă fermitate. Dacă micul dejun înseamnă o repetare zilnică a momentului, dar în sens invers, o să fiu în formă fizică deosebită.

Prima uşă pe lângă care am trecut s-a dovedit a fi cea de la baie — chiuvete, două toalete şi ce părea a fi o cadă de baie, toate cu separeuri — aşa că am mers mai departe. La al doilea etaj era încă o uşă. Asta avea un simplu B gravat pe ea. M-am uitat spre Fatima care era sub mine pe scară şi am ridicat din sprânceană.

— Ce părere ai?

— Dă-i bătaie, a zis Fatima, exaltată, iar eu am bătut la uşă.

Dinăuntru nu s-a auzit niciun zgomot, aşa că am împins încet uşa şi am intrat.

Înăuntru am dat peste o cameră surprinzător de frumoasă, zidită în peretele curbat al turnului. Două ferestre dădeau afară, una la nord, cu vedere spre mlaştini, şi una la vest, cu vedere spre kilometri întregi de câmpuri şi drumuri de coastă şi mi-am dat seama că ne aflăm undeva în colţul din stânga din spatele clădirii. Dedesubtul nostru erau împrăştiate tot felul de dependinţe, pe unele dintre ele le recunoşteam din broşură — clădirea dedicată ştiinţelor, seria de clădiri destinate activităţilor sportive.

Sub fiecare fereastră era un pat îngust, cu cadru metalic, îmbrăcat în cearşafuri albe, şi câte o pătură roşie la capătul fiecăruia. La picioarele patului era câte un cufăr cu lacăt şi între cele două ferestre, două dulapuri mai lungi, nu chiar destul de late ca să fie luate drept garderobe. *I. Wilde*, scria pe o etichetă lipită pe unul dintre dulapuri, iar pe celălalt, *F. Qureshy*.

— Măcar n-avem de ce ne certa pe paturi, a zis Fatima.

Şi-a tras cu greu geamantanul pe patul de lângă dulapul care îi purta numele.

— Foarte organizat.

Eu studiam pachetul lăsat pe biroul de lângă uşă, din care distingeam cu precădere „Contractul de şcolarizare — urmează să fie semnat de către toate fetele şi înmânat domnişoarei Weatherby", când am auzit un sunet imposibil de strident, un zdrăngănit asurzitor infiltrându-se pe coridor.

Fatima a sărit cât colo, vizibil şocată, ca şi mine de altfel, apoi s-a întors spre mine.

— Ce mama dracului a fost asta? Nu-mi spune că o să auzim aşa ceva de fiecare dată când vine ora mesei?

— Ba cred că da, am răspuns, cu inima bătându-mi rapid din cauza şocului. Fir-ar al naibii! Crezi că o să ne obişnuim cu el?

— Probabil că nu, dar cred că am face bine s-o pornim înapoi, nu crezi? Mă îndoiesc că o să găsim văgăuna aia în cinci minute.

I-am făcut semn că sunt de acord şi am deschis uşa spre coridor ca să încerc să refac drumul înapoi. Auzind paşi de deasupra, mi-am ridicat privirea, sperând să putem merge în urma străinilor acestora ca să ajungem în sala de mese.

Dar picioarele pe care le-am văzut coborând spirala din piatră erau unele lungi, lungi cât o zi de post şi foarte familiare. Ba chiar erau aceleaşi picioare pe care le văzusem, fără doar şi poate, cu câteva ceasuri înainte, învăluite în ciorapi neregulamentari.

— Ia te uită, a zis o voce şi am văzut-o pe Thea, urmată îndeaproape de Kate, coborând ultimele trepte ale spiralei. Ghici cine e în 2B? Se pare că o să ne distrăm anul ăsta, nu-i aşa?

— Deci chiar nu mai bei nimic? o întreabă Kate pe Fatima, în timp ce-mi umplea mie paharul, apoi pe al ei. Chipul ei, în lumina lămpii, avea o expresie de mirare privind-o pe Fatima, sprâncenele ei arcuite undeva între încruntare şi întrebare. Adică nu mai bei... nimic, niciun strop?

Fatima dă din cap că da şi-şi împinge farfuria din faţă.

— Da, deloc. Păi, e parte din înţelegere, nu? zice ea, dându-şi ochii peste cap la auzul propriilor cuvinte.

— Nu-ţi lipseşte? o întreb. Să bei, vreau să zic.

Fatima ia o înghiţitură din limonada pe care a adus-o cu ea din maşină, apoi ridică din umeri.

— Sincer? Nu prea. Adică, da, îmi aduc aminte cât de mişto era uneori, şi de gustul ginului tonic şi toate celelalte. Dar nu e ca şi cum...

Se opreşte. Cred că ştiu ce urmează să zică. Nu e ca şi cum alcoolul a fost o binecuvântare cap-coadă. Poate că dacă n-ar fi fost alcoolul, n-am fi făcut greşelile pe care le-am făcut.

— Sunt mai fericită aşa, zice ea în cele din urmă. Sunt bine în momentul ăsta. Şi, în multe privinţe, lucrurile sunt mai simple. Ştiţi... condusul... sarcinile. Să te opreşti din băut nu e o chestie atât de dificilă.

Iau o gură de vin roşu, privesc cum străluceşte în lumina palidă a lustrelor, gândindu-mă la Freya care dormea chiar deasupra noastră şi la alcoolul care se ducea din sânge în lapte.

— Eu o să încerc s-o las mai moale, le zic. Pentru Freya. Adica o să beau un pahar sau două, dar nu mai mult, cel puţin nu cât timp alăptez. Dar n-o să vă mint, a fost al naibii de greu să nu beau deloc nouă luni încheiate. Singurul lucru care m-a ajutat să trec peste a fost gândul la sticla de Pouilly-Fumé din frigider pe care urma s-o beau după naştere.

— Nouă luni, zice Kate, învârtind paharul gânditoare. Sunt ani întregi de când n-am reuşit să las să treacă nici măcar nouă *zile* fără să beau. Dar tu nu mai fumezi, nu-i aşa, Isa? Asta da reuşită.

Îi zâmbesc.

— Da, am renunţat la fumat când l-am cunoscut pe Owen şi m-am ţinut destul de bine. Dar cam atât — nu pot să suport să renunţ la mai mult de un viciu o dată. Ai noroc că nu te-ai apucat, zic eu, uitându-mă la Fatima.

Ea râde.

— Chiar e un lucru bun, pentru că îmi e mai simplu să le ţin predici pacienţilor mei despre pericolele fumatului. Ultimul lucru de care ai nevoie e să-ţi auzi medicul de familie spunându-ţi să te laşi de fumat, în timp ce el duhneşte a tutun. Ali însă tot mai fumează câte una din când în când. Are senzaţia că eu nu ştiu, dar evident că ştiu.

— Şi nu simţi că vrei să-i zici ceva? o întreb, gândindu-mă la Owen.

Fatima ridică din umeri.

— E problema lui de conştiinţă. Fac criză de isterie dacă se apucă să fumeze în faţa copiilor, dar în rest, ce face cu corpul lui rămâne între el şi Allah.

— E atât de..., începe Kate, şi apoi râde. Îmi pare rău, nu vreau să fac un caz din asta. Dar nu reuşesc să-mi revin. Eşti aceeaşi Fatima, şi totuşi...

Face un gest învăluitor înspre hijab. Fatima l-a scos de pe cap, dar i-a rămas căzut pe umeri, ca o aluzie la felul în care s-au schimbat lucrurile.

— Nu mi-o lua în nume de rău; cred că e minunat. Doar că o să-mi ia o vreme să corelez o imagine cu alta. La fel şi cu Isa şi Freya, zice ea şi-mi aruncă un zâmbet, lăsând să se întrevadă ridurile fine din jurul gurii. A fost atât de ciudat când ai apărut la gară cu omuleţul ăsta în braţe! Şi să te văd ducând-o în braţe de colo-colo, ştergându-i faţa, schimbând scutece de parcă asta ai făcut toată viaţa... E greu să-mi aduc aminte, văzându-te în acelaşi scaun în care ai stat dintotdeauna, că eşti mamă. Arăţi la fel ca întotdeauna, ca şi cum nimic nu s-ar fi schimbat, şi totuşi...

Şi totuşi... totul s-a schimbat.

Când Fatima se uită la ceas, e trecut de unsprezece, aşa că îşi împinge scaunul de la masă. Am vorbit îndelung despre toate, de la pacienţii Fatimei, la bârfele din sat şi la slujba lui Owen, dansând, în tot acest timp, în jurul nerostitei întrebări: de ce ne-a chemat Kate aici atât de urgent?

— O să trebuiască să mă retrag, zice ea. Pot să mă duc la baie?

— Da, bineînţeles, răspunde Kate, fără să ridice privirea.

Rulează o țigară, degetele ei experimentate și fine modelând și organizând tutunul. Duce țigara la gură, linge hârtia și apoi pune țigara rulată pe masă.

— Și o să stau în camera din fund sau...?

— Oh, scuză-mă, ar fi trebuit să-ți zic, spune Kate, clătinând din cap, admonestându-se. Nu, am pus-o pe Thea în dormitorul de jos. Pe tine te-am pus în camera mea. Stau sus, la etaj, acum.

Fatima îi mulțumește din cap, apoi se îndreaptă spre baie, lăsându-mă singură cu Kate. Mă uit cum ia țigara și o bate ușor de masă.

— Nu mă băga în seamă, îi zic eu, știind că ezită din cauza mea, dar ea clatină din cap.

— Nu, nu e drept din partea mea. O să mă duc pe ponton.

— Vin și eu, îi zic, și ea deschide ușa din lemn găurită a Morii dinspre malul râului, și care duce spre ponton, unde pășim în aerul cald al serii.

E destul de întuneric, iar deasupra Estuarului se ridică o lună frumoasă. Kate se îndreaptă spre marginea din stânga a pontonului, capătul cu vedere spre râu și spre satul Salten și, pentru o clipă, nu pricep de ce acolo, apoi îmi dau seama. Celălalt capăt al pontonului, cel neîngrădit, unde cândva stăteam cu picioarele atârnând în apele fluxului, este complet scufundat. Kate îmi vede privirea și ridică din umeri resemnată.

— Asta se întâmplă acum când vine mareea, zice ea, uitându-se la ceas. Dar n-o să crească mai mult de-atât; curând o să înceapă să se retragă.

— Dar... dar, Kate, n-am avut nici cea mai vagă idee. Asta voiai să spui când ziceai că tot locul ăsta se scufundă?

Ea dă din cap, își aprinde iar țigara cu bricheta ei Bic și trage adânc aer în piept.

— Dar, e o problemă serioasă. Adică, casa asta *chiar* se scufundă, nu glumă.

— Da, ştiu, răspunde Kate.

Vocea ei e lipsită de emoție, în timp ce eliberează în noapte o rafală prelungă de fum. Simt cum măruntaiele mi se răsucesc de dorință. Aproape că simt gustul fumului de țigară.

— Ce poți să faci? întreabă ea retoric cu țigara în colțul gurii.

Dintr-odată nu mai pot să suport. Aşteptarea mă omoară.

— Dă-mi un fum!

— Poftim? Kate se întoarce spre mine, cu fața umbrită în lumina lunii. Isa, nu. Termină, te-ai lăsat de fumat!

— Doar tu ştii foarte bine, nu eşti niciodată un fost drogat, eşti întotdeauna un drogat care nu s-a mai drogat de ceva vreme, am zis eu, fără să mă gândesc şi apoi, cu inima în gât, îmi dau seama ce-am zis şi pe cine citam, iar revelația e ca un cuțit înfipt în inimă.

Dacă, după toți anii ăştia, încă mă mai gândesc la el, cât de rău o fi pentru Kate?

— Oh, Doamne, exclam, cu mâna întinsă spre ea. Îmi pare rău, n-am vrut...

— Nu-i nimic, zice ea, deşi nu mai zâmbeşte, iar ridurile din jurul gurii îi sunt mai adânci ca înainte.

Trage încă o dată adânc din țigară, apoi îmi pune țigara aprinsă între degetele de la mâna pe care încă o țin întinsă.

— Mă gândesc la el tot timpul. Ce mai contează o aluzie în plus sau în minus?

Țin între degete țigara, uşoară ca un chibrit, apoi, cu un sentiment asemănător scufundării într-o cadă fierbinte, o bag în gură şi trag adânc fumul, până în străfundurile plămânilor. Oh, Doamne, ce bine e...

Apoi se întâmplă două lucruri. În depărtare, spre pod, se văd două faruri care traversează valurile. O maşină se opreşte la capătul drumului spre casa lui Kate.

Iar dinspre monitorul pe care îl duceam după mine, în buzunar, se aude un cârâit subţire care îmi face inima franjuri, iar capul mi se ridică brusc, tras de sforile nevăzute care mă leagă de Freya.

— Dă-mi-o!

Kate întinde mâna şi îi dau rapid ţigara înapoi. Nu pot să cred ce-am făcut. Un pahar de vin e una, dar chiar am de gând să mă duc şi să-mi iau copila în braţe duhnind a fum de ţigară? Ce-ar zice Owen?

— Tu du-te la Freya, îmi zice ea. O să văd cine...

Fug în casă şi rapid pe scări, în dormitorul în care am lăsat-o pe Freya, dar ştiu foarte bine cine a venit. Ştiu exact cine.

Thea a venit, exact aşa cum a promis. Suntem, în sfârşit, toate la un loc.

La etaj, pe palier, mai să dau peste Fatima, care ieşea din camera ei. Fosta cameră a lui Kate.

— Scuză-mă, îi zic eu, fără răsuflare. Freya s-a...

Fatima se dă în lături, mă lasă să trec, iar eu o iau la fugă spre dormitorul de la capătul culoarului, unde Kate a instalat un leagăn din lemn care a fost al ei când era mică.

E o cameră frumoasă, poate cea mai frumoasă, cu excepția celei în care stă acum Kate, un soi de atelier şi dormitor la un loc, ocupând ultimul etaj în întregime, şi care a fost a tatălui ei.

O iau în brațe pe Freya care e fierbinte toată şi lipicioasă, apoi scot de pe ea sacul de dormit, dându-mi seama cât de cald e de fapt. Cum o sprijin de umăr şi-i îngân ceva liniştitor, aud un zgomot din spatele meu; mă întorc şi o văd pe Fatima în uşă, uitându-se mirată în jur, şi observ în sfârşit ceea ce n-am reuşit să văd când am trecut pe lângă ea pe palier: e încă îmbrăcată.

— M-am gândit că te-ai dus la culcare.

Ea clatină din cap.

— Nu, m-am dus să mă rog, zice ea, iar vocea îi e domoală, încercând să n-o sperie pe Freya. E atât de ciudat, Isa. Să te văd aici, în camera *lui*.

— Ştiu, îi răspund.

Mă aşez pe scaunul de nuiele, iar Fatima trece pragul, analizând încăperea: ferestrele joase, oblice, lemnul negru şi şlefuit al podelei, ornamente în formă de schelete de frunze atârnate de grinzile din tavan, tremurând în briza caldă care intră prin fereastra deschisă. Kate a îndepărtat toate lucrurile lui Luc, posterele lui cu muzicieni, mormanele de haine nespălate de după uşă, chitara acustică rezemată de pervazul ferestrei, magnetofonul tipic anilor şaptezeci pe care îl ţinea pe podea, lângă pat. Dar prezenţa lui încă se simte, iar eu nu pot să mă gândesc la locul acesta altfel decât ca la camera lui Luc, chiar dacă, atunci când ne-am întâlnit, Kate i-a zis *camera din fund*.

— Ţineţi legătura? întreabă Fatima.

Dau din cap energic.

— Nu, dar tu?

— Nu, răspunde ea, aşezându-se pe marginea patului. Dar trebuie să te fi gândit la el, nu?

O vreme nu-i răspund; îmi acord un minut, cât să rearanjez muselina de lângă obrazul Freyei.

— Puţin, zic în cele din urmă. Din când în când.

E o minciună — mai rău de-atât, o minciună pe care i-o servesc Fatimei. Aceasta era cea mai importantă regulă a Jocului Minciunii. Da, minte-i pe toţi ceilalţi. Dar niciodată una pe cealaltă.

Mă gândesc la toate minciunile pe care le-am repetat, iar şi iar, până când au rămas atât de imprimate în creier, încât le simţeam ca pe nişte adevăruri: am plecat pentru că voiam o schimbare. Nu ştiu ce s-a întâmplat cu el, a dispărut, pur şi simplu. N-am făcut nimic rău.

Fatima nu spune nimic, dar ochii ei strălucitori şi incisivi sunt fixaţi ferm asupra mea, aşa că las să cadă pe lângă mine mâna cu care mă jucam în păr. Când observi oameni care mint cu perseverenţa de care am dat noi dovadă, ajungi să cunoşti semnele care îl dau pe celălalt de gol. Thea îşi roade unghiile. Fatima nu se uită în ochii tăi. Kate devine rigidă, distantă şi intangibilă. Iar eu... eu mă joc cu părul, îndoindu-l şi rulându-l pe degete, ţesând o pânză la fel de încâlcită precum minciunile noastre, fără ca măcar să-mi dau seama că o fac.

În vremea aceea, m-am chinuit îndelung să trec peste asta. Iar acum văd din zâmbetul înţelegător al Fatimei că ticul meu străvechi m-a dat iar de gol.

— Nu-i adevărat, zic eu. M-am gândit la el... mult timp. Tu nu?

Îmi face semn că da.

— Evident!

Nu mai spunem nimic şi ştiu că amândouă ne gândim la el... la mâinile lui, lungi şi subţiri, cu degete puternice care alergau peste coardele de chitară, mai întâi încet, ca un amant, apoi mai repede decât îţi puteai imagina. La ochii lui, schimbători precum cei ai tigrului şi la cum străluceau în nuanţe de cupru în lumina soarelui sau în nuanţe de aur brun în umbră. Chipul lui îmi e gravat în memorie şi îl văd şi acum, atât de clar, de parcă ar sta dinaintea mea — nasul roman proeminent care îi făcea profilul atât de distinctiv, gura mare şi expresivă, sprâncenele stufoase uşor răsucite în sus la capete, dându-i un aer de perpetuă încruntare.

Oftez şi Freya se agită în somnul ei uşor.

— Vrei să plec? mă întreabă Fatima încet. Dacă o deranjez...

— Nu, rămâi, îi răspund.

Ochii Freyei se închid din nou, apoi se deschid brusc, iar mâinile şi picioarele îi devin grele şi relaxate şi ştiu că e gata să adoarmă din nou.

Freya s-a moleşit deja şi atârnă relaxată, aşa că o aşez în leagăn cu blândeţe.

A adormit la timp, căci aud deja sunete de paşi la parter şi o uşă care s-a deschis cu zgomot, apoi vocea Theei răsunând în toată casa, înecând până şi lătratul lui Shadow.

— Dragilor, am ajuns acasă!

Freya tresare, îşi aruncă braţele în lateral, ca o stea de mare, dar îi pun o mână pe piept, iar ochii i se închid din nou, aşa că ies din camera lui Luc urmând-o pe Fatima şi cobor scările la parter, unde ne aşteaptă Thea.

Gândindu-mă la Internatul Salten, lucrul de care îmi aduc aminte cu precădere îl reprezintă contrastele. Strălucirea orbitoare a mării într-o zi senină de iarnă, întunericul negru ca păcura al nopții rurale, mai adânc decât întunericul Londrei. Concentrarea tăcută a claselor de desen şi cacofonia isterică a cantinei în care trei sute de fete aşteptau să fie hrănite. Şi, mai presus de toate, intensitatea prieteniilor care se legau după numai câteva săptămâni în acea atmosferă de seră... şi duşmăniile care veneau la pachet.

În acea primă seară, cel mai mult m-a frapat zgomotul. Şi eu şi Fatima ne despachetam lucrurile, când am auzit alarma pentru masa de seară, umplând încăperea şi alungând liniştea care era deja plăcută şi prietenoasă. Cum a răsunat alarma, am ieşit în hol de-a valma, iar zidul de zgomot care ne-a întâmpinat era de o intensitate pe care n-am resimțit-o niciodată la şcoala la care fusesem înainte — un sunet care, odată ce am ajuns cu toatele în cantină, se intensifica ceva de speriat. Prânzul fusese destul de zgomotos, dar fetele au tot venit pe tot parcursul zilei, iar acum stăteam în coridor umăr la umăr, iar corul a trei sute de voci ascuțite era destul ca să-ți curgă sânge din urechi.

Eu şi Fatima stăteam în picioare, uitându-ne în jur după un loc în care să ne aşezăm, în timp ce fetele se împingeau în noi din toate părțile ca să treacă şi să ajungă la prietenele lor, când le-am văzut deodată pe Thea şi Kate la capătul uneia dintre mesele lungi din lemn lăcuit. Stăteau una în fața celeilalte, iar lângă fiecare era un loc liber. I-am făcut un semn din cap Fatimei şi am pornit spre ele, dar apoi o altă fată ne-a tăiat calea şi mi-am dat seama că şi ea se îndrepta spre aceleaşi locuri. N-avea cum să mai rămână loc pentru noi amândouă.

— Du-te tu, i-am zis eu Fatimei, încercând să arăt că nu era nicio supărare pentru mine. O să găsesc eu altă masă, am continuat.

— Fii serioasă, îmi zice Fatima şi mă împinge în glumă. Nu te las eu singură! Trebuie să fie două locuri libere la altă masă, pe undeva.

Dar nu s-a mişcat din loc. Ceva în felul în care mergea fata aceea spre Thea şi Kate nu părea tocmai în regulă — era ceva premeditat în mersul acela, o ostilitate pe care n-o pricepeam.

— Cauți un loc? a întrebat Thea dulceag în momentul în care fata a ajuns la masa lor.

Mai târziu am aflat că o chema Helen Fitzpatrick, că era o fată foarte veselă şi căreia îi plăcea să bârfească, dar acum i-a râs în față, un râs amar şi incredul.

— Mersi, dar cred că mai degrabă m-aş duce să stau lângă veceuri. De ce naiba mi-ai zis că domnişoara Weatherby e însărcinată? I-am trimis o felicitare din cauza căreia femeia mai avea puțin şi-şi ieşea din minți. Am fost suspendată şase săptămâni.

Thea n-a zis nimic, dar am văzut că încerca din răsputeri să nu râdă, iar Kate, care era cu spatele la Helen, a mormăit *„zece puncte"* şi i-a arătat Theei degetele de la mâini, rânjind.

— Ei? a insistat Helen.

— A fost greşeala mea. Cred că am înţeles eu greşit.

— Hai, lasă vrăjeala! Eşti o mincinoasă împuţită.

— A fost o glumă, a intervenit Thea. Nu ţi-am zis niciodată că e confirmată sarcina — ţi-am zis că am auzit un zvon. Data viitoare, verifică faptele întâi.

— Ţi-arăt eu ţie *fapte*. Am auzit eu despre nişte *fapte* petrecute la fosta ta şcoală, Thea. Am cunoscut în tabăra de tenis o fată care a fost elevă acolo. A zis că nu prea eşti sănătoasă la cap şi că de-asta te-au dat afară. Ei, ca să vezi, n-au greşit cu nimic, dacă e să mă întrebi pe mine. Din partea mea, cu cât te aruncă mai repede afară de-aici, cu atât mai bine.

Kate s-a ridicat şi s-a întors să se confrunte cu Helen. Chipul se transformase destul de mult, de la expresia prietenoasă şi vicleană pe care o văzusem în tren, la o privire rece şi dură, o expresie furibundă care m-a speriat puţin.

— Ştii care e problema, a zis ea aplecându-se spre Helen, forţând-o să facă un pas înapoi, aproape involuntar. Petreci mult prea mult timp ascultând tot felul de zvonuri. Dacă ai înceta, măcar o secundă, să mai crezi toate bârfele care circulă, ai fi mai cu picioarele pe pământ.

— Du-te-n mă-ta, i-a scuipat Helen, apoi toate fetele au tresărit la auzul unei voci care venea din spatele micului grup.

Era domnişoara Farquharson, Sport.

— E totul în ordine?

Helen i-a aruncat o privire Theei şi părea că şi-a muşcat limba.

— Da, domnişoară Farquharson, a zis ea morocănoasă.

— Thea? Kate?

— Da, domnişoară Farquharson, a zis Kate.

— Bun. Uite, în spatele vostru sunt două fete noi care stau în picioare, căutând un loc, şi nimeni nu le-a rugat să stea la masă cu ele. Fatima, Isa, faceți-vă loc pe bănci. Helen, ai nevoie de un loc?

— Nu, domnişoară Farquharson. Jess mi-a păstrat unul.

— În cazul acesta, îți sugerez să te duci să te aşezi.

Domnişoara Farquharson s-a întors şi era pe punctul de a pleca, dar s-a oprit, iar expresia de pe chip i s-a schimbat. S-a aplecat şi a mirosit aerul din jurul Theei.

— Thea, ce e mirosul ăsta? Spune-mi, te rog, că nu te-ai apucat să fumezi în şcoală? Domnişoara Weatherby a spus cât se poate de clar, trimestrul trecut, că dacă te mai prindem o singură dată, îl chemăm pe tatăl tău şi discutăm despre suspendare.

A urmat o pauză lungă. Apoi am văzut cum Thea s-a prins cu degetele de marginea mesei. A schimbat o privire cu Kate, apoi a deschis gura; dar, spre surprinderea mea, m-am trezit vorbind eu prima.

— Ne-au dat bilete într-un vagon de fumători, domnişoară Farquharson. În tren. Era un individ acolo cu un trabuc; biata Thea a nimerit chiar lângă el.

— A fost scârbos rău, a intervenit şi Fatima. Adică, puțea cumplit. Şi chiar dacă am stat la fereastră, tot mi-a fost rău de la fum.

Domnişoara Farquharson s-a întors să se uite la noi şi o vedeam cum ne măsura din cap până în picioare — pe mine, cu mutra mea copilăroasă şi cu zâmbetul clar, şi pe Fatima, cu ochii ei negri, nevinovaţi şi curaţi. Am simţit cum mâna mi se duce nervos în păr şi m-am controlat, încrucişându-mi degetele la spate, ca şi cum le-aş fi legat. Domnişoara Farquharson a dat încet din cap, încuviinţând.

— Cât de neplăcut! Ei bine, Thea, nu mai e nimic de comentat. De data *asta*. Acum, fetelor, luaţi loc. Elevii de serviciu vor începe să vă servească în câteva momente.

Ne-am aşezat, iar domnişoara Farquharson s-a îndepărtat.

— Oh, Doamne! a şoptit Thea.

S-a întins peste masă spre mine şi mi-a strâns mâna; i-am simţit degetele reci într-ale mele, tremurând încă de stres şi emoţie.

— Şi... Dumnezeule, nici nu ştiu ce să spun. Mulţumesc!

— Pe bune, a zis Kate.

A scuturat din cap, iar expresia de pe chipul ei era una de eliberare şi admiraţie melancolică. Furia rece şi dură pe care o văzusem pe chipul ei în momentul confruntării cu Helen dispăruse, ca şi cum n-ar fi existat niciodată.

— V-aţi comportat amândouă ca nişte profesioniste.

— Bun venit în Jocul Minciunii, a zis Thea, apoi s-a uitat spre Kate. Nu-i aşa?

Kate a încuviinţat.

— Bun venit în Jocul Minciunii. Ah — şi faţa i s-a luminat de un zâmbet — şi zece puncte.

Nu ne-a luat mult, mie şi Fatimei, ca să aflăm de ce turnul avea cele mai bune camere; de fapt, ne-am dat seama din prima seară. După ce-am văzut un film în sala comună, m-am întors în cameră. Fatima era deja acolo, întinsă pe pat, scriind, după toate aparenţele, o scrisoare pe hârtie subţire de corespondenţă, cu părul ei de culoarea mahonului atârnându-i în valuri de mătase neagră de ambele părţi ale feţei.

A ridicat capul în momentul în care am intrat în cameră, căscând, şi am văzut că era deja îmbrăcată în pijama — un maiou care de-abia o acoperea şi nişte pantaloni scurţi, din flanel. Când se întindea, se întindea şi maioul, scoţând la iveală o fâşie de abdomen plat.

— Eşti gata de culcare? m-a întrebat ea, ridicându-se în fund.

— Clar.

M-am aşezat pe saltea, în scârţâit de arcuri, şi mi-am scos papucii.

— Dumnezeule, sunt moartă de oboseală! Atât de multe feţe...

— Ştiu, a zis Fatima, scuturând din pletele ei negre, apoi a împăturit hârtia şi a băgat-o în noptieră. N-am putut să suport gândul de a cunoaşte şi mai mulți oameni după cină, aşa că am venit aici. Crezi că am făcut rău?

— Fii serioasă! Probabil că ar fi trebuit să fac acelaşi lucru. Oricum, nu am apucat să vorbesc cu nimeni — majoritatea păreau să fie fete din anii mai mici.

— Ce film au pus?

— *Clueless*, am zis eu, încercând să-mi înăbuş un căscat, apoi m-am întors cu spatele, ca să încep să-mi desfac nasturii de la cămaşă.

Mi-am imaginat un spațiu delimitat, ca în poveştile cu internate, cu draperii separatoare pe care să le poți trage, dar se pare că genul acesta de camere existau numai în cămine. Fetele cazate în camere la comun trebuiau să-şi ofere una alteia intimitate atunci când era necesară.

Eram în pijama şi scormoneam prin dulap după buretele de baie, când am auzit un zgomot care m-a făcut să mă opresc şi să mă uit peste umăr. Părea să fie un ciocănit în uşă, dar nu dinspre uşă venise zgomotul.

— Tu ai bătut? am întrebat-o pe Fatima.

Fatima a clătinat din cap.

— Tocmai voiam să te întreb acelaşi lucru. Parcă dinspre fereastră s-a auzit.

Draperiile erau închise, aşa că ne-am ridicat amândouă şi am ascultat cu atenție, simțindu-ne în mod ciudat încordate şi caraghioase. Tocmai voiam să zic că nu e mare chestie şi să râd, făcând vreo glumă despre Rapunzel, când am auzit din nou zgomotul, de data asta mai tare, făcându-ne pe amândouă să țipăm, apoi să chicotim emoționate.

De data asta, s-a auzit clar, de la fereastra cea mai aproape de patul meu, aşa că m-am dus şi am dat draperiile la o parte.

Nu ştiu la ce mă aşteptam, dar nicidecum la ceea ce am văzut: un chip palid care se uita pe geam înăuntru, iar în jurul lui doar întuneric. Am rămas o vreme cu gura căscată, apoi mi-am adus aminte ce zărisem din microbuz, în timp ce ne apropiam de internat: lujerii căţărători ai scării de incendiu încolăcindu-se pe părţile laterale ale clădirii şi turnului, aşa că m-am uitat mai bine. Era Kate.

Mi-a rânjit, apoi şi-a răsucit încheietura şi mi-am dat seama din gestul ei că voia să deschid fereastra.

Mânerul era ruginit şi înţepenit şi mi-a luat ceva timp până s-a deschis, scârţâind.

— Ei?! a exclamat Kate, făcând din mână spre scara neagră şi precară, din fier forjat de sub ea, profilându-se pe fundalul palid al mării. Ce mai aşteptaţi?

M-am uitat la Fatima care a dat din umeri şi mi-a făcut semn că e de acord, apoi am tras pătura de pe pat, m-am urcat pe pervaz şi am ieşit în întunericul rece de toamnă.

***

Afară, atmosfera de seară era calmă şi cuminte, iar în timp ce eu şi Fatima o urmam pe Kate, urcând pe scările de incendiu care tremurau sub noi, auzeam vuietul îndepărtat al valurilor care se izbeau de ţărmul înţesat de pietre şi ţipătul pescăruşilor care zburau în cercuri deasupra apei, strigând înspre largul mării.

Urcam ultima serie de trepte şi am văzut-o pe Thea care aştepta în capul scării de incendiu. Avea un tricou pe ea care abia îi ajungea până la coapsele ei lungi şi subţiri.

— Întinde pătura aia, mi-a zis ea, iar eu am desfăcut-o peste împletitura de metal şi m-am aşezat alături.

— Acum ştiţi şi voi, a zis Kate, privindu-ne complice. Aveţi în mâinile voastre secretul nostru.

— Şi tot ce putem să vă oferim în schimbul tăcerii voastre, a spus Thea apăsat, este asta — şi ne-a arătat o sticlă de Jack Daniel's — şi astea, a continuat ea, ţinând în mână un pachet de Silk Cut. Fumaţi?

A bătut uşor pachetul de ţigări ca să iasă o ţigară şi ni l-a întins.

Fatima a clătinat din cap.

— Nu. Dar o să iau din asta, a zis ea, făcând semn spre sticla de whisky, iar Kate i-a întins-o.

Fatima a tras o duşcă bună, s-a cutremurat, înfiorată, apoi s-a şters la gură, rânjind.

— Isa? m-a întrebat Thea, ţinând în continuare pachetul de ţigări întins.

Nu fumam. Încercasem o dată sau de două ori la fosta mea şcoală din Londra şi nu-mi plăcuse. Ba mai mult decât atât, ştiam că părinţilor mei nu le-ar plăcea de niciun fel să mă ştie fumând, mai ales tatei, care fumase şi el în tinereţe şi care, din când în când, urându-se pe sine, se apuca de fumat trabucuri.

Dar aici... aici eram altcineva... o persoană nouă.

Aici nu mai eram şcolăriţa tocilară care îşi făcea întotdeauna tema la timp şi care dădea cu aspiratorul înainte să iasă cu prietenii în oraş.

Aici puteam să fiu oricine voiam. Aici puteam să fiu cu totul altcineva.

— Mersi, am zis.

Am luat ţigara din mâna întinsă a Theei şi, când Kate a aprins bricheta Bic, m-am aplecat asupra flăcării închise în căuşul palmelor sale, părul căzându-mi ca o mângâiere peste braţul ei de culoarea mierii brune, şi am tras un fum, mai întâi cu grijă, clipind din cauza fumului care îmi înţepa ochii şi sperând să nu mă înec.

— Mersi pentru azi, a zis Thea. Pentru faza cu fumatul. Chiar... chiar mi-ai salvat pielea. Nu ştiu ce s-ar întâmpla dacă aş fi iar exmatriculată. Cred că tata s-ar gândi serios să mă închidă undeva.

— Pentru puţin.

Am dat fumul afară din plămâni, uitându-mă cum pluteşte, trecând de acoperişurile şcolii, spre luna spectaculos de albă, aproape plină.

— Dar, ce-ai vrut să spui cu chestia aia pe care ai zis-o la masă. Ce e cu punctele?

— E scorul nostru, a răspuns Kate. Primeşti zece puncte în momentul în care păcăleşti clar pe cineva. Cinci dacă spui o poveste destul de bună sau dacă reuşeşti să prăjeşti un alt jucător. Cincisprezece puncte dacă articulezi pe careva arogant, la modul cel mai serios. Dar punctele în sine nu sunt importante... sunt doar... nu ştiu, ceva ca să facă jocul şi mai distractiv.

— E o versiune a unui joc pe care îl jucau elevii la una dintre şcolile la care am fost, a zis Thea, trăgând languros din ţigară. Îl jucam pe spinarea fetelor noi. Ideea era să le determinăm să facă ceva stupid — ştii cum e, să le spunem, de exemplu, că e o tradiţie ca toţi elevii noi să vină la cursurile de seară înfăşuraţi în prosoape de baie, ca să ajungă mai repede la duşurile de seară sau să le convingem că bobocii nu aveau voie să meargă în jurul scuarului şcolii decât în sensul acelor de ceasornic. Chestii caraghioase. Oricum, când am venit aici, eu eram fata nou-venită şi, m-am gândit, dracu' să-i ia pe toţi.

De data asta eu o să fiu cea care spune minciunile. Şi de data asta o să fie ceva important. Şi n-o să mă iau de fetele noi, de cele care nu se pot apăra. O să le-o fac celor care controlează totul: profesorilor, fetelor populare. Cei care se cred deasupra tuturor, a continuat ea, suflând un nor de fum. Numai că prima dată am mințit-o pe Kate, nu a făcut spume la gură şi nu m-a amenințat că mă ostracizează, ci doar a râs. Şi atunci am ştiut. Nu era la fel ca toate celelalte.

— Cum nici voi nu sunteți, de altfel, a zis Kate cu un aer complice. Nu-i aşa?

— Aşa e, a răspuns Fatima.

A tras încă un gât de tărie şi a rânjit.

Eu m-am mulțumit să dau din cap. Am dus țigara la gură şi am tras din nou, de data asta inhalând adânc, simțind fumul ducându-mi-se în plămâni, filtrându-se în sânge. Capul a început să-mi vâjâie, iar mâna care ținea țigara să tremure când am lăsat-o moale pe împletitura de fier a platformei din capul scării de incendiu, dar n-am zis nimic, sperând ca celelalte să nu observe efectul brusc al drogului.

Simțeam cum Thea mă priveşte şi eram, în modul cel mai ciudat, convinsă că, în ciuda faptului că mă stăpâneam din răsputeri, n-o păcăleam şi că ştia exact ce se întâmplă în mintea mea şi chinul de a mă preface că sunt obişnuită cu țigara, dar nu m-a necăjit, ci doar mi-a întins sticla.

— Bea, mi-a zis ea, vocalele ieşindu-i ascuțite ca o lamă de cuțit, însă apoi, ca şi cum şi-a dat seama de tonul de comandă pe care îl avusese, a rânjit, domolind tăria ordinului dat. Ai nevoie de ceva care să mai taie din efectul primei zile, a zis ea.

M-am gândit la mama, adormită sub un cearşaf de spital, cu otrava picurându-i încet în vene, la fratele meu singur în noua lui cameră din internatul Charter, la tata, conducând în noapte spre casa noastră goală din Londra... nervii îmi erau întinşi ca nişte coarde de vioară, răsunând în mine, aşa că am înclinat din cap şi am întins mâna liberă.

Am luat o gură de whisky şi am simţit cum mă arde ca focul şi a trebuit să mă împotrivesc senzaţiei de vomă şi tuse, dar am dat drumul licorii pe gât, simţind-o ca pe un glonţ care se ducea în stomac, simţind cum sforile întinse ale sufletului meu se relaxează, chiar dacă abia o fracţiune. Apoi i-am întins sticla lui Kate.

Kate a luat-o şi a dus-o la buze, iar când a băut din ea, n-a luat o gură mică, aşa cum am făcut eu şi Fatima, ci a tras cu sete de două, trei ori, înghiţind fără să respire, fără să se clintească sau să tresară; la fel de bine ar fi băut lapte.

Când a terminat, s-a şters la gură, ochii strălucindu-i în noapte.

— În cinstea noastră, a zis ea, ridicând în aer sticla care surprindea strălucirea lunii. Fie să nu îmbătrânim niciodată!

Dintre toate, Thea e cea pe care n-am mai văzut-o de cea mai multă vreme, astfel că imaginea pe care o aveam în minte în timp ce coboram scările era aceea a fetişcanei de acum şaptesprezece ani, cu chipul ei frumos şi cu părul ca norii de furtună împânzind un cer senin.

Cum cobor scara şubredă, n-o văd întâi pe Thea, ci văd în colțul scării acuarela pe care o pictase Ambrose, cu Thea înotând în Estuar. Ambrose a surprins strălucirea soarelui pe pielea ei şi lumina prismatică filtrându-se prin apă, iar capul îi e lăsat pe spate, părul lung întinzându-se neted pe cap, ceea ce o făcea şi mai spectaculoasă.

Cu imaginea asta în minte, cobor ultima buclă a scării, întrebându-mă la ce să mă aştept... iar Thea este acolo.

E mai frumoasă ca niciodată; nici nu m-aş fi gândit că e posibil, dar e adevărat. Chipul ei e mai suplu, trăsăturile mai bine definite, iar părul ei întunecat e tăiat mai scurt. E ca şi cum frumusețea ei s-a retras în osatură, în cascada ei de păr scurt şi mătăsos, în două nuanțe, în machiaj, în bijuterii.

E mai în vârstă, mai frumoasă, chiar mai slabă — *prea* slabă. Şi totuşi, e exact la fel.

Mă gândesc la toastul lui Kate, ţinut în noaptea aceea de demult, când abia ne ştiam. *Fie să nu îmbătrânim niciodată...*

— Thee, spun, trăgând aer în piept.

Apoi, în clipa următoare, o strâng în braţe şi-i simt oasele, Fatima o îmbrăţişează şi ea, râzând, iar Thea spune:

— Pentru numele lui Dumnezeu, fetelor, mă zdrobiţi! Şi aveţi grijă la cizmele mele, idiotul ăla m-a dat afară din taxi la jumătatea drumului spre Estuar. Aproape că am înotat până aici.

Miroase a ţigări... şi a alcool, aroma lui dulceagă adiind din gura ei, în timp ce-mi râde în păr, ca mirosul unor fructe prea coapte, apoi ne dă drumul amândurora şi se îndreaptă spre masa de lângă fereastră.

— Nu-mi vine să cred că sunteţi mame amândouă!

Zâmbetul ei e acelaşi dintotdeauna, arcuit, puţin amar, ascunzând secrete. Trage scaunul care a fost mereu al ei în nopţile în care stăteam şi fumam şi beam până spre dimineaţă şi se aşază, scoţând o ţigară Sobranie, neagră, cu capătul auriu, şi o bagă în gură.

— Cum de vi s-a permis unor păcătoase ca voi să vă reproduceţi?

— Nu-i aşa? zice Fatima, trăgându-şi scaunul şi stând în faţa ei, cu spatele la plită. Cam asta i-am zis şi eu lui Ali când mi-au dat-o pe Nadia de la maternitate s-o ducem acasă. Ce dracu' fac acum?

Kate ia o farfurie şi i-o întinde Theei, ridicând din sprânceană.

— Da? Nu? Ai mâncat? A mai rămas o grămadă de cuşcuş.

Thea clatină din cap şi, înainte să răspundă, aprinde ţigara, suflând un nor de fum în cameră.

— Nu vreau nimic. Vreau doar să beau ceva. Şi să aflu de ce mama dracului am venit toate aici?

— Avem vin... şi vin..., spune Kate. Aruncă o privire înspre dulapul înclinat. Şi... vin. Cam atât.

— Hristoase, da' ştiu că te-ai înmuiat de tot. N-ai deloc tărie? Asta e, ce să fac, bănuiesc că o să beau nişte vin.

Kate toarnă vin într-unul dintre paharele ciobite, colorate în albastru-verzui, de pe marginea mesei, un pahar uriaş în care încape pe puţin o treime dintr-o sticlă şi i-l întinde Theei, care îl ridică şi priveşte lumânarea din centrul mesei prin profunzimile rubinii ale vinului.

— În cinstea noastră, zice ea. Fie să nu îmbătrânim niciodată...

Dar acum nu vreau să beau pentru asta. Vreau să îmbătrânesc. Vreau să îmbătrânesc, s-o văd pe Freya crescând, să simt ridurile de pe chipul meu.

Nu sunt nevoită să spun nimic, căci Thea se opreşte din vorbit, cu paharul aproape de buze, şi arată cu degetul spre paharul de limonadă al Fatimei.

— Ia stai puţin, stai puţin, ce e rahatul ăsta? Limonadă? Nu poţi să toastezi cu noi cu limonadă. Doar nu eşti iar gravidă, nu?

Fatima clatină din cap, zâmbind, apoi face un gest spre eşarfa lăsată pe umeri.

— Vremurile se schimbă, Thea. Chestia asta nu e un accesoriu la modă.

— Haide, dragă, *lasă-mă*, faptul că porţi hijab nu înseamnă că trebuie să te transformi într-o măicuţă! Avem tot timpul musulmani în cazino şi unul dintre ei chiar mi-a zis că dacă bei gin tonic, nici măcar nu se consideră că ai consumat alcool; e clasificat drept medicament, din cauza chininei.

— În primul rând, genul ăsta de sfat este catalogat în cercurile teologice, în termeni tehnici, drept „rahat pe băț", zice Fatima.

Încă mai zâmbeşte, dar în vocea ei se simte o nuanță tăioasă.

— Şi, în al doilea rând, trebuie să iei în considerare puterea disociativă a oricui intră într-un *cazino* purtând un hijab, având în vedere învățăturile Coranului cu privire la jocurile de noroc.

În cameră s-a lăsat linişte. Schimb o privire cu Kate şi apoi mă pregătesc să vorbesc, dar nu îmi dau seama ce altceva aş putea spune decât să-i zic Theei să tacă dracului din gură.

— N-ai fost dintotdeauna aşa o mironosiță, spune Thea în cele din urmă, sorbind din vin, iar eu o simt lângă mine pe Kate crispându-se de iritare, dar Thea zâmbeşte, cu colțurile gurii arcuite în felul acela uşor amar, atât de cunoscut. De fapt, continuă ea, sau poate mă înşel, îmi aduc bine aminte de un joc de poker pe dezbrăcatelea, nu...? Sau mă gândesc la o cu totul altă domnişoară Qureshy?

— Iar tu n-ai fost dintotdeauna aşa o scorpie, i-o întoarce Fatima, dar fără ranchiună în voce, zâmbind la rândul ei.

Se întinde peste masă şi o loveşte uşor pe Thea pe braț, iar Thea râde, şi zâmbetul ei real, cel adevărat, un zâmbet larg şi generos şi plin de autoironie, iese la iveală în ciuda ei.

— Mincinoasă mică ce eşti, spune ea, rânjind în continuare, iar tensiunea se disipează, ca electricitatea statică, difuzându-se cu un fâsâit inofensiv.

N-am idee cât e ceasul când mă ridic în sfârşit să mă duc la baie. Trebuie să fie trecut de miezul nopţii. La întoarcere, mă uit să văd ce face Freya, o găsesc dormind liniştită, cu mâinile şi picioarele depărtate, relaxată total.

Cobor scările întortocheate spre locul în care sunt prietenele mele din copilărie şi mă copleşeşte brusc o senzaţie foarte puternică de déjà-vu. Fatima, Thea, Kate, aşezate la locurile lor dintotdeauna şi, pentru o clipă, cum stau aşa, cu capetele aplecate în jurul lumânării tremurânde, ar putea foarte bine să aibă iar cincisprezece ani. Am impresia cât se poate de ciudată că se aude un gramofon cântând în fundal, săltând pe urma ecourilor fostelor noastre vieţi şi simt cum se adună nălucile trecutului, Ambrose... Luc... Inima mi se strânge în piept, mă năpădeşte o senzaţie fizică de durere şi, pentru un moment — o clipă scurtă, fulgerătoare — îmi trece pe dinaintea ochilor o imagine, o scenă pe care am încercat din răsputeri s-o uit.

Închid ochii, îmi frec faţa cu mâinile, încercând să şterg imaginea; iar când îi deschid din nou, în faţa mea nu le văd decât pe Thea, Fatima şi Kate la locurile lor. Dar amintirea rămâne: un trup, întins pe un covor, patru chipuri şocate, pătate de lacrimi...

O atingere rece pe mână, mă întorc brusc, cu inima gata să-mi iasă din piept şi mă uit cu atenţie pe scările care se înfăşurau în întuneric.

Nu ştiu pe cine mă aşteptam să găsesc — doar nu era nimeni acolo în afara noastră — dar oricine ar fi fost, dispăruse; erau doar umbrele din încăpere şi chipurile noastre, aşa cum eram atunci, privind din pereţi.

Apoi aud râsul domol al lui Kate şi-mi dau seama. Nu e vreo fantomă, ci o umbră — câinele lui Kate, Shadow[3], cu nasul lui rece atingându-mi mâna, privindu-mă rugător şi confuz.

— Crede că e ora de culcare, spune Kate. Speră că-l scoate careva la o ultimă plimbare.

— Plimbare? întreabă Thea.

Scoate încă o Sobranie din pachet şi bagă vârful aurit în gură.

— Dă-o naibii! Eu aş zice mai bine *înot*.

— Nu mi-am adus costumul, zic eu automat, înainte să-mi dau seama ce vrea să spună cu sprâncenele ei ridicate şi expresia provocatoare şi şăgalnică şi încep să râd, dar fără prea mult chef.

— Nici să nu te gândeşti şi, oricum, Freya doarme sus. Nu pot s-o las.

— Atunci nu te îndepărta prea mult de mal, zice Thea. Kate. Prosoape!

Kate se ridică, trage încă o duşcă din paharul ei de vin de pe masă şi se duce la un dulap de lângă plită. În dulap sunt prosoape deşirate, decolorate până au ajuns să aibă toate nuanţe de gri pastel. Îi aruncă unul Theei, unul mie. Fatima ridică mâinile.

— Mersi, dar...

— Haide..., o incită Thea. Doar suntem toate femei, nu?

— Aşa zic toate, până când apare vreun beţiv care se întoarce de la pub. Mersi, dar sar peste.

---

3 Joc de cuvinte intraductibil. *Shadow* (engl.) înseamnă *umbră*.

— Cum vrei, spune Thea. Haideți, Isa, Kate, nu mă dezamăgiți, fraierelor.

Se ridică în picioare şi începe să-şi desfacă bluza. Deja văd că n-are sutien pe dedesubt.

Nu voiam să mă dezbrac. Ştiu că Thea o să râdă de sfiala mea, dar nu pot să nu mă gândesc la trupul meu de după naştere, la sânii mei plini de lapte şi brăzdați de vene albastre şi la vergeturile mele de pe abdomenul încă moale. Ar fi fost altceva dacă înota şi Fatima, dar ea nu înoată — şi atunci am fi numai eu, Thea şi Kate, ele fiind slabe şi suple ca acum şaptesprezece ani. Dar ştiu că n-o să am încotro, nu fără ca Thea să mă bată la cap întruna. Şi, în plus, o parte din mine *voia* s-o facă. Şi nu doar din cauza senzației lipicioase de pe gât sau a felului în care rochia mi s-a lipit de spate de transpirație. E mai mult de atât. Suntem aici, toate patru. Parte din mine *vrea* să retrăiască acele momente.

Iau un prosop şi ies în întuneric. Când eram adolescente, n-aveam curajul să mă bag prima în apă. Nu ştiu de ce; o superstiție ciudată, o frică de ceva ce-ar putea mişuna pe sub ape. Dacă celelalte erau în apă, atunci mă simțeam în siguranță. Kate şi Thea erau întotdeauna cele care luau inițiativa, de obicei alergând pe ponton, țipând, şi aruncându-se în mijlocul apelor Estuarului, unde curentul era mai puternic. Acum, sunt mult prea laşă ca să *nu* mă duc prima.

Rochia mea e moale, din bumbac elastic, şi o scot de pe mine dintr-o mişcare, o las să cadă alături, îmi desfac sutienul şi-mi dau jos chiloții. Apoi trag adânc aer în piept şi mă cobor în apă până la jumătate — repede, înainte ca celelalte să aibă timp să-mi vadă goliciunea plină de rotunjimi.

— Mamă, ia uite la Isa cum a intrat la apă! aud eu din casă în momentul în care ies la suprafață, împroşcând cu apă rece.

Noaptea e caldă, toridă chiar, dar valurile sunt înalte, iar Estuarul are ape sărate, aduse direct din Canal[4].

Mă mişc încet în apă, trăgând aer în piept, lăsându-mi pielea să se obişnuiască, în timp ce Thea vine agale pe ponton. E goală şi observ pentru prima dată că şi trupul ei s-a schimbat, în multe feluri, la fel de dramatic ca şi al meu. A fost întotdeauna slabă, dar acum era aproape de anorexie, abdomenul lipit de spate, sânii ei nişte saci goi, lipiți de coastele care ies în evidență. Totuşi, ceva nu s-a schimbat la ea — totala lipsă de timiditate față de trupul ei, vădită din felul lejer în care se mişca spre marginea platformei, cu lumina proiectând peste ape o umbră subțire şi lungă. Theei nu i-a fost niciodată ruşine de trupul ei gol.

— La o parte din calea mea, curvelor, spune ea, apoi se aruncă în apă, un salt perfect, prelung, în ape puțin adânci.

Ceva ce se mai cheamă şi prostie sinucigaşă. Estuarul nu e atât de adânc şi e plin de tot felul de obstrucții — stânci ascuțite pe fundul apei, vestigiile unor pontoane străvechi şi stâlpi de susținere, capcane pentru homari, gunoaie aruncate în mare şi aduse de curent la mal, dune de nisip care se schimbă şi se mută în funcție de maree şi de trecerea anilor. Ar fi putut foarte bine să-şi rupă gâtul, iar pe puntea de lemn o văd pe Kate schimonosindu-se de groază şi ducându-şi mâinile la gură, dar apoi Thea apare la suprafață, scuturându-se de apă ca un câine ud.

---

[4] Canalul Mânecii.

— Ce mai aştepţi? o strigă pe Kate, care respiră din străfunduri, uşurată.

— Eşti *nebună*, spune ea, în voce simţindu-i-se furia. E un banc de nisip drept în mijloc acolo, ai fi putut să mori!

— Dar n-am murit, spune Thea.

Respiră rapid din cauza frigului, dar ochii îi strălucesc. Îşi ridică braţul din apă, cu pielea de găină, ca să-i facă semn lui Kate să intre şi ea.

— Haide, femeie, intră în apă!

Kate ezită... şi pentru o clipă îmi dau seama că poate ştiu ce gândeşte. Am în faţa ochilor o imagine... a unei găuri în pământ, umplută cu apă, cu marginile de nisip prăbuşindu-se în interior... Apoi îşi întinde spinarea, cu un fel de sfidare inconştientă.

— Bine.

Îşi dă jos maioul, îşi scoate blugii; se întoarce să-şi desfacă sutienul şi, apoi, la urmă, înainte să intre în apă, ia sticla de vin pe care o adusese cu noi pe ponton şi trage din ea cu sete, îndelung. Ceva în felul în care îşi ţine capul înclinat, în mişcarea gâtului ei este insuportabil de vulnerabil şi de tineresc şi, pentru o clipă doar, timpul pare a se întoarce şi e iar aceeaşi Kate, pe scara de incendiu de la Internatul Salten, dând capul pe spate ca să golească sticla de whisky.

Apoi dă drumul sticlei de vin peste mormanul de haine, se apleacă să-şi facă vânt, apoi simt valurile venind peste mine când plonjează în apă, la câţiva metri de mine, dispărând sub suprafaţa care scânteiază în lumina lunii.

Mă tot uit, aşteptând să iasă la suprafaţă aproape de mine... dar nu apare. Nu sunt bule pe luciul apei şi mi-e imposibil să-mi dau seama unde e, din cauza reflexiei lunii pe suprafața apei care mă împiedică să văd în adâncime.

— Kate? strig eu, bătând apa, simțind cum, pe măsură ce secundele trec şi nu dă niciun semn, devin din ce în ce mai speriată. Apoi strig: Thea, unde dracu' e Kate?

Apoi simt că mă prinde ceva de gleznă, o strânsoare rece şi puternică mă trage în jos, în adâncurile Estuarului. Înainte să mă duc la fund, trag cu forță aer în piept şi, până să apuc să urlu, sunt deja sub apă, încercând să mă desfac de chestia care mă trage în adânc.

Şi la fel de brusc, îmi dă drumul şi ies la suprafață, încercând cu greu să-mi recapăt răsuflarea, strângând din ochi ca să elimin apa sărată, şi dau de mutra lui Kate, rânjind lângă mine, apucându-mă cu brațele amândouă, să mă țină la suprafață.

— Eşti tâmpită! îi zic, cu răsuflarea întretăiată, neştiind dacă vreau s-o strâng în brațe sau s-o înec. Ai fi putut să mă avertizezi!

— Păi, şi unde ar mai fi fost distracția? a răspuns Kate, respirând din greu.

Ochii îi strălucesc zâmbitori.

Thea e departe, în mijlocul Estuarului, unde curentul este cel mai puternic şi apa cea mai adâncă şi pluteşte pe spate, în valurile fluxului, înotând atât cât să se mențină într-un loc.

— Veniți aici, ne strigă ea. E atât de frumos!

Sub privirile Fatimei care se uită la noi de pe ponton, înotăm spre Thea care pluteşte suspendată în lumina nopții, ne întoarcem pe spate şi le simt mâinile prinzându-se de ale mele şi plutim aşa, o constelație de trupuri, palide în lumina lunii, cu picioarele încrucişate, degetele împletite unele într-altele, ba desprinzându-se, pierzând legătura cu celelalte, ba prinzându-se la loc.

— Haide, Fati, strigă Thea. E superb aici!

Şi chiar e. Şocul pe care ni l-a provocat apa rece a trecut şi e surprinzător de cald, iar luna deasupra noastră e aproape plină. Când plonjez sub apă, o văd, strălucind, reflectată în o mie de cioburi care străpung apele mâloase, lăptoase ale Estuarului.

Când ajung la suprafaţă, o văd pe Fatima care s-a apropiat de marginea pontonului şi stă chiar pe muchie, mângâind apa cu degetele, aproape cu tristeţe.

— Nu e la fel fără tine, o roagă Thea. Haide... ştii că vrei...

Fatima scutură din cap şi se ridică, să se ducă înăuntru, presupun eu. Dar mă înşel. Mă uit, înotând alene, cum trage aer în piept, apoi se aruncă în apă — cu haine, cu tot, cu eşarfa fluturând în noapte ca o aripă de pasăre şi loveşte apa cu un plescăit.

— Nu te cred! ţipă Thea. A făcut-o!

Ne croim drum prin apă, străpungând valurile după ea, râzând şi tremurând din cauza unui soi de isterie, iar Fatima râde şi ea, storcându-şi eşarfele şi îmbrăţişându-ne ca să se menţină la suprafaţă, căci apa o trage de haine la fund.

Suntem iar împreună.

Şi, pentru o clipă, asta e tot ce contează.

S-a făcut târziu. Am ieşit cu greu din apă, râzând şi înjurând, julindu-ne spinările de lemnul putred şi plin de aşchii, ne-am şters părul cu prosoapele şi ne-am frecat pielea ca de găină. Fatima şi-a schimbat hainele ude, clătinând din cap din cauza propriei ei prostii şi acum zacem toate, în pijamale şi cămăşi de noapte, pe canapeaua jerpelită a lui Kate, o încrengătură amorfă de membre obosite şi cuverturi uzate şi moi, bârfind, aducându-ne aminte, repovestind lucruri întâmplate demult — *îţi aduci aminte când...*

Fatima şi-a dat drumul la părul ud, iar cu el în jurul feţei arată mult mai tânără, mult mai aproape de fata pe care am cunoscut-o în copilărie. E greu de crezut că are un soţ şi doi copii. Mă uit la ea cum râde de ce spune Kate, apoi aud ceasul de pe peretele din spatele ei care bate slab de două ori, şi o văd că se întoarce.

— Fir-ar să fie! Nu pot să cred că e două dimineaţa! Trebuie să dorm obligatoriu câteva ceasuri.

— Te faci de ruşine, îi zice Thea.

Thea nu pare să fie deloc obosită, ba chiar arată că poate să continue vreo câteva ore bune — dă peste cap ultimele rămăşiţe de vin din pahar, iar ochii îi strălucesc.

— Azi-noapte nici măcar nu mi-am *început* tura înainte de miezul nopţii!

— Păi, tocmai. Pentru tine nu are a face, zice Fatima. Unii dintre noi am petrecut câţiva ani încercând să ne disciplinăm vieţile la programul rigid de muncă de la 9 la 5 şi la orarele a doi preşcolari. E greu să ies din rutină cât ai zice peşte. Uite, şi Isa cască!

Se întorc toate către mine şi eu încerc, eşuând lamentabil, să-mi înăbuş un căscat care era deja pe jumătate epuizat, aşa că ridic din umeri şi zâmbesc.

— Îmi pare rău, ce pot să zic altceva? Mi-am pierdut energia odată cu talia. Dar Fatima are dreptate... Freya se va trezi la şapte. Şi trebuie să dorm câteva ore până atunci.

— Haide, spune Fatima, ridicându-se şi întinzându-se. La culcare!

— Staţi, zice Kate, cu vocea scăzută, şi mi-am dat seama că, în cea mai mare parte a serii, ea a fost, dintre noi toate, cea mai tăcută.

Eu, Fatima şi Thea am povestit istoriile noastre preferate, fiecare a spus anecdote şi glume pe seama celorlalte, amintiri după care am scormonit din greu... dar Kate a tăcut, închisă în gândurile ei. Acum, vocea ei venea ca o surpriză şi ne-am întors toate trei spre ea. E cuibărită în fotoliu, cu părul lăsat să-i cadă în şuviţe pe faţă, iar ceva în expresia ei ne face să ne oprim în loc. Stomacul mi se strânge.

— Ce? întreabă Fatima, iar vocea îi trădează tulburarea. Se aşază din nou, dar de data aceasta pe marginea canapelei, cu degetele înnodând capetele eşarfei pe care o întinsese pe sârma din jurul sobei, ca să se usuce. Ce e?

— Nu..., începe Kate să spună, apoi se opreşte. Îşi lasă privirea în jos. Oh, Doamne, zice ea, aproape imperceptibil. N-am ştiut că o să fie atât de greu.

Şi dintr-odată, ştiu ce vrea să zică şi nu ştiu dacă vreau să aud.

— Dar spune odată, zice Thea cu duritate. Spune, Kate. Ne-am învârtit destul în jurul cozii, e vremea să ne spui de ce.

De ce, ce? ar putea răspunde Kate. Dar nu e nevoie să răspundă nimic. Ştim toate ce vrea să spună Thea. De ce suntem aici? Ce voia să însemne mesajul acela, cuvintele acelea: *am nevoie de voi*?

Kate respiră adânc, apoi ridică privirea, chipul rămânându-i scăldat de umbrele pe care le aruncă lampa.

Dar, spre mirarea mea, nu zice nimic. În schimb, se ridică din fotoliu şi se duce la un teanc de ziare dintr-un coş de lângă plită, puse acolo ca să aprindă focul cu ele. Deasupra teancului e o ediţie din *Observatorul de Salten*; Kate îl ia şi îl ridică, chipul ei având o expresie de frică pe care a ascuns-o pe tot parcursul acestei seri lungi şi îmbibate în alcool.

Ziarul era de ieri, iar pe prima pagină, un titlu foarte simplu.

OS UMAN DESCOPERIT ÎN ESTUAR

REGULA 2

NU SCHIMBA POVESTEA

— Rahat!

Vocea care rupe tăcerea e a Fatimei, şocându-mă cu vehemenţa ei.

— *Rahat!*

Kate lasă ziarul jos, aşa că pun mâna pe el, ochii alergându-mi pe pagină. *Poliţia a fost chemată să identifice rămăşiţele descoperite pe malul nordic al Estuarului, în Salten...*

Îmi tremură mâna atât de tare, că abia văd să mai citesc şi fraze se aşază alandala dinaintea ochilor mei pe pagină. *Purtătorul de cuvânt al poliţiei confirmă... rămăşiţe dintr-un schelet uman... martori anonimi... stare proastă de conservare... examinare medico-legală... localnicii şocaţi... zona închisă pentru publicul larg...*

— Au descoperit dacă..., zice Thea, ezitând, lucru neobişnuit pentru ea, apoi o ia de la capăt. Au stabilit al cui...

Se opreşte.

— Au stabilit al cui este? termin eu propoziţia pentru ea, cu vocea fragilă şi aspră, uitându-mă la Kate care stă cu fruntea plecată, împovărată de întrebările noastre.

Hârtia îmi tremură în mână, cu un sunet ca al frunzelor care cad din copac.

— Identitatea cadavrului?

Kate clatină din cap, dar nu e nevoie să spună ceea ce ştiu că toate gândim. *Nu încă...*

— E doar un os. Ar putea nici măcar să nu aibă legătură, nu? zice Thea, dar apoi faţa i se schimonoseşte. Dracu', pe cine păcălesc? *Rahat!*

Dă cu pumnul în masă, cel în care ţine paharul, iar paharul se sparge, cioburile împrăştiindu-se peste tot.

— Oh, Thee, zice Kate, cu vocea foarte scăzută.

— Nu mai face atâta circ, Thee, zice Fatima, nervoasă. Se duce la chiuvetă să ia o cârpă şi o mătură. Te-ai tăiat? îi aruncă ea peste umăr.

Thea dă din cap, cu faţa albă ca varul, dar o lasă pe Fatima să-i verifice mâna şi să-i şteargă urmele de vin cu un prosop de bucătărie. Când Fatima îi ridică mâneca să poată şterge, văd ceea ce lumina lunii ascunsese — liniile unor cicatrici albe pe interiorul braţului, vindecate de mult, dar încă vizibile şi nu pot să mă abţin să nu tresar şi să-mi feresc privirea, aducându-mi aminte de momentul în care tăieturile acelea erau proaspete şi însângerate.

— Idioată mai eşti, zice Fatima, curăţând bucăţile de sticlă din mâna Theei, dar atingerea ei este blândă, iar în voce i se simte un tremurat uşor.

— Nu pot să trec prin aşa ceva, zice Thea, scuturând din cap şi-mi dau seama, pentru prima dată, cât de beată e, că abia reuşeşte să rămână conştientă. Nu mai pot să trec încă o dată prin asta. Chiar şi zvonurile... cazinourile sunt foarte stricte, voi vă dați seama de asta? Şi dacă intervine şi poliția...

— Uite care-i faza, suntem *toate* în aceeaşi oală, zice Fatima. Crezi ca oamenii vor un medic de familie care are aşa ceva la dosar? Sau un avocat? întreabă ea, făcând un semn spre mine. Şi eu, şi Isa avem la fel de multe de pierdut ca şi tine.

Nu zice nimic de Kate. Nici nu e nevoie.

— Deci ce facem? întreabă Thea în cele din urmă. Se uită pe rând la mine, la Kate, la Fatima. Rahat! De ce mama dracului ne-ai adus pe toate aici?

— Pentru că aveți dreptul să ştiți, zice Kate, cu vocea tremurândă. Şi pentru că nu ştiam o modalitate mai sigură de a vă spune.

— Trebuie să facem ce-ar fi trebuit să facem acum mulți ani, zice Fatima cu vehemență. Să ne punem la punct povestea *înainte* să ajungă ei să ne ancheteze.

— Povestea noastră e aceeaşi dintotdeauna, zice Kate.

Îmi ia ziarul din mână şi-l îndoaie ca să nu vadă titlul de pe prima pagină şi netezeşte cuta cu unghiile. Mâinile îi tremură.

— Povestea vine aşa: noi nu ştim nimic. N-am văzut nimic. Nu avem nimic altceva de făcut decât să mergem pe varianta asta... nu putem să ne schimbăm povestea.

— Eu întreb ce facem *acum*? spune Thea, ridicând vocea. Rămânem aici? Plecăm? Până la urmă, Fatima are maşină. Nu ne ține nimic aici.

— Ba o să stați, zice Kate, iar vocea ei a căpătat izul acela atât de binecunoscut... finalitatea absolută a unei decizii împotriva căreia nu te poți pune. O să stați, pentru că toată lumea ştie că o să veniți la cină mâine-seară.

— Poftim? se miră Thea şi se încruntă şi eu îmi aduc aminte pentru prima dată că celelalte nu ştiu despre asta. Ce cină? întreabă ea.

— Cina de reuniune a absolvenţilor.

— Dar n-am fost invitate, zice Fatima. N-o să ne lase să intrăm în internat! Nu după toate cele întâmplate!

Kate ridică din umeri şi, drept răspuns, se duce la tabla de plută de lângă chiuvetă şi scoate un ac care ţine în loc patru invitaţii albe, cartonate, şi se întoarce cu ele.

— Ba se pare că am fost invitate, zice ea, întinzându-ne invitaţiile.

Asociaţia Absolvenţilor Şcolii-Internat Salten vă invită

....

La Balul de vară al absolvenţilor.

În spaţiul liber de pe invitaţie este scris numele fiecăreia dintre noi, cu litere de mână, în cerneală albastră de stilou.

Kate Atagon
Fatima Chaudhry (născută Qureshy)
Thea West
Isa Wilde

Kate le desfăşoară ca pe nişte cărţi de joc, de parcă ne-ar invita pe fiecare să tragem una, să facem un pariu.

Dar nu mă uit la nume sau la literele aurite ale textului, printate în relief. Mă uit la gaura acului care se implântase în fiecare ca să le ţină la un loc pe tăblia de plută. Şi mă gândesc că, indiferent cât de mult ne-am chinuit să ne eliberăm, exact aşa sfârşim mereu, prinse toate patru la un loc, de trecutul nostru, cu un ac de siguranță.

Pentru cele mai multe dintre fetele de la Internatul Salten, orele de artă erau facultative, un curs de „îmbogățire culturală", cum îi zicea conducerea școlii, dar asta numai dacă nu dădeai examen din materia predată, ceea ce nu era cazul meu; așa că de-abia după câteva săptămâni în care viața în internat devenise o rutină, am ajuns să descopăr și eu studiourile de artă și pe Ambrose Atagon.

Asemenea majorității școlilor-internat, Salten grupa elevii în casele școlii, fiecare purtând numele unei zeițe grecești; eu și Fatima am fost cazate în aceeași casă, Artemis, zeița vânătorii, așa că îmbogățirea noastră culturală a avut loc cam în același timp și ne-am trezit amândouă căutând studiourile de artă într-o dimineață înghețată de octombrie, după micul dejun, am mers de colo-colo prin curtea rectangulară, căutând să întrebăm pe cineva care știa locurile mai bine decât noi.

— Unde dracu' e? a întrebat Fatima din nou, pentru a zecea oară, iar eu, poate pentru a opta, am răspuns:

— Nu știu, dar o să-l găsim. Nu te mai îngrijora atât!

N-am apucat bine să zic, că a și apărut o elevă din anul doi, ducând un bloc imens de desen, mergând rapid spre clasele de matematică, dar am apucat s-o strig:

— Hei, tu! Te duci spre studioul de artă?

Ea s-a întors, cu fața îmbujorată de alergătură.

— Da, dar am întârziat. Ce e?

— Şi noi trebuie să ajungem acolo, dar ne-am pierdut. Putem să mergem cu tine?

— Da, dar repejor.

A țâşnit-o pe sub o arcadă acoperită de hurmuz alb, apoi pe o uşă de lemn pe care n-am mai văzut-o până atunci, ascunsă în umbra arbuştilor.

Înăuntru am dat de inevitabilele scări abrupte — de când am plecat din Salten, n-am mai fost niciodată în asemenea formă fizică bună — şi am urcat după ea, şi am tot urcat, cel puțin două, trei etaje, până când, la un moment dat, am început să mă întreb unde naiba mergem.

În cele din urmă, ajungem la capătul scărilor care dădeau pe un palier mic, cu o uşă de sticlă cu grilaj din fier forjat, pe care fata a deschis-o cu forță.

Înăuntru era o galerie lungă şi arcuită, cu pereți joşi, dar cu acoperişul arcuindu-se înspre o formă triunghiulară. Spațiul de deasupra capetelor noastre era ocupat de grinzi şi ancoraje dispuse încrucişat, de pe care atârnau schițe puse la uscat sau diverse alte obiecte ciudate care, probabil, aveau să fie folosite în compoziții de natură moartă: o colivie goală, o lăută stricată, un saguin împăiat, cu ochii trişti şi înțelepți.

Din cauza pereților foarte scunzi nu erau ferestre, ci doar lucarne în acoperişul boltit, motiv pentru care mi-am dat seama că trebuie să fim în podul clădirii, deasupra sălilor de matematică. Încăperea era inundată de lumina difuză de iarnă şi plină de obiecte şi picturi, complet diferită de orice sală de clasă pe care am văzut-o în viața mea — văruite în alb, sterile și supărător de curate — și am rămas în ușă, uitându-mă mirată la peisajul din fața mea.

— Îmi pare rău, Ambrose, a zis eleva din anul doi, cu răsuflarea întretăiată, iar eu m-am uitat iar, clipind des.

Ambrose? Încă o ciudățenie. Ceilalți profesori din școală erau, în mare parte, femei și ne adresam cu domnișoara cutare sau cutare, indiferent de nume sau de starea civilă.

Nimeni, dar nimeni, nu se adresa vreunui profesor pe numele de botez.

M-am întors să-l văd pe cel căruia i se adresase atât de informal.

Atunci l-am văzut pentru prima dată pe Ambrose Atagon.

Am încercat cândva, înainte să-l cunosc pe Owen, să i-l descriu pe Ambrose unui fost iubit, dar mi-am dat seama că mi-era imposibil. Am fotografii, dar în ele nu se vede decât un bărbat de statură medie, cu un păr negru sârmos, și adus de spate din cauza felului cocoșat în care stătea deasupra unui desen.

Avea chipul prelung și expresiv al lui Kate, iar anii de stat în soare și privit la lume prin lumina strălucitoare a Estuarului îi încrețiseră pielea, dar ridurile, în mod paradoxal, îl făceau să pară mai tânăr de patruzeci și cinci de ani, nu mai bătrân. Și avea și ochii albaștri-ardezie ai lui Kate, singura trăsătură remarcabilă pe care o avea, de altfel, dar nici măcar ochii nu se aprind în fotografii așa cum o fac în amintirea mea — pentru că Ambrose e atât de viu! — mereu lucrând, mereu râzând, iubind... mâinile lui nu stăteau locului nicio clipă, rulau întotdeauna o ţigară sau schiţau un desen sau dădeau peste cap un pahar de vin roşu şi aspru, vin pe care îl ţinea în sticle de doi litri sub chiuveta de la Moară, un vin prea dur ca să-l bea altcineva.

Numai un artist de calibrul lui Ambrose putea să reţină în el toată viaţa aceea, contradicţiile dintre capacitatea lui de concentrare maximă, în nemişcare, şi energia care nu-i dădea pace, atracţia magnetică misterioasă a unui bărbat cu o prezenţă absolut obişnuită.

Dar nu şi-a făcut niciodată un autoportret. Sau nu unul de care să ştiu eu. E ciudat, dacă stai să te gândeşti, căci desena absolut tot ce vedea în jurul lui: păsările de pe râu, fetele din Internatul Salten, florile fragile de mlaştină care tremurau şi se clătinau în adierea vântului de vară, valurile Estuarului...

O desena obsesiv pe Kate, împrăştiind peste tot locul prin casă desene cu ea mâncând, înotând, dormind, jucându-se... şi apoi, mai târziu, m-a desenat pe mine, le-a desenat pe Thea şi pe Fatima, dar ne cerea întotdeauna voie. Îmi aduc aminte şi acum vocea lui şovăielnică, oarecum gravă, ca a lui Kate.

— Te deranjează dacă te desenez?

Şi nu ne deranja niciodată. Deşi poate că ar fi trebuit să ne deranjeze.

Într-o lungă şi însorită după-amiază, m-a desenat stând la masa de bucătărie, cu o bretea a rochiei căzută pe un umăr, bărbia în mâini şi ochii fixându-l intens. Şi îmi aduc şi acum aminte căldura soarelui pe obrazul meu, căldura privirii mele asupra lui şi micul şoc electric pe care îl simţeam de fiecare dată când ridica ochii de pe schiţă şi se uita într-ai mei.

Mi-a dat mie desenul, dar nu ştiu ce s-a întâmplat cu el. I l-am dat lui Kate, pentru că nu aveam cum să-l ascund în internat şi nu mi s-a părut OK să-l arăt părinților mei sau fetelor de la Salten. N-ar fi înțeles. Nimeni n-ar fi înțeles.

După dispariția lui, au tot fost bârfe — despre trecutul său, despre abuzul de medicamente şi droguri, despre faptul că nu avea niciun fel de certificări profesionale care să-i permită să fie profesor. Însă în acea primă zi nu ştiam nimic din toate astea. Nu aveam nici cea mai vagă idee despre rolul pe care Ambrose avea să-l joace în viețile noastre şi rolul nostru în a lui sau efectele pe care întâlnirea noastră avea să le aibă asupra anilor ce urmau. Stăteam pur şi simplu în picioare, ținându-mi geanta de umăr şi respirând greu, iar el s-a ridicat din poziția în care era, aplecat asupra şevaletului unei eleve. S-a uitat la mine, cu ochii aceia albaştri, atât de albaştri, şi mi-a zâmbit, un zâmbet care îi încrețea pielea deasupra bărbii şi în colțurile ochilor.

— Bună, a zis el cu blândețe, lăsând din mână pensula împrumutată şi ştergându-şi mâinile de şorțul lui de pictor. Nu cred că am făcut cunoştință până acum. Eu sunt Ambrose.

Deschid gura, dar nu ies cuvinte din ea. Ceva din intensitatea privirii lui mă oprea. Felul în care te privea te făcea să crezi pe loc, fără dubii, că el era acolo pentru tine, până la capăt, total. Nu mai era nimeni în univers care să conteze mai mult pentru el în clipa aceea în afară de tine. Că erai singură într-o încăpere aglomerată.

— Eu sunt... sunt Isa, am zis eu în cele din urmă. Isa Wilde.

— Eu sunt Fatima, a răspuns şi Fatima.

Geanta i-a căzut pe podea cu zgomot, şi s-a uitat în jur, la fel de plină de mirare ca şi mine la vederea acestei peşteri a lui Aladin, plină de comori, atât de diferită de sterilitatea impersonală a restului şcolii.

— Bun, Fatima, a zis el, Isa. Mă bucur să vă cunosc.

Mi-a luat mâna în mâna lui, dar nu ca să dăm noroc, aşa cum m-am aşteptat. În schimb, mi-a strâns degetele într-ale lui, destul de ferm, ca şi cum ne promiteam ceva unul altuia. Mâinile lui erau calde şi puternice, iar în cutele pielii de pe monturi şi încheieturi, în cuticulele unghiilor vopseaua era atât de bine impregnată, că nu credeam că putea să se ducă vreodată, indiferent cât de bine s-ar fi frecat.

— Aşadar, a zis el, făcând un semn spre clasa din spatele lui. Intraţi, vă rog. Alegeţi-vă un şevalet. Şi, mai important decât orice, simţiţi-vă ca acasă.

Ceea ce am şi făcut.

Ne-am dat seama din capul locului că orele lui Ambrose erau diferite. La început am observat lucrurile evidente: că puteam, spre exemplu, să-i spunem pe nume sau că niciuna dintre fete nu purta cravată sau pulover pe deasupra.

— Nu e nimic mai rău ca o cravată care se plimbă peste acuarele, a zis el în prima zi de şcoală, când ne-a pus pe toate să le dăm jos.

Dar era mai mult de-atât — ceva dincolo de valoarea practică a felului lui de a fi. O lărgire a ideii de formalitate. Un spaţiu, atât de necesar de altfel, de a respira, în toată acea conformitate sterilă a Internatului Salten.

În clasă era un profesionist, în ciuda tuturor fetelor care îi făceau ochi dulci, descheindu-şi nasturii de la cămaşă, ca să li se vadă sutienele în momentul în care se aplecau spre şevalet. El păstra distanța — la propriu şi la figurat. În acea primă zi, când a văzut că mă chinui cu desenul, a venit şi s-a aşezat în spatele meu şi mi-am adus brusc aminte de fosta mea profesoară de desen, domnişoara Driver, care se apleca peste umerii elevilor ca să modifice diverse chestii, în aşa fel încât să simți căldura trupului ei lipit de spinarea ta şi să-i miroşi transpirația.

Spre deosebire de ea, Ambrose nu se apropia, stătea la un pas în spatele meu, tăcut şi contemplativ, plimbându-şi privirea de la pagina mea la oglinda pe care o proptisem pe masa din fața şevaletului. Lucram la autoportret.

— E naşpa, nu-i aşa? am întrebat eu jalnic.

Apoi mi-am muşcat limba, aşteptând să fiu certată pentru limbajul nepotrivit. Dar Ambrose n-a părut să bage de seamă. S-a ridicat pur şi simplu, cu ochii mijiți, părând să nu mă observe mai deloc, căci întreaga lui atenție era concentrată asupra hârtiei. I-am întins creionul, aşteptând să mă corecteze, cum o făcea domnişoara Driver. Ambrose a luat creionul, aproape absent, dar n-a făcut nici măcar un punct pe hârtie. În schimb, s-a întors şi s-a uitat la mine.

— Nu e naşpa, a zis el cât se poate de serios. Dar nu te uiți la ce vezi, ci doar desenezi ce ştii că e acolo. Priveşte-te! Priveşte-te pe tine în oglindă ca să te vezi de-adevăratelea.

M-am întors, încercând să mă uit cu atenție la mine, şi nu la chipul ridat, şifonat al lui Ambrose din spatele meu. Nu vedeam decât defecte: petele de pe bărbie, chipul încă rotund, purtând urmele copilăriei în jurul maxilarului, felul în care părul meu dezordonat ieşea în toate direcțiile din elasticul în care era prins.

— Motivul pentru care nu se armonizează e că tu desenezi trăsături, şi nu omul din faţa ta. Eşti mai mult o colecţie de încruntări şi dubii. Persoana pe care o văd eu când mă uit la tine..., a zis el, apoi s-a oprit, iar eu am aşteptat, simţindu-i ochii pironiţi asupra mea, încercând să nu mă agit prea mult sub privirea lui intensă. Eu văd pe cineva foarte curajos, a continuat el, în cele din urmă. Văd pe cineva care încearcă din răsputeri. Văd pe cineva emoţionat, stresat dar mai puternic decât îşi imaginează. Văd pe cineva îngrijorat, dar care nu are de ce.

Simţeam că-mi iau foc obrajii, dar cuvintele, care, venind de la oricine altcineva, ar fi sunat insuportabil de siropos, spuse de vocea aspră, răguşită a lui Ambrose, sunau în mod ciudat extrem de raţional.

— Asta să desenezi, a zis el. Mi-a returnat creionul, iar chipul i s-a luminat de un zâmbet care i-a încreţit obrajii şi i-a scos în evidenţă liniile din jurul ochilor ca şi cum cineva le-ar fi desenat pe faţa lui în momentul acela. Desenează persoana pe care o văd eu!

Nu ştiam ce să zic. M-am mulţumit doar să dau din cap.

Îi aud şi acum vocea în minte, întreruptă şi aspră, ca a lui Kate. *Desenează persoana pe care o văd eu.*

Încă mai am desenul acela pe undeva, înfăţişând o fată cu un chip deschis către lume, o fată care, în afara propriilor ei sentimente de nesiguranţă, nu avea nimic de ascuns. Dar acea persoană, omul pe care Ambrose credea că l-a văzut şi în care avea încredere, nu mai există.

Poate că n-a existat niciodată.

Când mă duc tiptil în camera lui Luc (nu pot să mă gândesc la ea ca fiind altceva decât camera lui Luc), Freya se trezeşte şi, deşi încerc să-i cânt ceva să adoarmă la loc, nici vorbă de somn şi, în cele din urmă, o iau cu mine în pat — în patul lui Luc — şi o hrănesc în timp ce stau întinsă, proptindu-mă, cu o mână arcuită deasupra trupului ei mic şi compact, ca să nu mă rostogolesc peste ea în cazul în care adorm.

Zac aşa, uitându-mă la ea şi aşteptând să adorm şi mă gândesc la Ambrose... la Luc... la Kate care e singură acum, în casa asta care stă să cadă peste ea, o piatră de moară atât de frumoasă, atârnată de gâtul ei. Casa îi fuge de sub picioare, se cufundă în nisipurile mişcătoare ale Estuarului şi, dacă n-o să se poată elibera, o să se scufunde şi ea odată cu casa.

Casa freamătă şi scârţâie în vânt, iar eu oftez şi-mi întorc perna pe partea răcoroasă.

Ar trebui să mă gândesc la Owen şi la casa noastră, dar nu pot. Mă gândesc la vremurile de demult, la zilele languroase de vară pe care le-am petrecut aici, înotând şi râzând, în timp ce Ambrose desena şi Luc se uita la noi cu ochii lui migdalaţi şi leneşi.

Poate din cauza încăperii în care stau, îl simt acum pe Luc mai prezent decât era acum şaptesprezece ani şi, cum stau aşa, cu ochii închişi, cu umbrele lucrurilor lui peste tot în jurul meu, cu răceala cearşafurilor lui pe pielea mea, am senzaţia bizară că e întins lângă mine — un străin cu trupul cald, subţire, cu pielea bronzată şi cu părul în neorânduială.

Senzaţia este atât de reală, încât trebuie să mă forţez să mă întorc pe partea cealaltă şi să deschid ochii ca să împrăştii vraja, dar evident că în pat nu suntem decât eu şi Freya.

Ce fac? mă întreb eu în sinea mea, clătinând din cap. Am ajuns la fel de rău precum Kate, bântuită de fantomele trecutului?

Dar îmi aduc aminte că, într-o noapte, acum mulţi ani, stăteam în patul ăsta; şi am iar sentimentul acela al gramofonului cântând în cuibul lui, rotindu-se mereu în ritmul aceloraşi voci şi melodii.

Sunt aici: Luc, Ambrose şi nu doar ei, dar şi noi, fantomele trecutului nostru, râsetele cristaline ale celor care am fost înainte ca vara aceea să se fi sfârşit într-un fior cataclismic, lăsându-ne pe fiecare în parte distrus altfel, încercând să mergem mai departe, să depăşim momentul acela, să minţim, nu de distracţie, ci ca să supravieţuim.

Aici, în casa asta, fantomele celor care am fost cândva sunt reale — la fel de reale precum sunt şi femeile care dorm deasupra mea şi în jurul meu. Şi le simt prezenţa şi înţeleg de ce Kate nu poate să plece.

Pleoapele îmi sunt grele şi sunt aproape adormită, dar ridic telefonul o ultima dată, înainte să cad pradă somnului, ca să verific ceasul. Când îl pun înapoi, lumina de la ecran cade peste scândurile de la podeaua neuniformă şi plină de găuri, moment în care observ ceva cu coada ochiului. Dintre scânduri ieşea colţul unei bucăţi de hârtie pe care era scris ceva. E o scrisoare? Ceva ce a scris Luc cândva şi s-a pierdut sau a fost ascuns acolo?

Îmi bate inima în piept de parcă am intrat cu forţa în intimitatea lui, ceea ce, într-un fel, chiar fac, dar trag încet de bucata de hârtie prăfuită şi plină de pânze de păianjen şi o scot de acolo.

Pagina e acoperită de linii şi pare a fi un desen, dar în lumina difuză de la telefon nu-mi dau exact seama despre ce e vorba. Nu vreau să aprind lumina şi s-o trezesc pe Freya, aşa că mă duc la fereastra deschisă, unde perdelele flutură în briza ce vine dinspre mare, şi o ţin astfel încât lumina lunii să pice pe foaie.

E un desen în acuarelă, reprezentând o fată, poate Kate, şi pare a fi una din acuarelele lui Ambrose, deşi nu pot să-mi dau seama exact. Nu-mi dau seama exact pentru un motiv foarte clar: linii groase, negre biciuie foaia, iar şi iar, ciopârţind chipul fetei cu nişte tuşe atât de groase şi violente, că au rupt pagina în unele locuri. Ochii i-au fost înnegriţi de rotocoale groase de creion, apoi i-au fost înjunghiaţi cu vârful minei. Fata a fost ştearsă, răzuită, distrusă complet.

Rămân o clipă acolo, cu hârtia tremurând în briza mării, încercând să-mi dau seama ce însemnau toate astea. Luc făcuse aşa ceva? Dar nu pot să cred că ar fi putut face una ca asta, *o iubea* pe Kate. Să fi făcut-o chiar Kate? Deşi pare imposibil, mai degrabă sunt dispusă să cred asta.

Stau în continuare în faţa ferestrei, încercând să desluşesc misterul hârtiei pline de găuri, când deodată mă loveşte o pală de vânt, iar draperia vine năvală peste mine şi bucata de hârtie îmi zboară din mână. Dau s-o apuc, dar vântul mi-a luat-o şi nu pot să fac nimic altceva decât să mă uit cum pluteşte spre Estuar şi se cufundă în apele-i lăptoase şi mâloase.

Indiferent ce a fost sau ce a însemnat, s-a dus. Mă duc înapoi în pat, tremurând în ciuda nopţii calde, şi nu pot să nu mă gândesc: poate că aşa e cel mai bine.

Ar trebui să fiu destul de obosită, încât să dorm buștean, dar nu pot. Adorm având în minte chipul acela tăiat în tușe negre, iar când visez, visez Internatul Salten, cu coridoarele lui lungi și scările în spirală, căutând la nesfârșit camere pe care nu le pot găsi, locuri care nu există. În visele mele, le urmăresc pe celelalte fete, coridor după coridor și o aud pe Kate în fața mea: *Pe aici... aproape am ajuns!* Și după ea, vocea jalnică a Fatimei: *Iar minți...*

La un moment dat, se trezește Shadow și începe să latre, apoi aud șoapte, pași și zgomotul unei uși — Kate dă drumul câinelui afară.

Apoi, liniște. Sau liniștea pe care o poate oferi casa asta veche, plină de fantome, scârțâind neobosit ca semn al rezistenței ei în fața forței vânturilor și a mareei.

Când mă trezesc iar, aud voci afară, șoapte pline de îngrijorare și mă ridic în capul oaselor, amețită și confuză. E dimineață, soarele se filtrează printre ochiurile perdelelor subțiri, iar Freya se agită somnoroasă lângă mine, într-o oază de raze de soare. Când începe să gângurească, o iau din pat și-o hrănesc, dar vocile de afară ne distrag atenția amândurora. Își tot saltă capul să se uite în jur, mirându-se de încăperea ciudată şi de frumuseţea luminii — atât de diferită de strălucirea gălbuie şi prăfuită a apartamentului nostru din Londra în după-amiezile de vară! Lumina de aici e clară, sclipitoare — nesuferită pentru ochi şi plină de mişcare dinspre râu, o lumină care dansează pe tavan şi pe pereţi, jucându-se în ochiuri şi petice de strălucire.

Şi în tot acest timp, vocile... scăzute, îngrijorate, Shadow schelălăind nemulţumit sub geam ca un contrapunct muzical.

În cele din urmă, mă las păgubaşă şi o învelesc pe Freya în păturica ei, mă îmbrac în halat şi o iau cu mine jos, plecând în picioarele goale pe scările vechi din lemn. Uşa care dă spre mal e deschisă, prin ea dând buzna soarele, dar îmi dau seama, înainte să ajung la cotul scărilor, că ceva nu e în regulă. Pe podeaua de piatră e sânge.

Mă opresc la cotitură, o strâng tare pe Freya la piept, inima dă să-mi iasă şi parcă doar fetiţa are puterea să-mi liniştească bătăile dureroase. Nu-mi dau seama cât de tare o strâng, până n-o aud ţipând supărată şi realizez că mi-am înfipt degetele în pulpele ei moi şi cărnoase. Mă forţez să-mi relaxez degetele şi să-mi determin picioarele să păşească pe trepte, să păşească pe pardoseala din dale de piatră, cu urme de sânge.

Mă apropii şi-mi dau seama că nu sunt nişte stropi căzuţi la întâmplare, aşa cum am crezut din capul scărilor, ci urme de labe de câine. Urmele lui Shadow. Vin dinspre uşa de la intrare, merg în cerc şi apoi ies iar, rapid, ca şi cum cineva ar fi fugărit câinele afară.

Vocile vin dinspre partea de uscat a Morii, aşa că-mi vâr picioarele în sandale şi ies în soarele orbitor.

Afară, Kate şi Fatima stau cu spatele la mine, Shadow e lângă Kate, încă schelălăind nefericit. E în lesă şi, pentru prima dată de când am ajuns, văd că îl ține foarte strâns, cu lesa foarte scurtă, aproape de mâna fină a lui Kate.

— Ce s-a întâmplat? întreb eu cu nelinişte, iar ele se întorc să mă privească, apoi Kate se dă la o parte şi văd ceea ce trupurile lor îmi ascunseseră până în momentul acesta.

Trag brusc aer în piept şi-mi duc mâna la gură cu viteză. Când apuc din nou să vorbesc, vocea îmi tremură.

— Dumnezeule mare! E... moartă?

Nu mă sperie imaginea în sine — am mai fost în prezența morții şi înainte — ci sunt şocată de cât de neaşteptat a venit totul, de cât de contrastantă şi sângeroasă e nenorocirea din fața noastră, cu frumusețea nepământeană, de azur şi aur a dimineții de vară. Lâna e udă, apele fluxului probabil că au îmbibat corpul, iar acum sângele se scurge încet prin fantele negre ale cărării în mâlurile de la suprafață. Mareea s-a retras, lăsând în urma ei bălți de apă, iar sângele a curs destul de mult ca să le transforme în mlaştini ruginii.

Fatima încuviințează amărâtă. Şi-a pus iar eşarfa pe cap ca să iasă din casă, arătând din nou ca ea, un medic de treizeci şi ceva de ani, şi nu o fetişcană de şcoală, aşa cum era azi-noapte.

— Clar, moartă.

— E... a fost..., încerc să zic, dar nu ştiu cum să mă exprim, iar ochii îmi fug spre Shadow. Pe bot are sânge, schelălăie din nou, căci s-a aşezat o muscă pe nasul lui, se scutură şi apoi dă cu limba lui roz peste substanța lipicioasă.

Kate ridică din umeri. Chipul îi e întunecat.

— Nu ştiu. Nu pot să cred aşa ceva... n-a făcut niciodată rău nimănui, dar, bine... e capabil. E destul de puternic.

— Dar cum?

Însă n-am apucat bine să-mi termin vorbele, că privirea mi s-a şi dus de-a lungul cărării din lemn spre bucata de gard care delimita Moara de mal. Poarta era deschisă.

— La dracu'!

— Mda, chiar aşa. Dacă aş fi ştiut, nu i-aş fi dat drumul.

— Oh, Doamne, Kate, îmi pare atât de rău! Thea trebuie să fi lăsat...

— Ce-a lăsat Thea?

Din spatele nostru se aude o voce somnoroasă. Ne întoarcem şi o vedem pe Thea încercând să ne privească prin razele strălucitoare, cu părul dezordonat, cu o Sobranie neaprinsă în mână.

Oh, Doamne!

— Thea, n-am vrut să spun că..., zic dar mă opresc, mă simt prost, dar *e adevărat*, oricum ar fi sunat cuvintele în gura mea, chiar n-am încercat *să dau vina* pe ea, ci doar să-mi dau seama cum s-au petrecut lucrurile.

Thea vede sângele şi masa de carne sfâşiată şi de lână din fața noastră.

— Căcat! Ce s-a întâmplat? Ce legătură are cu mine?

— Cineva a lăsat poarta deschisă, zic eu cu capul în pământ, dar n-am vrut să insinuez că...

— Nu contează cine a lăsat poarta deschisă, ne întrerupe brutal Kate. A fost vina mea că n-am verificat să fie închisă înainte să-i dau drumul lui Shadow.

— Câinele tău a făcut *asta*?

Sângele s-a scurs de pe faţa Theei care a făcut un pas involuntar în spate, departe de Shadow şi de botul lui însângerat.

— Oh, Dumnezeule mare!

— Nu ştim dacă el a făcut-o sau nu, spune Kate, foarte încordată.

Dar pe faţa Fatimei e evidentă îngrijorarea şi ştiu că şi ea gândeşte acelaşi lucru ca mine: dacă nu Shadow, atunci cine?

— Haideţi, zice Kate în cele din urmă şi se întoarce spre noi, în timp ce din maţele oii sfâşiate şi răspândite pe pontonul de lemn se ridică o mulţime de muşte care apoi se aşază iar la ospăţ.

— Să mergem înăuntru, continuă ea, o să sun la fermierii din zonă, să văd cine a pierdut o oaie. *Futu-i!* Ăsta e fix ultimul lucru de care aveam nevoie.

Şi nu trebuie să mai adauge ceva, ştiu ce vrea să zică. Nu e vorba doar de întâmplarea cu oaia, care se suprapune cu mahmureala noastră şi lipsa de somn, ci de tot. E mirosul din aer. Apa, plescăind la picioarele noastre, nu ne mai e prietenă, ci e poluată cu sânge. Sentimentul morţii se apropie şi mai mult de Moară.

După patru sau cinci telefoane, Kate îl găseşte pe fermierul care pierduse oaia, apoi stăm sorbind din cafea şi încercând să ignorăm muştele care bâzâie dincolo de uşa închisă care dă spre mal. Thea s-a dus să se culce la loc, iar eu şi Fatima încercăm să ne concentrăm atenţia asupra Freyei, tăindu-i pâine prăjită să se joace cu ea, deşi de mâncat n-o mănâncă propriu-zis, mai mult o molfăie cu gingiile.

Kate bate încăperea în lung şi în lat, n-are stare, e ca un leu în cuşcă, se duce până la ferestrele cu vedere spre

Estuar, apoi la capătul scărilor, apoi înapoi, iar şi iar şi iar. Fumează, iar fumul de la ţigara de foi este singurul semn că mâinile îi tremură.

Dintr-odată îşi înalţă capul, ea însăşi asemenea unui câine şi, câteva clipe mai târziu, aude şi ea ceea ce noi deja auziserăm: zgomot de roţi rulând pe drum. Kate se întoarce brusc şi se duce afară, trântind uşa Morii după ea. Prin uşa de lemn se aud voci, una mai gravă şi plină de frustrare, şi cealaltă, a lui Kate, joasă şi jalnică.

„Îmi pare rău“, o aud spunând şi apoi... „poliţia?“

— Crezi că ar trebui să ieşim şi noi? întreabă Fatima neliniştită.

— Nu ştiu, zic eu şi-mi dau seama că mi-am împletit degetul în halat. Nu pare tocmai supărat... nu crezi că ar trebui s-o lăsăm pe Kate să se descurce?

Fatima o ţine în braţe pe Freya, aşa că pot să mă duc spre fereastra dinspre mare. O văd pe Kate cu fermierul, capetele le sunt aplecate deasupra oii moarte. Fermierul pare mai degrabă trist decât furios şi Kate îl cuprinde cu o mână pe după umeri şi, pentru o clipă, îl ţine strâns, într-un gest de alinare care nu e tocmai o îmbrăţişare, dar pe-aproape.

Fermierul spune ceva ce nu aud şi Kate dă din cap afirmativ, apoi apucă împreună oaia de picioarele din faţă şi din spate şi cară biata creatură peste podul şubred şi îi dau drumul, fără prea multă ceremonie, în lada din spate a camionetei fermierului.

— Staţi să-mi iau portofelul, o aud pe Kate, în timp ce fermierul leagă poarta, iar când se întoarce spre casă, văd ceva mic şi însângerat în mâna ei, ceva ce îndeasă în buzunarul de la geacă înainte să ajungă în casă.

Uşa se deschide şi plec repede de la fereastră, în momentul în care Kate intră în încăpere, clătinând din cap de parcă încearcă să scape de o amintire neplăcută.

— E-n regulă? o întreb.

— Nu ştiu, zice Kate. Aşa cred.

Îşi spală sângele de pe mâini sub apa de la robinet, apoi se duce la dulap după portofel, dar când se uită în el, în despărţitura pentru bancnote, îi pică faţa.

— Futu-i!

— Ai nevoie de bani? o întreabă Fatima repede. Se ridică, mi-o dă pe Freya şi continuă: Geanta mea e sus.

— Şi eu am cash la mine, îi zic, dornică să ajut şi eu cu ceva, în sfârşit. De cât ai nevoie?

— Două sute, cred, zice Kate serioasă. E mai mult decât face oaia, dar tipul ar avea tot dreptul să cheme poliţia şi chiar nu vreau chestia asta.

Îi fac semn că înţeleg, apoi mă întorc şi-o văd pe Fatima coborând scările cu geanta.

— Am o sută cincizeci, zice ea. Mi-am adus aminte că nu e un ATM în Salten, aşa că am scos de la benzinărie când am trecut prin Hampton's Lee.

— Lasă-mă să plătesc eu jumătate, îi zic, ţinând-o peste umăr pe Freya care se agita întruna, şi caut în geanta pe care am lăsat-o atârnată de mânerul de la scară. Înăuntru, portofelul e doldora de bancnote. Am destui bani, staţi aşa...

Număr banii, cinci bancnote de câte douăzeci de lire pe care Freya încearcă să le înhaţe din zbor când trec pe sub nasul ei. Fatima adaugă suta ei peste bancnotele mele. Kate ne aruncă rapid un zâmbet jalnic.

— Mersi, fetelor, o să vă dau banii înapoi de îndată ce ajungem în Salten, că acum au câte un ATM în fiecare oficiu poştal.

— Nu e cazul, zice Fatima, dar Kate deja a închis uşa Morii după ea, după care auzim de afară voci, mormăitul fermierului când îi întinde banii, apoi scrâşnetul cauciucurilor, când iese cu spatele camionetei de pe cărare, cu oaia moartă în lada din spate.

Kate se întoarce în casă şi văd că e albă la faţă, dar uşurată.

— Slavă Domnului... nu cred că o să cheme poliţia.

— Deci nu crezi că Shadow a sfâşiat-o? o întreabă Fatima, dar Kate nu-i răspunde.

În schimb, se duce la chiuvetă să se spele iar pe mâini.

— Ai sânge pe mânecă, îi zic, şi ea îşi coboară ochii să se privească.

— Oh, Dumnezeule, da, am sânge pe mine. Cine ar fi crezut că săraca oaie are atâta sânge în ea?

Scapă un fluierat uşor şi ştiu că se gândeşte la domnişoara Winchelsea şi la spectacolul *Macbeth* de la finalul semestrului în care n-a mai apucat să joace. Scutură haina de pe ea şi-o lasă să cadă pe podea, apoi umple o găleată cu apă.

— Pot să te ajut? o întreabă Fatima.

Kate clatină din cap.

— Nu, e OK, mă duc să spăl pontonul, apoi poate mă duc să fac o baie. Mă simt dezgustător.

Ştiu ce zice. Şi eu mă simt la fel de dezgustător — de parcă ceea ce-am văzut m-a întinat, cu toate că nu eu l-am ajutat pe fermier să arunce oaia în spatele camionetei. Kate trage uşa după ea şi pe mine mă trece un fior prin tot corpul, apoi aud afară un şuvoi de apă şi *hârşt, hârşt,* o mătură. Mă ridic şi o pun pe Freya în căruţ.

— Crezi că a fost Shadow? întreabă Fatima pe un ton jos, în timp ce o învelesc pe Freya.

Ridic din umeri şi ne uităm amândouă spre Shadow care e covrig pe covor, în faţa sobei neaprinse, cu o mină complet nefericită. Se vede că se simte ruşinat, are ochii trişti şi, simţind că ne uităm la el, ridică privirea spre noi, mirat, apoi se linge iar pe bot, scâncind. Ştie că ceva e în neregulă.

— Nu ştiu ce să zic, răspund eu.

Ce ştiu sigur e că nu-l voi mai lăsa niciodată singur cu Freya. Jacheta lui Kate e boţită pe jos, lângă chiuvetă şi simt dintr-odată că trebuie să fac ceva, să ajut într-un fel sau altul, indiferent cât de puţin.

— Kate are maşină de spălat?

Fatima se uită în jur.

— Kate îşi ducea tot timpul hainele să le spele la şcoală. Îţi aduci aminte că Ambrose îşi spăla toate hainele lui de la studio în chiuvetă? De ce mă întrebi?

— Voiam să spăl jacheta la maşină, dar cred că o s-o pun doar să se înmoaie.

— Oricum, sângele iese mai bine cu apă rece.

Nu văd nicăieri o maşină de spălat, aşa că pun dopul la chiuvetă şi dau drumul la apă rece, apoi iau de jos haina lui Kate. Înainte s-o pun în chiuvetă, caut în fiecare buzunar, ca să mă asigur că nu bag la apă ceva de valoare. Abia când degetele mele dau peste ceva moale şi neplăcut la atingere, îmi aduc aminte cum Kate a luat ceva de pe ponton şi că a îndesat obiectul în buzunar, să nu vedem noi.

Când scot chestia din buzunar, nu-mi dau seama ce e — o bucată de ceva alb cu roşu, încâlcit printre degetele mele — şi scap un sunet involuntar de scârbă când duc mâinile deasupra jetului de apă rece. Obiectul se desface ca o petală din mâna mea şi pluteşte domol spre fundul chiuvetei, de unde îl pescuiesc.

Nu ştiu ce mi-am închipuit eu că e, dar orice ar fi fost, nu mă aşteptam la aşa ceva.

E un bileţel, o bucată de hârtie udă şi plină de sânge, care deja se descompune pe margini, iar literele cursive sunt aproape şterse, dar încă lizibile.

De ce n-o arunci şi pe asta în Estuar? scria pe bilet.

Brusc mă copleşeşte un sentiment pe care nu l-am mai cunoscut niciodată. E panică pură, clară.

Rămân o clipă nemişcată, incapabilă să spun ceva sau măcar să respir. Stau acolo, pur şi simplu, cu apa însângerată scurgându-mi-se printre degete, cu inima bătându-mi haotic în piept, cu obrajii arzând, înroşiţi de un val de vină şi frică.

S-a aflat. Cineva *ştie*.

Mă uitam la Fatima care nu mă priveşte, care n-are nici cea mai vagă idee de ceea ce s-a întâmplat. Are capul aplecat deasupra telefonului, trimiţându-i un mesaj lui Ali sau cam aşa ceva. Deschid gura o clipă... apoi o închid la loc, mânată de un instinct.

Strâng în pumn bucata de hârtie mototolită, o zdrobesc până când e doar o masă amorfă, îmi simt unghiile în carnea palmei ciopârţind şi sfâşiind hârtia până nu mai rămân decât fulgi albi şi roşii, până când dispare cu totul, până când nu mai rămâne nici măcar un singur cuvânt.

Cu mâna cealaltă scot dopul şi las apa murdară de sânge să se scurgă din haină, şi-mi bag degetele în gaura de scurgere în timp ce apa curge încă, dând drumul bucăţelelor de hârtie să se ducă odată cu ultimii stropi de apă. Apoi dau drumul la robinetul de apă rece şi clătesc chiuveta, să se ducă orice rămăşiţă de hârtie, fiecare fibră, fiecare moleculă de acuzaţie, până când nu mai rămâne absolut nicio urmă, ca şi cum nici n-ar fi existat vreodată.

Trebuie să ies afară.

E ora zece şi Kate e încă în baie. Thea s-a dus înapoi la somn şi Fatima lucrează, cu laptopul deschis dinaintea ei pe masă, în fața ferestrei, cu capul aplecat, concentrată la e-mailuri.

Freya stă pe podea cu fundul ei grăsuț, iar eu încerc să mă joc încet cu ea ca să n-o deranjez pe Fatima. Îi citesc din cartea cu decupaje care îi place ei, cea cu bebeluşii care se joacă de-a v-ați ascunselea, dar tot uit să întorc pagina şi ea bate cu palma în carte şi ciripeşte, uitându-se la mine, ca şi cum ar vrea să-mi zică: *Haide! Dă pagina mai repede!*

— Unde e bebe, zic eu încet, dar sunt distrasă, nu intru cum trebuie în joc.

Shadow stă în continuare amărât în colțul lui, lingându-şi botul, şi tot ce vreau e să o apuc pe Freya şi s-o strâng la piept şi să ies de aici.

Aud afară bâzâit de muşte şi mă gândesc iar la oaia cu mațele revărsate pe ponton. Deschid unul dintre decupajele cărții să-i arăt Freyei chipul surprins al bebeluşului când văd, exact lângă piciorul rotund al fetiței, un picior perfect, o aşchie ascuţită de lemn care ieşea din podea.

Locul acesta, în care am petrecut atât de multe ori pline de fericire, a devenit deodată foarte ameninţător.

Mă ridic, o iau pe Freya în braţe, iar ea sughiţă mirată şi dă drumul cărţii.

— Cred că o să mă duc să fac o plimbare, zic eu cu voce tare.

Fatima abia dacă ridică ochii din calculator.

— Nu e rău. Încotro?

— Nu ştiu. Probabil în sat.

— Eşti sigură? Sunt vreo şase, şapte kilometri până în Salten.

Mă abţin să-mi exprim iritarea. Ştiu la fel de bine ca şi ea care e distanţa până în sat. Am parcurs-o pe jos de-atâtea ori.

— Da, sunt sigură, îi răspund, pe un ton egal. O să fie OK... am încălţări bune, iar căruciorul Freyei este destul de rezistent. În plus, dacă obosim, putem să luăm un taxi înapoi fără nicio problemă.

— Bine, atunci, distracţie frumoasă!

— Mulţumesc, mamă, îi zic, nemaiputând să-mi suprim iritarea, iar ea ridică privirea şi-mi aruncă un rânjet.

— Aoleu, iar am făcut chestia asta? Îmi pare rău, îţi promit că n-o să te pun să-ţi iei haina cu tine şi nici n-o să te întreb dacă ai făcut pipi înainte să pleci.

Mă umflă râsul în timp ce o pun pe Freya în cărut. Fatima a reuşit întotdeauna să mă facă să râd şi e greu să rămâi nervoasă pe cineva în timp ce rânjeşti amuzată.

— De fapt, s-ar putea să nu fie o idee rea să fac pipi, răspund eu, punându-mi sandalele în picioare. Muşchii pelvisului nu mai sunt ce-au fost.

— Mie-mi spui? zice Fatima absentă, bătând în tastatură. Îți aduci aminte de exercițiile Kegel? Şi strângeți!

Râd iar şi mă uit pe fereastră. Soarele străluceşte peste apele scânteietoare, lucioase ale Estuarului şi dunele de nisip lucesc de căldură. Trebuie să-mi aduc aminte de crema de protecție solară a Freyei. Oare unde am pus-o?

— Am văzut-o în trusa ta de cosmetice, zice Fatima, vorbind cu creionul între dinți.

Întorc brusc capul spre ea.

— Ce-ai spus?

— De crema solară despre care mormăiai în timp ce cotrobăiai prin geanta cu pampers a Freyei. Dar eu am văzut-o sus, în baie.

Dumnezeule, am zis chestia asta cu voce tare? Cred că o iau razna. Poate că m-am obişnuit aşa de când sunt singură cu Freya, în concediu de maternitate, poate am început să vorbesc singură, în apartamentul liniştit, spunându-i ei, cu voce tare, ce gândesc?

Gândul îmi dă fiori pe şira spinării. Ce altceva am mai zis cu voce tare?

— Mersi, îi răspund Fatimei. Te uiți tu un pic la Freya?

Ea dă din cap că da şi trag o fugă sus, la etaj, clămpănind cu sandalele pe scările de lemn.

Încerc uşa, dar e încuiată şi aud apa curgând, apoi, în cele din urmă, îmi aduc aminte de Kate care s-a dus să facă baie.

— Cine e?

Vocea îi e înfundată din cauza uşii şi răsună cu ecou.

— Scuze, îi răspund eu prin uşă. Am uitat că eşti înăuntru. Am lăsat crema de soare a Freyei în baie... crezi că poți să mi-o dai?

— Stai o clipă!

Aud cum iese din cadă, apoi încuietoarea țăcănind, apoi cum intră iar în cadă.

— Intră!

Deschid ușa cu precauție, dar Kate e ascunsă toată sub munții de spumă, părul îi e legat într-un coc neglijent, lăsându-i să se vadă gâtul lung și subțire.

— Îmi pare rău, zic eu. O găsesc repede și plec.

— Stai liniștită.

Kate scoate un picior afară din spumă și începe să-l radă.

— Nici nu știu de ce mai încui ușa. Nu e ceva ce n-ați mai văzut și înainte. Te duci la plimbare?

— Mă duc să mă plimb puțin. Poate ajung în Salten, cine știe?

— Oh, ascultă, dacă îți dau cardul meu, n-ai vrea să-mi scoți tu două sute de lire ca să vă dau banii înapoi?

Am găsit deja crema de protecție solară și acum stau în picioare, în fața ei, sucind și răsucind capacul tubului.

— Kate, eu... ascultă, eu și Fatima... nu vrem...

Dumnezeule, ce greu e... cum să-i zic ce-am de zis? Kate a fost întotdeauna o femeie mândră. Nu vreau s-o jignesc. Cum pot să-i zic ce gândesc cu adevărat, că n-are cum să-și permită două sute de lire, cu casa care se dărâmă pe ea și cu mașina pe butuci, pe când eu și Fatima ne permitem?

Cum mă chinui eu să-mi găsesc cuvintele potrivite, îmi vine în minte o imagine foarte puternică, ceva care-mi distrage atenția ca înțepătura unui ac rătăcit prin geantă, când scotocesc după portofel.

Bilețelul acela, îmbibat de sânge. *De ce n-o arunci și pe asta în Estuar?*

Dintr-odată mi se face rău.

— Kate, zic eu fără ocolişuri, ce s-a întâmplat de-adevăratelea acolo? Cu Shadow?

Brusc, chipul îi devine rigid, complet lipsit de expresie. E ca şi cum cineva ar fi tras oblonul peste trăsăturile ei.

— Ar fi trebuit să închid poarta, zice ea sec, atâta tot.

Şi ştiu, *ştiu sigur* că mă minte. Kate a devenit la fel de inaccesibilă ca o statuie, iar în momentul acesta nu mai am niciun dubiu.

Ne-am jurat să nu ne minţim niciodată una pe cealaltă.

Mă uit la ea îndelung, cum e cufundată în apa tulbure, plină de săpun, la gura ei crispată, inexpresivă; la buzele subţiri şi sensibile, strânse, închise, ascunzând în spatele lor adevărul. Mă gândesc la bileţelul acela pe care l-am distrus. Ştim amândouă că mă minte în faţă şi sunt pe punctul de a-i arunca asta... numai că nu prea îndrăznesc. Dacă minte, atunci înseamnă că are un motiv şi mi-e frică să aflu care este acesta.

— Bine, zic eu în cele din urmă, întorcându-mă cu spatele, conştientă de propria-mi laşitate.

— Cardul meu e în portofel, strigă ea după mine, în timp ce închid uşa în urma mea. PIN-ul e 8431.

Dar, clămpănind în jos pe scări spre Fatima şi Freya care încă nu se trezise, nu mă străduiesc deloc să-l ţin minte. N-am nici cea mai mică intenţie să-i iau cardul sau banii.

Afară, împingând căruțul Freyei pe drumeagul de nisip care duce spre malul Estuarului, departe de Moară, simt că atmosfera opresivă începe să se disipeze.

Ziua e calmă şi tăcută şi pescăruşii pescuiesc fără griji în apele crescânde ale mareei, păsăretul de baltă populează limba de uscat ce va fi înghițită de flux, călcând apăsat, aruncându-se cu capul în noroi ca să smulgă viermii şi gândacii care habar n-au ce-i aşteaptă.

Simt soarele fierbinte în ceafă, aşa că ajustez oblonul de soare al căruciorului şi, cu urmele de cremă cu care am uns-o pe Freya pe mâinile şi picioarele ei dolofane, mă dau pe gât.

În nări îmi persistă mirosul de sânge şi tânjesc după o pală de vânt să mi-l şteargă din minte. *Chiar* să fi fost Shadow? Nu-mi dau seama. Încerc să mă gândesc iar la mațele întinse pe ponton şi la câinele care scâncea; oare rănile erau de la colții unui maxilar puternic sau tăieturi de cuțit? Pur şi simplu, nu ştiu.

Însă un lucru îl ştiu bine: Shadow n-avea cum să fi scris bilețelul acela. Deci cine l-a scris? În ciuda căldurii, mă trece un fior pe şira spinării, căci cruzimea gestului mă cutremură până în rărunchi. Dintr-odată simt acelaşi impuls, de a-mi lua fata, aşa adormită, de a o strânge la piept, îmbrăţişând-o de parcă aş vrea s-o bag din nou în mine, ca s-o pot proteja de această încrengătură de secrete şi minciuni care mă înconjoară, care mă trage înapoi spre o greşeală pe care am făcut-o acum mulţi, mulţi ani şi de care am crezut că am scăpat. Încep să-mi dau seama că n-a scăpat nimeni de nimic. Şaptesprezece ani am fugit şi ne-am ascuns, fiecare în alt fel, dar n-a mers... înţeleg asta acum. Poate că am ştiut-o dintotdeauna.

La capăt, drumeagul dă într-o şosea care duce, într-o parte, spre gară, iar în partea cealaltă, dinspre pod, duce spre Salten. Mă opresc pe pod, o legăn pe Freya, împingând căruţul cu blândeţe, înainte şi înapoi, cuprinzând cu privirea peisajul bine cunoscut. Ţinutul din care face parte Salten e neted şi reuşeşti să vezi în depărtare, la distanţe considerabile, chiar şi dintr-un punct de observaţie destul de jos, cum e podul. În faţa mea, neagră pe albastrul strălucitor al Estuarului, pipernicită din cauza depărtării, se vede Moara. La stânga, de partea cealaltă a râului, văd casele şi străzile înguste ale satului Salten.

Iar la dreapta, în depărtare, e ceva alb care străluceşte deasupra liniei copacilor, aproape invizibili din cauza orizontului îmbăiat în lumină. Internatul Salten. Din punctul în care sunt, îmi este imposibil să disting cărarea pe care apucam ca să traversăm mlaştinile în momentele noastre de rebeliune. Poate că e năpădită de vegetaţie. Îmi aduc aminte de acea primă dată, într-o noapte rece de octombrie, când ne-am urcat pe fereastră şi am coborât pe scara de incendiu, zăngănind structura şubredă din fier, cu lanternele în dinţi, cu cizmele în mâini ca să nu-i trezim pe profesori, şi mă mir acum de prostia noastră.

Când am ajuns la capătul scării, ne-am pus cizmele în picioare („Nu vă luați pantofii", îmi aduc aminte că ne zicea Kate, „nici măcar după vara pe care am avut-o, pentru că o să fie plin de noroi"), apoi am luat-o din loc, traversând în pas iute terenurile de hochei, râzând pe înfundate până când am ajuns la o distanță rezonabilă de clădirile şcolii ca să nu ne mai audă nimeni.

Prima parte era întotdeauna cea mai periculoasă, mai ales când ziua creştea şi afară era încă lumină mult după ce se dădea stingerea. După Paşti, un profesor care se uita pe fereastră putea să ne vadă pe toate patru alergând pe terenurile bine îngrijite, întâi pe Thea, cu picioarele ei lungi parcurgând distanța cu uşurință, apoi Kate la mijloc şi la urmă, gâfâind, eu şi Fatima.

Dar când am făcut-o prima dată, era o beznă de-ți ieşeau ochii din cap, iar noi am bâjbâit prin întuneric până când am ajuns la nişte tufişuri de arbuşti pitici ce marcau capătul mlaştinii, iar acolo am slobozit hohotele de râs pe care ni le reținuserăm şi ne-am aprins lanternele.

Kate ne-a arătat drumul, iar noi am urmat-o printr-un labirint de canale şi şanțuri pline de apă neagră, sălcie, care strălucea în lumina lanternelor.

Am sărit peste garduri şi pârleazuri, am trecut peste şanțuri, urmând cu atenție instrucțiunile pe care Kate ni le arunca peste umăr cu glas înfundat:

— Pentru numele lui Dumnezeu, mergeți pe margine... terenul din stânga e mlaştină pură... țineți-vă de pârleazul ăsta, pentru că dacă deschideți poarta aia, n-o să mai putem s-o închidem la loc şi o să iasă toate oile... Puteți să vă țineți de smocul ăla de iarbă ca să săriți peste șanț... vedeți unde stau eu acum? E cea mai solidă parte a malului.

În copilărie, cutreierase în lung și-n lat mlaștinile și, deși nu era în stare să spună numele unei singure flori sau să identifice jumătate din păsările pe care le deranjam în drumul nostru, știa fiecare smoc de iarbă, fiecare bucățică de mlaștină în care te puteai cufunda, fiecare pârâu, fiecare dâmb sau șanț și, chiar și în întuneric, ne conducea fără greș prin labirintul de drumuri pentru oi, printre bălți și șanțuri de asanare cu apă stătută, până când, în cele din urmă, săream un gard și, dincolo de el... Estuarul, cu apele strălucitoare în lumina lunii, iar în depărtare, sus pe malul nisipos, Moara, cu lumina aprinsă la o fereastră.

— E tatăl tău acasă? a întrebat Thea.

Kate a clătinat din cap:

— Nu, cred că e plecat cu treburi în sat. Trebuie să fie Luc.

Luc? Era prima dată când auzeam vorbindu-se despre un Luc. Era un unchi? Poate frate? Eram aproape sigură că Kate îmi spusese că era singură la părinți.

Încurcată, n-am avut timp să schimb decât o privire cu Fatima, căci Kate a și pornit iar la drum, de data asta fără să se mai uite în spate după noi, acum că aveam pământ solid, nisipos, sub picioare, așa că am luat-o la goană ca s-o ajungem din urmă.

Ajunsă la ușa Morii, s-a oprit o clipă, așteptând-o pe Fatima care venea ultima, gâfâind ușor, apoi a deschis ușa.

— Bun venit acasă, fetelor!

Acela a fost momentul în care am pășit pentru prima dată în Moară.

***

Când mă gândesc în trecut la momentul în care am văzut Moara pentru prima dată, îmi dau seama că nu s-a schimbat aproape deloc şi asta e ceea ce mă frapează cel mai mult: poate că tablourile de pe pereţi erau puţin altfel şi locul era ceva mai puţin dărăpănat, dar scara elicoidală din lemn, ferestrele înclinate prin care intra lumina aurie dinspre Estuar, toate acestea erau la fel. Seara aceea de octombrie era rece, iar în sobă ardea focul de lemne şi primul lucru care m-a lovit, în momentul în care Kate a deschis uşa, a fost un val de căldură şi lumina focului din sobă, şi mirosul de fum amestecându-se cu mirosul de vopsele în ulei şi terebentină şi apă de mare.

În faţa focului, într-un balansoar de lemn, cineva şedea citind o carte, iar când am intrat noi în casă, şi-a ridicat privirea mirată.

Era un băiat de vârsta noastră — sau, mai exact, cu cinci luni mai mic decât mine, aşa cum am aflat mai târziu. De fapt, era doar cu un an mai mare decât fratele meu mai mic, dar era cum nu se poate mai diferit, în toate privinţele, decât Will al meu, cel cu pielea alb-rozalie. Picioarele şi mâinile băiatului erau suple şi lungi, bronzate până ajunseseră arămii, iar părul lui negru era tăiat neuniform, în colţuri, ca şi cum s-ar fi tuns el însuşi; băiatul era adus de spate, tipic pentru cineva suficient de înalt cât să-şi facă griji pentru pragul de sus.

— Kate, ce faci aici?

Vocea îi era profundă şi uşor răguşită, dar mai avea ceva anume, ceva nu reuşeam să identific, un accent diferit de al lui Kate.

— Tata nu e acasă.

— Bună, Luc, i-a răspuns Kate şi s-a ridicat pe vârfuri să-l sărute pe obraz, un sărut dur, familial. Îmi pare rău că nu ți-am zis nimic dinainte. A trebuit să mă car din văgăuna aia şi, ei bine, nu puteam să le las pe fete să putrezească în internat. O ştii pe Thea, desigur. Ea e Fatima Qureshy.

— Bună, a zis Fatima, sfioasă.

I-a întins mâna şi Luc i-a strâns-o, oarecum jenat.

— Iar aceasta este Isa Wilde.

— Bună, l-am salutat.

El s-a întors spre mine, mi-a zâmbit şi am văzut că avea ochii aproape aurii, ca ai unei pisici.

— Fetelor, el e Luc Rochefort, ăăă..., a zis ea şi s-a oprit, a schimbat cu Luc o privire şi un zâmbet care i-a încrețit pielea bronzată din colțul gurii. Fratele meu vitreg... cred. Mda, oricum, iată-ne pe toți aici. Luc, nu sta acolo aşa.

Luc a zâmbit din nou, apoi s-a aplecat jenat şi s-a retras spre fundul încăperii, făcându-ne loc.

— Pot să vă ofer ceva de băut? ne-a întrebat el, în timp ce ne făceam loc pe lângă el — eu şi Fatima cu limba legată din pricina prezenței neaşteptate a unui străin, şi nu a oricărui străin, ci a unuia destul de ciudat, având în vedere că stătuserăm atâtea săptămâni doar în compania fetelor.

— Ce ai de băut? l-am întrebat.

— Vin, a zis el, ridicând din umeri. Côtes du Rhône.

Şi dintr-odată mi-am dat seama de unde era accentul acela, deşi ar fi trebuit să-mi dau seama după nume. Luc era francez.

— E bun şi vinul, am zis eu, ridicând la rândul meu din umeri. Mersi, am adăugat, luând paharul din mâna lui şi dându-l, nesăbuit, peste cap.

***

Era târziu, iar noi eram amețite şi abia ne mai mişcam de cât băuserăm, şi râdeam şi dansam pe muzica pe care Kate o pusese la gramofon, când am auzit mânerul uşii şi toate ne-am întors capetele spre Ambrose care tocmai intra, cu pălăria în mână.

Eu şi Fatima am paralizat, dar Kate s-a dus, cu picioarele împleticite, împiedicându-se de covor şi râzând, spre tatăl ei care a prins-o în brațe şi a sărutat-o pe amândoi obrajii.

— Tati, n-ai să ne spui, nu-i aşa?

— Dă-mi şi mie ceva de băut, a zis el, aruncându-şi pălăria pe masă şi ciufulindu-i părul lui Luc care zăcea răsturnat pe canapea. A, da, nici nu v-am văzut măcar.

Dar evident că ne văzuse. Şi propriul lui desen stă mărturie a minciunii, acel tablou micuț, în creion, care e agățat într-un cârlig pe palier, lângă uşa de la dormitorul lui Kate. E o schiță a canapelei din acea primă noapte, cu Luc, cu Thea şi cu mine încâlciți, unii peste ceilalți, ca nişte căței abia fătați, cu brațele în jurul celorlalți, cu picioarele atât de încolăcite că era dificil să mai distingi unde mă terminam eu şi începeau Luc sau Thea. Cocoțată pe brațul canapelei era Fatima, cu picioarele goale pe post de spătar pentru Thea care stătea rezemată de ea. Iar la picioarele noastre era Kate, cu spinarea lipită de marginea canapelei jerpelite, cu genunchii la bărbie şi privirea pironind focul. În mână avea un pahar de vin, iar degetele mele erau înfăşurate în părul ei mătăsos.

A fost prima noapte în care am stat şi am băut şi am râs, ghemuiți unii în brațele celorlalți, cu flăcările din sobă încălzindu-ne fețele, încălzindu-ne trupurile pe de-a-ntregul, odată cu vinul — dar n-a fost ultima noapte. Ne-am întors, iar şi iar, străbătând câmpurile care trosneau înghețate sub tălpile noastre sau pajiştile pline de miei, lăsându-ne atrase, iar şi iar, ca moliile de flacăra care strălucea în întunericul mlaştinilor, chemându-ne la ea. Apoi, ne întorceam la internat în zorii palizi ai dimineților de primăvară, ca să stăm, cu pleoapele grele de somn, la orele de franceză sau ne dibuiam cu greu drumul în diminețile de vară, râzând copios, cu apa sărată uscându-ni-se în păr.

Nu ieşeam tot timpul din internat. După primele două săptămâni ale fiecărui semestru, weekendurile erau „deschise", ceea ce însemna că eram libere să mergem acasă sau la prieteni, atâta vreme cât aveam permisiunea părinților. Pentru mine sau Fatima, acasă nu era o opțiune, căci tata era permanent cu mama la spital, iar părinții ei erau în Pakistan. Şi Thea... ei bine, nu am întrebat-o niciodată pe Thea, dar era clar că ceva nu era în regulă cu familia ei, ceva care însemna că fie nu se putea duce acasă, fie nu voia ea să se întoarcă la părinții ei.

Dar nu scria nimic în regulamentul internatului că nu puteam merge la Kate, aşa că ne-am dus, de cele mai multe ori făcându-ne bagajele şi traversând mlaştinile cu ea vinerea, după orele de pregătire, ca să ne întoarcem duminică seara, pentru înregistrare.

La început mergeam din când în când, câte un weekend, ocazional... apoi din ce în ce mai des... şi apoi, în cele din urmă, mergeam la ea în majoritatea weekendurilor, până când studioul lui Ambrose era plin ochi de schițe cu noi patru, până când Moara ne-a devenit la fel de familiară precum cămăruța pe care o împărțeam cu Fatima, ba chiar *mai* familiară, până când picioarele mele cunoşteau geografia mlaştinii în cele mai mici detalii, aproape la fel de bine cum o știa Kate.

— Domnul Atagon trebuie să fie un sfânt, ne-a zis într-o vineri seară domnişoara Weatherby, pedagoga de la internat, zâmbind vag, în timp ce semnam, din nou, împreună cu Kate, de ieşire. Vă predă toată săptămâna, apoi vă găzduieşte gratis tot weekendul. Eşti sigură că tatăl tău n-are nicio problemă cu toate astea, Kate?

— Absolut niciuna, a răspuns Kate cu fermitate. Îi convine de minune să ştie că prietenele mele vin să stea cu mine.

— Şi tata şi-a dat acordul, am intervenit eu atunci.

Ba chiar foarte prompt, aş adăuga acum; tata era atât de uşurat să ştie că mă simt bine în Salten şi că nu mă adăugam şi eu pe lista lui de probleme, cerându-i să vin acasă, încât ar fi semnat un pact cu diavolul însuşi. Prin comparație, un teanc de învoiri semnate dinainte pe o perioadă mai lungă era floare la ureche.

— Nu vreau să insinuez că n-ar trebui să-ți petreci atâta timp cu Kate, mi-a zis pedagoga mai târziu, când m-a invitat la ceai în biroul ei şi m-a privit cu îngrijorare. Mă bucur că ți-ai făcut prietene aici. Dar ține minte un lucru, ca să fii o femeie împlinită trebuie să ai o *varietate* mare de prieteni. De ce nu-ți petreci weekendul şi cu una dintre celelalte fete?

— Păi..., am zis eu, sorbind din ceai, există vreo regulă în codul internatului despre numărul de weekenduri pe care am voie să le petrec în afara şcolii?

— Mmm..., nu există neapărat ceva scris...

Am dat din cap, i-am zâmbit, mi-am băut ceaiul, apoi, vineri, am semnat de ieşire ca să mă duc acasă la Kate, aşa cum o tot făcusem.

Iar cei de la şcoală nu aveau ce să facă în privinţa asta.

Până când au făcut totuşi ceva.

Când ajung la drumul care duce în Salten, deja mi-e cald rău şi sunt transpirată toată, aşa că mă opresc la umbra unui pâlc de stejari de pe marginea şoselei, simţind cum broboane de transpiraţie mi se preling pe piept, umezindu-mi sutienul.

Freya doarme liniştită, are gura ei roşie ca un boboc de trandafir, uşor întredeschisă, şi mă aplec s-o sărut aproape imperceptibil ca să n-o trezesc, apoi mă îndrept de spate şi o iau din loc spre sat, deşi mă dor picioarele de oboseală.

Aud o maşină în spatele meu, dar nu mă întorc să văd cine e, însă când trece pe lângă mine, încetineşte şi văd capul şoferului la geam şi-l recunosc: este Jerry Allen, patronul de la Salten Arms, în camioneta lui străveche în care căra pe vremuri băuturi de la supermarket. Numai că acum camioneta e mai veche şi mai şubredă ca niciodată, mai mult o ruginitură decât maşină. Oare de ce conduce Jerry rabla asta ruginită, veche de mai bine de treizeci de ani? Pubul n-a fost niciodată o mină de aur, dar se pare că acum o duce greu de tot.

Jerry, cu capul scos pe geam, este curios din cale afară, întrebându-se, îmi imaginez, ce fel de turist e suficient de nebun încât să pornească la drum pe jos, de unul singur, pe căldura asta.

Aproape că trece de mine când văd că trăsăturile feței i se schimbă și apasă brusc pe claxon, făcându-mă să tresar speriată, apoi frânează pe marginea drumului, aruncând în urmă un nor de praf care mă face să tușesc și să mă înec.

— Eu te cunosc pe tine de undeva, zice el, când ajung în dreptul camionetei care avea motorul încă pornit.

În voce i se simte o notă de triumf, de parcă m-a prins cu mâța-n sac. Îmi zic în sinea mea că nu am negat vreodată că m-ar ști, dar nu-i spun ce gândesc.

— Tu ești una dintre fătucile care umblau cu Kate Atagon... una dintre fetele care...

Își dă seama prea târziu unde duce discuția și-și drege vocea, acoperindu-și gura, și încearcă să-și ascundă confuzia mimând o tuse tabagică.

— Da, îi zic, cu voce egală, nevrând să-i dau satisfacția de a mă vedea reacționând la cuvintele lui. Eu sunt Isa. Isa Wilde. Bună, Jerry.

— Ai crescut mare, văd, zice el, ochii umezindu-i-se în timp ce mă analizează din cap până în picioare. Ia uite, ai și un copil!

— O fetiță, îi răspund. Freya.

— Ia te uită, nu mai spune, zice el, bodogănind fără sens și-mi zâmbește, arătându-mi gingiile știrbe și dintele de aur care mi-a dat întotdeauna fiori pe șira spinării din motive pe care nu mi le puteam explica.

Se uită la mine o vreme, cercetându-mă cu atenție, de la sandalele mele prăfuite, la dârele de transpirație care-mi pătează rochia de vară, apoi își îndreaptă privirea înapoi spre Estuar.

— Cumplite veşti, nu-i aşa? Mi-a zis Mick White că au îngrădit juma' de mal, deşi de aici nu prea poţi vedea. Echipaje de poliţie, câini, corturile lor albe... deşi nu ştiu ce cred ei că o să găsească, da' mă rog. Moşneagu' lu' Judy Wallace a zis că, indiferent ce-a fost îngropat acolo, a stat în vânt şi-n ploaie mult prea multă vreme. Ea l-a găsit şi, din spusele lui Mic, câinele lor l-a rupt în două de la jumate, chiar la cot, că era putred ca lemnu'. Dacă mai pui şi apa sărată la socoteală, nu cred c-a mai rămas din el ceva.

Nu ştiu cum să reacţionez la toate astea. Simt că mi se urcă greaţa în gât, aşa că mă mulţumesc doar să dau din cap, ameţită, iar în momentul acela pare să-şi dea brusc seama de ceva.

— Mergi în sat? Urcă în spate şi te duc eu.

Mă uit la el, la faţa lui roşie, la hârbul ruginit pe care-l conduce, cu banchete fără centuri de siguranţă, darămite un scaun pentru Freya, şi-mi aduc aminte că întotdeauna îi mirosea respiraţia a whisky, chiar şi la prânz.

— Mersi, zic eu, încercând să zâmbesc. Dar, sincer, chiar îmi prieşte plimbarea.

— Hai, lasă prostiile, zice el, arătând spre platforma camionetei. Am destul loc acolo pentru cărut şi până în sat mai sunt vreo doi kilometri buni. O să vă coaceţi!

Nu simt miros de whisky, dar sunt prea departe de camionetă ca să pot spune cu siguranţă că e-n regulă, aşa că îi zâmbesc din nou şi clatin din cap.

— Jerry, pe bune, mersi frumos. Dar prefer să merg pe jos.

— Eh, cum vrei, zice el, rânjind, arătându-şi dintele de aur, şi bagă iar maşina în viteză. Când ai terminat cumpărăturile, dă o fugă până la pub şi măcar po' să-ţi ofer un pahar din partea casei.

— Mersi, îi zic, dar vocea mea e înecată în mugetul cauciucurilor pe pământ şi praful verii care se ridică asemenea unui nor în urma lui, apoi îmi dau părul din ochi şi îmi continui drumul spre sat.

Satul Salten mi-a dat întotdeauna fiori pe spate într-un mod pe care nu mi-l pot explica. În mare parte, sentimentul are de-a face cu plasele pescăreşti. Salten e un sat de pescari sau, mă rog, a fost. Acum în port nu mai intră decât vase de agrement, dar încă mai sunt câteva vase comerciale pescăreşti care mai trag în rada portuară. Ca un tribut adus meseriei, casele din sat sunt împodobite cu plase pescăreşti, ca o celebrare decorativă a istoriei localităţii, bănuiesc. Unii zic că poartă noroc şi poate că aşa a şi început totul, dar acum, din ce văd, o fac anume pentru turişti.

Turiştii de-o zi trec prin sat în drum spre plajele nisipoase de pe coastă şi se dau în vânt după plase, fotografiind casele din piatră, mici şi cochete, şi casele cu decoraţiuni din lemn, îmbrăcate în ţesătura de plase, în timp ce copiii lor cumpără îngheţate şi găleţi de plastic în culori ţipătoare. Unele plase arată impecabil, ca şi cum ar fi fost cumpărate direct de la negustor şi n-au văzut niciodată marea, iar altele se vede clar că sunt folosite, rupturile care le-au scos din uz fiind încă vizibile, pline încă de bucăţi de alge şi cu colaci de salvare agăţaţi de ochiuri.

Mie nu mi-au plăcut niciodată, chiar din momentul în care am dat prima dată cu ochii de ele. Au un aer trist şi prădător în acelaşi timp, ca nişte pânze uriaşe de păianjen care înghit încet bietele case. Ele dau întregului sat o atmosferă deprimantă, ca oraşele acelea americane toride din sud, unde barba-moşului se prelinge groasă pe copaci, legănându-se în vânt.

Pe unele case, pânzele sunt puse modest, poate câteva agăţate ici şi colo, între etaje, dar pe altele sunt întinse peste tot, ca nişte ghirlande, atârnând în fâşii mari, putrede, drapând clădirea de la un capăt la celălalt, prinse deasupra uşilor, ascunzând ferestrele, încâlcindu-se în ghivecele de flori şi pe pervazuri sau pe sub obloane.

Nu pot să sufăr ideea asta: să-ţi deschizi fereastra noaptea târziu şi să simţi cum pânza încâlcită îţi opune rezistenţă, nelăsând lumina lunii să intre în casă, cum ochiurile ei ţi se încurcă în degete când încerci să forţezi fereastra să se deschidă cum trebuie, cum fâşiile de zdrenţe se rup când te chinui să le descâlceşti de pe încuietoare.

Dacă ar fi după mine, aş şterge orice urmă a tristelor relicve, ca unul care face curăţenia de primăvară dând afară din casă păianjenii adunaţi.

Poate că tocmai simbolismul lor nu-mi place. Pentru că, în cele din urmă, la ce sunt bune plasele, dacă nu să prinzi ceva în capcană?

Cum merg pe strada principală strâmtă, am senzaţia că sunt din ce în ce mai multe şi mai răspândite, iar satul în sine devine tot mai dărăpănat şi mai mic. Fiecare casă e sufocată de plase, acolo unde, acum zece ani nu erau decât pe jumătate învăluite, dacă nu cumva şi mai puţin de atât, iar plasele par puse anume ca să ascundă faptul că Salten se şterge încet, încet — plase agăţate peste tot, peste vopseaua care se coşcoveşte pe pereţi şi pe lemnul putrezit. Văd şi magazine goale, cu anunţuri „De vânzare“ aproape şterse, legănându-se în adierile de vânt, şi o atmosferă generală de delabrare care mă şochează. Salten n-a fost niciodată un loc elegant, diferenţa dintre comună şi şcoala-internat fiind întotdeauna contrastantă. Dar acum îmi pare că mulţi dintre turişti s-au orientat spre Franţa sau Spania şi mă întristează să văd cum buticuri precum cel din colţ, viu colorat, ornamentat cu găleţi şi lopăţele de plastic, unde se vindea îngheţată pe vremuri, au dispărut, în loc rămânând numai ferestre goale, pline de praf şi pânze de păianjen.

Poşta e în continuare la locul ei, iar plasa pescărească de deasupra e nouă: o pânză mare, portocalie, cu o ruptură încă vizibilă, deşi reparată.

Deschid uşa cu spatele, împingând căruciorul în micul oficiu, şi în acelaşi timp ridic privirea. *Te rog să nu cazi peste noi,* zic eu o rugăciune în gând. Văd aievea cum pânzele cad peste mine şi Freya şi ne sufocă în încâlceala lor.

Când dau să intru, clopoţelul de la intrare răsună cu putere, dar în spatele tejghelei nu e nimeni şi nimeni nu apare când ajung la bancomatul din colţ, unde ar trebui să fie cutiile cu cărţi poştale. Nu am nicio intenţie să-i iau banii lui Kate, dar dându-i cele o sută de lire am cam rămas fără cash şi vreau să mă asigur că am destui bani în portofel ca să...

Mă opresc. Ca să ce? E o întrebare la care nu prea vreau să răspund. Ca să fac cumpărături? Ca să-i plătesc lui Kate biletele la reuniune? Amândouă motivele sunt valabile, dar nu asta am în minte. Să am destui bani în portofel ca să pot să plec rapid, în cazul în care o să fie nevoie.

Tastez PIN-ul, când, deodată, din spatele meu, aud o voce răguşită, profundă, aproape masculină, deşi ştiu dinainte să mă întorc că nu e vocea unui bărbat.

— Ia te uită! Cine ne onorează cu prezenţa!

Scot banii din fanta bancomatului şi bag cardul înapoi în buzunar, apoi mă întorc şi o văd în spatele meu pe Mary Wren — matroana satului, probabil singura persoană din Salten care se apropie cel mai mult de noţiunea de şef al comunităţii. Când eram elevă la şcoală, ea lucra la poştă, dar acum, nu ştiu de ce, prezenţa ei mă prinde pe picior greşit. Am presupus că în toţi anii aceştia de când am plecat din Salten, s-a pensionat, a plecat. Dar se pare că nu.

— Mary, zic eu, forţându-mă să zâmbesc, în timp ce-mi îndes portofelul înapoi în geantă. Nu te-ai schimbat!

E şi adevăr, şi minciună în acelaşi timp — faţa ei e la fel de lată şi de bătută de vânturi, cu aceiaşi ochi mici şi întunecaţi care ţi se implântă în suflet. Părul, în schimb, care era un râu lung ce-i cădea pe umeri până la brâu, e acum de culoarea tăciunelui stins. Îl poartă într-o coadă împletită care se subţiază spre capăt atât de mult, încât banda elastică abia reuşeşte să-l ţină legat.

— Isa Wilde.

Vine din spatele ghişeului şi se aşază în faţa mea, cu mâinile în şolduri, la fel de masivă şi de neclintit ca întotdeauna, ca o stană de piatră necioplită.

— Să nu-mi cred ochilor! Ce te readuce prin părţile noastre?

Ezit o clipă, ochii fugindu-mi spre teancul de săptămânale locale, pe care încă se mai putea vedea titlul de o şchioapă OS UMAN DESCOPERIT ÎN ESTUAR.

Apoi îmi aduc aminte de minciuna pe care Kate i-a zis-o taximetristului.

— Ah... păi... e balul de vară, zic eu. Reuniunea de la Internat.

— Mda, zice ea, măsurându-mă de sus până jos, analizându-mi rochia de bumbac transpirată şi lipită de spate, uitându-se la Freya care dormea în căruciorul ei Bugaboo. Ce să zic, continuă ea, sunt surprinsă. Nu mă gândeam că o să mai vii pe aici. Au trecut destule baluri şi reuniuni de când ați plecat şi n-am văzut nici picior de fetişcană din gaşca voastră.

Mi s-a părut că a spus *cuşca* şi mă uit o clipă la ea, neînțelegând ce vrea să zică, dar apoi pricep. *Gaşca*. E cu cuvânt destul de dur, dar, da, nu pot să neg că asta eram. Eu, Kate, Thea şi Fatima — eram o gaşcă. Eram foarte mândre de noi înşine şi nu aveam nevoie de nimeni altcineva decât în măsura în care deveneau țintele glumelor şi jocurilor noastre. Credeam că, atâta vreme cât ne avem una pe cealaltă, putem să învingem orice şi pe oricine. Acesta e adevărul gol-goluț: eram arogante şi iresponsabile. Nu sunt mândră de comportamentul meu de atunci şi nu-mi place când Mary îmi aduce aminte de el, dar nu pot s-o condamn pentru termenul ales.

— Păi o vezi pe Kate, nu? zic eu pe un ton lejer, încercând să schimb subiectul.

Mary îmi face semn că da.

— Ah, bineînțeles. Avem singurul bancomat din sat, aşa că vine pe aici destul de des. Plus că ea a rămas în sat, ceea ce mulți n-au făcut. Oamenii respectă chestia asta, dincolo de toate ciudățeniile ei.

— *Ciudățeniile ei*? repet, lăsând să mi se simtă în voce o doză de acreală pe care nu mi-o pot controla.

Mary râde fără să se sinchisească, râde cu poftă de i se zdruncină întregul corp mătăhălos, însă e ceva lipsit de bucurie în râsul acela.

— Doar o ştii pe Kate, zice ea în cele din urmă. Nu se amestecă deloc cu ceilalţi, trăieşte în solitudine, aşa cum ştii. Ambrose n-a fost niciodată un singuratic în felul ăsta, venea întotdeauna în sat, în pub, cânta în trupă la vioară. Poate că locuia în Estuar, dar era unul de-ai noştri, nu încape vorbă. Dar Kate..., zice ea, ridicând privirea spre mine, analizându-mă din nou de sus până jos, apoi repetă: Nu se amestecă deloc cu ceilalţi.

Îmi înghit nodul din gât şi încerc să găsesc un alt subiect de conversaţie.

— Am auzit că Mark e poliţist acum, nu-i aşa?

— Da, îmi răspunde Mary. Şi mare noroc, îţi spun drept, să ai pe cineva în poliţie care e de prin partea locului, cum s-ar zice. Lucrează în secţia din Hampton's Lee, dar cum Salten e şi casa lui, patrulează pe aici mai des decât ar face-o un străin.

— Încă mai stă cu dumneata?

— Oh, da, ştii cum e pe aici, cu proprietarii care tot timpul cresc preţul la imobiliare, e foarte greu pentru un tânăr să-şi mai cumpere loc'şorul lui, când tot vin bogătanii din Londra care pun mâna pe căsuţele noastre.

Mă priveşte iar atent, dar, de data asta, ochii i se opresc la geanta copilului, apoi la poşeta mea Marni, un cadou de la Owen şi care nu e mai ieftină de 500 de lire sterline, ci probabil mult mai scumpă.

— Trebuie să fie greu, zic eu, jenată. Dar măcar intră bani în sat, nu?

Mary pufneşte dispreţuitoare.

— Ei, da! Ăştia nu aduc bani, ăştia vin cu mâncarea în portbagaj din Londra; n-o să-i vezi făcând piaţa pe aici. N-ai văzut că măcelăria lui Baldock s-a închis?

Dau din cap fără să spun nimic, simțindu-mă oarecum vinovată, iar Mary dă şi ea din cap.

— Brutăria Croft & Sons, asemenea. N-a mai rămas cine ştie ce, în afară de poştă şi pub. Şi dacă apar berării pe aici, nici pubul nu mai rezistă mult. Oricum nu face cine ştie ce profit. La anu' pe vremea asta o să fie transformat în apartamente. Dumnezeu ştie ce-o să facă Jerry. N-are pensie, n-are economii, n-are nimic...

Se apropie de mine şi mai mult şi dă jos acoperişul căruciorului Freyei.

— Deci ai o fată acum.

— Exact.

Mă uit cum îi mângâie obrazul copilului adormit, cu degetul ei gros şi puternic. Pe sub unghii şi pe cuticule are pete închise la culoare. Probabil cerneală de la ştampilele de la poştă, dar în mintea mea e sânge. Încerc să nu tresar.

— Freya.

— Nu te mai cheamă Wilde, nu?

Clatin din cap:

— Tot Wilde mă cheamă. Nu sunt măritată.

— Eh, e o frumoasă, zice Mary, îndreptându-se de spate. O să-i înnebunească şi ea pe băieți acuşica, pun pariu.

În ciuda eforturilor de a mă abține, gura mi se strânge a dispreț, iar degetele mi se încleştează pe mânerul îmbrăcat în burete al căruciorului. Mă chinui să trag aer în piept, să-mi înghit nodul din gât şi, odată cu el, şi replica acidă pe care sunt pe punctul de a o livra. Mary Wren e o personalitate puternică a satului — nici acum şaptesprezece ani nu te puneai cu ea şi îmi imaginez că nu s-au schimbat prea multe în acest sens, mai ales acum, că fiul ei e polițist.

Am crezut că, odată plecată din Salten, am scăpat de toată această încrengătură de relații, de legătura nefirească și neplăcută între școală și restul satului, relație pe care Ambrose o manevra fără eforturi, spre deosebire de noi, ceilalți. Mi-aș dori să trag căruțul departe de Mary, să-i zic să-și vadă de treaba ei. Dar nu-mi pot permite să mi-o fac dușman. Și nu doar de dragul lui Kate care trebuie să trăiască aici, ci de dragul nostru, al tuturor. Școala s-a spălat pe mâini de noi acum mulți ani; iar Salten, dacă ești respins și de școală, și de sat, poate fi un loc foarte ostil.

În ciuda căldurii, mă trec fiori, iar Mary își ridică privirea spre mine.

— Îți calcă cineva peste mormânt?

Scutur din cap și încerc să zâmbesc, iar ea râde, dezvelindu-și dinții galbeni și pătați.

— Păi, mă bucur să văd că te-ai întors prin părțile noastre, zice ea degajat, bătând duios cu mâna în căruțul Freyei. Parcă mai ieri erați toate patru aici, cumpărând dulciuri și alte nimicuri. Îți aduci aminte de minciunile alea pe care le spunea prietena aia a ta? Cum o chema... Cleo?

— Thea, zic eu, cu voce domoală. Da, îmi aduc aminte.

— Mi-a zis că taică-su era căutat pentru uciderea lu' mă-sa și aproape că am crezut-o, zice Mary, râzând din nou, întregul trup zguduindu-i-se, făcând și căruțul fetei să se zdruncine solidar. Desigur, asta se întâmpla înainte să aflu ce mincinoase notorii erați tuspatru.

Mincinoase. Un cuvânt aruncat cu asemenea ușurință în discuție... mi se pare mie sau, dintr-odată, e ceva ostil în vocea lui Mary?

— Da, păi..., bâigui eu și trag încet de căruț, făcând-o să dea drumul copertinei. Ar trebui să-mi văd de drum... Freya o să vrea să mănânce în curând...

— Nu vreau să te rețin, zice Mary cu aceeași degajare.

Îmi plec capul, ca și cum mi-aș cere scuze, iar ea face un pas în spate, ca să mă lase să întorc căruciorul și să-l îndrept spre ieșire.

Aproape că reușesc să întorc cărucțul din trei mișcări, în spațiul strâmt dintre rafturi, dându-mi seama mult prea târziu că ar fi trebuit să dau cu spatele pe unde am venit, când, deodată, aud clopoțelul de la ușă.

Mă întorc și mă uit peste umăr. O clipă nu recunosc persoana care apare în ușă, dar apoi, când îmi dau seama cine e, simt că inima îmi sare deodată din piept ca o pasăre care se zbate fără speranță să iasă din colivie.

Are hainele pătate și boțite, ca și cum ar fi dormit îmbrăcat, pe obraz are o vânătaie, iar pe monturile pumnului e plin de tăieturi. Ce mă frapează însă, lovindu-mă parcă în moalele capului, e cât de mult s-a schimbat — și totuși, cât de puțin. A fost mereu înalt, însă nu mai are nimic din flăcăul subțire și lung, căci bărbatul care stă acum în cadrul îngust al ușii umple spațiul cu umerii lui, sugerând, fără să se străduiască, o forță ascunsă, firească.

Apoi fața lui, pomeții înalți și lați, buzele subțiri și, oh, Doamne, ochii aceia...

Stau neclintită în picioare, șocată, încercând să-mi trag răsuflarea; el nu mă observă de la început, ci doar îi face un semn din cap lui Mary și se dă la o parte, făcându-mi politicos loc să ies din oficiu. Abia când îi pronunț numele, cu vocea răgușită și ezitantă, se întoarce brusc și se uită la mine, se uită *bine*, pentru prima dată, iar fața i se schimbă.

— Isa?

Ceva cade pe jos; cheile pe care le ținea în mână. Vocea îi e exact așa cum mi-o amintesc, profundă și domoală, cu acel accent ușor bizar, singura urmă a limbii materne.

— Isa? Tu... tu ești?

— Da, răspund eu, încercând să scap de nodul din gât, să zâmbesc, dar se pare că șocul mi-a paralizat mușchii feței. Am crezut că ești... că... nu erai plecat în Franța?

Expresia de pe chipul lui e rigidă, impasibilă, ochii lui aurii imposibil de citit, iar în voce resimt ceva dur, țeapăn, ca și cum încearcă din răsputeri să ascundă ceva.

— M-am întors.

— Dar, de ce... nu înțeleg, de ce n-a zis Kate...

— Va trebui s-o întrebi pe ea.

De data asta sunt convinsă că nu mi se pare, vocea lui chiar e rece, dură.

Nu înțeleg. Ce s-a întâmplat? Am senzația că bâjbâi în întuneric, într-o încăpere plină de obiecte fragile, prețioase și care se clatină și amenință să cadă la fiecare mișcare pe care o fac. De ce nu ne-a zis Kate că s-a întors Luc? Și de ce e atât de...? Dar aici șirul gândurilor mele se întrerupe, căci nu sunt în stare să numesc sentimentul pe care îl generează prezența tăcută a lui Luc. Dar ce *e*? Nu e șoc — sau nu doar atât, nu acum, când surpriza de a da de mine aici a trecut. E un soi de emoție ascunsă, tainică pe care se vede că se chinuie să n-o exprime. O emoție care pare să fie...

Cuvântul îmi vine pe limbă în momentul în care îl văd că face un pas înainte, blocându-mi ieșirea din poștă.

Ură.

Încerc din nou să-mi înghit nodul din gât.

— Eşti... eşti bine, Luc?

— Bine? repetă el, râzând, dar în voce nu i se simte nici urmă de amuzament. *Bine*?

— N-am vrut să...

— Cum dracu' poți să mă întrebi aşa ceva? întreabă el cu vocea ridicată.

— Poftim?

Încerc să fac un pas înapoi, dar nu mai am unde să mă duc — Mary Wren e în spatele meu, foarte aproape de mine. Luc blochează ieşirea, iar între noi e căruciorul şi nu pot să nu mă gândesc că, dacă îşi iese din fire, Freya o să fie cea prinsă la mijloc. Ce s-a întâmplat cu el de s-a schimbat atât de mult?

— Luc, calmează-te, îl avertizează Mary din spatele meu.

— Kate a ştiut, zice Luc, iar vocea îi tremură. Şi *tu* ai ştiut la ce m-a trimis înapoi.

— Luc, n-am... n-aveam cum să...

Strâng cu putere mânerul căruțului Freyei până când încheieturile mi se albesc. Nu-mi doresc decât să ies afară din oficiu. În capul meu aud un bâzâit, ca un bondar care se zbate nebun lovindu-se de un geam şi îmi aduc aminte dintr-odată, cu groază, de oaia mutilată, de muştele care zburau pe mațele împrăştiate...

Zice ceva în franceză ce nu pricep, dar sună urât şi plin de scârbă.

— Luc, zice Mary şi mai tare, dă-te la o parte din drum şi revino-ți, dacă nu vrei să-l sun pe Mark.

Urmează un moment de tăcere, în care aşteptăm, în bâzâit de bondar, încheieturile mele în continuare albe pe mânerul cărucului. Apoi Luc bate în retragere într-un gest exagerat, deliberat şi-mi face o plecăciune în faţa uşii.

— *Je vous en prie*, zice el sarcastic.

Împing brusc căruciorul, izbind uşa de la intrare suficient de tare încât s-o trezesc pe Freya care începe să plângă speriată, dar nu mă opresc. Ieşim amândouă buluc pe uşa care se închide în spatele nostru cu un zăngănit care îmi sparge timpanele. Ies repede în stradă, îndepărtându-mă de poştă şi merg rapid până când clădirile satului se estompează în aerul fierbinte al verii, şi abia atunci mă opresc şi-mi iau copilul din cărucior şi-l strâng la piept.

— Nu e nimic, mă aud eu mormăind în urechea ei, tremurând crunt, ţinând-o cu o mână pe umăr, în timp ce cu cealaltă întorc căruciorul, pornind pe drumul înţesat de praf care duce spre Moară. Nu e nimic, omul acela neplăcut nu ne-a făcut niciun rău, nu-i aşa? Cum s-ar zice, vorbe-n vânt, până la urmă. Haide, gata, iubita mea, nu mai plânge. Oh, hai, Freya, nu plânge, draga mea. Te rog, nu plânge.

Dar Freya nici nu vrea să audă. Plânge şi plânge întruna, urletul acela prelung al copilului care, trezit brusc din somnul lui liniştit, nu se mai lasă consolat. Şi abia în momentul în care observ picături de apă care cad pe capul Freyei, îmi dau seama că şi eu plâng şi nu ştiu de ce. Din cauza şocului? De furie? Sau de uşurare că am ieşit de acolo.

— Gata, gata, repet eu, fără noimă, în ritmul paşilor pe caldarâm şi nu mai ştiu dacă îi vorbesc fetei sau mie însămi. O să fie OK, promit. Totul o să fie bine

Însă chiar în momentul în care rostesc aceste cuvinte şi inspir mirosul plăcut, de transpiraţie din părul ei, mirosul de copil iubit şi îngrijit, îmi reamintesc vorbele lui Mary care îmi răsună în urechi ca o acuzaţie.

Mincinoasă mică ce eşti!

REGULA 3

NU TE LĂSA PRINSĂ

Mincinoasă mică.

Mincinoasă mică.

Mă îndepărtez de Salten, mai mult alergând decât mergând, şi rostesc cuvintele în ritmul paşilor mei pe caldarâm, iar vocea mea stridentă înteţeşte bocetul jalnic al Freyei.

În cele din urmă, poate cam la un kilometru de sat, mă lasă nervii — spatele îmi arde după cât am cărat-o, iar plânsetele ei sunt ca nişte cuie pe care mi le bate adânc în creier. *Mincinoasă mică. Mincinoasă mică.*

Mă opresc pe marginea drumului, în praf, pun frânele căruţului şi mă aşez pe un buştean, îmi dau drumul la sutien şi o pun pe Freya la sân. Freya ţipă scurt, fericită, şi se aruncă spre mine cu mânuţele ei grăsane, dar se opreşte o clipă, înainte să sugă, ridică spre mine ochii albaştri, strălucitori, şi-mi zâmbeşte, pe chipul ei citindu-se cât se poate de clar ce-a vrut să spună în tot acest timp: *Pe bune, am ştiut eu că în cele din urmă o să te prinzi care e problema.* Nu mă pot abţine şi îi răspund cu un zâmbet, deşi spatele mă omoară, şi am un nod dureros în gât de furia şi de frica provocate de Luc.

Mincinoasă mică.

Cuvintele traversează anii şi se întorc la mine şi, în timp ce Freya suge liniştită, închid ochii şi-mi amintesc... Îmi amintesc cum a început totul.

Era în ianuarie, era frig şi mohorât, iar eu tocmai mă întorsesem dintr-o vacanţă jalnică petrecută cu tata şi fratele meu — cuvinte nerostite, friptura de curcan uscată şi tare şi cadouri pe care nu le alesese mama, dar care purtau numele ei scris de mână de tata.

Am venit cu Thea de la Londra, dar am pierdut trenul pe care trebuia să-l luăm şi, drept urmare, am pierdut şi microbuzul pentru internat. Am stat sub acoperişul boltit din faţa sălii de aşteptare, fumând o ţigară, ferită de vântul rece, în timp ce Thea suna la internat ca să afle ce-ar trebui să facem.

— Au zis că o să vină să ne ia la cinci jumătate, mi-a zis Thea în timp ce punea receptorul în furcă şi ne-am uitat amândouă spre ceasul mare de deasupra peronului. Căcat, de-abia e patru.

— N-am putea să mergem pe jos? am întrebat eu ezitând.

Thea a clătinat din cap, tremurând din cauza unei rafale de vânt îngheţat care a străbătut peronul.

— Nu cu valizele după noi.

Cum aşteptam, încercând să ne hotărâm ce avem de făcut, un alt tren a tras în gară, de data asta unul local de la Hampton's Lee, care transporta elevele de la Şcoala Gimnazială Hampton Grammar. M-am uitat automat după Luc, dar nu era în tren. Fie venea mai târziu ca să facă cine ştie ce curs facultativ, fie chiulea. Ambele variante erau mai mult decât posibile.

În gară, în schimb, apăruse Mark Wren care mergea împiedicându-se pe peron, adus, ca de obicei, de spate, cu fruntea plecată, cu acneea aceea cumplită pe ceafă.

— Hei, a strigat Thea după el, în timp ce trecea pe lângă noi. Hei, tu eşti Mark, nu-i aşa? Cum ajungi în Salten? Te duci cu cineva cu maşina?

Mark a clătinat din cap.

— Cu autobuzul. Lasă elevii de internat în faţa pubului şi apoi îşi continuă drumul spre Riding.

Thea şi cu mine ne-am uitat una la cealaltă.

— Opreşte şi la pod? a întrebat Thea.

Mark a dat din cap:

— Mmm... nu în mod normal. Dar, dacă îl rogi, e posibil ca şoferul să oprească şi-acolo.

Thea a ridicat din sprânceană, iar eu i-am făcut semn din cap că am priceput. Ne-ar scuti de câţiva kilometri, apoi restul i-am putea parcurge pe jos.

Ne-am urcat toţi în autobuz. Eu am rămas lângă valize, în zona de bagaje, dar Thea s-a dus după Mark Wren la capătul culoarului unde stătea strângând în braţe rucsacul de parcă ar fi fost un scut de apărare, mărul lui Adam mişcându-i-se nervos. Când a trecut pe lângă mine, Thea mi-a făcut cu ochiul.

— Weekendul viitor mergem la Kate? a întrebat ea în camera comună de la internat, trecând pe lângă scaunul în care mă aşezasem, în drumul ei spre sala de lectură.

I-am făcut semn că da, iar ea mi-a făcut iar cu ochiul, amintindu-mi de scena din autobuz. Lola Ronaldo butona telecomanda, schimbând canalele, dându-şi ochii peste cap.

— Iar Kate? De ce naiba petreceţi voi atât de mult timp acolo? Eu mă duc cu Jess Hamilton în Hampton's Lee să vedem un film. Voiam să mâncăm la Fat Fryer, dar Fatima a zis că nu e liberă, pentru că merge la Kate cu voi. De ce-ți pierzi vremea în străvechiul Salten weekend de weekend? Ai pus ochii pe careva?

M-am înroşit, gândindu-mă la fratele lui Kate, aducându-mi aminte de ultima dată când am mers să înotăm la Moară. Era o zi de toamnă neobişnuit de caldă pentru perioada aceea, soarele de seară simțindu-se ca flăcările pe apă, reflectându-se în geamurile Morii de parcă toată aşezarea luase foc. Am lenevit toată după-masa, dornici să absorbim şi ultima picătură de căldură din acel an, până când, în cele din urmă, după un pariu făcut cu Thea, Kate s-a dezbrăcat şi a înotat goală în Estuar. Nu ştiu unde era Luc în momentul în care Kate a sărit în apă, dar a apărut când ea înota pe spate dinspre centrul canalului.

— Ai uitat ceva? a zis el, ridicând o pereche de bikini, cu un zâmbet batjocoritor pe buze.

Kate a țipat deodată, şi toți pescăruşii au zburat brusc din toate părțile, bătând apa cu aripile, dansând în valurile roşii-aurii.

— Ticălosule! Lasă-i acolo!

Dar Luc a scuturat din cap şi, când ea a pornit înot spre el, el a început să arunce în ea cu bucățele de alge de mare pe care mareea le depunea la picioarele Morii. Kate i-a răspuns stropindu-l cu apă şi apoi, când s-a apropiat de el suficient de mult, l-a apucat de gleznă, l-a tras în jos, luptându-se cu el sub apă, picioarele şi brațele împletindu-li-se, plonjând adânc amândoi în străfundurile apei şi doar bulele care se ridicau la suprafață confirmau prezența lor în apă.

Un moment mai târziu, Kate a apărut brusc la suprafață şi a pornit înotând rapid spre ponton, iar când a ieşit din apă, am văzut că ținea slipul lui Luc în mână, țipând fericită și triumfătoare, în timp ce el se îndepărta din ce în ce mai mult, înjurând și râzând și amenințându-ne cu tot felul de răzbunări, care mai de care.

Chiar am încercat să nu mă uit, să continui să citesc, să le ascult pe Thea și pe Fatima sporovăind, să mă concentrez la orice altceva decât la trupul gol al lui Luc lucind în valuri, dar cumva privirea îmi era atrasă în direcția lui de trupul zvelt, bronzat, auriu în lumina fracturată a soarelui de toamnă; iar acum, imaginea se ridică din mine, aducând cu sine o emoție ciudată, ceva între rușine și dorință.

— Ba din cauza Theei, am zis eu dintr-odată, simțindu-mi fața fierbinte sub privirea Lolei. Ei i s-au aprins călcâiele după cineva din sat. Crede că, dacă ne petrecem mult timp acolo, are șanse să dea de el.

Era o minciună. Dar îmi servea mie, o minciună legată de una dintre noi patru. Am știut, din momentul în care am deschis gura s-o spun, că am întrecut măsura. Dar nu mai aveam ce să fac.

Lola s-a uitat la Thea care se întorcea, apoi la mine, nesiguranța citindu-i-se pe chip. Deja căpătaserăm o reputație de tipe miștocare și nesincere și îmi dădeam seama că nu era convinsă dacă ce ziceam era adevărat; însă când venea vorba de Thea, cine putea spune ce era adevărat și ce nu?

— Zău? a ripostat ea. Nu te cred!

— E adevărat, i-am zis, ușurată că nu mă mai avea pe mine în vizor.

Apoi, un impuls cretin m-a făcut să-i dau un detaliu fatal.

— Uite care-i faza, i-am zis eu, să nu zici nimănui, dar i s-au aprins călcâiele după Mark Wren. Când ne-am întors, au stat împreună în autobuz, de la gară până aici. I-a pus mâna pe coapse, am continuat, cu voce gravă, aplecându-mă peste cartea ei, şi... îţi imaginezi ce-a urmat.

— *Mark Wren*? Puştiul cu bube pe faţă, care locuieşte în apartamentul de deasupra poştei?

— Ce pot să zic? am ridicat eu din umeri. Theei nu-i pasă cum arată tipul.

Lola a pufnit în râs şi s-a dus la treaba ei.

Nu m-am mai gândit la scena asta până în săptămâna următoare. Nici măcar nu mi-am adus aminte să-i zic lui Kate, ca să-mi adune punctele în carnetul nostru. Dar, de data asta, jocul n-a mai devenit o competiţie între noi, cât un scop în sine. Ideea nu mai era să le bat pe Fatima, Thea şi Kate la joc, ci să fiu cu un pas înaintea tuturor — „noi" împotriva „lor".

Seara de sâmbătă ne-am petrecut-o la Moară şi apoi, duminică după-masă, ne-am dus toate patru în Salten, în sat, să cumpărăm bunătăţi de la magazin şi să bem o ciocolată caldă în pubul care, în afara sezonului şi dacă erai dispusă să suporţi glumele deocheate făcute de Jerry, putea fi folosit pe post de cafenea.

Fatima şi Kate stăteau la masa de la geam, în timp ce eu şi Thea eram la bar. Ea comandase băuturile, iar eu aşteptam s-o ajut să le ducă la masă.

— Scuzaţi-mă, am zis să *nu* puneţi frişcă în ultima cană, am auzit-o pe Thea vorbindu-i cu voce ascuţită barmanului care îi făcuse vânt ultimei căni de ciocolată pe tejghea.

Barmanul a oftat şi a început să radă frişca de deasupra cănii, dar Thea l-a întrerupt înainte să termine.

— Nu, mulţumesc. Vreau altă cană.

M-am crispat auzindu-i tonul autoritar, felul în care rostea vocalele de parcă ar fi fost lame de cuțit, transformând o remarcă perfect banală într-un ordin dur.

Barmanul a înjurat în barbă şi s-a întors să toarne în chiuvetă băutura preparată cu migală şi a văzut cum una din femeile care aşteptau la bar şi-a dat ochii peste cap şi i-a şoptit ceva prietenei ei. N-am prins ce i-a zis, dar privirea i se tot muta de la mine la Thea şi înapoi, cu o mină de total dispreț. Mi-am încrucişat brațele, sperând să mă fac din ce în ce mai mică şi să dispar în peisaj, dorindu-mi să nu mă fi îmbrăcat cu rochia aceea cu nasturi. Nasturele de sus căzuse, făcând ca decolteul să fie şi mai adânc decât de obicei, iar eu eram foarte conştientă că mi se vedea din rochie dantela de la sutien şi că cele două femei se uitau la noi — se uitau intens la decolteul meu şi la blugii rupți ai Theei care lăsau la vedere, printre crăpături, chiloții de mătase roşie.

Cum stăteam aşa, aşteptând-o pe Thea să-mi dea cănile peste umăr, Jerry a apărut de undeva, din spatele meu, cu o tavă de pahare murdare. A ridicat tava la înălțimea umărului, încercând să străbată mulțimea şi am simțit, şocată, cum s-a lipit cu bazinul de mine în timp ce trecea. Barul era plin, dar nu atât de plin, încât să explice de ce s-a lipit anume de fundul meu.

— Scuză-mă, a zis el, râzând astmatic. Nu mă băga în seamă!

Am simțit cum iau foc şi i-am zis Theei:

— Eu mă duc la baie. Te descurci cu băuturile?

— Sigur.

Nici n-a apucat să-şi ridice privirea spre mine, că eu şi dădusem buzna pe uşa de la toaletă, simțind că mă sufoc.

Am intrat într-una dintre cabine ca să iau şervețele să-mi şterg nasul şi am observat că pe uşă era scris ceva. Literele fuseseră scrise cu tuş de ochi, iar acum erau aproape şterse şi întinse.

Scria: *Mark Wren e un pervers mizerabil*. Am clipit. Părea o acuzație atât de absurdă! Mark Wren? Timidul şi blajinul Mark Wren?

Mai era scris ceva, de data asta cu altă culoare, lângă chiuvetă.

Mark Wren pipăie fetele de la Internatul Salten în autobuz.

Apoi, în sfârşit, pe uşa de la ieşirea din baie scria cu marker permanent: *Mark Wren e un infractor sexual!!!!*

Am ieşit din toaletă cu obrajii în flăcări.

— Putem să plecăm? le-am întrebat brusc pe Kate, Fatima şi Thea.

Thea a ridicat ochii spre mine, confuză.

— Ce dracu'? Nici măcar nu te-ai atins de cana ta!

— Trebuie să vă spun ceva, le-am zis. Nu vreau să vorbesc aici despre asta.

— Sigur, a răspuns Kate.

A pescuit ultimele bezele din ciocolata caldă, în timp ce Fatima îşi căuta geanta. Dar, înainte să avem timp să facem ceva, uşa de la intrare s-a deschis şi în pub a intrat Mary Wren.

Nu mă aşteptam să vină la noi la masă — o ştia, evident, pe Kate, pentru că era prietenă bună cu Ambrose, dar nu le băgase niciodată în seamă pe prietenele ei.

Dar se pare că acum avea de gând să le bage în seamă. A venit țintă şi s-a uitat întâi la mine, apoi la Thea şi abia apoi la Fatima, cu buza de sus încrețită a dispreț.

— Care din voi e Isa Wilde? a întrebat ea, cu o voce puternică şi aspră.

Mi-am înghiţit nodul din gât.

— E... eu.

— Bun.

Şi-a pus mâinile în şolduri, tronând deasupra noastră cu statura ei impozantă. Hărmălaia din pub s-a domolit şi mi-am dat seama că oamenii ascultau, întinzându-şi capetele ca să vadă spatele masiv, musculos al lui Mary Wren.

— Ascultă-mă bine, păpuşă. Nu ştiu cum se poartă oamenii acolo, de unde vii tu, dar aici oamenilor le pasă de ceea ce se spune despre ei. Dacă mai răspândeşti vreodată minciuni despre băiatul meu, o să-ţi sfărâm oscioarele! Înţelegi ce zic? Ţi le rup pe toate, pe rând, unul câte unul.

Am deschis gura, dar nu am reuşit să scot niciun sunet. Ruşinea îngrozitoare pe care o simţeam până-n străfundurile mele mă paraliza.

Lângă mine, Kate arăta şocată şi mi-am dat seama că habar n-avea despre ce era vorba.

— Mary, a zis ea, nu poţi să...

— Nu te băga, s-a răstit Mary la ea. Deşi pun pariu că toate sunteţi implicate în treaba asta. Ştiu cum sunteţi voi, a zis ea, încrucişându-şi braţele şi uitându-se la micul nostru grup, şi am înţeles atunci că, într-un mod pervers, îi plăcea — îi plăcea să vadă şocul şi ruşinea pe chipurile noastre. Sunteţi toate nişte mincinoase mici şi, dacă ar fi după mine, aş pune biciul pe voi.

Kate a rămas cu gura căscată şi s-a ridicat pe jumătate, ca şi cum voia să-mi ia apărarea, dar Mary i-a pus o mână grea pe umăr, forţând-o, pur şi simplu, să se aşeze la loc pe banchetă.

— Să nu îndrăzneşti! Îmi dau seama că şcoala aia prețioasă a voastră e prea modernă pentru aşa ceva, iar tat-tu e prea cumsecade, dar eu nu sunt şi dacă îi faci vreodată rău băiatului meu — a zis şi s-a uitat direct în ochii mei, privirea ei dură şi neagră ca tăunul pironindu-mă fără milă —, o să regreți ziua în care te-ai născut.

Apoi şi-a îndreptat umerii, s-a întors pe călcâie şi a ieşit.

Uşa s-a trântit în spatele ei, un zgomot puternic în tăcerea bruscă pe care o lăsase în urmă, apoi s-a auzit o furtună de râsete, iar atmosfera zgomotoasă de bar a început să revină: clinchete de pahare, vuietul puternic al vocilor masculine de la bar. Însă eu simțeam privirile localnicilor care se întrebau de ce a spus Mary ce-a spus şi nu voiam decât să intru în pământ de ruşine.

— Băi, frate! a exclamat Kate, albă la față, cu pete roşii de furie extraordinară. Ce mama dracului e cu ea? Să vedeți ce-o să se-nfurie tata când o să afle că...

— Nu, am apucat-o eu de haină. Nu, Kate, nu, nu face asta! E vina mea. Nu-i zice lui Ambrose!

Nu puteam să mai suport. Nu puteam să mai țin nimic în mine, căci ieşise la iveală... minciunea stupidă, gratuită, pe care o spusesem. Gândul de a se repeta această scenă în prezența lui Ambrose şi de a-i vedea dezamăgirea pe chip...

— Nu-i spune, am repetat.

Am simțit cum ochii mi se umplu de lacrimi, dar nu de regret, ci de ruşine.

— Am meritat-o, am continuat. Am meritat tot ce-a zis.

A fost o greşeală — asta aş fi vrut să-i spun lui Mary în momentul acela în care stăteam mută în fața furiei ei. *A fost o greşeală şi-mi pare rău.*

Dar n-am zis nimic. Iar data viitoare când am mers la poştă, m-a servit ca de obicei şi niciuna dintre noi n-a mai zis nimic despre asta. Dar iată că, şaptesprezece ani mai târziu, în timp ce-mi hrănesc copilul şi încerc să zâmbesc acestui chip dolofan şi vesel, îmi răsună în urechi cuvintele lui Mary Wren şi mă gândesc câtă dreptate avea. Meritasem să se poarte aşa cu mine. Toate meritam pe-atunci asemenea vorbe.

Eram nişte mici mincinoase.

Dau buzna în Moară, înfierbântată, cu dureri de picioare, şi le găsesc pe Kate, Thea şi Fatima aşezate în jurul mesei de bucătărie.

Shadow latră scurt, ca să dea de ştire că m-am întors, iar uşa se izbeşte de perete, făcând să se zgâlţâie ceştile pe poliţă şi tablourile din casă să tremure solidar.

— Isa! strigă Fatima surprinsă, ridicând ochii din farfurie. Arăţi de parcă ai văzut o fantomă.

— Păi, am văzut una. De ce nu ne-ai zis, Kate?

În capul meu, cuvintele sunau ca o întrebare. Spuse cu voce tare, erau mai mult o acuzaţie.

— Ce să vă spun? întreabă Kate, cu vocea plină de uimire şi îngrijorare. Isa, tu te-ai dus în Salten şi te-ai şi întors pe jos în trei ore? Trebuie să fii epuizată. Vrei apă?

— Dă-o dracului de apă, zic eu furibundă, dar când se întoarce spre mine cu un pahar de apă de la chiuvetă şi îl aşază cu blândeţe pe masă, mă chinui să trec peste durerea din gât înainte să pot bea.

Iau o înghiţitură, apoi beau pe nerăsuflate şi mă trântesc pe canapea. Fatima a pus salată pe o farfurie pentru mine şi mi-o aduce.

— Ce s-a întâmplat? mă întreabă, aşezându-se lângă mine pe canapea, ţinând farfuria şi uitându-se la mine îngrijorată. Ai zis că ai văzut o *fantomă*?

— Mda, am văzut o fantomă.

M-am uitat peste capul Fatimei, direct la Kate.

— L-am văzut pe Luc Rochefort în sat.

Chipul lui Kate se schimonoseşte înainte să termin propoziţia şi ea se lasă deodată pe marginea canapelei, ca şi cum nu mai are încredere că o s-o ţină genunchii.

— Fir-ar să fie!

— Luc? Fatima se uită de la mine la Kate. Dar am crezut că s-a întors în Franţa după...

Kate face un gest mâhnit din cap, dar e imposibil să-mi dau seama dacă e afirmaţie sau negaţie sau un amestec de amândouă.

— Ce s-a întâmplat cu el, Kate? o întreb, îmbrăţişând-o pe Freya şi mai tare, gândindu-mă la chipul lui închis, indiferent, radiind furie, în micul oficiu poştal. Era...

— Furios, termină ea propoziţia pentru mine.

Chipul îi e palid, dar mâinile, care se caută în buzunare după ţigări, nu-i tremură deloc.

— Nu-i aşa? adaugă ea.

— Furios e puţin spus. Ce s-a întâmplat?

Începe să ruleze tutunul cu mişcări ferme şi încete şi îmi aduc aminte cum făcea asta când eram eleve, cum Kate nu se grăbea niciodată, cum nu se deranja niciodată să găsească rapid un răspuns. Cu cât era mai dificilă întrebarea, cu atât mai mult timp trecea până răspundea.

Thea lasă jos furculiţa, ia paharul de vin şi tabachera şi vine şi ea mai aproape de noi, lângă canapea.

— Hai, Kate!

Se aşază pe podeaua goală, la picioarele noastre şi îmi aduc aminte, dintr-odată, cu durere, de toate nopţile pe care le-am petrecut aşa, instalate comod pe canapea, uitându-ne spre râu, privind flăcările, fumul, râzând, vorbind...

Acum însă nu mai râde nimeni, nu se aude decât foşnetul foiţei Rizla pe care Kate o răsuceşte, înainte şi înapoi, pe genunchi, muşcându-şi buzele. Când termină de făcut ţigara, linge hârtia şi apoi vorbeşte.

— S-a întors în Franţa. Dar... nu din voia lui.

— Ce vrea să însemne asta? întreabă Thea.

Îşi bate tabachera de podea, apoi se uită la Freya şi ştiu că vrea să fumeze, dar aşteaptă până când fetiţa nu mai e în încăpere.

Kate oftează şi-şi urcă picioarele goale pe canapea, lângă şoldul Fatimei, şi-şi dă la o parte de pe faţă şuviţele de păr rebele.

— Nu ştiu cât ştiţi voi despre viaţa lui Luc, de unde vine... ştiţi că tatăl meu şi mama lui Luc, Mireille, au fost împreună acum mulţi ani, nu? Şi că au locuit aici, cu noi.

Am dat din cap că da, ştiam cu toatele asta. Luc şi Kate erau mici, aproape prea mici ca să-şi amintească, zice Kate, deşi păstrează în minte câteva imagini despre petrecerile de pe malul râului, despre ziua în care Luc, prea mic ca să înoate, a căzut în apă.

— Când tata şi Mireille s-au despărţit, Mireille l-a luat pe Luc cu ea în Franţa şi nu l-am mai văzut nişte ani buni, dar apoi ea l-a sunat pe tata — nu se putea descurca cu Luc care o luase razna, interveniseră serviciile sociale — şi l-a întrebat dacă nu cumva Luc putea să vină să-şi petreacă vara aici, ca s-o lase un pic liniştită? Îl ştiţi pe tata, evident că a zis da. Ei bine, când Luc a ajuns la noi, ne-am dat seama că povestea era ceva mai complicată decât ne spusese Mireille. Luc avea într-adevăr probleme de comportament, dar mai erau şi... alte motive. Şi Mireille avea problemele ei... începuse să se drogheze din nou şi, ce să zic?, poate că nu era cea mai bună mamă pentru Luc.

— Ce s-a întâmplat cu tatăl lui Luc? întreabă Fatima. N-a avut nimic de zis când fiu-său a dispărut în Anglia să stea în casa unui bărbat străin?

Kate ridică din umeri.

— Nici nu ştiu dacă a existat vreun tată. Din ce ne-a zis Luc, Mireille era destul de pierdută când l-a născut. Habar n-am dacă a ştiut vreodată cine...

Îşi pierde şirul gândurilor, însă trage adânc aer în piept şi reia de unde a rămas.

— Oricum, a venit să stea cu noi când aveam cam... treisprezece, paisprezece ani? Vacanţa s-a făcut un semestru, apoi semestrul s-a făcut un an... apoi încă unul... şi, nu ştiu cum s-a întâmplat, dar Luc s-a înscris la liceu la Hampton's Lee şi a rămas să locuiască la noi permanent şi, ştiţi... mergea bine. Era fericit, zic eu.

Aşa credem şi noi, dar n-o întrerupe nimeni.

— Dar, după ce tata..., zice Kate cu greutate şi ştiu că acum urmează partea cea mai dureroasă, amintirea timpului la care niciuna dintre noi nu are inimă să se gândească. După ce tata a dispărut, continuă ea, Luc... nu mai putea să stea aici. Avea doar cincisprezece ani, eu făcusem şaisprezece în vara aceea, dar Luc mai avea câteva luni până să-i împlinească şi era minor şi, oricum, din momentul în care s-au amestecat serviciile sociale..., zice ea şi înghite din nou cu greutate, iar eu văd emoţiile reflectate pe chipul ei, ca umbrele norilor plutind deasupra unei văi. A fost trimis înapoi, izbucneşte ea dintr-odată. A vrut să stea aici, cu mine, dar n-am avut încotro, zice ea, întinzându-şi braţele implorator. Aveam şaisprezece ani, n-aveau cum să mă pună pe mine tutore legal al unui vagabond francez care n-avea niciun părinte în Anglia. Am făcut ce trebuia să fac, repetă ea, disperată.

— Kate, zice Fatima cu blândeţe, punându-i o mână pe umăr. Eşti cu noi, nu trebuie să te justifici. *Evident* că n-ai avut de ales. Ambrose nu era tatăl lui Luc... ce-ai fi putut face tu?

— L-au trimis înapoi, răspunde Kate, ca şi cum n-ar fi auzit.

Rememorează acele timpuri, iar chipul ei e golit de orice expresie.

— Şi mi-a scris, iar şi iar, implorându-mă, zicându-mi că tata i-a promis că o să aibă grijă de el şi mă acuza pe mine că l-am trădat, mă acuza că...

Ochii i s-au umplut de lacrimi, iar ea clipeşte des ca să le alunge, expresia de pe chipul ei devenind deodată o mască a durerii şi a amărăciunii. Shadow, simţindu-i nefericirea, dar fără s-o înţeleagă, vine şi i se aşază la picioare, scâncind uşor, iar Kate îl mângâie, ciufulindu-i blana.

— S-a întors acum câţiva ani, şi-a găsit o slujbă în Salten, la Internat, pe post de grădinar. M-am gândit că toţi anii aceştia care au trecut i-au oferit o perspectivă asupra celor întâmplate, că şi-a dat seama că n-am avut încotro. Abia am reuşit să mă ţin pe mine departe de orfelinate, darămite pe el. Dar nu, n-a fost aşa. Nu m-a iertat. Într-o noapte, când veneam pe drumul de lângă râu, m-a încolţit şi, oh, Dumnezeule! — îşi aminteşte Kate cu capul îngropat în mâini —, Fatima, ce întâmplări mi-a povestit!

Probabil că tu, ca medic de familie, le auzi tot timpul, dar eu n-am mai auzit aşa ceva — bătăile, abuzul, Dumnezeule, câte...

Şi glasul i se îneacă.

— Câte a suferit... Nu eram în stare să-l ascult, dar el continua, iar şi iar, spunându-mi totul, ca şi cum căuta să mă pedepsească. Mi-a zis ce i-au făcut prietenii mamei lui când era mic şi, mai târziu, când s-a întors în Franța şi a intrat în sistem, bărbatul de la casa de copii care îl... care îl...

Dar nu reuşeşte să termine. Îşi acoperă fața cu mâinile şi plânge.

Mă uit la chipurile şocate ale Theei şi Fatimei şi apoi din noi la Kate. Vreau să spun ceva. Vreau să-i alin cumva durerea, dar nu mă pot gândi decât la cum erau ei doi, la fețele lor fericite, râzând, stropindu-se în Estuar, la tăcerea lor frăţească în momentul în care stăteau aplecați asupra vreunui joc de table sau şah... Fuseseră atât de apropiați... mai apropiați decât fuseserăm eu şi fratele meu vreodată. Şi acum, chestia asta...

În cele din urmă, Fatima pune cu grijă farfuria cu mâncare lângă mine şi se ridică. O cuprinde pe Kate de umeri, legănând-o uşor, fără să spună niciun cuvânt.

Apoi îi spune ceva, aproape şoptit, dar cred că reuşesc să disting cuvintele.

— N-a fost vina ta, repetă ea întruna. N-a fost vina ta.

Ar fi trebuit să ştiu. Asta e tot ce gândesc, în timp ce stau lângă căruţul Freyei, încercând s-o legăn ca să doarmă, şi simt o durere în gât, din pricina lacrimilor reţinute.

Ar fi trebuit *să ştiu.*

Pentru că toate semnele erau în faţa mea, trebuia doar să le văd. Cicatricile pe care le văzusem pe spatele lui Luc când înota în Estuar, semnele de pe umărul lui pe care le considerasem doar nişte semne de la un vaccin prost făcut, dar, când îl întrebasem despre ele, îl văzusem cum se schimbă la faţă şi scutură din cap fără să-mi răspundă.

Acum au trecut nişte ani, nu mai sunt atât de naivă. Înţeleg ce erau acele mici arsuri circulare şi mi-e greaţă de propria-mi ignoranţă.

Cicatricile acestea explică atât de multe lucruri pe care nu le-am înţeles niciodată! Tăcerile lui Luc şi adoraţia lui faţă de Ambrose, ca aceea a unui câine. Reticenţa lui de a vorbi despre Franţa, indiferent cât de mult îl băteam noi la cap, şi felul în care Kate îl strângea de mână şi încerca să schimbe subiectul ca să-l lăsăm în pace.

Ba mai explică un lucru pe care nu l-am priceput niciodată: felul în care îi lăsa pe băieții din sat să-l batjocorească şi să se ia de el în fel şi chip, iar el le permitea asta, iarăşi şi iarăşi şi iarăşi... şi apoi îi cedau nervii. Îmi aduc aminte de o seară, în pub, când copiii din sat râdeau de el, fără răutate, dar şi fără să-l slăbească vreo clipă, că umblă cu fetişcanele „cu nasul pe sus" de la Internatul Salten. Poziția lui Luc în comunitate fusese dintotdeauna dificilă, căci nu era considerat ca făcând parte dintre localnici. Kate era evident parte din elita internatului, iar Ambrose se descurca fără efort în ambele lumi. Dar Luc trebuia să se împartă între cele două lumi sociale, fiind elev la şcoala publică de la Hampton's Lee, unde mergea la ore alături de majoritatea copiilor din sat, deşi familia lui avea legături cu şcoala privată din vârful dealului.

Şi totuşi se descurca. Reuşea să treacă şi peste replici de genul: *Fetele noastre nu sunt destul de bune pentru tine, frățioare?*, şi peste insinuările lor cum că fetelor de bani gata le place să se joace „mai dur". În seara aceea în pub s-a mulțumit doar să zâmbească şi să clatine din cap. Dar apoi, chiar la finalul serii, când sunase clopoțelul pentru ultima comandă, unul dintre băieții din sat s-a aplecat şi i-a şoptit ceva lui Luc la ureche.

Nu ştiu ce i-a zis. Doar am văzut-o pe Kate schimbându-se la față. Iar Luc s-a ridicat atât de repede, că a dat cu scaunul de pământ şi l-a pocnit pe băiat drept în nas, cu atâta forță, încât părea că-i rupsese vreun os. Băiatul a căzut, gemând de durere şi răsuflând din greu. Apoi, Luc s-a aşezat deasupra puştiului plin de sânge, privindu-l cum plânge, iar chipul îi era golit de expresie, de parcă nimic nu s-ar fi întâmplat.

Probabil că cineva din pub l-a sunat pe Ambrose. Când am intrat în casă, l-am găsit aşteptându-ne în fotoliu, iar faţa lui, în mod normal atât de binevoitoare, nu mai avea nici măcar urma unui zâmbet. Când am păşit în cameră, s-a ridicat în picioare.

— Tată, a zis Kate, înainte ca Luc să apuce să deschidă gura, n-a fost vina lui...

Dar Ambrose a clătinat din cap înainte să termine ea ce avea de zis.

— Kate, asta e între mine şi Luc. Luc, putem să vorbim în camera ta, te rog?

Au închis uşa camerei lui Luc, ca să nu auzim cearta care a urmat, iar noi n-am prins decât tonul urcat şi coborât al vocilor lor, a lui Ambrose plină de dezamăgire şi reproş, a lui Luc, imploratoare, şi apoi, în cele din urmă, furibundă. Noi rămăseserăm în camera de zi, îngrămădite în faţa focului de care nu aveam nevoie, pentru că noaptea era caldă, iar Kate începuse să tremure în momentul în care iureşul vocilor de deasupra s-a înteţit.

— Nu înţelegi! am auzit de sus.

Era vocea lui Luc, incredulă şi plină de furie. Nu aveam cum să auzim ce-i răspundea Ambrose, dar îi auzeam tonul vocii, calm şi răbdător, apoi o bufnitură, semn că Luc a aruncat cu ceva în perete.

Când Ambrose a coborât de la etaj, singur, era ciufulit de parcă şi-ar fi trecut mâna prin păr. Pe chip i se citea o oboseală cruntă; s-a aplecat să ia de sub chiuvetă sticla de vin fără etichetă, şi-a turnat un pahar plin şi l-a dat peste cap dintr-o înghiţitură, oftând.

Kate s-a ridicat în timp ce Ambrose s-a scufundat în fotoliul din faţa ei, dar Ambrose i-a făcut semn din cap că nu e cazul, ştiind unde voia să se ducă.

— Eu n-aş face-o în locul tău. E foarte supărat.

— Mă duc sus, a zis Kate sfidătoare.

S-a ridicat din nou, dar, trecând pe lângă fotoliul lui Ambrose, tatăl ei a întins mâna liberă şi a prins-o de încheietură; Kate s-a oprit, privindu-l de sus, având pe faţă o expresie de încăpăţânare rebelă.

— Ei? Ce vrei?

Am aşteptat, cu un nod în gât, să-l văd pe Ambrose explodând, aşa cum ar fi făcut tata. Îl auzeam în minte, urlând la Will pentru că a îndrăznit să-i răspundă: *Nesimţitule ce eşti, când m-am purtat aşa cu tata, mi-a tras o mamă de bătaie de nu m-am văzut*. Apoi: *Dacă îţi dau un ordin, asculţi şi execuţi, ai priceput?*

Dar Ambrose... Ambrose n-a ţipat. N-a scos nici măcar un cuvânt. A prins-o pe Kate de încheietură, abia atingând-o, cu atâta blândeţe, încât mi-am dat seama că nu asta o ţinea de fapt în loc.

Kate şi-a privit tatăl, cercetându-i expresia feţei. Niciunul dintre ei nu s-a mişcat, dar expresia de pe chipul ei s-a schimbat, ca şi cum ar fi văzut ceva în privirea lui, un lucru pe care niciuna dintre noi nu-l puteam înţelege; apoi a oftat şi şi-a lăsat mâna să cadă.

— OK, a zis ea.

Şi mi-am dat seama că orice ar fi vrut Ambrose să spună, Kate înţelesese fără să fie nevoie de cuvinte.

De deasupra s-a auzit încă o bufnitură, destrămând tăcerea, şi am tresărit cu toţii.

— Şi-a distrus camera, a zis Kate încet, dar n-a mai făcut nicio mişcare spre scări, ci s-a lăsat înapoi pe canapea. Oh, tată, nu pot să suport să aud aşa ceva!

— N-aveţi de gând... nu-l puteţi opri? l-a întrebat Fatima pe Ambrose, cu ochii mari cât cepele.

Ambrose a făcut o grimasă la auzul unei sticle sparte, dar a clătinat din cap:

— Dacă aş putea să fac ceva, aş face, dar există un soi de durere care nu se domoleşte decât în clipa în care se rupe zăgazul. Poate că de-asta are nevoie acum. Numai că mi-aş dori să..., a continuat el, frecându-şi faţa, arătându-şi deodată vârsta reală. Mi-aş dori să nu-şi spargă lucrurile. Dumnezeu ştie că şi-aşa n-are cine ştie ce. Îşi face rău lui mai mult decât mie. Ce s-a întâmplat în pub *până la urmă*?

— A stat şi a suportat, tată, a zis Kate cu faţa albă ca varul, de supărare. Chiar a stat şi a suportat. Dar ştii bine cum sunt, cum e puştiu' ăla, Ryan sau Roland sau cum l-o fi chemând. Puştiul ăla mare şi brunet. Întotdeauna a căutat să-l scoată din minţi. Dar Luc a făcut haz de necaz şi a încercat să treacă peste, râzând. Dar apoi Ryan i-a mai spus ceva şi Luc... pur şi simplu, n-a mai fost stăpân pe el.

— Ce i-a zis? a întrebat Ambrose, rezemându-se pe spătarul scaunului, dar pentru prima dată am simţit zidul care se ridica între tată şi fiică.

Ea a rămas nemişcată, cu o mină inexpresivă, ca o mască în spatele căreia se simţea un soi de precauţie încărcată de oboseală.

— Nu ştiu, a zis ea, iar vocea i-a sunat aspră, ciudată. N-am auzit.

Ambrose nu l-a pedepsit pe Luc, iar în drum spre casă Fatima dădea din cap incredulă, pentru că ştiam cu toatele că, indiferent cât de relaxat era, Ambrose n-ar fi tolerat niciodată un asemenea comportament din partea lui Kate. Ar fi certat-o, i-ar fi reproşat, ar fi acuzat-o, i-ar fi tăiat din banii ei de buzunar.

Dar cu Luc, Ambrose părea să fie o fântână fără fund de răbdare. Şi acum înţeleg de ce.

Freya doarme, iar respiraţia îi e uşoară ca un fulg şi egală, aşa că mă ridic, mă întind, rătăcind prin amintiri, uitându-mă pierdută spre Estuar, spre Salten, aducându-mi-l aminte pe Luc aşa cum îl cunoscusem eu înainte să plece şi încercând să pricep de ce furia revărsată asupra mea acum, la poştă, avea un asemenea efect asupra mea.

Ştiam că furia aceea există în el. O văzusem îndreptată asupra altora, câteodată asupra lui însuşi. Şi în acest moment, pricep brusc. Nu furia lui m-a şocat. Ci faptul că era îndreptată împotriva *noastră.*

Căci în vremea aceea, indiferent cât de nervos era, pe noi patru ne trata ca pe nişte porţelanuri fine, aproape ca pe ceva mult prea preţios ca să fie atins. Dar eu voiam... voiam să fiu atinsă, mi-am dorit atât de mult! Îmi aduc aminte cum stăteam întinsă lângă el pe ponton, simţind pe spinare căldura soarelui, cum m-am întors să mă uit la el, să-l văd aşa, cu ochii închişi, şi cum am simţit o dorinţă atât de arzătoare, atât de puternică, încât credeam că o să mă ardă de vie, o dorinţă să deschidă ochii şi să mă atingă.

Dar n-a făcut-o. Şi uite aşa, cu inima bătându-mi în piept atât de tare, încât eram convinsă că el o auzea, m-am apropiat de el şi l-am sărutat pe buze.

Şi indiferent ce m-am aşteptat să se întâmple în continuare, nu s-a întâmplat.

A deschis brusc ochii, apoi m-a împins, ţipând:

— *Ne me touche pas!*

S-a ridicat brusc în picioare, s-a dat înapoi atât de violent, că aproape era să cadă în apă, respirând precipitat, cu ochii bulbucați, sălbatici, de parcă aş fi încercat să-l atac în somn.

Am simțit cum mă înroşesc ca racul la față, ca şi cum soarele m-ar fi ars instantaneu, ca şi cum aş fi fost pe rug, şi m-am ridicat şi eu, făcând fără să vreau un pas în spate, îndepărtându-mă de chipul lui pe care se citeau furie şi neînțelegere.

— Îmi pare rău, am reuşit eu să spun. Luc?

Luc n-a zis nimic, ci doar s-a uitat în jur, ca şi cum ar fi încercat să priceapă unde se află şi ce s-a întâmplat. În acel moment, am avut sentimentul că aproape nu ştia cine sunt şi că se uita la mine ca la o străină. Apoi am văzut în privirea lui că mă recunoaşte şi că-i este ruşine. S-a întors pe călcâie şi a luat-o la fugă, ignorându-mi chemarea:

— Luc! Luc, îmi pare rău!

Atunci n-am înțeles. N-am înțeles cu ce-am greşit sau cum de-a putut să reacționeze cu o asemenea violență la ceea ce, în cele din urmă, n-a fost decât un sărut aproape frățesc pe care i-l mai dădusem de sute de ori înainte.

Însă acum... acum cred că ştiu ce fel de experiențe stăteau în spatele acelei reacții de groază şi mi se rupe inima pentru el. Dar sunt şi obosită, căci momentul acela m-a lăsat să simt o frântură din ceea ce am retrăit în oficiul poştal.

Ştiu ce înseamnă să fii duşmanul lui Luc. L-am văzut răbufnind.

Şi nu pot să nu mă gândesc la oaia moartă şi la durerea şi furia din spatele unui asemenea act, la măruntaiele care se răspândeau ca nişte secrete putrede în apa albastră, cristalină.

Iar acum, îmi este frică.

— Ce-ai de gând să faci? mă întreabă Fatima domol, întinzându-mi cana de porțelan crăpată.

Am terminat prânzul. Eu spăl vasele cu Fatima... sau, mă rog, ea le spală, eu le şterg. Freya se joacă pe covorul din fața şemineului.

Kate şi Thea s-au dus afară să fumeze şi să-l plimbe pe Shadow, şi le văd pe fereastră cum merg încet pe malul Estuarului, cu capetele aplecate, conversând, fumul țigărilor dispersându-se în aerul verii. E ciudat, merg în direcția opusă traseului pe care l-am urmat eu — în loc s-o ia către sud spre țărm, merg către nord, spre drumul principal care duce în Salten. Nu e un drum potrivit pentru plimbare.

— Nu ştiu, zic eu, ştergând cana şi punând-o pe masă. Dar tu?

— Păi... sincer, nici eu nu ştiu. Întreaga mea ființă îmi urlă să mă duc acasă; nu putem schimba nimic rămânând aici, iar la Londra măcar riscăm mai puțin să ne trezim cu poliția la uşă.

Cuvintele ei mă fac să simt un fior pe şira spinării, şi-l şi văd aievea pe Mark Wren mergând pe marginea podului îngust, bătând la uşa din lemn înnegrit... Încerc să-mi imaginez ce i-aş spune. Îmi aduc aminte de hotărârea vehementă a lui Kate de azi-noapte: *Nu ştim nimic. N-am văzut nimic.* Acesta a fost scenariul pe care l-am urmat timp de şaptesprezece ani. Dacă ne menținem toate patru aceeaşi declarație, nu mai poate face nimeni nimic ca să demonstreze contrariul, nu-i aşa?

— Adică, vreau să fiu alături de Kate, continuă Fatima.

Lasă buretele jos şi îşi împinge eşarfa pe cap, lăsând în urmă spumă albă pe obraz.

— Dar să mergem la o reuniune la care n-am mai fost niciodată înainte? Crezi că e o idee aşa de bună?

— Ştiu ce zici, am răspuns, punând încă o cană ştearsă pe masă. Nici eu nu vreau să merg. Dar o să dea şi mai rău dacă ne răzgândim în ultimul moment.

— Ştiu. Ştiu toate astea. Regula doi: *Nu schimba povestea*! Adică eu înțeleg, pe bune că înțeleg. De bine, de rău, a cumpărat biletele alea nenorocite şi le-a spus tuturor că de asta venim în sat, aşa că îmi dau seama că e mai bine să mergem până la capăt cu chestia asta. Dar faza cu oaia...

Scutură din cap şi reia spălatul vaselor. Mă uit scurt spre chipul ei aplecat deasupra chiuvetei.

— *Ce* s-a întâmplat până la urmă acolo? Tu ai văzut cadavrul mai bine decât mine. Chiar a fost Shadow vinovat?

Fatima clatină iar din cap.

— Nu ştiu, zice ea. Am văzut doar vreo câteva cazuri de atacuri canine şi poate că e altfel când atacă oameni, dar nu mi s-a părut că...

Stomacul mi se strânge şi nu ştiu dacă n-ar fi bine să-i spun adevărul. Dacă o să intevină şi poliția, poate e mai bine ca Fatima să nu ştie, să nu aibă nimic de ascuns, dar am jurat să nu ne minţim niciodată una pe cealaltă, nu-i aşa? Şi asta e un fel de a minţi — o minciună prin omisiune.

— Am găsit un bilet, zic eu în cele din urmă. Kate l-a văzut, dar l-a ascuns în buzunar. Când m-am dus să-i clătesc haina, l-am găsit.

— *Poftim*?

Fatima ridică privirea alarmată. Scapă din mână şervetul şi se întoarce spre mine.

— De ce nu ne-ai spus?

— Pentru că n-am vrut să vă îngrijorez. Şi pentru că n-am vrut să...

— Ce scria pe bilet?

— Scria..., încep eu, înghiţind greu. Cuvintele sunt aproape imposibil de rostit şi trebuie să mă forţez să le dau viaţă. Zicea aşa: *De ce nu arunci şi asta în Estuar*?

Fatima scapă din mână şi cana, care se sparge; se albeşte la faţă, iar chipul ei lipsit de expresie, încadrat de eşarfa întunecată, i se transformă într-o mască Noh a terorii.

— Ce-ai spus? întreabă ea, cu vocea răguşită şi aspră.

Dar nu mai sunt în stare să repet şi ştiu foarte bine că m-a auzit, însă îi e prea frică să recunoască ceea ce eu deja am înţeles — cineva ştie şi e pornit să ne pedepsească pentru ce s-a întâmplat.

— Nu, zice ea, scuturând din cap. *Nu*. Este imposibil!

Las jos prosopul de bucătărie şi mă duc la Freya care se joacă pe canapea şi mă las pe vine, cu faţa în mâini.

— Asta schimbă totul, zice Fatima accentuând cuvintele. Isa, trebuie să plecăm. Trebuie să plecăm *acum*.

De-afară se aud zgomote, bătaia rapidă a labelor pe ponton, sunet de paşi. Ridic capul exact în momentul în care Kate şi Thea deschid uşa dinspre ţărm şi intră în casă, bătând din picioare la uşă ca să scape de nisipul şi noroiul de pe tălpi. Kate râde şi-mi dau seama că o parte din stresul pe care îl văzusem pe chipul ei în ultimele douăzeci şi patru de ore s-a mai disipat, dar în clipa în care se uită la Fatima, apoi la mine, expresia i se schimbă din nou.

— Ce se întâmplă? ne întreabă ea. E totul în regulă?

— Plec.

Fatima adună de pe jos cioburile de la cana spartă şi le pune pe chiuvetă, apoi se şterge pe mâini cu prosopul de bucătărie şi vine să se aşeze lângă mine.

— Trebuie să mă întorc în Londra. La fel şi Isa.

— Nu, ripostează Kate cu tărie. Nu puteţi pleca.

— Vino cu mine acasă! zice Fatima cu disperare. Apoi, arătând cu mâna spre Moară: Nu eşti în siguranţă aici. Isa... spune-le de bileţel!

— Ce bileţel? întreabă Thea alarmată. Îmi explică şi mie cineva?

— Kate a primit un bilet, zice Fatima scuipând cuvintele. Un bilet pe care scria: *De ce nu arunci şi asta în Estuar?* Cine ştie, Kate!? Luc a făcut-o? I-ai zis? Despre asta e vorba?

Kate nu răspunde. Clatină din cap întruna, cu un soi de tristeţe mută, dar nu ştiu exact ce vrea să nege — ideea că i-ar fi zis lui Luc sau ideea că el a fost acela care a omorât oaia, ori poate că nici măcar nu încerca să-i răspundă Fatimei în vreun fel.

— Cine *ştie*? zice Fatima din nou, ridicând vocea. *Trebuie* să pleci de-aici!

Kate clatină din nou din cap, închide ochii şi-şi apasă pleoapele cu degetele ca şi cum n-ar şti ce să spună, dar Fatima insistă, strigându-i:

— Kate, tu *asculţi* ce zic?

Kate ridică privirea.

— Nu pot să plec, Fati. Şi tu ştii de ce.

— De ce? De ce *nu poţi* să-ţi faci bagajul şi să pleci, să laşi totul în urmă?

— Pentru că nu s-a schimbat nimic — oricine ar fi scris biletul acela nu s-a dus la poliţie, ceea ce înseamnă că fie doar speculează, fie are mai multe de pierdut decât noi. Însă suntem în siguranţă. Dar dacă fug, oamenii îşi vor da seama că am ceva de ascuns.

— Ei bine, dacă vrei să stai, stai, răspunde Fatima, întorcându-se cu spatele şi începând să-şi adune lucrurile, geanta, ochelarii de pe masă. Dar eu nu mai rămân aici. Nu am niciun motiv să mai rămân.

— Ba ai, zice Kate, de data asta cu duritate. Cel puţin, încă o noapte. Fii rezonabilă, Fatima. Rămâi pentru petrecerea de reuniune — dacă n-o faci, nu mai are sens motivul pentru care am spus că aţi venit aici. Dacă nu mergeţi la reuniune, atunci de ce aţi venit aici toate şi aţi stat atâta timp?

Nu trebuie să spună care e motivul. Nu e nevoie. Nu atâta vreme cât există titlul scris cu litere de-o şchioapă pe prima pagină a ziarului local.

— Futu-i! zice Fatima răbufnind, strigând tare şi cu răutate.

Dă drumul genţii pe podea şi merge apăsat spre fereastră, lovindu-se cu fruntea de geam.

— *Futu-i*!

Când se întoarce, privirea îi este acuzatoare.

— *De ce* dracu' ne-ai adus aici, Kate? Ca să te asiguri că suntem la fel de amestecate ca tine în povestea asta?

— Ce?

Kate arată de parcă ar fi pălmuit-o cineva şi face un pas în spate.

— Nu! Dumnezeule mare, Fatima, evident că nu. Cum poţi să spui aşa ceva?

— Atunci de ce? ţipă Fatima.

— Pentru că nu ştiam cum altfel să vă anunţ! ţipă Kate la rândul ei.

Obrajii ei măslinii sunt roşii ca focul, deşi nu-mi dau seama dacă de furie sau ruşine. Când se hotărăşte din nou să vorbească, i se adresează lui Shadow, de parcă nici măcar nu mai suportă să se uite spre noi.

— Care ar fi fost alternativa? Să vă trimit un e-mail? Pentru că nu ştiu cum sunteţi voi, dar, din punctul meu de vedere, nu voiam să am aşa ceva în computer. Să vă dau telefon şi să vă zic ce s-a întâmplat, în timp ce soţii voştri ascultă undeva în fundal? V-am cerut să veniţi aici, pentru că m-am gândit că meritaţi să vă spun asta faţă în faţă şi pentru că mi s-a părut cea mai sigură opţiune şi, da, dacă vreţi să vă spun sincer, pentru că sunt o egoistă nenorocită şi *aveam nevoie de voi.*

Respiră greu şi, pentru o clipă, am sentimentul că o să izbucnească în lacrimi, dar n-o face; în schimb, Fatima străbate încăperea, împiedicându-se, ca să ajungă la Kate şi s-o strângă în braţe.

— Îmi pare rău, reuşeşte ea să zică. N-ar fi trebuit să... îmi pare atât de rău!

— Şi mie îmi pare rău, zice Kate, cu vocea abia străbătând prin eşarfa Fatimei. Numai eu sunt de vină.

— Termină, o întrerupe Thea.

Se duce spre amândouă şi le îmbrăţişează în acelaşi timp, cuprinzându-le cu amândouă mâinile.

— Kate, toate suntem de vină, nu doar tu. Dacă n-am fi făcut ce-am făcut...

Nu reuşeşte să termine ce are de zis, dar nu e nevoie s-o facă. Ştim toate patru ce-am făcut, felul în care vara aceea molcomă, însorită, s-a prăbuşit la picioarele noastre, scăpându-ne printre degete, luându-l pe Ambrose cu ea.

— O să rămân peste noapte, zice Fatima în cele din urmă, dar nu vreau să merg la reuniune. După toate câte s-au întâmplat... cum poţi să te gândeşti să te întorci acolo, Kate? După tot ce ne-au făcut?

— Avem invitaţii..., zice Thea încet. Nu e de ajuns? Nu putem să le spunem că ne-am răzgândit în ultimul moment, că maşina lui Fati n-a mai pornit sau ceva de genul ăsta, Isa? Tu ce crezi?

Se întorc toate spre mine — trei chipuri, atât de diferite fizic şi, cu toate acestea, având aceeaşi expresie: îngrijorare, frică, aşteptare.

— Ar trebui să mergem, le zic eu într-un târziu. Nu vreau să merg, vreau să stau aici, la Moară, la căldură şi linişte. Internatul Salten e ultimul loc din lume în care îmi doresc să mă întorc. Dar Kate a cumpărat deja bilete pentru noi şi nu putem să schimbăm chestia asta. Dacă nu mergem, vor fi patru locuri libere la masă şi patru etichete la intrare pe care nu le va revendica nimeni. Oamenii ştiu că am sosit... într-un sătuc ca ăsta nu există secrete. Dacă nu mergem, o să se întrebe de ce. De ce ne-am răzgândit? Şi, ce e mai rău, de ce am venit de la bun început, dacă nu pentru reuniune? Şi nu ne permitem să ni se pună astfel de întrebări.

— Ce faci cu Freya? întreabă Fatima şi-mi dau seama că are dreptate.

Nu m-am gândit la Freya deloc. Ne întoarcem privirile spre ea şi o vedem stând pe spate pe covor, jucându-se mulţumită, molfăind o bucată de plastic viu colorat. Simte că ne uităm la ea şi râde, un râs fericit, gâlgâit, care mă face să mă duc la ea s-o iau în braţe şi s-o strâng la piept.

— N-aş putea s-o iau şi pe ea? întreb eu cu îndoială în glas.

Kate rămâne mută de uimire.

— Fir-ar să fie, nu m-am gândit nicio clipă la Freya. Stai puţin!

Scoate telefonul din buzunar, iar eu mă uit peste umărul ei în timp ce deschide pagina de web a internatului şi dă clic pe secţiunea „Elevi".

— Reuniune... reuniune... Ah, gata, am găsit. FAQ... bilete pentru oaspeţi... oh, fir-ar să fie!

Citesc cu voce tare peste umărul ei.

— „Partenerii şi copiii de vârste mai mari sunt bineveniţi, dar din păcate acest eveniment nu este adecvat bebeluşilor sau copiilor până în zece ani. Vă putem pune la dispoziţie o listă a babysitterilor locali şi a pensiunilor care dispun de servicii de babysitting la cerere."

— Minunat!

— Îmi pare rău, Isa. Dar rezolvăm, sunt vreo cinci–şase fete pe puţin în sat care sunt dispuse să vină să stea cu fata.

Îmi vine să-i zic că nu e chiar aşa de simplu, dar mă abţin. Freya n-a mâncat niciodată bine din biberon şi, în plus, chiar dacă s-ar fi împăcat cu laptele praf, tot nu am nimic potrivit la mine.

Puteam să dau vina pe biberoane, dar ar fi fost mai mult o minciună, pentru că marele adevăr era că pur şi simplu *nu voiam* s-o las singură.

— Va trebui să mă străduiesc s-o adorm înainte să vină cineva să stea cu ea, zic eu cu jumătate de gură. N-o să adoarmă sub nicio formă cu un străin. Nu adoarme ea cu Owen, darămite cu cineva pe care nu-l cunoaşte deloc. La ce oră începe?

— La opt, zice Kate.

La dracu'! O să fie la limită. Câteodată Freya adoarme înainte de şapte, altă dată e trează şi ciripeşte pe la nouă. Dar nu am ce să fac.

— Dă-mi un număr de telefon, îi zic lui Kate. O să sun eu. E mai bine dacă vorbesc eu direct cu agenţia, să mă asigur că ştiu tot ce e de ştiut când vine vorba despre sugari.

Kate îmi face semn din cap că da.

— Îmi pare rău, Isa.

— O să fie bine, zice Fatima compătimitoare. Îmi pune o mână pe umăr şi mă strânge uşor. Prima dată e cel mai greu, continuă ea.

Simt cum mă trece un val de iritare. Intenţia Fatimei n-a fost aceea de a-mi împărtăşi din experienţa ei de „mamă cunoscătoare," dar se pare că nu se poate abţine şi, ce e şi mai rău, ştiu că are dreptate, că are doi copii şi mult mai multă experienţă decât mine, că a trecut prin asta de mai multe ori şi ştie cum funcţionează. Dar n-o cunoaşte pe Freya şi chiar dacă îşi imaginează că-şi aduce perfect aminte senzaţia de anxietate pe care a simţit-o prima dată când şi-a lăsat copilul cu un străin, de fapt *nu-i aşa*, nu-şi aduce aminte, nu cu amplitudinea viscerală pe care o resimt eu în momentul acesta.

Am lăsat-o pe Freya cu Owen de câteva ori. Dar niciodată n-am făcut asta — n-am lăsat-o niciodată cu o persoană complet necunoscută.

Dacă se întâmplă ceva?

— Dă-mi numerele de telefon, îi zic iar lui Kate, ignorând-o pe Fatima, scuturând din umăr ca să-i îndepărtez mâna, apoi mă duc spre Freya, o iau de pe covor, mergem sus, cu lista de numere de telefon în pumnul încleştat, încercând din răsputeri să nu plâng.

E târziu. Soarele se face tot mai mic pe cer, umbrele se întind prelungi peste Estuar şi Freya moţăie la sânul meu, cu mâna încă încleştată pe colierul fragil din argint răsucit pe care nu l-am mai purtat de mult, de frică să nu-l prindă şi să tragă de el să-l rupă.

Le aud pe fete discutând la parter. Sunt gata de mult, iar acum stau pregătite în timp ce eu încerc de ceva vreme s-o adorm pe Freya şi nu reuşesc. Fata simte că sunt la capătul răbdării şi se schimonoseşte dezgustată din cauza mirosului de parfum cu care nu e obişnuită. Mi-am dat puţin după urechi, apoi mi-am şters iritată mâinile de rochia dreaptă, prea strâmtă, din mătase neagră, pe care am împrumutat-o de la Kate. Nimic nu e cum trebuie — încăperea mi se pare ciudată, pătuţul nu e potrivit, lumina curge în frânturi printre draperiile prea groase.

De fiecare dată când o aşez pe salteaua pătuţului, tresare şi se agită şi încearcă să mă apuce cu mâinile, plânsul ei furios auzindu-se ca o sirenă, acoperind susurul râului şi vocile şoptite de la parter.

Dar acum... acum pare să fi adormit de-a binelea, cu buzele întredeschise, cu o dâră minusculă de lapte curgându-i din colțul gurii.

O şterg la gură cu batista ca să nu-mi păteze rochia împrumutată, apoi mă ridic şi, cu foarte mare atenție, mă îndrept spre pătuțul din colț.

O las în jos... din ce în ce mai mult... mă aplec, simțind cum îmi trosneşte coloana şi mă doare, apoi o las pe saltea, cu mâna apăsată ferm pe abdomenul ei, încercând să fac cât mai uşoară trecerea de la momentul în care *sunt* acolo la momentul în care *nu mai sunt* cu ea, astfel ca ea să nu bage de seamă.

În cele din urmă mă ridic, ținându-mi respirația.

— *Isa!* aud un fâsâit venind dinspre scări care mă face să scrâşnesc din dinți şi să urlu în mintea mea un *taci dracului din gură*, dar fără să îndrăznesc să rostesc cuvintele.

Freya însă doarme dusă, iar eu ies pe vârfuri, cât pot de uşor, pe coridor, apoi pe scările delabrate, ținând degetul la gură în timp ce celelalte răbufnesc în ovații mute, dar se opresc brusc când dau cu ochii de mine.

Le găsesc în picioare, la un loc, la capătul scărilor, cu ochii ridicați spre mine. Fatima e îmbrăcată într-un superb costum indian din mătase rubinie încrustată cu pietre prețioase, pe care l-a găsit în după-amiaza asta, numai ea ştie cum, într-un magazin scump din Hampton's Lee. Thea refuză să se conformeze cerinței din invitație de a avea ținută formală şi poartă obişnuiții ei blugi mulați şi un maiou cu bretele, cu marginea aurie care, încet, spre gât, se întunecă, transformându-se într-un negru-dens, combinație care îmi aduce aminte atât de mult de felul în care îşi purta părul când era tânără, că mi se opreşte respirația. Kate poartă o rochie vaporoasă, roz-trandafir, pe care putea la fel de bine să fi dat câteva lire sau mai multe sute, iar părul îi cade pe umeri, încă ud de la duş.

Ajung la capătul scărilor având un nod în gât... şi nu ştiu de ce. Poate pentru că am înțeles dintr-odată, cu inima frântă, cât de mult le iubesc sau poate din cauza felului în care s-au transformat din fetițele pe care le-am cunoscut în nişte femei în toată regula, cât ai clipi din ochi. Poate din cauza felului în care chipurile lor luminate de crepuscul se suprapun cu amintirea copilelor de altădată — sunt bine îmbrăcate, obosite, cu ochii uşor încercănați, dar mai frumoase decât mi le aminteam din copilărie şi, în acelaşi timp, sunt nişte tinere cu pielea curată şi luminoasă, pline de speranță, drepte ca nişte păsări gata să-şi ia zborul spre un viitor necunoscut.

Mă gândesc la Luc şi la mânia lui nestăpânită, în oficiul poştal, la amenințările subtile, şi simt deodată cum mă îneacă furia — n-aş suporta ca vreuna dintre ele să pățească ceva. Oricare dintre ele.

— Eşti gata? mă întreabă Kate zâmbind, dar înainte să pot să-i fac semn că da, se aude o tuse dintr-un colț al încăperii. Mă întorc şi, lângă măsuța de pe hol, dau cu ochii de Liz, fata din sat care a venit să aibă grijă de Freya.

Este înfiorător de tânără — acesta a fost primul gând pe care l-am avut când a venit, bătând la uşă ezitant. La telefon mi-a zis că are şaisprezece ani, dar acum că o văd, nu sunt aşa de sigură — are părul castaniu-deschis şi un chip larg şi lipsit de expresie pe care nu-l pot citi, dar am sentimentul că e stresată.

Thea se uită la telefon.

— Trebuie să mergem.

— Stai puțin, zic eu şi încep să-i țin iar fetei predica pe care i-am ținut-o deja la telefon de două ori — ceaşca de lapte praf pentru copil este în frigider, biberonul pe care nu-l suportă, dar pe care sper să-l accepte în cele din urmă, unde sunt pamperşii şi ce să facă în caz că fata începe să plângă.

— Ai numărul meu, îi zic pentru a douăzecea oară, în timp ce Fatima se mută de pe un picior pe celălalt, iar Thea oftează. Îl ai, da?

— Îl am aici, zice Liz bătând cu palma pe carnețelul de pe măsuță, aflat lângă un teanc de bancnote de zece lire, comisionul ei pentru seara asta.

— Iar laptele e în frigider — nu ştiu dacă o să-l vrea, nu e foarte obişnuită cu căni anti-curgere —, dar, dacă se trezeşte, încearcă să vezi.

— Nu vă faceți griji, doamnă, zice ea, iar ochii ei albaştri strălucesc nevinovat. Mama îmi zice mereu că nimeni nu se descurcă mai bine ca mine cu frățiorul meu. Eu am grijă de el tot timpul.

Nu mă simt mai bine auzind asta, dar îi fac semn că am priceput.

— Haide, Isa, zice Thea, ajungându-i răbdarea la limită. Stă în uşă, cu mâna pe clanță. Chiar trebuie să plecăm!

— OK, îi răspund îndreptându-mă spre uşă, resimțind ca pe un cuțit în stomac greşeala pe care o fac, dar nu am de ales, nu-i aşa?

Distanța dintre mine şi Freya creşte, iar în jurul gâtului meu parcă-i o funie care se strânge pe măsură ce mă îndepărtez.

— O să încerc să plec mai repede, dar să mă suni, OK? îi zic lui Liz şi ea dă din cap că da, iar eu mă smulg de lângă ea şi de lângă Freya, şi fiecare pas pe care-l fac pare că-mi lărgeşte golul din inimă.

Apoi traversăm podul din lemn stricat şi fragil, simţind soarele serii în spate, iar golul din mine se mai atenuează.

— Deci să înţeleg că eu conduc...? zice Fatima, scoţând cheile.

Kate se uită la ceas.

— Nu ştiu. Sunt vreo douăzeci de kilometri pe şosea şi la ora asta avem toate şansele să dăm de un tractor. Toţi lucrează până târziu în câmp când e vremea aşa şi nu e decât un singur drum pe care pot merge. Dacă nimerim în spatele vreunuia, putem să stăm acolo ore în şir.

— Şi atunci ce facem? întreabă Fatima cu o mină amuzant de îngrozită. Vrei să spui că ar trebui să mergem pe jos?

— Probabil că aşa ar fi cel mai rapid. Nu sunt decât câţiva kilometri dacă o tăiem prin mlaştini.

— Dar eu am pantofi de seară!

Păi ia-ţi sandalele Birkenstocks în picioare, zice Kate, făcându-i semn spre încălţările Fatimei rămase lângă uşă, la intrare. Dar n-o să fie atât de greu de mers. S-a uscat peste tot din cauza vremii.

— Haideţi, zice Thea, luându-mă prin surprindere. O să fie ca pe vremuri. Şi oricum, doar ştiţi ce presupune să parchezi la şcoală. O să fim blocate într-un spaţiu strâmt şi n-o să mai putem ieşi cu maşina de acolo până n-o să plece toate celelalte din rândurile din faţă.

Argumentul din urmă a reuşit să ne convingă. Văd în privirea Fatimei că nici ea nu vrea să rămână blocată în şcoală, fără nicio posibilitate să scape de-acolo. Îşi dă ochii peste cap, dar aruncă pantofii din picioare şi ia sandalele Birkenstocks. Las şi eu tocurile din picioare şi iau sandalele cu care am fost în sat, strângând din dinți în momentul în care îmi ating bătăturile pe care mi le-au făcut în timpul plimbării prelungite. Kate are deja în picioare pantofi comozi, fără tocuri, lucru pe care l-a făcut şi Thea — oricum, ea nu are nevoie să fie mai înaltă decât este.

Mai arunc o ultimă privire spre camera în care am lăsat-o pe Freya dormind, simțind din nou o durere în inimă. Apoi mă întorc spre cărarea din fața noastră, spre sud, spre coastă şi trag adânc aer în piept.

Pornim astfel la drum.

E ca în vremurile bune; la asta mă gândesc în timp ce mergem pe aceeaşi cărare pe care o urmam întotdeauna ca să ne întoarcem la Internatul Salten. E o seară pură, frumoasă, cerul e pătat de nori rozalii reflectând soarele apunând, drumul de nisip răspândind sub picioarele noastre căldura pe care o reținuse în timpul zilei.

Nu ajungem bine la jumătatea drumului de coastă, când Kate se opreşte brusc şi zice:

— Haideți s-o tăiem pe-aici!

O clipă, nu-mi dau seama ce vrea să sugereze, apoi văd: o spărtură în tufişurile încâlcite şi pline de spini, un pârleaz rablagit care abia se distinge printre urzici şi rugi de muri.

— Poftim? zice Thea, râzând scurt. Faci mişto de noi?

— Păi..., ezită Kate, simțindu-se nelalocul ei. M-am gândit că... ajungem mai rapid.

— Ba bine că nu, intervine Fatima, cu o privire încurcată în spatele ochelarilor ei negri imenşi. Şi ştii bine că n-o să fie mai rapid — e un traseu ocolit şi, oricum, nu avem cum să trecem pe acolo, o să-mi rup costumul fâşii. Ce are dacă trecem celălalt pârleaz, de mai jos? Cel pe care-l treceam când ne întorceam de la şcoală?

Kate trage adânc aer în piept şi, pentru o clipă, am senzaţia că vrea să insiste, dar apoi se întoarce şi o ia înaintea noastră pe cărare.

— Bine, zice ea mormăind mai mult pentru sine, atât de încet, încât nu sunt sigură că am auzit-o.

— Ce ciudat, îi şoptesc eu Fatimei.

— Ştiu. Ce se întâmplă? Doar n-am fost absurdă, nu-i aşa? Adică..., zice ea, făcând semn spre mătasea fragilă, unduioasă, spre bijuteriile atât de graţios prinse în loc. Pe bune, nu am dreptate? N-aveam cum, sub nicio formă, să trec printre spinii ăia fără să-mi rup hainele de pe mine.

— Evident că nu, zic eu mărind pasul ca s-o ajungem din urmă pe Kate. Nu ştiu ce-a fost în mintea ei.

Dar ştiu ce-a fost în mintea ei. În momentul în care ajungem în locul prin care am trecut dintotdeauna, îmi aduc aminte imediat şi nu pot să cred că am putut uita. Şi înţeleg şi de ce Kate a dus-o pe Thea prin partea de nord a Estuarului în după-amiaza asta, în timpul plimbării lor, în loc s-o ia spre sud, spre mare.

Din locul în care cărarea noastră coteşte spre dreapta, peste un pârleaz care dă direct în mlaştină, drumul de coastă duce spre mare şi, în depărtare, aproape ascunsă privirii noastre, la adăpostul dunei de nisip, văd ceva alb, apoi cordonul de împrejmuire al poliţiei făcut din panglică albă cu albastru.

E un cort. Genul de cort care se amplasează într-un loc din care se prelevează probe medico-legale.

Simt cum mă ia cu rău de la stomac şi mi se înmoaie genunchii. Cum am putut să fiu atât de uitucă?

Thea şi Fatima îşi dau şi ele seama, în aceeaşi secundă. Văd cum se schimbă amândouă la faţă şi ne uităm una la alta şocate, în spatele lui Kate care merge înaintea noastră spre pârleaz, cu chipul întors în aşa fel încât să nu vadă frumuseţea incredibilă a ţărmului şi marea strălucitoare care se întinde cât vezi cu ochii şi, în mijlocul acestei frumuseţi, micuţul cort care, în banalitatea lui, a schimbat totul.

— Îmi pare rău, zic eu către Kate care sare pârleazul, cu rochia de mătase roz fluturându-i în vânt. Kate, nu ne-am gândit...

— Bine, zice ea din nou, dar vocea îi e dură şi rece şi ştiu că nimic nu e bine.

Cum *am putut* să uităm? Nu e ca şi cum n-am ştiut. În cele din urmă, de-asta am şi venit aici.

— Kate, zice Fatima implorând-o, dar Kate deja a trecut dincolo de pârleaz şi merge înainte, cu paşi mari, cu faţa întoarsă astfel încât să nu-i vedem expresia, iar noi nu putem decât să ne uităm una la cealaltă, distruse, vinovate, apoi să ne grăbim s-o prindem din urmă.

— Kate, îmi pare rău, îi zic din nou prinzând-o de mână, dar ea se smulge din prinsoarea mea.

— Nu-ţi bate capul, zice ea şi e ca şi cum mi-ar fi dat un pumn în stomac, ca şi cum m-ar fi acuzat de ceva de care nu mă puteam apăra.

Pentru că, într-adevăr, nu mi-am bătut capul.

— Opreşte-te, zice Thea, iar în vocea ei se simte un ordin, un ton pe care nu l-am mai auzit de ani de zile.

Vorbea pe acest ton atât de uşor, ca o lovitură de bici care te obliga, într-o oarecare măsură, să asculţi, chiar dacă nu i te supuneai. *Opreşte-te! Bea asta! Dă-mi aia! Vino aici*!

La un moment dat, obiceiul acesta a încetat — ea a renunțat să le mai dea ordine celor din jur, s-a speriat de propria-i autoritate. Dar iată că a revenit, fie şi numai ca o răbufnire de moment, iar Kate se întoarce, se opreşte pe o pajişte cu iarbă scurtă, păscută de oi, cu o expresie de resemnare pe chip.

— Ce vrei?

— Kate, ascultă...

Tonul vocii i s-a schimbat, iar Thea pare acum împăciuitoare, nesigură, o reflexie a sentimentelor tuturor, a felului în care eram, aşa, cum stăteam acolo, fără să ştim exact ce am putea spune, cum am putea să facem ca situația asta imposibilă să devină suportabilă, când ştim foarte bine că nu se poate.

— Kate, n-am vrut...

— Ne pare rău, zice Fatima. Chiar ne pare rău, ar fi trebuit să ne dăm seama. Dar nu fi aşa!... Suntem aici *pentru tine*, ştii asta, nu?

— Şi eu ar trebui să fiu mai recunoscătoare? răspunde Kate cu o grimasă, apoi încearcă să zâmbească. Ştiu asta, dar...

Dar Fatima o întrerupe.

— *Nu*. Nu asta vreau să spun... pentru numele lui Dumnezeu, Kate, de când se pune problema *recunoştinței* între noi? întreabă ea, scuipând cuvântul de parcă ar fi fost o înjurătură. Recunoştință? Nu mă insulta! Suntem mai presus de asta, nu-i aşa? Cu siguranță, am fost mai presus de-atât. Tot ce-am vrut să zic e că tu crezi că eşti singură, crezi că doar ție îți pasă de ce se întâmplă. Ei bine, *nu-i aşa*. Şi ar trebui să consideri că asta... noi suntem dovada a ceea ce spun acum, zice ea făcând un gest spre micul nostru grup, spre umbrele noastre care se întind peste mlaştini în lumina soarelui la apus. Te *iubim*, Kate. Uită-te la noi — Isa a venit cu copilul după ea, Thea a lăsat totul la muncă într-o secundă, eu i-am lăsat pe Ali, Nadia şi Sam, i-am lăsat pe toţi în urmă, pentru tine. Pentru că însemni atât de mult pentru mine, pentru noi toate. Şi nu te vom lăsa niciodată de izbelişte. Pricepi asta?

Kate închide ochii şi pentru o clipă cred că o să plângă, că o să urle la noi, dar n-o face, ci întinde mâinile, orbeşte, ca să le prindă pe ale noastre, şi ne trage spre ea cu degetele ei puternice, acoperite de acuarele şi uleiuri, încleştându-şi-le pe încheieturile mâinilor noastre, de parcă am salva-o de la înec.

— Voi..., zice ea, dar vocea i se frânge, apoi braţele noastre se înlănţuie, cuprinzând trupul celeilalte, toate patru stând astfel, la un loc, îmbrăţişate ca patru copaci încrucişaţi în bătaia vânturilor de coastă, transformaţi într-un singur organism viu, cu braţele împletite, cu frunţile aplecate, lipite unele de altele, emanând căldură; şi le simt pe celelalte, le simt trecutul ţesut într-al meu în asemenea măsură, încât nu mai putem fi despărţite.

— Vă iubesc, zice Kate şi eu îi răspund, sau cel puţin asta cred, corul vocilor noastre întretăiate trebuie s-o includă şi pe-a mea, dar nu-mi mai dau seama, nu mai ştiu unde sfârşesc eu şi încep celelalte.

— Intrăm împreună, zice Fatima cu fermitate. Pricepeţi? Ne-au despărţit o dată, dar nu se va mai întâmpla şi a doua oară.

Kate face semn că da şi se îndreaptă de spate, îşi şterge ochii de rimel.

— Bine.

— Deci, suntem de acord? Front comun?

— Front comun, zice Thea, uşor întunecată, iar eu le fac semn că sunt de acord.

— Unite vom rezista[5], zic eu, deşi era mai bine dacă n-o spuneam, căci finalul, rămas nerostit, stătea deasupra noastră ca o sabie.

[5] Referire la celebrul citat din Esop: *Uniţi vom rezista, divizaţi vom fi învinşi.*

Mai țineți minte când...

Acesta este refrenul din conversația noastră în timp ce ne târâm picioarele pe ultimele sute de metri de mlaștină.

Mai țineți minte când Thea a fost prinsă cu votcă în sticla de apă în ziua meciului de hochei cu Roedean din deplasare?

Mai țineți minte când Fatima i-a zis domnișoarei Rourke că *futu-i* e un cuvânt în urdu care înseamnă *stilou*?

Mai țineți minte când am fugit de la internat ca să mergem noaptea să înotăm și Kate a fost luată de curenți și a fost cât pe ce să se-nece?

Mai țineți minte... mai țineți minte... *mai țineți minte...*

Credeam că mi-am adus aminte de toate, dar acum, când amintirile mă năpădesc ca furnicile, îmi dau seama că nu, nu-mi amintisem chiar totul. Nu așa... nu cu o asemenea forță încât să simt mirosul mării, și aproape să o văd pe Kate tremurând din toate încheieturile, albă în lumina lunii, când urcam pe plajă, cu picioarele împleticindu-ni-se. Aveam amintirea în minte, dar nu fiecare detaliu, nu revăzusem culorile, nu resimţisem iarba sub tălpi şi briza mării pe faţă.

Dar abia când traversăm ultimul teren de sport şi trecem peste ultimul gard şi Internatul Salten ne apare dinainte, avem revelaţia. Ne-am întors. Ne-am întors cu adevărat. Sentimentul întoarcerii este atât de greu de suportat, că simt cum mi se zvârcoleşte stomacul, în timp ce fetele au amuţit brusc, amintindu-şi, asemenea mie, o parte dintre lucrurile pe care am tot încercat să le uităm. Îmi aduc aminte de chipul lui Mark Wren când, într-o bună zi, pe plajă, a venit faţă în faţă cu un grup de elevi din anul cinci, văd aievea cum valurile roşietice ale mareei i se preling pe spate, în chicotelile şi şoaptele lor, cum ridicase capul spre Thea, aruncându-i o privire de disperare pură. Îmi aduc aminte de privirea alarmată a elevei din anul întâi când ne-a întors spatele mie şi Fatimei pe coridor, iar noi ne-am dat seama că trebuie să fi auzit zvonurile care se răspândiseră despre noi... despre limbile noastre ascuţite şi capacitatea noastră de a minţi şi înşela. Şi-mi aduc aminte de expresia de pe chipul domnişoarei Weatherby în acea ultimă zi...

Şi dintr-odată mă bucur că Internatul Salten s-a schimbat, chiar mai mult decât Saltenul însuşi, ceea ce îi dădea un aer de stabilitate şi durabilitate. Spre deosebire de Moara care devenea din ce în ce mai decrepită odată cu vremea, internatul era învăluit într-o atmosferă perceptibilă de eleganţă, ceva ce lipsea din amintirile mele. Indiferent de impresia pe care voia s-o lase, în vremea mea Internatul Salten n-a fost niciodată o şcoală de elită. Era, în multe feluri, ceea ce Kate numea „locul ultimei speranţe“ — genul de şcoală unde se mai găsea un loc în ceasul al doisprezecelea pentru un copil cu probleme acasă şi care nu punea nicio întrebare unei fete exmatriculate din trei şcoli la rând. Îmi aduc aminte cum, în ziua în care am ajuns la şcoală, cu atât de mulți ani în urmă, am observat cum vopseaua se cojea peste tot şi era pătată de sare, cum terenurile de sport erau îngălbenite după o vară fierbinte. Prin pietrişul drumeagului care ducea spre intrarea principală, crescuseră buruieni, şi printre bolizii Bentley Daimler, mulți dintre părinți conduceau Fiaturi, Citroëns şi nişte rable de Volvo-uri.

Acum însă totul are un aer de... bani. Nu ştiu cum altfel să descriu lucrurile.

Silueta clădirii înalte care îşi întinde umbrele lungi peste terenurile de crochet şi tenis este aceeaşi, însă varul alb, fad şi ieftin a fost înlocuit cu o vopsea crem, vădit scumpă, catifelând uşor finisajul, un efect augmentat de florile plasate în glastrele de la ferestre şi de lianele plantate la colțurile clădirii şi care începeau să se urce în spirale pe fațadă.

Pajiştile sunt mai verzi şi mai bogate şi, traversându-le, se aude un vag „clic" şi furtunuri mici de apă cresc din iarbă şi încep să împrăştie o pulbere fină de apă, un lux inimaginabil pe vremea mea. Au apărut ca ciupercile tot felul de clădiri auxiliare şi alei acoperite, astfel că fetele nu mai trebuie să alerge de la o lecție la alta prin ploaie. Apoi, trecând pe lângă terenul de tenis acoperit, am văzut că au scos pavajul aspru, pe care ne juleam picioarele şi l-au înlocuit cu un soi de burete verde, cauciucat.

Ce nu s-a schimbat sunt cele patru turnuri care stau de pază, câte unul în fiecare colț al clădirii principale, cu țesătura neagră a scărilor de incendiu încolăcindu-se încă pe ele ca o iederă post-industrială.

Mă întreb dacă ferestrele din turn se mai deschid destul de mult încât să poată trece o fetișcană subțire, de cincisprezece ani, și dacă fetele mai fug din internat cum o făceau odată... Cumva mă îndoiesc de asta.

Desigur, e vacanța de jumătate de semestru, iar locul e ciudat de liniștit... sau aproape liniștit. Cum mergem noi pe pajiști, vedem trecând în viteză destule mașini și aud voci venind din partea din față a clădirii.

Ciulesc urechile o clipă și mă gândesc, *părinți!*, cu același simț al pericolului pe care l-ar avea și un iepure care gândește: *șoim!* Dar apoi îmi dau seama — nu sunt părinți, sunt fete. Fete maturizate. *Noi.*

Numai că nu noi. Pentru că, nu știu cum s-a întâmplat, dar întotdeauna am fost noi și ele. Acesta e riscul când ai o „gașcă“ cum i-a zis Mary Wren. Când te definești în funcție de zidurile pe care le ridici, cine e înăuntru, cine rămâne afară. Cei aflați de partea cealaltă a zidului nu sunt niște inși ordinari, sunt *ceilalți*. Intrușii. Opoziția. Dușmanul.

Era ceva ce n-am înțeles în acele prime zile la Internatul Salten. Eram așa de fericită că mi-am făcut prietene, atât de bucuroasă că mi-am descoperit un loc al meu, încât n-am înțeles că de fiecare dată când mă asociam cu Kate, Thea și Fatima, mă disociam de toți ceilalți, punându-mă *împotriva* lor. Și că nu va dura mult până când și ei se vor pune împotriva mea.

În cele din urmă, un zid nu doar că îi ține pe ceilalți la distanță. Un zid poate foarte bine să te țină prins înăuntru.

— Oh! Dum-ne-ze-u-le!

Vocea străbate până la noi prin aerul serii şi ne întoarcem toate patru deodată, să vedem de unde vine.

O femeie se apropie de noi, cu tocurile călcând apăsat şi împiedicat pe pietriş.

— Thea? Thea West? Şi... oh, Dumnezeule mare, tu trebuie să fii Isa Wilde, nu-i aşa?

Pentru o clipă mi se şterg toate gândurile din cap şi nu-mi dau seama de unde o ştiu, apoi mă loveşte. Jess Hamilton. Căpitan al echipei de hochei în anul cinci şi promovată în neştire ca să ajungă şefă de promoţie în anul şase. O fi reuşit? Mă întreb. Dar înainte să deschid gura s-o salut, ea îi dă înainte ca o moară stricată.

— Fatima! Aproape că nu te-am recunoscut cu eşarfa aceea! Şi Kate! Nu pot să cred că aţi venit toate trei!

— Păi..., încearcă Thea să spună, ridicând din sprânceană şi făcând un gest uşor dispreţuitor spre întreaga adunare. Păi, acum poţi să crezi. E atât de incredibil că am reuşit să ajungem atât de departe în viaţă? Ştiu că aveam un poster în camera de cămin cu „trăieşte cu patimă şi mori repede", dar nu era ceva ce trebuia înţeles *mot-à-mot*.

— Nu! zice Jess, râzând ascuţit şi împingând-o pe Thea cu umărul în joacă. Ştii că nu despre asta e vorba. Doar că...

Ezită o secundă şi ştim toate patru la ce se gândeşte, dar îşi revine repede şi continuă:

— Doar că, ei bine, voi nu aţi venit la niciuna din reuniunile astea, niciuna dintre voi, nici măcar Kate, şi locuieşte la doar cinci minute de aici. Ne cam pierduserăm speranţa!

— Ce plăcut sentiment să ştii că i-a fost cuiva dor de tine, zice Thea, rânjind în colţul gurii.

Urmează un moment de tăcere jenantă, apoi Kate dă să plece.

— Păi, vai, zice Jess, mergând în acelaşi ritm cu noi, cotind pe lângă clădire spre intrarea principală. Ce-aţi mai făcut? Kate ştiu ce-a făcut, evident. Nu e nicio surpriză că a devenit artist plastic. Dar tu, Isa, lasă-mă să ghicesc... ceva în domeniul educaţiei?

— Nu, zic eu, forţându-mă să zâmbesc. Sunt slujbaş al statului, în guvern, dacă vrei să ştii. Asta dacă nu pui la socoteală cursurile de drept pe care le ţin în ministere. Dar tu?

— Oh, eu am avut *mare* noroc. Alex, soţul meu, a avut mare succes în explozia tehnologică, a intrat şi a ieşit exact la timp. Acum suntem părinţi cu normă întreagă pentru Alexa şi Joe.

Sprâncenele Theei mai aveau puţin şi dispăreau sub breton.

— N-ai copii? întreabă Jess şi mai că sunt gata s-o ignor, când îmi dau seama că de fapt întrebarea îmi era adresată mie, aşa că mă grăbesc să dau din cap afirmativ.

— Oh, da. O fetiţă, Freya. Are aproape şase luni.

— E acasă cu dădaca?

— Nu, reuşesc să zic aruncându-i încă un zâmbet. De fapt, nici nu avem o dădacă. E acasă la Kate, cu o bonă de ocazie.

— Iar tu, Fatima? continuă Jess. Ce să zic, n-am ştiut că ai devenit..., zice ea şi face un semn către eşarfă, ştii tu. *Musulmană.*

Aproape că şopteşte cuvântul, ca unul care nu vrea să rostească ceva oarecum tabu.

Zâmbetul Fatimei pare şi mai vag decât al meu, şi nu lasă să i se întrevadă în niciun fel altă emoţie.

— Am fost întotdeauna musulmană, zice ea pe un ton egal. Doar că, în şcoală, n-am fost o practicantă a religiei.

— Bine, şi acum ce te-a... cum de... ştii tu, cum de te-ai răzgândit?

Fatima ridică din umeri.

— Copiii. Timpul. Maturitatea. Cine ştie?

Simt că nu vrea să vorbească despre asta, cel puțin nu cu Jess.

— Deci te-ai măritat? întreabă Jess.

Fatima dă din cap că da.

— Da, m-am căsătorit cu un alt medic. Da, ştiu! Ce clişeu, nu-i aşa? Am doi copii frumoşi, un băiat şi-o fată. Sunt acasă cu Ali. Dar ai tăi?

— La fel ca ai tăi, băiat şi fată: Alexa are aproape cinci anişori — nici nu-mi vine să cred cum trece timpul! — şi Joe care are doi ani... sunt acasă cu dădaca. Eu şi Alex ne-am fofilat şi ne-am luat câteva nopți libere ca să avem un weekend prelungit. Trebuie să petreci ceva timp şi în cuplu, nu-i aşa?

Schimb o privire pe furiş cu Fatima. Nu ştiu ce-ar trebui să răspund la o asemenea întrebare — eu şi Owen n-am mai avut o perioadă dedicată „cuplului" de când s-a născut Freya — dar suntem salvate de apariția pe alee a unei blonde înalte care se preface că leşină de fericire, şi, cu mâna pe inimă, zice:

— Doar nu e Jess Hamilton? *Nu*! Nu se *poate* să fii chiar tu, că nu arăți suficient de bătrână pentru asta!

— Ba chiar eu în carne şi oase, răspunde Jess, cu o mică plecăciune, apoi face cu mâna spre noi patru. Şi probabil că ți le aminteşti pe...

Se face brusc linişte şi văd cum femeia ne analizează chipurile pe rând, reamintindu-şi numele, apoi expresia feței i se schimbă, zâmbetul politicos de damă de societate i se şterge de pe buze. Îşi aduce aminte bine. Îşi aduce aminte exact.

— Desigur, zice ea, cu o răceală în voce care mă dărâmă. Apoi se întoarce spre Jess, luând-o de braț, întorcându-ne spatele. Jess, draga mea, *trebuie* să-l cunoşti pe soțul meu, nu se poate altfel, zice ea conspirativ.

Şi uite-aşa, fără alte cuvinte, Jess e luată de lângă noi, purtată de-a dreptul pe sus şi am rămas din nou doar noi patru. Singure. Împreună.

Dar nu pentru multă vreme. Pentru că după ce dăm colțul ca să ajungem pe aleea de parcat, ne trezim în fața uşilor duble deschise, din care lumina curge revărsându-se în aerul serii, iar oamenii intră în cârduri.

Simt cum cineva mă prinde de mână şi, când mă întorc, dau cu ochii de Kate care şi-a încleştat degetele într-ale mele, strângând dureros de tare ca să se simtă în siguranță.

— Te simți bine? îi şoptesc, la care ea îmi răspunde cu un singur gest scurt din cap, dar nu sunt sigură dacă încearcă să mă convingă pe mine sau pe ea.

— Ți-ai pus armura? zice Thea, făcându-mi semn spre încălțările pe care le țin în mână şi îmi dau seama că încă mai am sandalele de plimbare în picioare, pline de praf. Le arunc cât colo, ținându-mă de umerii lui Kate şi mă încalț cu pantofii cu toc înalt. Fatima face şi ea acelaşi lucru, ținându-se de brațul Theei. Rochia lui Kate flutură în vânt ca un stindard — un semnal de alarmă, mă gândesc eu brusc, imaginea ivindu-mi-se în minte neinvitată, dar o alung repede.

Ne privim una pe cealaltă şi în ochii fiecăreia vedem aceleaşi sentimente — agitație, emoție şi frică.

— Sunteți pregătite? ne întreabă Kate, iar noi îi răspundem aprobator din cap.

Urcăm apoi scările şcolii din care am fost date afară cu atâția ani în urmă, într-un mod atât de dureros.

— Oh, Doamne! N-a trecut nici o oră şi deja nu ştiu dacă mai pot continua.

Stau pe toaletă, cu capul în mâini, încercând să-mi vin în fire. Am băut de nervi, lăsându-i pe chelneri să-mi tot umple paharul, fără să mai țin socoteala. Aveam impresia că sunt într-un vis, că mă întorsesem la şcoală, dar totul era destul de diferit, în tehnicolor, totul era mai conturat şi mai puternic. Mulțimea de chipuri şi voci care ne-a întâmpinat la intrare mi se păruse coşmarescă, un amestec de străini şi fețe pe jumătate cunoscute, schimbate de trecerea timpului, cu trăsături ascuțite — cum se întâmplă atunci când cățeluşii grăsuni cresc şi slăbesc — sau, dimpotrivă, îngroşate şi aplatizate, cu pielea flască imperceptibil, ca o mască de latex care alunecă uşor de pe față.

Şi partea cea mai rea este că *toată lumea* ne cunoştea, până şi fetele care au venit la şcoală după ce-am plecat. Nu m-am aşteptat la asta. Felul în care am plecat, dispărând în vacanța dintre semestre, fără ca plecarea noastră să fie anunțată... mi s-a părut oarecum minimalizat. Era unul dintre lucrurile pe care i le-a spus directoarea tatei în momentul respectiv: „Dacă Isa pleacă de bunăvoie, putem să trecem peste asta discret."

Dar am uitat de ecourile din urma noastră, de spațiul liber lăsat de absența noastră și care trebuie să se fi umplut, iarăși și iarăși, de zvonuri și speculații până când s-a ridicat un veritabil edificiu de minciuni și jumătăți de adevăruri, hrănite de puținele fapte legate de dispariția lui Ambrose.

Şi acum... sunt destule fete de prin partea locului care să fi văzut *Salten Observer*. Care să fi citit titlurile din ziar. Şi nu sunt proaste, au pus totul cap la cap și au înțeles despre ce e vorba. Câteodată, genul acesta de ecuație dă cu rest.

Ochii lor sunt cel mai greu de suportat. Pentru că sunt atât de *avizi*. De față cu noi, lumea e destul de sociabilă, deși conversația pare puțin forțată și simt, deși poate că doar mi se pare, un soi de oboseală în spatele zâmbetelor. Dar cum ne întoarcem cu spatele, aud cum încep să șușotească pe seama noastră. *E adevărat? Chiar au fost exmatriculate? Ai auzit cum...?*

Amintirile nu mai sunt acele plăcute bătăi pe umăr și întrebarea „îți mai aduci aminte...?", ci sunt niște palme peste față, fiecare dintre ele un atac la persoană. Le simt venind chiar și când sunt departe de mulțime. Îmi aduc aminte cum plângeam stând exact în aceeași strană, din cauză că o fată, o elevă inofensivă din anul întâi, ne-a văzut, pe mine și pe Fatima, venind într-o seară de la Kate și pur și simplu mi-am ieșit din fire într-un mod absolut exagerat. Am amenințat-o, i-am zis că, dacă spune cuiva ce a văzut, o să mă asigur că o să fie ostracizată, să nu mai vorbească nimeni cu ea pentru tot restul zilelor pe care le mai avea de petrecut în Salten. I-am zis că pot să fac asta, fără nicio problemă. I-am zis că pot să-i fac viața un calvar.

Evident că era o minciună. Totul era o minciună. N-aş fi putut s-o izolez nici dacă aş fi vrut. În acel moment, eram deja destul de izolate noi însene. La cantină, când încercam să ne aşezăm la vreo masă, în mod miraculos toate locurile erau deja ocupate. Dacă vreuna dintre noi sugera vreun film anume pentru camera comună, celelalte votau cu totul altceva. Mai mult decât atât, n-aş fi făcut-o niciodată. Nu voiam decât s-o sperii puțin, s-o fac să-şi țină gura.

Nu ştiu ce a făcut sau ce a zis, dar domnişoara Weatherby m-a chemat la ea în birou într-o seară şi mi-a ținut o predică lungă despre spiritul comunității şi despre responsabilitatea mea față de fetele mai mici.

— Încep să-mi pun serios întrebarea, mi-a zis ea cu vocea plină de dezamăgire, dacă ai într-adevăr calitățile necesare ca să fii o elevă demnă de Salten, Isa. Ştiu că situația acasă la tine este foarte dificilă, dar asta nu e o scuză ca să te răsteşti la colege, mai ales la cele mai mici decât tine. Te rog să nu mă forțezi să-i spun tatălui tău, sunt sigură că are destule pe cap în momentul de față.

Am amuțit, din cauza ruşinii amestecate cu furie. Eram furioasă pe ea, pe domnişoara Weatherby, da. Dar în cea mai mare măsură, pe mine, pentru ce făcusem, pentru ce îmi permisesem să devin. M-am gândit la Thea în acea primă noapte, la felul în care ne-a povestit cum a început Jocul Minciunii. *Şi n-o să mă iau de fetele noi, de cele care nu se pot apăra*, a zis ea atunci. *O să le-o fac celor care controlează totul — profesorilor, fetelor populare. Cei care se cred deasupra tuturor.*

Ce devenisem eu în momentul în care am început să ameninț copii de unsprezece ani?

M-am gândit la ce-ar spune tata dacă domnişoara Weatherby l-ar suna între drumurile la spital. M-am gândit la chipul lui, deja cenuşiu de supărare, schimonosindu-se de dezamăgire.

— Îmi pare rău, am zis eu atunci, forțându-mă să rostesc cuvintele. Nu pentru că nu voiam să le spun, ci pentru că nu puteam, din cauză că nu reuşeam să respir adânc. Chiar îmi pare foarte rău, am continuat. Vă rog să înțelegeți... a fost o greşeală. O să-mi cer scuze. O să încerc să fiu mai bună, vă promit!

— Aşa să faci, a zis domnişoara Weatherby cu o mină îngrijorată. Şi, Isa, ştiu că am mai vorbit despre asta, dar gândeşte-te că ar trebui să mai ai şi alți prieteni. Prieteniile strânse sunt foarte bune în mare, dar pot să-ți limiteze şansele de a cunoaşte alți oameni. Şi, în cele din urmă, ne pot costa foarte mult.

— Isa?

Cineva ciocăne în uşa toaletei, încet dar ferm, şi mă face să-mi ridic brusc capul din mâini.

— Isa, eşti acolo?

Mă ridic, trag apa şi ies din spațiul sigur al toaletei ca să mă spăl pe mâini la una dintre chiuvetele aliniate. Thea stă în picioare lângă uscător, cu brațele încrucişate.

— Eram îngrijorate, zice ea categoric.

Fac o grimasă. Cât timp am stat înăuntru? Zece minute? Douăzeci?

— Îmi pare rău, doar că... a fost un pic prea mult, ştii?

Apa e rece pe mâinile mele, pe încheieturi şi mă abțin cu greu să nu-mi dau cu apă pe față.

— Uite care-i faza, eu te înțeleg, zice Thea.

Cu chipul ei prelung şi uscat, pare aproape bolnavă în lumina neiertătoare din toaletele internatului — toaletele pentru oaspeți au fost şi ele recondiționate, acolo existând prosoape moi şi cremă de mâini parfumată, dar lumina e la fel ca întotdeauna, dură şi fluorescentă.

— Şi eu vreau să plec de-aici. Dar nu poți să te ascunzi toată noaptea. Lumea se adună pentru masa de seară şi o să vadă că lipseşti. Hai să ne aşezăm la masă şi apoi o să încercăm să plecăm cât de repede putem.

— Bine, îi răspund.

Dar nu pot să mă mişc. Mă țin de chiuvetă, simțind cum unghiile caută să intre în porțelan. *Căcat!* Mă gândesc la Freya care a rămas acasă la Kate, mă întreb dacă totul e în regulă. Aproape că mă copleşeşte dorința de a scăpa cumva de-aici şi de a fugi înapoi la copilul meu, moale şi cald, care miroase a acasă.

— De ce dracu' a crezut Kate că e o idee bună să venim aici?

— Ascultă, spune Thea privind peste umăr la cabinele goale, apoi îşi coboară vocea. Am mai discutat despre asta, continuă ea. Tu eşti cea care a zis să venim.

Dau din cap cu amărăciune. Are dreptate. Şi, ideea e că pricep reacția de panică a lui Kate, felul în care a căutat frenetic un motiv prin care să explice de ce toate prietenele ei au venit aici după toți aceşti ani de absență, chiar în weekendul în care un cadavru a fost descoperit, *culmea*, chiar în Estuar. Reuniunea trebuie să i se fi părut o coincidență providențială. Dar îmi doresc, îmi doresc *cu ardoare* să nu ne fi chemat deloc.

Căcat, mă gândesc din nou şi simt cum înjurăturile încep să fiarbă în mine ca o otravă pe care n-o mai pot tolera. Îmi vine brusc în minte o imagine cu mine la masa mare, îmbrăcată în alb, lăsându-le să scuipe vrute şi nevrute — *Tăceţi dracului din gură, curve ordinare şi bârfitoare. Nu ştiţi nimic. Nimic!*

Trag aer în piept, încet, fără zgomot, încercând să mă calmez.

— OK? mă întreabă Thea, de data asta cu mai multă blândeţe.

Îi fac semn că da.

— Sunt OK. Pot să fac chestia asta, zic eu, apoi mă corectez: *Putem* să facem chestia asta împreună, nu? Adică, până la urmă, dacă poate Kate şi numai Dumnezeu ştie cum, pot şi eu. Cum se descurcă?

— Absolut! zice Thea.

Îmi ţine deschisă uşa de la toaletă şi îmi face loc să ies în holul răsunător, gol acum cu excepţia câtorva profesori care se plimbă de colo-colo şi a unui şevalet, aflat la un capăt, pe care sunt expuse planurile cinei festive.

— Ooh, grăbiţi-vă! ne zice o profesoară văzându-ne ieşind de la baie. E tânără, prea tânără să fi fost acolo când eram noi eleve. Lumea se aşază la masă pentru discursuri, zice ea. La ce masă sunteţi?

— La Pankhurst, aşa ne-a zis doamna care a fost aici adineauri, răspunde Thea şi profesoara se uită pe listă, trece cu degetul peste numele în revistă. Thea West, zice Thea, dând indicaţii suplimentare.

— Oh, da, iată, aici e numele tău. Şi tu eşti...? întreabă ea uitându-se spre mine. Îmi cer scuze. După cum se poate vedea, sunt o nouă achiziţie a şcolii, aşa că voi toate sunteţi figuri noi pentru mine!

— Isa Wilde, zic eu rapid şi, spre uşurarea mea, nu văd pe faţa ei, când se întoarce să verifice lista, nici revelaţie, nici şoc, ci doar concentrarea de care avea nevoie ca să treacă în revistă toate mesele.

— Oh, da, şi Pankhurst, cu alte câteva eleve din anul vostru, după câte se pare. E o masă de zece persoane în capătul celălalt al coridorului, lângă uşa cantinei. Cea mai bună cale ca să ajungeți la masă ar fi să ieşiți pe uşa aceea şi să mergeți roată, pe sub galerie.

Ştiu, zic eu în sinea mea. Ştiu locul ăsta ca pe propriul meu buzunar. Însă eu şi Thea ne mulțumim doar să dăm din cap că am înțeles şi ne luăm după indicațiile ei, ieşind pe uşa pe jumătate deschisă, în acompaniament de aplauze. Discursurile deja se țin de ceva vreme, o femeie zâmbeşte de pe podium şi aşteaptă politicoasă să se termine aplauzele.

M-am pregătit sufleteşte s-o văd pe domnişoara Armitage, directoarea şcolii pe vremea noastră, s-o întrezăresc acolo, pe podium, dar la pupitru nu e ea şi nu mă miră — cred că avea mai bine de cincizeci de ani când am început eu şcoala. Probabil că e la pensie acum.

Dar, într-un anume fel, realitatea e şi mai şocantă de atât.

Femeia de pe podium este domnişoara Weatherby, fosta pedagogă de la internatul în care fuseserăm noi repartizate.

— Futu-i, şopteşte Thea în barbă în timp ce ne croim drum pe lângă mesele fetelor de bani gata şi ale soților lor, şi-mi dau seama după paloarea de pe fața ei că şi ea e la fel de şocată ca mine.

Pe măsură ce ne facem loc pe lângă scaune şi peste genți şi poşete, peste plăci comemorative pe care erau inscripționate, cu litere aurii, numele foştilor căpitani de hochei şi ale fetelor care au murit în război, trecând dincolo de portretele în ulei ale fostelor directoare, inflexiunile elegante ale vocii bine definite a domnişoarei Weatherby se răspândesc prin sala placată cu lemn, însă cuvintele trec pe deasupra mea, ininteligibile. Tot ce aud în cap e vocea ei din acea ultimă zi, „Isa, aşa e cel mai bine pentru toată lumea, îmi pare foarte rău că nu ți-a priit timpul petrecut la Salten, dar suntem de părere — şi tatăl tău e de acord cu noi — că cel mai bine ar fi să o iei de la capăt în altă parte."

S-o iau de la capăt. Din nou.

Şi dintr-odată, amenințată cu exmatricularea, deveneam una dintre *ele*: o fată ca Thea, cu un şir lung de şcoli la activ, instituții din care i s-a cerut să plece.

Îmi aduc aminte de chipul împietrit al tatei, în maşină. Nu m-a întrebat nimic, nu i-am zis nicio minciună. Dar reproşul care atârna în aer, între noi, în timp ce conducea cu viteză spre Londra, era plin de mirosul de spitale şi de sunetul monitoarelor care țiuiau: *Cum ai putut să faci aşa ceva? Cum ai putut, când am deja atât de multe pe cap?*

Părinții Fatimei erau încă în străinătate, dar au venit de la Londra o mătuşă şi un unchi, amândoi vineți de supărare, şi au luat-o în Audi-ul lor în miez de noapte, în timp ce eu mă uitam de la fereastra de la etaj — nici măcar n-am apucat să-mi iau rămas-bun de la ea.

Cel mai rău dintre toți a fost tatăl Theei — zgomotos şi bădăran, râzând de parcă bravada lui putea să facă să dispară scandalul, aruncând tot felul de insinuări în timp ce încărca valiza Theei în portbagaj, duhnind a alcool, deşi nu era trecut de amiază.

Numai Kate nu avea pe nimeni care s-o ia de-acolo. Pentru că Ambrose... Ambrose dispăruse deja. „Dispăruse înainte să-l dea afară", umblau zvonurile şoptite pe coridoare.

Îmi sunt toate proaspete în minte în timp ce încercăm să ajungem, scuzându-ne în şoaptă în dreapta şi în stânga, la masa pe care scria „Pankhurst", unde ne aşteptau Fatima şi Kate pe chipurile cărora se citeau uşurare, dar şi nelinişte; ne aşezăm la locurile noastre în momentul în care izbucneşte un ropot final de aplauze. Domnişoara Weatherby a terminat de vorbit, iar eu nu-mi aduc aminte niciun cuvânt din ce a zis.

Deschid telefonul şi-i trimit un mesaj lui Liz pe sub masă. *E totul OK?*

— Vegetariană sau cu carne, doamnă? zice o voce din spatele meu, mă întorc brusc şi dau cu ochii de un chelner care stă în picioare lângă mine.

— Poftim?

— Ce fel de mâncare preferaţi, doamnă? Aţi ales meniul vegetarian sau pe cel cu carne?

— Oh..., mă uit peste masă la Kate care e prinsă în conversaţie cu Fatima, stând amândouă frunte lângă frunte, aplecate deasupra farfuriilor. Păi, ăăă..., cred că vreau carne.

Chelnerul se înclină şi-mi pune dinainte o farfurie cu ceva înecat într-un sos maroniu, însoţit de nişte cartofi copţi caramelizaţi şi o legumă pe care, după o scurtă analiză, o identific drept anghinare prăjită. Efectul obţinut e acela de lături scumpe.

Kate şi Fatima au luat amândouă meniul vegetarian care, de departe, arată mult mai bine — cred că e un soi de tartă cu inevitabila brânză de capră.

— Ah, se aude vocea unui bărbat din dreapta mea, ăsta trebuie să fie un tribut adus lui Picasso pentru mai puţin cunoscuta lui perioadă maro.

Mă uit agitată să văd dacă nu cumva vorbeşte cu mine şi se pare că da, lucru care nu-mi pică tocmai bine. Reuşesc să-i arunc un zâmbet.

— Cam aşa pare, nu-i aşa? zic eu, împungând anghinarea cu furculiţa. Ce carne crezi că e asta?

— N-am verificat, dar aş pune pariu cu tine că avem toate şansele să fie pui — din experienţă ştiu că întotdeauna servesc pui la evenimentele astea. Nimeni nu comentează nimic dacă e pui.

Tai o felie din capătul movilei amorfe, scăldate în substanţa maro şi o bag în gură cu destulă grijă şi da, este într-adevăr pui.

— Deci, ce te aduce aici? îl întreb eu, după ce reuşesc să înghit puiul. E clar că nu eşti la fel ca fetele astea bătrâne.

Nu e o glumă bună, dar el are bunul-simţ să râdă ca şi cum n-ar fi fost previzibilă pe de-a-ntregul.

— Nu, într-adevăr. Numele meu este Marc. Marc Hophood. Sunt însurat cu una din fostele tale colege, Lucy Etheridge pe vremea aceea.

Numele nu-mi spune nimic şi pentru o clipă ezit, neştiind dacă e mai bine să pretind că ştiu cine e, când de fapt habar nu am, dar am înţeles rapid că n-ar avea niciun sens — dintr-o întrebare sau două şi-ar da imediat seama că nu ştiu de fapt nimic.

— Îmi pare rău, îi zic cu onestitate. Nu-mi aduc aminte de ea. De fapt, nici n-am stat în Internatul Salten prea mult timp.

— Nu?

Ar trebui să mă opresc aici, dar nu pot. Am spus fie prea mult, fie prea puţin, amândouă în acelaşi timp şi nu pot să mă abţin să nu dau măcar câteva detalii care să umple golurile.

— Am venit aici abia în anul cinci şi am plecat înainte să înceapă al şaselea.

Insul e prea politicos ca să întrebe de ce, dar văd întrebarea în ochii lui, nerostită, în timp ce-mi toarnă în paharul gol, ca un băiat şcolit şi bine-crescut de sistemul public de învăţământ, ceea ce cu siguranţă şi este.

Telefonul îmi sună, mă uit pe ecran şi văd că Liz mi-a scris: *totul e ok:):):)* şi, în acelaşi timp aud o voce de lângă Marc:

— Isa?

Ridic privirea, iar Marc se trage pe marginea scaunului cu câţiva centimetri ca să-i facă loc soţiei lui să se aplece spre mine, cu mâna întinsă.

— Isa Wilde? Tu eşti, nu-i aşa?

— Da, zic eu, fericită că Marc deja mi-a zis cum o cheamă. Bag telefonul rapid în geantă şi-i strâng mâna. Lucy, nu-i aşa?

— Da!

Are obrajii trandafirii şi pielea albă ca a unui bebeluş şi pare extrem de încântată să fie aici, în compania soţului ei.

— Nu-i aşa că e distractiv? Câte amintiri...

Îi fac semn că da, dar nu-i spun ce am în minte — că nu toate amintirile pe care le am cu Internatul Salten sunt fericite.

— Aşa, zice Lucy după câteva clipe, luând iar de pe masă cuţitul şi furculiţa. Zi-mi *totul* despre tine, ce-ai mai făcut de când ai plecat?

— Oh... ştii cum e... şi una, şi alta. Am studiat istoria la Oxford, apoi am făcut dreptul şi acum lucrez la Judecătorie.

— Pe bune? Ca Marc. În ce departament lucrezi?

— De fapt, în momentul de față, sunt în Ministerul de Interne. Dar știi cum e, îi zic eu lui Marc, aruncându-i un zâmbet pieziș. În genere faci un pic de mișcare. Și eu am bătut deja câteva departamente.

— Nu mă înțelege greșit, zice Lucy, tăind de zor la puiul din farfurie, dar întotdeauna am crezut că o să te duci spre ceva artistic. Având în vedere istoricul familiei tale.

Pentru o clipă rămân perplexă. Mama a fost avocată înainte să renunțe la slujbă ca să crească copii și tata a lucrat întotdeauna în audit financiar. Nu exista nicio urmă de creativitate în niciunul dintre ei. Mă confundă oare cu Kate?

— Istoria familiei mele...? repet eu rar.

Dar apoi, înainte ca Lucy să-mi răspundă, îmi aduc aminte și deschid gura, încercând s-o opresc, dar e prea târziu.

— Isa e înrudită cu Oscar Wilde, îi zice ea mândră soțului ei. N-a fost stră-străbunicul tău sau așa ceva?

— Lucy, reușesc eu să intervin, simțind cum gâtul mi se închide din cauza rușinii și că fața mi-a luat foc, dar Marc se uită deja la mine întrebător și știu ce gândește. Toți copiii lui Oscar Wilde și-au schimbat numele după proces. N-a avut niciun fel de stră-strănepoate — darămite una pe care s-o cheme Wilde. Așa cum de altfel știu foarte bine. Și nu am încotro. Trebuie să mărturisesc.

— Lucy, îmi pare rău, zic eu, punând furculița jos. Eu... a fost doar o glumă. Nu sunt rudă cu Oscar Wilde.

Aș vrea să intru în pământ de rușine. De ce, *de ce* am fost atât de oribile? Chiar nu pricepeam atunci ce facem, când ne asmuțeam una pe cealaltă împotriva acestor fete bine-crescute, credule și cumsecade?

— Îmi pare rău, îi repet. Nu mă pot uita în ochii lui Marc şi trec cu privirea pe lângă el ca s-o văd pe Lucy, ştiind că vocea mea era imploratoare deja. A fost... nu ştiu de ce ziceam astfel de lucruri, continui eu.

— Oh!

Lucy s-a făcut şi mai trandafirie la faţă şi nu sunt sigură dacă furia ei se îndreptase asupra propriei naivităţi sau asupra mea, pentru că o păcălisem.

— Desigur. Ar fi trebuit să-mi dau seama, zice ea, jucându-se cu mâncarea în farfurie, deşi se oprise din mâncat. Cât de proastă am fost! Isa şi prietenele ei practicau un soi de... joc, îi povesteşte lui Marc. Cum îi ziceaţi?

— Jocul Minciunii, îi răspund.

Simt cum mi se strânge stomacul şi văd cum Kate îmi aruncă o privire întrebătoare de dincolo de masă. Îi fac un semn din cap abia perceptibil, iar ea se întoarce spre vecina ei de masă.

— Ar fi trebuit să-mi dau seama, zice Lucy, clătinând din cap, cu o expresie jalnică. Nu puteai să crezi nicio boabă din ce spunea vreuna din ele. Cum era chestia aia, Isa, cu taică-tău care fugea din faţa legii şi de asta nu te vizita niciodată? Am picat în plasă atunci, ca o fraieră. Probabil că mă credeaţi teribil de proastă.

Am încercat să zâmbesc şi să clatin din cap, să neg, dar îmi simţeam zâmbetul ca pe un rictus întins pe faţă. Şi n-o condamn când se întoarce cu spatele la mine, deliberat, şi începe să converseze cu invitatul din partea cealaltă.

Mai trece o oră şi jumătate şi masa se apropie de final. De partea cealaltă a mesei, Kate mânca morocănoasă şi hotărâtă, ca şi cum n-ar fi putut să plece decât dacă mânca şi farfuria cu totul. Fatima a ciugulit câte ceva şi am văzut-o de mai multe ori cum tot scutură iritată din cap la câte un chelner care tot încearcă să-i toarne vin în pahar.

Thea a refuzat farfuriile, trimiţându-le înapoi la bucătărie neatinse, dar a compensat cu băutura.

În sfârşit, se ţin ultimele discursuri şi simt un val de uşurare când îmi dau seama că a venit momentul — ultima sută de metri. Bem o cafea proastă, în timp ce ascultăm o femeie pe care o chema Mary Hardwick şi pe care mi-o amintesc vag, fiind cu doi sau trei ani mai mare ca noi. Se pare că a scris un roman, chestie care o califică să ţină un discurs lung şi elaborat despre istoria existenţei umane, timp în care o văd pe Kate ridicându-se din scaun. Trece pe lângă mine şi-mi şopteşte:

— Mă duc în vestiar să iau genţile şi pantofii înainte să înceapă să curgă iureşul.

Îi fac semn că e o idee bună, iar ea se strecoară pe lângă marginile meselor, luând acelaşi traseu pe care l-am urmat şi eu cu Thea la începutul serii. Aproape că a ajuns la uşile principale când se aude un ropot de aplauze şi-mi dau seama că s-a terminat discursul şi toată lumea se ridică, adunându-şi lucrurile.

— La revedere, zice Marc Hopgood şi-şi pune haina pe el, înmânându-i geanta neveste-sii. Mi-a făcut plăcere să te cunosc.

— Şi mie mi-a făcut plăcere, îi zic la rândul meu. La revedere, Lucy.

Dar Lucy Hopgood deja a pornit spre ieşire, făcând în aşa fel încât să nu se uite deloc la mine, ca şi cum a văzut ceva foarte important în cealaltă parte a încăperii.

Marc ridică uşor din umeri şi îmi face semn cu mâna, apoi se duce după ea. După ce s-au îndepărtat, caut telefonul în buzunar, verific mesajele, deşi nu am auzit nicio notificare.

Încă mă mai uit la ecranul telefonului, când simt o bătaie uşoară pe umăr şi o văd pe Jess Hamilton în spatele meu, cu chipul înroşit de vin şi de căldura din sală.

— Pleci aşa de curând? mă întreabă ea, iar eu îi fac semn că da. Vino să bei cu noi în sat un pahar de noapte bună. Stăm la o pensiune pe malul mării şi cred că sunt câteva foste eleve care au plănuit să se întâlnească la Salten Arms ca să mai bea o duşcă înainte de culcare.

— Nu, mulţumesc, îi zic eu jenată. E foarte drăguţ din partea ta, dar trebuie să traversăm mlaştina ca să ajungem la Kate, iar pubul e la câţiva kilometri în direcţia opusă. Şi, în plus, ştii că am lăsat-o pe Freya cu o bonă şi nu vreau să întârzii.

Nu vreau să-i zic ce am în cap, de fapt, şi anume că aş prefera să-mi tai un picior decât să mai petrec vreo secundă cu aceste muieri vesele şi mulţumite, care au nişte amintiri atât de frumoase din zilele lor de şcoală şi care vor vrea să stea la nesfârşit să-şi aducă aminte despre vremurile care pentru mine, Thea, Kate şi Fatima n-au fost atât de fericite.

— Păcat, zice Jess fără să se streseze prea mult. Dar, ascultă, nu mai lăsaţi să treacă încă cincisprezece ani până reveniţi la reuniunile astea, OK? Fac câte o cină din asta aproape în fiecare an, deşi, trebuie să recunosc, nu atât de mare ca în anul ăsta. Dar cred că reuniunea de douăzeci de ani o să fie ceva special.

— Desigur, îi zic eu fără rost şi fac un gest de plecare, dar cum mă pregătesc să plec, ea mă prinde de umăr.

Când mă întorc, ochii îi sunt strălucitori şi văd cum se clatină pe picioare, foarte uşor, şi-mi dau seama că e foarte, foarte beată. Mult mai beată decât am crezut iniţial.

— Eh, la dreacu', zice ea. Nu pot să te las să pleci fără să te întreb un lucru. Sper că nu e... adică, nu te supăra pe mine, dar când aţi plecat toate... a fost din motivul pe care l-a comentat toată lumea?

Simt brusc un gol în stomac, de parcă mâncarea şi băutura pe care le-am consumat azi s-au dus ca o fantasmă, iar în mine e un mare vid.

— Nu ştiu, îi zic şi încerc să am un ton neutru. Care a fost motivul comentat de toată lumea?

— Oh, dar *trebuie* să fi auzit zvonurile, zice Jess.

Îşi coboară vocea, se uită în spatele ei şi pricep în cele din urmă ce face, se uită după Kate, se asigură că n-o poate auzi.

— Că... ştii tu... Ambrose...

Se opreşte, foarte sugestiv, iar eu îmi înghit nodul dureros din gât. Ar trebui să-i întorc spatele, să mă prefac că o văd pe Fatima sau că m-a strigat cineva, dar nu pot, nu vreau. Vreau s-o aud spunând, vreau să rostească porcăria pe care o insinuează, cu care mă înţeapă, mă testează.

— Ce e cu Ambrose? o întreb eu, ba chiar reuşesc să-i şi zâmbesc. N-am nici cea mai vagă idee despre ce vorbeşti.

O minciună.

— Oh, Dumnezeule, zice Jess, cu un geamăt şi nu ştiu dacă brusca efuziune de scrupule e reală sau falsă — nu-mi mai pot da seama, am petrecut prea mult timp înşelându-i pe alţii.

— Isa, n-am vrut să... Chiar n-ai ştiut?

— Spune! insist eu, dar de data asta zâmbetul a dispărut de pe buzele mele. *Spune!*

— Fir-ar să fie, spune Jess de-a dreptul nefericită, alcoolul evaporându-se când vede sila de pe chipul meu. Isa, îmi pare rău, n-am vrut să dezgrop...

— Se pare că ai făcut speculaţii în privinţa asta toată noaptea. Aşa că măcar ai curajul să ne-o spui în faţă. Care zvonuri?

— Că Ambrose..., încearcă Jess să spună, înghiţind greu; se uită peste umărul meu, caută o portiţă de scăpare, dar sala e aproape goală şi niciuna dintre prietenele ei nu este pe aproape. Că Ambrose... că... că a făcut... desene cu voi... Cu toate patru.

— Ah, dar nu doar desene, nu-i aşa? adaug eu cu vocea plină de răceală. Nu-i aşa, Jess? Ce fel de desene, mai exact?

— Desene cu tru... trupuri goale, zice ea, aproape şoptind.

— Şi?

— Şi că... s-a aflat la şcoală... şi că de-asta Ambrose... de-asta s-a...

— S-a ce?

Femeia tace, iar eu o apuc de încheietura mâinii, privind-o cum i se schimonosesc trăsăturile sub presiunea strânsorii mele pe oasele ei fine.

— *S-a ce?* întreb eu, de data asta cu voce tare, iar ecoul aproape că face înconjurul sălii de festivităţi, iar cele câteva persoane care au mai rămas se uită la noi.

— Că s-a sinucis, şopteşte Jess. Îmi pare rău, n-ar fi trebuit să deschid subiectul.

Îşi trage mâna dintr-a mea şi, aruncându-şi geanta pe umăr, porneşte mergând împiedicat spre ieşire, lăsându-mă cu răsuflarea tăiată, ţinându-mă ca să nu cad de parcă aş fi primit o lovitură imaginară, încercând să nu plâng.

Când, în sfârşit, reuşesc să mă adun suficient cât să pot să fac faţă îmbulzelii de pe coridor, mă forţez să-mi fac loc prin mulţime, căutându-le, disperată, pe Fatima, Kate şi Thea.

Cercetez cu privirea coridorul, coada de la vestiar, toaletele — dar nu sunt nicăieri. Doar n-au plecat deja, nu?

Inima îmi bate tare în piept, iar obrajii îmi sunt aprinşi după întâlnirea cu Jess. *Unde* sunt fetele astea?

Mă împing prin mulţime, îmi fac loc cu coatele prin grupurile de fete vesele, cu soţii şi partenerii lor, şi deodată simt o mână pe braţ şi mă întorc, cu o expresie de uşurare pe chip, şi dau cu ochii de domnişoara Weatherby.

Mi se strânge stomacul gândindu-mă la ultima noastră întâlnire, la dezamăgirea amestecată cu furie de pe faţa ei.

— Isa, zice ea. Întotdeauna te grăbeşti undeva, îmi aduc aminte atât de bine! Ţi-am zis mereu că ar fi trebuit să joci hochei, să foloseşti toată energia asta în scopuri bune!

— Îmi cer scuze, zic eu, încercând să nu-mi pierd cumpătul, încercând să nu par prea dornică să plec. Eu... trebuie să mă întorc, bona...

— Oh, ai un copil? întreabă ea.

Ştiu că doar încearcă să fie politicoasă, dar eu nu vreau decât să plec din preajma ei.

— Câți ani are?

— Aproape şase luni. E fetiță. Ascultați, eu chiar trebuie să...

Domnişoara Weatherby îmi face semn că înțelege şi-mi dă drumul la braț.

— Bine, atunci, mă bucur că te-am regăsit aici după atâția ani. Şi felicitări pentru fiica ta. Să te asiguri că-i treci numele pe lista de aşteptare pentru şcoală!

O spune aproape cu voioşie firească, dar simt cum fața mi se crispează, deşi zâmbesc şi dau din cap că da, şi îmi dau seama după felul în care se schimbă expresia de pe chipul domnişoarei Weatherby că sentimentele mele trebuie să fie cât se poate de evidente, că zâmbetul meu e la fel de fals precum cel pictat pe fața unei marionete.

— Isa, nici nu pot să-ți spun cât de mult regret toată tevatura din jurul plecării tale. Nu sunt multe momente din cariera mea de care să-mi fie ruşine, dar pot să-ți spun cu mâna pe inimă că tot ce s-a întâmplat atunci e unul din momentele acelea. Felul în care şcoala s-a purtat... ei bine, n-are rost să ne ascundem după degete, ne-am purtat foarte urât şi trebuie să-mi asum partea mea de vină în toată povestea asta. Nu încerc să ne fac reclamă când spun că lucrurile s-au îmbunătățit substanțial la acest capitol... lucrurile ar fi altfel tratate... ei bine, cred că totul ar fi altfel abordat zilele astea.

— Eu..., încerc să zic, înghițind din greu. Domnişoară Weatherby, vă rog, nu spuneți asta. E... e o chestiune de care nu mai are rost să ne aducem aminte, serios.

Dar nu e aşa. Însă nu suport să vorbesc despre asta acum. Nu aici, unde totul pare încă atât de dureros. Unde sunt celelalte?

Domnişoara Weatherby se mulţumeşte să dea din cap, o dată, scurt, cu chipul rigid, de parcă încearcă să-şi înăbuşe propriile amintiri.

— Păi, la revedere, zic eu jenată, iar ea se chinuie să-mi zâmbească, trăsăturile ei dure fiind gata în orice moment să cedeze.

— Mai vino pe-aici, Isa, zice ea în momentul în care dau să plec. Mă întreb dacă nu cumva... dacă nu cumva ai simţit că nu eşti binevenită aici şi, sincer, nimic n-ar putea fi mai lipsit de adevăr. Sper să-ţi aduci aminte de noi pe viitor.... pot să mă bazez pe prezenţa ta la reuniunea de anul viitor?

— Desigur, zic eu.

Faţa îmi e ţeapănă de efort, dar încă mai reuşesc să-i zâmbesc, dându-mi părul după urechi.

— Desigur, o să fiu prezentă.

Femeia mă lasă să plec şi, reuşind în cele din urmă să scap de îmbulzeală şi să ajung la ieşire, uitându-mă după Kate şi celelalte, mă gândesc: e incredibil cât de uşor pot să mint din nou.

***

Prima dată o găsesc pe Fatima care stă lângă uşile duble, cercetând neliniştită aleea pentru maşini. Mă vede exact în momentul în care şi eu dau cu ochii de ea şi se năpusteşte brusc asupra mea, înfigându-şi degetele în carnea mea, strângându-mă ca într-o menghină.

— *Unde* ai fost? Thea e nervoasă, trebuie s-o ducem acasă. Kate are pantofii tăi, dacă asta te-a reţinut până acum.

— Îmi pare rău, zic eu, şhiopătând pe pietriş din cauza tocurilor care se mişcă în toate părțile. Nu asta m-a reținut, continui eu, am fost prinsă la înghesuială de Jess Hamilton, apoi de domnişoara Weatherby. N-am putut scăpa.

— Domnişoara *Weatherby*? Chipul Fatimei e vădit speriat. Ce-a vrut să vorbească cu tine?

— Nimic în mod special, îi răspund, căci în cele din urmă, acesta e adevărul. Cred că se simte... ei bine, cred că-i pare rău.

— Păi, nici nu merită altceva, zice Fatima cu duritate, întorcându-se şi plecând.

În urma ei, pietrişul îmi scrâşneşte sub tălpi în timp ce merg cu răsuflarea tăiată, îndepărtându-mă de intrarea luminată a internatului. Fatima merge înainte călcând apăsat, luând-o pe una dintre aleile care duc spre terenurile de hochei. Pe vremea noastră ar fi fost întuneric beznă — acum însă, erau instalate la intervale egale lămpi solare, care nu reuşesc decât să alunge lumina lunii, făcând ca ochiurile de întuneric dintre ele să fie şi mai dense.

Când aveam cincisprezece ani, mlaştinile ni se păreau familiare, eram aici ca acasă sau cam aşa ceva. Nu-mi aduc aminte să-mi fost frică în vreuna dintre lungile noastre excursii nocturne, spre casa lui Kate.

Acum, gâfâind în timp ce încerc s-o ajung pe Fatima din urmă, încep să-mi închipui vizuini de iepure ascunse în întuneric, să văd cum glezna mi se suceşte şi se fracturează. Mă văd scufundându-mă într-una din râpele fără fund ale mlaştinii, cu apa intrându-mi în gură, împiedicându-mă să strig, celelalte mergând înainte, fără să aibă habar de mine, lăsându-mă singură. Cu toate că... poate că n-aş fi tocmai singură. În cele din urmă, cineva umblă pe aici. Cineva care a scris bilețelul acela, care a târât o oaie moartă şi însângerată la uşa lui Kate...

Fatima, în dorința ei de a le ajunge pe fete, e mult înaintea mea, silueta ei e doar o fantasmă difuză şi tremurândă care se amestecă printre umbrele întunecate ale mlaştinii.

— Fatima, o strig, te rog să mergi mai încet.

— Scuză-mă!

Se opreşte la pârleaz şi mă aşteaptă s-o prind din urmă şi, de data asta, începând să traversăm mlaştinile, chiar merge mai încet, potrivindu-şi ritmul cu cel mult mai precaut al meu, căci tocurile ascuțite se afundă în pământul reavăn. Mergem în linişte, în jur auzindu-se doar respirația mea sau zgomotul pe care-l fac când mă împiedic sau când tocul pantofului loveşte o piatră. *Unde sunt celelalte?*

— Mi-a zis că ar trebui s-o înscriu pe Freya acolo, îi zic eu în cele din urmă, mai mult ca să rup tăcerea sinistră a mlaştinii şi s-o determin pe Fatima să încetinească, decât pentru că sunt de părere că ea chiar vrea să ştie — şi funcționează, ba, mai mult, Fatima se opreşte în loc.

Se întoarce spre mine cu un amestec de groază şi îndoială pe chip.

— Domnişoara Weatherby? Tu-ți *bați joc* de mine?

— Nu, îi răspund şi ne punem iar în mişcare, de data asta mai încet. Dar mi-a fost foarte greu să-i răspund.

— *Peste cadavrul meu*, asta ar fi trebuit să-i spui.

— Nu i-am zis nimic.

Urmează încă un moment de tăcere, apoi îmi zice:

— Nu i-aş lăsa niciodată pe Sami sau pe Nadia să învețe la internat. Tu ai face-o?

Mă pune pe gânduri. Mă gândesc la situația mea de acasă, prin ce-a trecut tata. Apoi mă gândesc la Freya, la faptul că n-aş putea să-mi imaginez nici măcar o seară departe de ea, fără să simt că inima îmi e trecută printr-un tocător industrial.

— Nu ştiu, îi zic în cele din urmă. Dar nu pot să-mi închipui c-aş face-o.

Mergem prin întuneric, traversăm un pod improvizat şi deja descompus peste un şanț, moment în care Fatima exclamă:

— Să dea dracu' dacă înțeleg, cum au ajuns aşa de departe?

Dar cam în acelaşi timp în care cuvintele îi ies pe gură, auzim ceva, vedem o umbră mişcându-se în întunericul dinaintea noastră. Nu e însă forma unui om, e mai mult ceva cocârjat, ghemuit, apoi auzim un sunet ud, bolborosit venind din întuneric — cineva are nevoie de ajutor.

— Ce e acolo? şoptesc eu şi simt mâna Fatimei strângându-se peste a mea.

Ne oprim, ascultăm. Inima îmi bate rapid, neliniştită.

— N-am nici cea mai vagă idee, răspunde ea tot şoptit. O fi vreun... vreun animal?

Tabloul din fața mea e la fel de puternic ca o amintire bruscă — mațe sfârtecate, lână însângerată, cineva se lasă pe vine, ca un animal, deasupra unui cadavru făcut bucăți...

Auzim acelaşi zgomot din nou, ceva este împroşcat, urmează apoi un scâncet şi simt cum unghiile Fatimei mi se implântă în piele.

— Crezi că..., încearcă ea să spună, pe un ton nesigur. Crezi că celelalte...?

— Thea, strig eu în întuneric. Kate?

O voce ne răspunde.

— Suntem aici!

Ne grăbim să străbatem mlaştina întunecată şi, pe măsură ce ne apropiem de umbra încovoiată, forma se desluşeşte de la sine: Thea, cu mâinile şi genunchii deasupra unui canal de scurgere, iar Kate o ţine de frunte.

— Ah, rahat, zice Fatima, cu un amestec de silă şi oboseală în voce. Ştiam că aşa o să se întâmple. Nimeni nu poate să bea două sticle de alcool pe stomacul gol.

— Ia mai taci, urlă Thea peste umăr, apoi vomită din nou. Când se ridică de acolo, machiajul de pe faţă îi e întins.

— Poţi să mergi? o întreabă Kate, iar Thea îi face semn că da.

— Sunt OK.

Fatima pufneşte:

— Eşti oricum, dar nu OK, zice ea. Şi-ţi spun asta în calitate de medic.

— Da' taci din gură, zice Thea ferm. Am zis că pot să merg, ce vrei mai mult de-atât?

— Vreau să mănânci ca oamenii şi să treci de ora prânzului fără să bei ceva... măcar o dată.

Pentru o clipă, nu sunt sigură că Thea a auzit-o sau că are de gând să-i răspundă. E prea ocupată să se şteargă la gură şi să scuipe în iarbă.

Dar apoi zice, aproape şoptit:

— Hristoase, mi-e dor de vremea în care era normală!

— *Normală*? întreb eu, nevenindu-mi să-mi cred urechilor.

Fatima rămâne în picioare, împietrită, fără să mai poată rosti o vorbă — e prea şocată ca să-şi mai caute cuvintele sau prea nervoasă, nu ştiu sigur.

— Sper că asta nu înseamnă ceea ce cred eu că înseamnă, zice Kate.

— Nu ştiu, răspunde Thea, îndreptându-se de spate şi începând să meargă, mult mai drept decât aş fi crezut-o în stare. Tu ce crezi că înseamnă? Dacă tu crezi că înseamnă că se foloseşte de eşarfa aceea ca de un bandaj, atunci da, exact asta înseamnă. E minunat că Allah te-a iertat, îi aruncă ea Fatimei peste umăr, dar mă îndoiesc că poliția o să ia asta în considerare când o să se discute sentința.

— Dar de ce nu te duci *tu* dracului? zice Fatima.

E aproape incoerentă, înecându-se de nervi.

— Unde dracu' e legătura dintre alegerile mele şi tine?

— Păi, şi eu aş putea să te întreb *acelaşi* lucru, se întoarce Thea brusc. Cum îndrăzneşti să mă judeci? Fac ce trebuie ca să pot dormi noaptea. Se pare că şi tu faci exact la fel. Ce-ar fi ca tu să-mi respecți mie mecanismele mele de apărare şi atunci ți le respect şi eu pe ale tale?

— Mie îmi *pasă* de tine, strigă Fatima. Tu nu vrei să pricepi asta? Mi se rupe de mecanismele tale de apărare. Mi se rupe dacă te faci călugăriță budistă sau te apuci de meditație transcendentală ori te duci să lucrezi într-un orfelinat în România. Toate astea sunt *doar* treaba ta. Dar să mă uit la tine cum devii alcoolică? Nu! N-o să mă prefac că sunt de acord cu asta doar ca să nu-ți stric ție cine ştie ce căcat de alegere personală.

Thea deschide gura să zică ceva şi cred că e pe punctul de a riposta, în schimb, se întoarce într-o parte şi vomită din nou în şanț.

— Ah, pentru numele lui Dumnezeu, zice Fatima cu resemnare, iar furia care îi făcea vocea să tremure a dispărut.

Când Thea se ridică, ştergându-şi lacrimile, începe să caute în geantă şi scoate de acolo un pachet de şervețele umede.

— Uite, ia astea, zice Fatima. Ia şi te şterge!

— Mersi, bombăne Thea.

Se ridică tremurând în picioare şi aproape că se împiedică, dar Fatima o apucă de braț şi o ajută să se echilibreze.

În timp ce merg amândouă încet prin iarba de mlaştină, o aud pe Thea zicându-i ceva Fatimei, prea încet ca eu şi Kate să înțelegem vreun cuvânt, în schimb reuşim să prindem răspunsul Fatimei.

— Nu-i nimic, Thee, ştiu că n-ai vrut. Doar că... mie chiar îmi pasă, ştii asta, nu?

— Se pare că s-au împăcat, îi şoptesc eu lui Kate, iar ea dă din cap că da, însă chipul ei, în lumina lunii, arată că e tulburată.

— Totuşi, ăsta nu e decât începutul, zice ea, cu vocea foarte scăzută. Nu-i aşa?

Şi-mi dau seama că are dreptate.

— Nu mai avem mult, zice Kate, în timp ce sărim, cu destulă greutate, peste încă un pârleaz. Mlaştina este atât de ciudată în întuneric, cărarea pe care, în timpul zilei, credeam că mi-o amintesc, se retrage acum în penumbră. În depărtare văd lumini care, cred, trebuie să fie satul Salten, dar cărările bătute de oi şi podurile dărăpănate fac destul de dificilă planificarea unui traseu şi, cu un fior pe şira spinării, îmi dau seama că, dacă n-ar fi Kate, nu ne-ar fi bine deloc. Ai putea foarte bine să te pierzi aici ore în şir, în întuneric, învârtindu-te în cerc.

Fatima încă o mai ține pe Thea de braț, îndrumându-i paşii, în timp ce aceasta merge împiedicat, cu concentrarea bețivului, printre buruieni şi şanțuri şi e cât pe ce să spună ceva, când mă opresc brusc, împietrită, îmi duc degetul la gură, îndemnând-o să tacă, moment în care ne oprim toate.

— Ce e? întreabă Thea, prea tare.

— N-ați auzit?

— Ce să auzim? întreabă Kate.

Se aude iar, un țipăt de departe, ca şi cum Freya ar fi început să urle, aşa cum urlă ea când e cel mai supărată şi simt cum sânii mi se strâng şi o căldură mi se răspândeşte în sutien.

O mică parte din mine îşi dă seama de iritarea fizică şi de faptul că am uitat să-mi pun tampoane pentru sutien înainte să plec — dar dincolo de asta, partea cea mai mare, mult prea mare din mine încearcă disperată să distingă sunetul acela din întuneric. Doar *nu se poate* să fie Freya, nu-i aşa?

— Asta? zice Kate, când sunetul se aude din nou. E doar un pescăruş.

— Eşti sigură? o întreb. Îmi sună ca şi cum...

Mă opresc. Nu pot să le spun a ce-mi sună. O să creadă că sunt nebună.

— Sună ca nişte copii, nu-i aşa? zice Kate. E de-a dreptul ciudat.

Dar apoi plânsetul se aude din nou, de data asta şi mai tare, din ce în ce mai tare, ajungând până la un ţipăt isteric, gâlgâit şi ştiu, în momentul acesta, că nu este niciun pescăruş, că n-are cum să fie.

Îi dau drumul braţului Theei şi încep să alerg prin întuneric, ignorând strigătul lui Kate:

— Isa, *aşteaptă!*

Nu pot să aştept — nu am cum să aştept. Plânsetul Freyei e ca un cârlig în carnea mea şi mă trage inexorabil prin mlaştinile întunecate. Iar acum deja nu mai gândesc, picioarele mele îşi aduc automat aminte cărarea. Sar prin mlaştina închegată ca o crustă înainte să-mi aduc măcar aminte că e acolo. Alerg peste dâmburi şi sar peste şanţurile pline de noroi. Şi în tot acest timp, plânsul înecat al Freyei vine de undeva de deasupra mea — ca dintr-o poveste, ca lumina care îi ispiteşte pe copii să intre în mlaştină, ca sunetul de clopoţei care păcăleşte călătorul neştiutor.

E aproape acum — aud totul, sunetul ascuțit, de sirenă al copilului când ajunge în culmea disperării și apoi oftatul încărcat de salivă care amenință s-o înece, pregătindu-se pentru următorul val de urlete.

— Freya, țip eu. Freya, vin acum!

— Isa, *aşteaptă*! aud din spatele meu vocea lui Kate care aleargă după mine.

Aproape am ajuns. Sar cum pot peste ultimul pârleaz dintre mlaştină şi Estuar şi aud cum rochia împrumutată se rupe şi puțin îmi pasă, apoi totul pare a se încetini, ajungând la un ritm coşmaresc: respirația îmi bate în urechi ca un tunet, pulsul îmi freamătă asurzitor în gât. Căci acolo, în fața mea, nu este Liz, fata din sat, ci un bărbat. Stă pe malul apei, iar silueta lui e un munte de întuneric reflectându-se în apele argintii... şi ține în brațe un copil.

— Hei! țip eu, vocea deja fiindu-mi un urlet de animal. Hei, tu!

Bărbatul se întoarce şi lumina lunii îi cade pe chip, secundă în care inima mi se opreşte în piept. E el. E Luc Rochefort, ținând în brațe un copil — *copilul meu* — ca un scut uman pe trupul lui, cu apele adânci ale Estuarului strălucind în spatele lui.

— Dă-mi-o, reuşesc să rostesc, vocea care iese din mine părându-mi-se străină — un urlet mârâit care îl face pe Luc să facă un pas înapoi, strângând-o şi mai tare pe Freya.

Totuşi, Freya m-a văzut şi-şi întinde mâinile grăsune spre mine, iar chipul ei stacojiu străluceşte în lumina lunii de atâtea lacrimi, atât de furioasă, că nici măcar nu mai reuşeşte să urle, ci doar scânceşte întruna, într-un oftat prelung şi spastic, ca şi cum încearcă să tragă aer în piept pentru un ultim urlet care să distrugă tot în calea ei.

— Dă-mi-o! strig la el şi mă arunc asupra lui şi i-o smulg pe Freya din braţe, simţind-o cum se urcă pe mine ca un mic marsupial, înfigându-şi degetele în gâtul meu, încleştându-şi-le în părul meu.

Fetiţa miroase a ţigări şi a alcool — poate whisky, nu sunt sigură. E *el*. E mirosul lui pe toată pielea ei.

— Cum îndrăzneşti să-mi atingi copilul?

— Isa, zice el. Îşi întinde mâinile spre mine, implorator şi simt duhoarea de alcool din respiraţia lui. N-a fost aşa cum crezi tu...

— N-a fost aşa *cum*? urlu eu, scoasă din minţi.

Lipit de mine, trupul mic şi fierbinte al Freyei se întinde ca un arc, bătând din mâini şi din picioare.

— Ce se întâmplă? aud din spatele meu, iar Kate ajunge îndată cu sufletul la gură, gâfâind, roşie la faţă. Apoi, nevenindu-i să-şi creadă ochilor. *Luc*?

— O ţinea pe Freya, îi zic eu. A *luat-o* pe Freya.

— Ba n-am luat-o! răspunde Luc.

Face un pas înainte şi eu mă chinui să rezist impulsului de a mă întoarce şi a fugi. N-o să-i arăt omului ăstuia că mi-e frică de el.

— Luc, ce mama dracului a fost în capul tău? întreabă Kate.

— N-a fost aşa cum credeţi voi! zice el, ridicând vocea, aproape ţipând.

Apoi, zice iar, mai domol, încercând să se calmeze şi, în acelaşi timp, să ne calmeze şi pe noi:

— N-a fost aşa. M-am întors la Moară să vorbesc cu tine, să-i cer scuze Isei pentru că am fost...

Se opreşte, trage aer în piept, se întoarce spre mine cu o mină aproape imploratoare:

— La poştă. N-am vrut să crezi că... dar am venit aici şi Freya îşi ieşise din minţi... ţipa aşa cum ai auzit-o...

Face un gest spre Freya care e încă roşie ca focul, scâncind, dar ceva mai calm, de data asta, acum, că îmi simte mirosul. E foarte obosită şi simt cum îi cade capul de somn între reprizele de plâns.

— Liz, sau cum o cheamă, intrase în panică, mi-a zis că a încercat să te sune, dar că nu mai avea credit pe telefon şi atunci i-am zis că o duc eu afară pe Freya să ne plimbăm puțin, ca să încerc s-o calmez cât de cât.

— *Ai luat-o*! îi zic eu abia reuşind să articulez. Deja sunt incoerentă din cauza furiei. De unde să ştiu eu că n-aveai de gând s-o târâi după tine prin mlaştină?

— De ce-aş face una ca asta?

Chipul lui e plin de mirare amestecată cu mânie. N-am luat-o s-o duc nicăieri... Moara e aici, n-am încercat decât s-o calmez puțin. Am zis că poate stelele şi noaptea...

— Doamne, Dumnezeule, Luc, îşi iese Kate din fire. Nu asta e ideea. Isa a lăsat copilul în grija lui Liz — nu poți să iei tu situația în mâini, aşa, pur şi simplu.

— Şi ce-o să faci? întreabă el sarcastic. O să suni la poliție? Nu prea cred.

— Luc...

Vocea lui Kate e deja obosită.

— Dumnezeule, scuipă el furibund. Am venit să-mi cer scuze. Am încercat să ajut. Ai zice că măcar o dată — o *singură* dată — învăț şi eu din greşelile mele. Dar nu — voi nu v-ați schimbat, niciuna dintre voi. Ea fluieră şi voi, toate, veniți alergând, ca nişte câini.

— Ce se întâmplă? zice Fatima, venind în urma noastră, cu o Thea uluită atârnând de umărul ei. *Luc*... tu eşti?

— Da, eu sunt, zice Luc.

Încearcă să zâmbească, dar gura i se schimonoseşte şi se transformă în ceva între rânjet şi o expresie pe care o are toată lumea care se străduieşte să nu plângă.

— Îți aduci aminte de mine, Fatima?

— Desigur că-mi aduc aminte, răspunde Fatima pe un ton grav.

— Thea?

— Luc, eşti beat, zice Thea fără ocolişuri şi încearcă să treacă pârleazul fără să cadă.

— Păi numai un bețiv îl recunoaşte pe altul, i-o întoarce Luc, analizându-i hainele pline de noroi şi machiajul întins pe față.

Dar Thea se mulțumeşte să dea din cap, fără ranchiună.

— Mda. Poate că aşa e. Am fost de destule ori pe buza prăpastiei ca să ştiu că tu eşti exact pe muchie în momentul de față.

— Haide în casă, Luc, zice Kate, trezeşte-te din beție şi, dacă ai ceva de zis, ne zici dimineață.

— *Dacă* am ceva de zis?

Luc râde scurt, isteric. Mâinile, pe care şi le trece prin părul lui încâlcit, îi tremură.

— *Dacă*? Ce glumă cretină! Despre ce-ai vrea să vorbim, Kate? Poate ai vrea să avem o discuție plăcută despre tata?

— Luc, taci din gură, zice Kate cu tărie.

Se uită peste umăr şi-mi dau seama, cu un fior pe şira spinării, că nu e imposibil să fie cineva prin preajmă la ora asta din noapte. Oameni care îşi plimbă câinii, oameni care au ieşit de la reuniune, pescarii de noapte...

— Te rog frumos să nu mai faci atâta zgomot, OK? Uite, hai să mergem la Moară şi să discutăm despre asta pe îndelete.

— Ce, nu vrei să ştie lumea? întreabă Luc în bătaie de joc. Îşi pune mâinile pâlnie la gură, mimând o trompetă şi ţipă în noapte: Vreţi să ştiţi cine este responsabil pentru cadavrul din Estuar? Încercaţi aici!

— Ştie? întreabă Fatima cu răsuflarea în gât.

Chipul e alb ca varul. Simt cum mi se întoarce stomacul pe dos şi deodată îmi e la fel de rău ca Theei. Luc *ştie*. A ştiut dintotdeauna. Acum, dintr-odată, toată furia lui are sens.

— *Luc*!

Vocea lui Kate e un soi de şoaptă urlată. Pare scoasă din minţi.

— Dar taci odată, pentru *Dumnezeu*! Gândeşte-te la ce faci! Dacă te aude cineva?

— Mă doare-n cur de cine aude, urlă Luc înapoi cu furie.

Pumnii lui Kate sunt încleştaţi şi pentru o clipă am senzaţia că o să-l lovească. Apoi însă scuipă cuvintele, de parcă ar fi otravă:

— M-am săturat de ameninţările tale. Dispari din viaţa mea şi a prietenelor mele şi să nu cumva să îndrăzneşti să te întorci. Nu vreau să te mai văd aici vreodată.

Nu pot să-i văd faţa lui Luc în întuneric, ci doar pe a lui Kate, dură ca o stană de piatră, plină de frică şi furie.

Luc nu spune nimic. O vreme stă acolo în picioare, uitându-se la Kate şi simt tensiunea dintre ei în care nu mai încap cuvintele — o tensiune la fel de puternică precum legătura de sânge, transformată acum în ură.

În cele din urmă însă, Luc se întoarce şi se îndepărtează, înaintând în întunericul mlaştinii, o siluetă lungă topindu-se în noapte.

— Cu plăcere, Isa, strigă el înapoi, peste umăr, în timp ce dispare în întuneric. În caz că n-am zis. Pentru că am avut grijă de copilul tău — n-a fost mare lucru. Nu m-ar deranja s-o iau din nou, nicio problemă.

Apoi sunetul paşilor lui se atenuează, dispărând în noapte. Şi rămânem singure.

Cum parcurgem ultima bucată de drum până la Moară, nu foarte lungă, încerc să nu las cuvintele lui Luc să-mi intre în minte, dar nu reuşesc. Fiecare pas e ca un ecou al acelei nopți de acum şaptesprezece ani. Câteodată, ce s-a întâmplat atunci pare a fi ceva din alt loc, alt timp, ceva ce nu are nicio legătură cu mine. Dar acum, mergând împleticit prin mlaştină, ştiu că nu e adevărat. Picioarele mele îşi amintesc acea noapte, chiar dacă eu am încercat cu tot dinadinsul să uit, iar pielea mi se înfioară la amintirea nopții aceleia toride.

Vremea e cam ca atunci, insectele încă freamătă prin turbă, aerul cald contrastează puternic cu răceala lunii, iar noi ne croim drum peste pârleazuri şi şanțuri, cu telefoanele aruncând o lumină fantomatică peste chipurile noastre în timp ce verificăm frenetic să vedem dacă nu primim încă un mesaj de la Kate, unul în care să ni se spună ce se întâmplă. Dar nu este nimic — doar acel mesaj, singurul, plin de nelinişte: *Am nevoie de voi.*

Când a venit mesajul, eram gata de culcare, îmi pieptănasem părul în lumina lămpii de citit a Fatimei, în timp ce ea îşi făcea tema la trigonometrie.

S-a auzit un *bip bip*! care a distrus liniştea micuţei noastre camere; Fatima a ridicat imediat capul.

— Al meu sau al tău?

— Nu sunt sigură, i-am zis eu. Am luat telefonul în mână. Al meu, de la Kate.

— Mi-a trimis şi mie un mesaj, a răspuns Fatima, perplexă, apoi, deschizând mesajul, am auzit-o cum a tras brusc aer în piept, în acelaşi timp cu mine.

— Ce vrea să însemne?

Dar ştiam amândouă foarte bine. Erau aceleaşi cuvinte pe care le-am trimis şi eu într-un mesaj în ziua în care tata mi-a dat telefon să-mi spună de cancerul mamei ajuns în metastază şi că deja era o chestiune de timp.

Aceleaşi cuvinte pe care le-a trimis Thea când, din greşeală, s-a tăiat prea adânc şi sângele nu se mai oprea.

Când mama Fatimei s-a răsturnat cu jeepul pe un drum lăturalnic de ţară, într-o zonă rurală periculoasă, când Kate a intrat cu piciorul într-un cui ruginit, venind înapoi acasă într-una din nopţile în care îşi făcea de cap... de fiecare dată, aceleaşi patru cuvinte, iar celelalte au venit ca să fie acolo, pur şi simplu, sau să ajute, s-o ajute pe cea în necaz să se pună iar pe picioare pe cât posibil. De fiecare dată a fost bine sau cât de bine se putea — până a doua zi, mama Fatimei era bine, sănătoasă. Thea a ajuns la camera de gardă cu aceeaşi poveste pe care o spunea de fiecare dată ca să acopere ce s-a întâmplat de fapt. Kate a ajuns acasă, şontâc-şontâc, sprijinită de câte una din noi de-o parte şi de alta, apoi am turnat apă oxigenată pe rană şi am sperat să fie bine.

Între noi, puteam să rezolvăm orice. Ne simţeam invincibile. Numai mama, murind încet într-un spital londonez, ne amintea fiecăreia că, uneori, nu totul se rezolvă.

Unde eşti? i-am trimis mesaj înapoi şi, aşteptând un răspuns, am auzit zgomot de paşi alergând pe scările spiralate de deasupra, apoi Thea intrând năvalnic în cameră.

— Aţi primit şi voi? a întrebat ea, răsuflând sacadat.

— Unde e? a întrebat Fatima.

— E la Moară. Ceva s-a întâmplat... am întrebat-o ce, dar nu mi-a răspuns.

M-am îmbrăcat rapid şi am ieşit pe fereastră, apoi am traversat mlaştina.

Când am ajuns la Moară, Kate ne aştepta în faţa podeţului de peste apă, care ducea spre casă, cu braţele în jurul trupului, şi mi-am dat seama, după expresia de pe chipul ei, chiar înainte să scoată vreun cuvânt, că ceva foarte, foarte rău s-a întâmplat.

Era albă ca varul, cu ochii roşii de plâns, iar faţa îi era brăzdată de sare de la lacrimile uscate.

Thea a început să alerge din momentul în care a dat cu ochii de ea, urmată de mine şi de Fatima, iar Kate a venit spre noi, împiedicându-se pe culoarul îngust de deasupra apei, cu respiraţia întretăiată, încercând să spună:

— S-a întâmplat ceva cu... cu... cu tata.

Kate era singură când l-a găsit. Nu ne-a invitat la ea în weekend, inventând o scuză oarecare când Thea i-a sugerat că poate am putea veni, iar Luc era în sat cu prietenii lui de la Hampton's Lee. Când Kate a ajuns la Moară, cu geanta în mână, a crezut la început că Ambrose nu era acasă, dar era. Stătea pe ponton, pe un scaun, cu o sticlă de vin în braţe şi un bilet în mână, iar la început nu i-a venit să creadă că e mort. L-a târât până la Moară, a încercat să-l resusciteze, respiraţie gură-la-gură şi, după Dumnezeu ştie câte minute în şir în care a implorat şi cerşit milă şi după ce a încercat să-i facă inima să bată din nou, a cedat psihic şi a început să înțeleagă imensitatea a ceea ce tocmai se întâmplase.

„Sunt împăcat cu hotărârea mea", scria pe bilet şi Ambrose chiar arăta împăcat — avea o expresie liniştită, cu capul pe spate, astfel încât toată lumea să creadă că doarme somnul de amiază. *„Te iubesc..."*

La finalul biletului, cuvintele aproape că deveniseră incoerente.

— Dar... dar, de ce şi *cum*? tot întreba Fatima.

Kate nu i-a răspuns. Stătea pe vine, uitându-se la trupul tatălui ei de parcă, dacă s-ar fi holbat aşa suficient de mult, ar fi început să priceapă ce s-a întâmplat, în timp ce Fatima străbătea încăperea în lung şi în lat, iar eu m-am aşezat pe canapea, cu mâna pe spatele lui Kate, încercând, muteşte, să-i spun tot ceea ce nu ştiam cum să exprim în cuvinte.

Kate nu s-a mişcat — şi ea, şi Ambrose erau nemişcați, centrul cocoşat al panicii noastre fără sfârşit, dar aveam sentimentul că nu se mişcă pentru că, până am ajuns noi, deja a plâns până n-a mai avut lacrimi, iar acum nu mai simțea decât disperare şi amorțire.

Thea a fost aceea care a ridicat obiectul ce zăcea pe masa de bucătărie.

— Ce caută asta aici?

Kate n-a răspuns, dar eu am ridicat privirea şi am văzut-o pe Thea ținând ceva care arăta ca o cutie veche de aluminiu, pentru biscuiți, acoperită cu un decor floral delicat. Mi se părea oarecum familiară şi, după o clipă, mi-am dat seama unde am mai văzut-o — de obicei era pe raftul de sus al bufetului din bucătărie, ferită, ascunsă privirii.

Capacul cutiei avea o încuietoare, dar clema subțire din metal fusese deschisă cu forța, parcă de cineva prea tulburat ca să se mai chinuie să găsească cheia, iar când Thea a dat s-o deschidă, nu i-a opus nicio rezistență. Înăuntru era un soi de echipament medical încâlcit, înfășurat într-o legătură veche de piele, iar deasupra câteva bucăți mototolite de folie de plastic între pliurile căreia încă se mai vedeau urme de un soi de pudră albă; o pulbere care s-a lipit de degetele Theei când a atins folia.

— Ai grijă, i-a zis Fatima. Nu știi ce e aia... ar putea fi otravă. Spală-te pe mâini, repede.

Dar, în momentul acela, am auzit-o pe Kate vorbind. N-a ridicat privirea spre noi, ci vorbea din poziția aceea ghemuită, ca și cum i-ar fi vorbit mai degrabă tatălui ei care zăcea întins pe covor dinaintea ei.

— Nu e otravă, a zis ea. E heroină.

— Ambrose? a zis Fatima, nevenindu-i să creadă. Era... era dependent de *heroină*?

Îi înțelegeam neîncrederea. Dependenții de droguri erau inși care zăceau pe străzi, personaje din *Trainspotting*. Nu Ambrose, cu râsul lui și cu vinul lui roșu și cu acea creativitate nestăvilită.

Dar ceva din cuvintele ei mi-a amintit de un lucru — de o frază scrisă deasupra mesei lui de lucru, din studioul de la etajul superior, cuvinte pe care le-am văzut de atâtea ori, dar pe care n-am încercat niciodată să le înțeleg. *Nu ești niciodată un fost dependent de droguri, ci doar un dependent care n-a mai luat o doză de multă vreme.*

Și dintr-odată totul a căpătat sens.

De ce nu l-am întrebat ce înseamnă cuvintele acelea? Pentru că eram tânără? Pentru că eram egoistă și prea plină de mine însămi, încă la vârsta la care numai problemele mele aveau însemnătate?

— Nu se droga, zic eu cu vocea dogită. Nu-i aşa, Kate?

Kate a dat din cap că nu. Nu şi-a ridicat privirea de la tatăl ei, ochii rămânând fixaţi pe chipul lui blând, adormit, dar când m-am dus să mă aşez lângă ea, ea a întins mâna spre a mea, cu vocea atât de scăzută, că ne era greu s-o auzim.

— Lua în facultate, dar cred că a scăpat de sub control abia după ce-a murit mama. Dar s-a lăsat când eu eram mică... şi de atunci, din ce ştiu eu, nu s-a mai drogat niciodată.

— Atunci, de ce..., a încercat Fatima să spună ceva, s-a oprit, însă privirea i s-a îndreptat spre cutia de tablă de pe masă şi Kate şi-a dat seama ce vrea să zică.

— Cred..., a zis ea încet, ca o persoană care încearcă să înţeleagă în timp ce spune. Cred că era un fel de test... A încercat să-mi explice cândva. Nu era destul să nu aibă heroină în casă. Trebuia să se trezească în fiecare zi şi să facă alegerea aceea — de a nu se droga pentru m... mine.

Vocea începuse să-i tremure, dizolvându-se la ultimul cuvânt, aşa că am luat-o în braţe, întorcându-mi faţa de la Ambrose care zăcea acolo liniştit, pe covor, cu picioarele desfăcute, cu pielea lui măslinie palidă ca ceara.

De ce? voiam să întreb. *De ce?*

Dar cumva, nu eram în stare să rostesc cuvintele.

— Oh, Dumnezeule mare, a exclamat Fatima.

S-a lăsat pe braţul canapelei, faţa devenindu-i cenuşie. Ştiu că se gândea, la fel ca mine, la ultima dată când l-am văzut pe Ambrose, la picioarele lui lungi întinse pe masa din faţa ferestrelor Morii, zâmbind în timp ce ne desena cum ne jucam în apă. Fusese cu doar o săptămână în urmă, şi totuşi nu văzusem nimic în neregulă. Niciun indiciu de ce avea să vină.

— E mort, a zis ea apăsat, ca şi cum încerca să se convingă de faptul în sine. Chiar e mort.

Cu aceste cuvinte, începeam să înțelegem toate patru realitatea situației în care ne aflam şi am simțit un fior rece coborându-mi pe spinare, arzându-mi pielea, ca şi cum trupul meu încerca să mă țină aici, acum, în prezent.

Fatima şi-a ascuns fața în mâini şi a început să se legene vizibil şi, pentru o clipă, am crezut că o să leşine.

— De ce? a întrebat ea iar, înecându-se. De ce să facă una ca asta?

Am simțit cum Kate a tresărit lângă mine, ca şi cum întrebările Fatimei o loveau exact unde durea mai rău.

— Nu ştie, m-am răstit eu la ea. Nu ştie niciuna dintre noi. Încetează cu întrebările, bine?

— Cred că trebuie să beau ceva, a zis Thea deodată şi a deschis sticla de whisky pe care Ambrose o lăsase pe masa de bucătărie şi şi-a turnat un pahar pe care l-a dat peste cap.

— Kate?

Kate a ezitat, apoi i-a făcut semn că da şi Thea a mai turnat încă trei pahare, după care şi l-a reumplut pe-al ei. Nu m-aş fi gândit să beau, voiam mai degrabă o țigară, dar nu ştiu cum s-a făcut că, în momentul în care am dus paharul la gură, m-am trezit că beau alcoolul tare cu înghițituri mari, simțind cum îmi arde gâtlejul ca acidul şi — cumva — atenua ceea ce se întâmpla, difuzând realitatea faptului că Ambrose zăcea acolo pe covor, în fața noastră: *mort*.

— Ce facem? a întrebat Fatima după ce s-au golit paharele. Culoarea începuse să-i revină în obraji. A pus paharul jos, trântindu-l uşor de masă, căci mâna îi tremura. Sunăm la poliţie sau la salvare?

— La niciuna, a zis Kate cu duritate.

A urmat o tăcere şocată şi ştiam că pe faţa mea trebuie să fi fost aceeaşi expresie de neînţelegere şi mirare pe care am văzut-o zugrăvită pe chipul celorlalte.

— *Poftim*? a zis Thea în cele din urmă. Ce vrei să spui?

— Nu pot să spun nimănui, a zis Kate cu încăpăţânare. Şi-a mai turnat încă un pahar şi l-a dat peste cap. Nu pricepeţi? Am stat aici de una singură de când l-am găsit ca să încerc să mă gândesc la o soluţie, dar dacă află cineva că a murit...

Se opreşte şi-şi pune mâinile pe pântece de parcă ar fi fost înjunghiată şi încearcă să oprească sângerarea dintr-o rană cumplită, însă apoi s-a forţat să continue:

— Nu se poate să afle nimeni despre asta.

Vocea îi era mecanică, de parcă ar fi spus nişte cuvinte învăţate pe de rost, pe care şi le-a repetat iar şi iar.

— Nu pot. Dacă se află că a murit înainte să împlinesc şaisprezece ani, o să fiu trimisă în grija statului. Mi-aş putea pierde casa, pe lângă faptul că... că...

S-a întrerupt şi atunci am văzut în ea pe cineva care se chinuia din răsputeri să nu cedeze psihic, cineva care ar putea claca în orice moment. Dar nu era nevoie să spună, ştiam toate ce voia să zică.

Pe lângă faptul că şi-a pierdut singurul ei părinte, pe tatăl ei.

— E... e doar o casă..., a zis Fatima, ezitând, dar Kate a dat din cap.

Şi adevărul e că *nu* era *doar* o casă. Era Ambrose, de la tablourile din studioul lui, până la petele de vin de pe scândurile negre ale podelei. Şi era legătura lui Kate cu noi. Dacă ar fi fost trimisă la cine ştie ce casă de plasament de undeva, departe, ar fi pierdut totul. Nu doar pe tatăl ei, ci şi pe Luc. N-ar mai fi avut pe nimeni.

Mi se pare... Dumnezeule, uitându-mă în urmă, nu mi se pare doar o mare prostie, dar şi o *infracţiune*. La ce ne gândeam? Dar răspunsul era că atunci... ne gândeam la Kate.

Nu mai puteam face nimic ca să-l readucem pe Ambrose la viaţă. Şi chiar şi acum, cântărind alternativele — plasament pentru Kate, Moara luată de bancă... chiar şi acum, are sens oarecum. Era atât de *nedrept*! Dacă nu-l puteam ajuta pe el, măcar s-o fi ajutat pe Kate.

— Nu puteţi spune nimănui că a murit, a insistat Kate. Vocea îi era distrusă. Vă rog, juraţi-mi că n-o să spuneţi nimănui.

Am dat din cap, pe rând, fiecare. Dar fruntea Fatimei era încruntată, vădind îngrijorare.

— Deci... ce facem? a întrebat ea nesigură. Nu putem... nu putem să-l lăsăm *aici*, pur şi simplu.

— Îl îngropăm, a zis Kate.

A urmat din nou tăcere, şocul cuvintelor ei lovindu-ne încet. Îmi aduc aminte de răceala mâinilor mele, în ciuda căldurii nopţii. Îmi aduc aminte cum m-am uitat la chipul alb, disperat, al lui Kate şi m-am gândit: *cine eşti?*

Dar, din momentul în care a rostit acele cuvinte, cumva ele au început să se cristalizeze şi să ne arate singura cale de acţiune posibilă. Ce alternativă aveam?

Acum, privind în urmă, îmi vine să-mi dau palme — copilul orb, egoist şi beat care eram, luat de valul unui plan atât de cretin, încât, cumva, părea a fi singura cale de ieşire. Ce alte posibilităţi aveam? Desigur, vreo sută de alte posibilităţi, toate mai bune decât să ascundem un deces şi să pornim într-o viaţă plină de minciuni şi înşelăciuni.

Dar, în noaptea aceea toridă de vară, când Kate a rostit acele cuvinte şi noi stăteam în jurul trupului mort al lui Ambrose, uitându-ne una la cealaltă, niciuna din posibilităţile acelea nu ni se părea în regulă.

— Thea? a întrebat Kate şi Thea a dat încet din cap, nesigură şi şi-a luat faţa în mâini.

— Se pare că... că e singura cale.

— Nu se poate să fie singura, a intervenit Fatima, dar fără convingere, a zis-o mai mult ca cineva care încearcă să se împace cu o situaţie pe care o ştie adevărată, dar pe care nu se poate convinge s-o accepte. Nu se poate să fie singura soluţie. *Trebuie* să fie altă cale. Nu putem face altceva? Să strângem nişte bani?

— Dar nu e vorba doar de bani aici, nu-i aşa? a zis Thea, trecându-şi mâinile prin păr. Kate are cincisprezece ani. N-o să fie lăsată să locuiască singură.

— Dar e nebunie curată ce facem, i-a răspuns Fatima cu disperare în voce în timp ce ne privea pe rând. Kate, te rog, lasă-mă să sun la poliţie.

— Nu, i-a întors-o Kate cu asprime.

S-a întors spre Fatima, iar pe faţă i se citea un amestec ciudat de implorare disperată şi încăpăţânare.

— Uite ce e, nu-ţi cer să mă ajuţi, dacă simţi că nu poţi, dar te rog, *te rog,* nu spune nimic poliţiei. O s-o fac, îţi jur. O să-l dau dispărut. Dar nu acum.

— Dar e *mort*! i-a zis Fatima începând să plângă şi, în momentul în care a spus-o, ceva din Kate a părut să se rupă şi a apucat-o pe Fatima de încheietură, ca şi cum era cât pe ce s-o lovească..

— Tu crezi că eu nu ştiu asta? a ţipat ea.

Disperarea din vocea ei şi din expresia chipului ei... sper să nu ajung să mai văd vreodată o ființă trecând prin aşa ceva.

— Din motivul ăsta singura cale de salvare e... e..., a îngăimat Kate.

Pentru o clipă am crezut că o să-şi piardă complet controlul — şi, într-un fel, ar fi fost o uşurare s-o vedem țipând şi urlând, răzvrătindu-se împotriva a ceea ce i s-a întâmplat şi a felului în care propria-i existență a fost atât de greu lovită.

Dar, cu mare efort, a stăpânit furtuna care trecea prin ea, iar fața ei, în momentul în care i-a dat drumul Fatimei, era calmă.

— Mă ajutați sau nu? ne-a întrebat ea.

Şi, pe rând, întâi Fatima, apoi Thea şi, la urmă, eu am dat din cap.

Am fost respectuoase... sau cât de respectuoase puteam fi în situația asta. Am înfăşurat trupul în folii de copertină şi l-am dus cât de departe am putut, într-un loc în care lui Ambrose îi plăcea să deseneze, un promontoriu la câțiva metri de Estuar, înspre mare, unde era cea mai frumoasă panoramă din zonă, unde cărarea dispărea în ape şi unde nicio maşină nu putea ajunge, unde veneau foarte puțini oameni, poate doar cei care mai plimbau din când în când câte un câine sau pescarii cu bărcile şi plasele lor.

Acolo, în stufăriş, am săpat cu rândul o groapă până când brațele ne dureau şi spinările noastre urlau, şi l-am împins pe Ambrose în mormânt.

Asta a fost partea cea mai urâtă. Nu l-a coborât nimeni în mormânt uşor, cu demnitate... n-aveam cum.

Era prea greu, chiar şi pentru toate patru la un loc, iar groapa era prea îngustă şi prea adâncă. Sunetul pe care l-a făcut în momentul în care a atins fundul umed şi argilos al mormântului a fost ca un soi de plescăit. Încă îl mai aud, în visele mele.

A căzut cu faţa în jos, complet ţeapăn, iar în spatele meu am auzit-o pe Kate plângând cu sughiţuri, încercând să respire, apoi a căzut în genunchi în nisip, îngropându-şi faţa în mâini.

— Haideţi să-l acoperim, a zis Thea, cu duritate. Daţi-mi lopata!

Poc! Sunetul nisipului ud căzut pe un mormânt închipuit. *Poc! Poc!*

După ce am terminat, se azeau doar zgomotul valurile care se lovesc de mal şi oftatul teribil, fără lacrimi, al lui Kate, amintindu-ne de ceea ce făceam.

În sfârşit, groapa era acoperită, iar fluxul a crescut într-atât încât a acoperit urmele pe care le-am făcut, netezind urmele chinuite ale paşilor noştri prin noroi şi rana, acum o cicatrice, pe care o tăiaserăm în ţărm. Ne-am întors mergând impleticit, cărând în braţe copertina, ţinând-o pe Kate între noi, mergând înspre viaţa nouă pe care aveam s-o începem din momentul acela, cu conştiinţa clară a ceea ce făcuserăm.

Câteodată, când mă trezesc noaptea din vis, în sunetul unei lopeți scrâşnind pe şisturi, încă nu-mi vine să cred. Mi-am petrecut atât de mult timp fugind de amintiri, alungându-le din viața mea, înecându-le în băutură şi în rutină şi în viața de zi cu zi!

Cum? Cuvântul îmi răsună şi acum în urechi. *Cum* ai putut să faci una ca asta? *Cum* de te-ai gândit că e bine ce faci? *Cum* de ți-a dat prin cap că asta e soluția problemei cumplite a lui Kate?

Şi, mai ales, înainte de toate, *cum* ai rezistat să trăieşti cu această amintire pe conştiință, cu amintirea unei asemenea prostii comise la beție şi panică?

Dar, la vremea aceea, un alt cuvânt mi-a răsunat în cap în noaptea aceea, în timp ce fumam şi beam şi plângeam pe canapeaua lui Kate, ținând-o în brațe, în timp ce luna se ridica pe cer şi mareea spăla dovezile a ceea ce făcuserăm.

De ce?

De ce a făcut-o Ambrose?

Am aflat în dimineața următoare.

Plănuiserăm să stăm tot weekendul, să avem grijă de Kate, să-i ținem de urât, să fim acolo cu ea în jalea ei, dar când ceasul care atârna între cele două ferestre a bătut ora patru, Kate şi-a stins ţigara şi şi-a şters lacrimile.

— Ar trebui să plecaţi.

— Poftim? a întrebat Fatima ridicându-şi privirea din pahar. Kate, nu!

— Ba da, ar trebui să plecaţi. Nu aţi semnat de ieşire şi, oricum, e mai bine să nu fiţi... să nu...

S-a oprit. Dar ştiam ce voia să spună şi avea dreptate şi, cum au venit zorii peste mlaştini, am pornit la drum, cu picioarele tremurânde, îngreţoşate de vin şi uluială, cu mâinile şi picioarele încă durându-ne, dar parcă inima ne durea şi mai tare ştiind că o lăsăm pe Kate ghemuită într-un colţ pe canapea, albă ca varul.

Era sâmbătă, ceea ce însemna că, în momentul în care ne-am băgat în pat, după ce am tras draperiile peste geamuri ca să nu intre lumina dimineţii, nu m-am mai deranjat să pun alarma să sune. Nu avea să fie niciun apel pentru micul dejun sâmbăta, nimeni care să ne înscrie în registru şi într-o zi ca asta chiar era bine să sari peste masa de dimineaţă şi să te duci doar la prânz; sau puteam să ne facem pâine prăjită în camera comună a celor din ultimul an, la prăjitorul care era unul din privilegiile celor din anul cinci.

În ziua aceea însă, nu am avut ocazia să stăm în pat până târziu. Am auzit bătaia în uşă devreme, urmată rapid de sunetul cheii de la uşa dormitorului nostru pe care o deţinea domnişoara Weatherby, iar când a năvălit în cameră, cu paşi apăsaţi şi a tras draperiile de pe geamuri, eu şi Fatima încă eram întinse sub păturile noastre roşii din pâslă, clipind somnoroase şi ameţite.

N-a zis nimic, dar ochii ei şireţi analizau fiecare amănunt — blugii plini de nisip aruncaţi pe scaunul unde i-am lăsat, sandalele încărcate cu noroi din mlaştină, petele de vin roşu de pe buze şi duhoarea de prune fermentate care ne ieşea prin pori şi pe care n-aveai cum s-o confunzi cu altceva, era clar mahmureala atroce a două adolescente...

Fatima, pe patul de lângă mine, se chinuia să se ridice în capul oaselor, dându-şi părul de pe faţă, clipind des în lumina nemiloasă a dimineţii. M-am uitat la ea, apoi la domnişoara Weatherby şi am simţit că inima începe să mi-o ia la galop. Ceva nu era în regulă.

— Ce se întâmplă? a întrebat Fatima.

Vocea i s-a tulburat puţin în timp ce rostea cuvintele şi am simţit cum îngrijorarea îi creştea în acelaşi ritm cu a mea. Domnişoara Weatherby a clătinat din cap.

— Să fiţi în biroul meu în zece minute, a zis ea scurt.

Apoi s-a întors pe călcâie, lăsându-ne pe mine şi pe Fatima să ne holbăm una la alta, îngrozite, incapabile să scoatem un cuvânt, lăsând între noi întrebări nerostite.

Ne-am îmbrăcat în timp record, deşi degetele, în timp ce-mi încheiam nasturii de la cămaşă, îmi tremurau de frică şi mahmureală. Nu aveam timp să facem duş, dar şi eu şi Fatima ne-am dat cu apă pe faţă şi ne-am spălat pe dinţi, eu sperând să scap de gustul de ţigări din gură, încercând să nu vomit în momentul în care periuţa mi-a scăpat din degetele tremurânde, alunecând spre gât şi întorcându-mi stomacul pe dos.

În sfârşit, după un timp ce mi s-a părut interminabil, eram gata şi am ieşit încet din cameră. Inima îmi bătea atât de tare, că n-am auzit paşii care veneau pe scări, de la etaj. Thea se grăbea să coboare, cu faţa albă ca varul, cu unghiile mâncate până în carne.

— Weatherby? a întrebat ea, iar Fatima a dat scurt din cap că da, cu ochii ei negri înecați în frică. Ce-ați..., a încercat Thea să zică.

Dar eram deja pe palier şi un grup de fete din anul întâi se uitau la noi curioase, întrebându-se ce căutăm la ora aceea pe coridor, cu fețele albe şi mâinile tremurânde.

Fatima a clătinat din cap, cu un soi de expresie bolnavă pe chip şi ne-am grăbit să trecem de ele, ceasul din holul principal bătând ora nouă chiar în clipa în care am ajuns în pragul biroului domnişoarei Weatherby.

Ar fi trebuit să stabilim ce poveste să spunem toate, m-am gândit eu cu disperare, dar nu mai aveam timp de aşa ceva. Chiar dacă n-a bătut niciuna la uşă, trecuseră exact zece minute de când fuseserăm convocate, iar din spatele uşii se auzea cum domnişoara Weatherby îşi aduna stilourile şi-şi dădea scaunul în spate...

Mâinile îmi erau reci şi-mi tremurau de adrenalină şi, lângă mine, o vedeam pe Fatima arătând de parcă avea să i se facă rău sau să leşine.

Thea arăta extrem de hotărâtă, precum cineva aflat pe punctul de a porni la bătălie.

— Nu ziceți nimic de bunăvoie, ne-a spus ea printre dinți, în momentul în care clanța uşii s-a mişcat. Ați înțeles? Răspundeți cu da sau nu. Nu ştim nimic despre Am...

În acel moment, uşa s-a deschis brusc şi noi am fost poftite înăuntru.

— Ei bine?

Atât, două cuvinte. Ne-am aşezat în faţa domnişoarei Weatherby şi simţeam cum îmi ard obrajii, nu tocmai de ruşine, dar pe aproape. Lângă mine, la stânga, Thea se uita pe fereastră. Avea chipul palid şi o expresie de plictiseală, o mină prefăcută, pentru lume, ca şi cum ar fi fost chemată să discute despre etichete şi bastoane de hochei pierdute, dar o vedeam cum degetele i se mişcă febrile sub mâneca de la cămaşă, smulgând fără milă pieliţa uscată din jurul unghiilor.

Fatima, în dreapta mea, nu încerca să pretindă că e calmă şi nepăsătoare. Avea aceeaşi expresie şocată pe care o simţeam şi eu pe chipul meu, era lăsată în scaun, cocoşată, ca şi cum ar vrut să intre în pământ, să dispară. Părul îi era căzut pe faţă, de parcă ar fi încercat să-şi ascundă frica, şi privea în jos, refuzând să se uite în ochii domnişoarei Weatherby.

— Ei bine? a întrebat domnişoara Weatherby din nou, cu furie parcă în voce, apoi a făcut un semn de dispreţ spre una dintre hârtiile de pe biroul ei.

M-am uitat insistent la celelalte, aşteptând ca ele să spună ceva, dar n-a zis niciuna nimic, iar eu am simţit un nod în gât.

— Noi n-am... n-am făcut nimic rău, am zis eu, dar vocea îmi tremura şi am rostit cu greu ultimul cuvânt, pentru că *făcuserăm* ceva, doar că nu ce credea ea.

Erau desene — cu mine, cu Thea, cu Fatima, cu Kate, întinse pe lemnul lăcuit al biroului într-un mod în care mă făcea să mă simt goală şi expusă aşa cum nu mă simţisem niciodată când ne desena Ambrose.

O imagine a Theei înotând în Estuar, întinsă pe spate, cu braţele leneşe deasupra capului. Apoi Kate, gata să sară de pe ponton, o dâră lungă şi subţire de carne albă pe fundalul de azur al mării de acuarelă. Apoi Luc, bronzându-se gol pe ponton, cu ochii închişi, cu un zâmbet molcom. Apoi toţi cinci făcând baie goi în lumina lunii, o încrengătură de mâini şi picioare, de râsete şi voioşie, umbre şi lumini strălucitoare în tuşe de creion...

Le-am văzut pe toate, de la prima la ultima şi, cu fiecare schiţă, scenele îmi reveneau în minte, sărind de pe hârtie direct dinaintea mea, clare şi proaspete de parcă am fi fost acolo: simţind răceala apei, căldura soarelui pe piele...

Ultima schiţă, cea mai aproape de mâna domnişoarei Weatherby, era cu mine.

Am simţit cum mi se strânge gâtul şi îmi ard obrajii.

— *Ei bine*? a zis domnişoara Weatherby din nou, de data asta cu vocea tremurând de nervi.

Desenele fuseseră alese, asta era clar. Dintre sutele de desene şi schiţe pe care ni le făcuse Ambrose, cu noi în pijamale pe canapea sau mâncând pâine prăjită în halate în jurul mesei lui sau plimbându-ne, în cizme şi cu mănuşi peste câmpurile îngheţate, persoana care i le trimisese alesese exemplele cele mai incriminatoare — cele în care eram goi sau în care păream a fi goi.

M-am uitat la un desen în care eram eu, aplecată, vopsindu-mi unghiile de la picioare, cu spinarea arcuită şi cutele de piele trasate cu o asemenea grijă, încât părea că poţi să le atingi şi să le vezi aievea. În ziua aceea purtam o bluză pe gât, fără mâneci. Îmi aduc aminte de ea — căldura de pe şira spinării, nodul bluzei care îmi intra în carnea gâtului, mirosul tăios al ojei roz care îmi intra în nări când îmi dădeam cu pensula pe fiecare unghie.

Dar în pictură stăteam cu spatele la privitor, cu părul de pe gât ascunzând bretelele bluzei. Nu fusese aleasă pentru ce era, ci pentru cum arăta. Fusese aleasă cu grijă.

Cine a făcut asta? Cine ar fi vrut să-l distrugă pe Ambrose în felul ăsta şi pe noi odată cu el?

Nu înţelegi, am vrut eu să-i zic. Ştiam ce gândeşte — ce-ar gândi oricine văzând aceste desene, dar greşea. Atât de tare, atât de cumplit de tare!

N-a fost *aşa*, voiam eu să plâng.

Dar n-am zis nimic. N-am zis nimic când domnişoara Weatherby ne-a ţinut o predică lungă despre responsabilitatea personală şi comportamentul unei fete de la Salten şi ne-a întrebat, iar şi iar şi iar, cine făcuse acele desene.

N-am zis nimic.

Domnişoara Weatherby trebuie să fi ştiut. Nu era nimeni care să poată desena aşa, poate cu excepţia lui Kate. Dar Ambrose rar îşi semna schiţele şi probabil că s-a gândit că dacă ar fi putut s-o convingă pe vreuna dintre noi să recunoască...

— Foarte bine, atunci; unde aţi fost azi-noapte? ne-a întrebat ea în cele din urmă.

N-am zis nimic.

— Nu aveați voie să părăsiți școala și, cu toate acestea, ați ieșit din internat fără să aveți permisiunea s-o faceți. Ați fost văzute, să știți.

N-am zis nimic. Stăteam acolo înșiruite, retrase în muțenie. Domnișoara Weatherby și-a încrucișat brațele și, pe măsură ce tăcerea nesuferită continua, le simțeam pe Fatima și Thea aruncând câte o privire în direcția mea și știam la ce se gândeau. Ce înseamnă toate astea și cât de mult o să putem s-o ținem tot așa?

O bătaie în ușă a tulburat liniștea adâncă, făcându-ne să tresărim și să întoarcem capetele brusc, în același timp, spre ușa care se deschidea, pe ea intrând domnișoara Rourke cu o cutie în mână.

A făcut un semn din cap către domnișoara Weatherby, apoi a răsturnat conținutul cutiei pe masa din fața noastră, moment în care Thea a rupt tăcerea, strigând plină de furie:

— Ne-ați căutat prin camere! *Ticăloase* nenorocite ce sunteți!

— Thea! a tunat domnișoara Weatherby.

Dar era prea târziu. Toată contrabanda patetică — plosca de pus la brâu a Theei, țigările mele și bricheta și iarba lui Kate înfășurată în hârtie, jumătatea de whisky pe care Fatima o ținea sub saltea, pachetul de prezervative, exemplarul din *Povestea lui O* și toate celelalte — toate erau răspândite acum pe birou, acuzându-ne.

— Nu am de ales, a zis domnișoara Weatherby cu asprime sumbră. O să-i duc toate astea domnișoarei Armitage. Și, având în vedere că mare parte din toate acestea au fost descoperite în vestiarul lui Kate Atagon, unde este ea?

Tăcere.

— Unde este Kate Atagon? a strigat domnişoara Weatherby atât de tare că am clipit speriată şi mi-au dat lacrimile.

— N-avem nici cea mai vagă idee, a zis Thea cu dispreț, întorcându-şi privirea de la fereastră şi oprindu-se asupra domnişoarei Weatherby. Şi faptul că nici dumneavoastră nu ştiți spune multe despre şcoala asta, nu credeți?

A urmat o pauză lungă.

— Ieşiți afară, a zis domnişoara Weatherby în cele din urmă, şuierând ultimele cuvinte printre dinți. Ieşiți afară! O să vă duceți înapoi în camerele voastre şi o să stați acolo până trimit eu după voi. Veți primi prânzul în camere. N-o să vorbiți cu niciuna dintre celelalte fete, iar eu o să le dau telefon părinților voştri.

— Da..., a încercat Fatima să spună cu vocea tremurând.

— Ajunge! a țipat domnişoara Weatherby şi dintr-odată mi-am dat seama că şi ea era la fel de tulburată ca şi noi.

Totul se întâmplase sub nasul ei, orice ar fi însemnat acel „totul" şi avea să fie atârnată şi ea în acelaşi ştreang cu noi.

— Ați avut şansa să vorbiți şi, de vreme ce nu v-ați deranjat să-mi răspundeți la întrebări, nici eu nu voi răspunde, sub nicio formă, obiecțiilor voastre. Mergeți în camerele voastre şi gândiți-vă la comportamentul vostru şi la ce-o să le spuneți domnişoarei Armitage şi părinților voştri când va trimite după ei, pentru că nu am nicio îndoială că asta va face.

S-a dus lângă uşă, a ținut-o deschisă larg, mâna tremurându-i pe clanță, deşi abia perceptibil, ca să ieşim noi, târându-ne picioarele, una după alta, în continuare fără să scoatem un cuvânt şi uitându-ne una la cealaltă.

Ce s-a întâmplat acolo? Cum au ajuns desenele acelea în mâinile celor de la internat? Şi ce *anume* făcuserăm?

Nu ştiam, dar un lucru era sigur. Orice s-ar fi întâmplat, lumea noastră avea să se prăbuşească în curând, iar pe Ambrose ni-l luase deja.

E târziu. Draperiile, mă rog, ce draperii mai avea încă Moara, sunt trase pe ferestre. Liz a plecat acasă de câteva ore, luată de tatăl ei şi, abia după ce Kate a încuiat uşa de la Moară pentru prima dată de când mă ştiu, le-am zis despre conversația cu Jess Hamilton.

— De unde *ştiu* ei toate astea? a întrebat Fatima disperată.

Stăm împreună pe canapea, eu cu Freya în brațe. Thea fumează țigară după țigară, aprinzând una de la chiştocul celeilalte, trimițând fum spre noi, dar nu pot să-i spun să se oprească.

— Aşa cum află oamenii, în genere, zice ea iritată.

Picioarele ei, ghemuite lângă şoldul meu, sunt reci gheață.

— Dar, insistă Fatima, am crezut că singurul motiv pentru care am fost de acord să plecăm la mijlocul semestrului a fost ca să nu se afle. Nu de asta am plecat?

— Nu ştiu, zice Kate obosită. Dar ştii cum e cu bârfele la şcoală — poate că vreo profesoară în vârstă i-a spus vreunei fete... sau poate a aflat vreun părinte.

— Ce s-a întâmplat cu desenele? întreabă Thea.

— Cele pe care le-a găsit şcoala? Sunt sigură că au fost distruse. Nu-mi pot închipui că domnişoara Armitage voia să le aibă la îndemână, ca să nu le găsească cineva.

— Şi celelalte? întreb eu. Cele pe care Ambrose le avea aici?

— Le-am dat foc, zice Kate, fără să mai lase loc de discuţie, dar e ceva în privirea ei, felul în care ochii îi strălucesc când vorbeşte, că nu sunt absolut sigură că spune adevărul.

La vremea aceea, Kate a fost cea care a salvat situaţia — atât cât mai putea fi salvată. Când a apărut, duminică după-masă, palidă, dar liniştită, domnişoara Weatherby o aştepta şi Kate a fost condusă direct în biroul directoarei de unde n-a mai ieşit vreme îndelungată.

Când a ieşit, ne-am adunat în jurul ei, bombardând-o cu întrebări, dar ea doar a clătinat din cap şi ne-a făcut semn să mergem spre turn. *Aşteptaţi*, zicea semnalul ei. *Aşteptaţi până suntem singure.*

Şi apoi, când în sfârşit am fost singure, ne-a povestit totul, în timp ce-şi făcea geamantanul pentru ultima dată.

Le spusese că desenele erau făcute de ea.

Nu ştiu nici în ziua de azi dacă domnişoara Armitage a crezut-o sau dacă s-a hotărât, în absenţa altor dovezi clare care să indice contrariul, să accepte o minciună care avea să genereze mai puţin scandal. Erau desenele lui Ambrose şi oricine avea ochi putea să zică asta. Stilul lui Kate — stilul ei natural — era complet diferit: mai liber, mai fluid, dar fără aplecarea lui Ambrose asupra fineţii detaliului.

Dar când îşi punea mintea, Kate putea să imite perfect stilul tatălui ei şi probabil că le-a arătat ceva care i-a convins — poate schița unui desen din birou. Nu știu. N-am întrebat niciodată. Au crezut-o sau au zis că o cred și asta a fost de-ajuns pentru noi.

Trebuia să plecăm — de asta nici nu mai încăpea discuție. Ieșirea din internat fără permisiune, alcoolul și țigările din camere, toate astea erau destul de explozive; erau, cu siguranță, suficiente motive ca să ne exmatriculeze. Dar desenele, chiar și după confesiunea lui Kate, dădeau un plus de nesiguranță nucleară întregii povești.

În cele din urmă, am făcut pactul tăcerii. Mesajul era în felul următor: să plecăm cuminți, fără să fim exmatriculate și să pretindem că nimic din toate astea nu s-a întâmplat. Pentru binele tuturor.

Ceea ce am și făcut.

Terminaserăm examenele și mai aveam câteva săptămâni până începea vacanța de vară, dar domnișoara Armitage nu mai putea aștepta până atunci. S-a terminat surprinzător de repede — am dispărut, toate patru, în mai puțin de douăzeci și patru de ore, înainte de weekend, mai întâi Kate, care și-a împachetat catrafusele și le-a trântit într-un taxi, cu o expresie de stoicism pe chipul alb ca varul, apoi Fatima, palidă și înlăcrimată, pe bancheta din spate a mașinii unchiului și mătușii ei. Apoi Thea, cu tatăl ei cumplit de zgomotos și jovial și, în sfârșit eu, tristă și suptă la față, aproape de nerecunoscut.

Tata n-a zis nimic. Dar tăcerea lui în timpul călătoriei lungi, lungi de tot, cu mașina înapoi la Londra a fost aproape cel mai greu de îndurat.

Ne-au împrăștiat, ca pe niște păsări — Fatima și-a îndeplinit dorința, în cele din urmă și a plecat în Pakistan unde părinții ei își terminau ultimul stagiu. Thea a fost trimisă în Elveția, la o instituție undeva între pension şi şcoală de corecţie, un loc cu pereţi înalţi şi gratii la ferestre şi cu un regulament sever împotriva „tehnologiei personale" de orice fel. Eu am fost trimisă în Scoţia la un internat atât de îndepărtat, că avusese cândva propria gară, înainte ca Beechingul să fie închis.

Kate a fost singura care a rămas în Salten şi, acum, îmi dau seama că Moara a fost pentru ea o închisoare la fel de bună ca pensionul Theei, atâta doar că gratiile de la ferestre erau cele închipuite de noi înşine.

Eu i-am scris săptămânal, dar ea îmi răspundea sporadic, mesaje scurte, lipsite de interes, dovezi ale unei lupte nesfârşite de a trăi de pe-o zi pe alta şi ale singurătăţii ei fără noi. A vândut tablourile tatălui ei, iar când s-au terminat, a început să le falsifice. Am văzut odată un tablou într-o galerie din Londra care ştiam foarte bine că nu era făcut de Ambrose.

Tot ce ştiam despre Luc era că se întorsese în Franţa — Kate locuia singură, numărând săptămânile până împlinea şaisprezece ani, evitând nesfârşitele întrebări despre dispariţia tatălui ei, despre faptele lui şi dându-şi seama că, încet, încet, absenţa lui în sine transforma suspiciunile vagi asupra păcatelor lui, într-o certitudine clară a fărădelegii de care se făcea vinovat.

I-am scris de ziua ei, când a împlinit şaisprezece ani, i-am trimis toată dragostea noastră şi, de data asta, mi-a răspuns.

„Am şaisprezece ani", mi-a scris în epistola ei. *„Şi ştii la ce m-am gândit când m-am trezit dimineaţă? Nu m-am gândit la cadouri sau la felicitări, pentru că n-am primit nimic din toate astea. M-am gândit că, în sfârşit, pot să anunţ la poliţie că tata a dispărut."*

Ne-am mai întâlnit o singură dată, toate patru şi asta a fost la înmormântarea mamei mele, într-o zi cenuşie de primăvară în anul în care am împlinit optsprezece ani.

Nu mă aşteptam ca ele să vină. Am sperat, trebuie să recunosc. Le-am trimis e-mailuri şi le-am zis ce s-a întâmplat şi ziua şi ora înmormântării, dar fără niciun fel de explicaţii. Dar când am ajuns la crematoriu cu maşina, cu tata şi fratele meu, le-am găsit acolo, un mic grup de siluete negre în ploaie, lângă poartă. În momentul în care maşina şi-a croit drum încet spre crematoriu, şi-au ridicat capetele, urmând cu privirea dricul, cu o asemenea compasiune în ochi, că am simţit cum mi se frânge inima şi, dintr-odată, mi-am dat seama că degetele mele căutau amorţite mânerul de la portieră, am auzit scrâşnetul roţilor pe pietriş în timp ce şoferul călca iute pe frână, iar eu m-am grăbit să mă dau jos din maşină.

— Îmi pare tare rău, l-am auzit pe şofer spunând. Aş fi oprit... n-am ştiut că îi e...

— Nu vă faceţi probleme, a zis tata, pe un ton obosit. Mergeţi mai departe. O să vină singură.

Şoferul a pornit din nou motorul şi au dispărut în ploaie pe şoseaua care ducea spre crematoriu.

Nu-mi aduc aminte ce mi-au spus, îmi aduc aminte doar că am simţit braţele lor în jurul meu, răceala ploii curgându-mi pe faţă, ascunzându-mi lacrimile. Am simţit că sunt cu singurii oameni care pot să umple prăpastia care tocmai se căscase în mine, că eram acasă.

A fost ultima dată în cincisprezece ani când am fost toate patru împreună.

— El ştie?

Vocea Theei, răguşită de la fumul de ţigări, rupe în cele din urmă tăcerea din încăperea în care stăteam şi ne gândeam, în vreme ce lumânările ardeau aproape de capăt, iar afară mareea crescuse şi acum se retrăgea încet-încet.

Kate, care se uita pe fereastră la apele întunecate ale Estuarului, îşi întoarce brusc capul.

— Cine ce să ştie?

— Luc. Adică e clar că ştie ceva, dar cât de mult? I-ai spus ce s-a întâmplat în noaptea aceea, ce-am făcut?

Kate oftează, apoi îşi stinge ţigara într-o farfurie. Apoi scutură din cap.

— Nu, nu i-am spus. N-am spus niciodată nimănui. Ce-am... ce-am...

Se opreşte, incapabilă să mai continue.

— Ce-am făcut? De ce n-o spui? zice Thea ridicând vocea. Am ascuns un cadavru.

E un şoc să auzim cuvintele rostite atât de urât şi îmi dau seama că ne-am tot învârtit atât de mult timp în jurul adevărului a ceea ce făcuserăm, încât să-l auzim spus aşa, cu voce tare, e ca un soi de revenire la realitate.

Pentru că exact asta făcuserăm. Am *ascuns* un cadavru, deşi tribunalul nu se va pronunţa în acest fel. Probabil că acuzaţia va suna ceva de felul: *împiedicarea procesului de înhumare decentă şi legală a unei persoane decedate*. Cunosc jargonul şi pedepsele. Am căutat în lege de nenumărate ori, prefăcându-mă că verific altceva, cu degetele tremurându-mi de fiecare dată când citeam şi reciteam cuvintele. Posibil şi *înlăturarea unui cadavru cu intenţia de a împiedica ancheta medico-legală*, deşi fraza asta m-a făcut să râd amar prima dată când am dat peste ea în jurnalele de drept. Dumnezeu ştie, nimeni nu s-a gândit în clipa aceea la vreo anchetă medico-legală. Nici măcar nu ştiu dacă aveam habar ce e aia medicină legală.

Oare de-asta am făcut dreptul, din dorinţa de a şti exact ce-am făcut şi care sunt pedepsele pentru o asemenea faptă?

— Ştie sau nu? întreabă Thea din nou, bătând cu pumnul în masă la fiecare cuvânt într-un fel care mă face să tresar.

— Nu ştie, dar bănuieşte, îi răspunde Kate scurt. Ştie de o grămadă de vreme că ceva nu e în regulă, dar de când cu articolele din ziare... Dintr-un anumit punct de vedere, mă învinovăţeşte pe mine — ne învinovăţeşte *pe noi* — de ce i s-a întâmplat lui în Franţa. Deşi e complet iraţional.

Dar este? Chiar este atât de iraţional? Tot ce ştie Luc e că iubitul lui tată adoptiv a dispărut, că în Estuar a apărut un cadavru şi că noi avem ceva de-a face cu povestea asta. Mie furia lui mi se pare foarte raţională.

Dar când o privesc pe Freya, cu chipul ei angelic şi liniştit, şi mă gândesc la faţa roşie ca racul fiert, înfricoşată şi furibundă în momentul în care Luc mi-a întins fetiţa...

Un om rațional ar fi putut să ia copilul în felul acela şi să-l ducă prin mlaştină?

Hristoase, chiar nu ştiu, nu mai *ştiu* nimic. Am pierdut noțiunea de rațional acum mulți ani. Poate că am pierdut-o în noaptea aceea, la Moară, odată cu trupul lui Ambrose.

— O să spună cuiva? reuşesc eu să spun. Cuvintele mi se împleticesc pe limbă. Ne-a amenințat că... a zis că sună la poliție...

Kate oftează. În lumina lămpii pare trasă la față, cu trăsăturile adumbrite.

— Nu ştiu, zice ea. Nu cred. Cred că dacă avea ceva de gând, ar fi făcut-o deja.

— Dar oaia? zic eu. Biletul? N-a fost el?

— Nu ştiu, repetă Kate. Are vocea calmă, dar tonul îi e fragil, ca şi cum ar spune că e pe muchie de cuțit cu nervii şi că o să pice în prăpastie într-una din zilele astea. Nu ştiu, zice din nou, cu un nod în gât. Am tot primit astfel de lucruri de... de ceva vreme.

— Despre ce vorbim aici? Săptămâni? Luni? întreabă Fatima.

Kate are maxilarele încleştate, gura ei sensibilă trădând-o înainte să răspundă.

— Luni, da. Chiar... ani.

— Isuse Hristoase, exclamă Thea şi închide ochii, trecându-şi o mână peste față. De ce nu ne-ai spus?

— Şi care ar fi fost sensul? Ca să fiți la fel de speriate ca mine? Voi ați făcut asta pentru *mine*, eu trebuie să-mi duc crucea.

— Cum ai rezistat, Kate? o întreabă Fatima încet.

Îi ia mâna subțire, pătată de acuarele şi i-o ține între palmele ei, verigheta şi inelul de logodnă trimițând scântei în lumina lumânării.

— Cum te-ai descurcat după ce-am plecat? Ai rămas aici, de una singură, cum ai reuşit?

— Ştii cum m-am descurcat, zice Kate, dar văd cum i se încleştează maxilarul, apoi se relaxează, înghiţind. Am vândut tablourile lui tata, apoi, când n-am mai avut ce vinde, le-am pictat eu folosindu-mă de numele lui. Dacă ar vrea cu adevărat, Luc ar putea să adauge şi falsul intelectual pe lista de lucruri pe care le-am făcut.

— Nu asta am vrut să spun. Am vrut să înţeleg cum de nu ai luat-o razna, trăind aici, singură, să nu ai pe nimeni cu care să vorbeşti. Nu ţi-a fost frică?

— Nu mi-a fost frică..., zice Kate, pe un ton foarte scăzut. Nu mi-a fost frică niciodată, cât despre restul... nu ştiu. Poate că într-adevăr am luat-o razna. Poate că nu sunt sănătoasă.

— Păi am fost nebune atunci, zic eu dintr-odată, iar capetele celorlalte se întorc brusc spre mine. Toate patru. Ce-am făcut... ce-am făcut...

— N-am avut de ales, zice Thea.

E foarte trasă la faţă, pielea fiindu-i foarte întinsă pe pomeţi.

— *Evident* că am avut de ales, ţip eu.

Din senin mă loveşte iar realitatea situaţiei şi simt cum panica începe să crească în mine, aşa cum mi se întâmplă uneori când mă trezesc în miez de noapte dintr-un vis despre nisip ud şi lopeţi, sau când dau peste vreun titlu în ziare despre cineva acuzat de tăinuirea unui deces, iar şocul mă face să nu-mi mai simt mâinile pentru o clipă.

— Dumnezeule, voi chiar nu înţelegeţi? Dacă se află... o să fiu eliminată din barou. E un delict pentru care se deschide dosar penal şi nu poţi să practici dreptul cu aşa ceva la activ. La fel şi în cazul tău, Fatima: crezi că oamenii o să vrea să vină la consultaţii la un medic care a ascuns un cadavru? Ne-am *futut* toate viaţa. Am putea merge la închisoare. Mi-aş putea pierde... gâtul mi se blochează, simt că mă sufoc, ca şi cum m-am trezit deodată cu mâinile cuiva în jurul gâtului: Aş putea-o pierde pe F... Fre...

Nu pot să termina fraza, nu pot să pronunţ numele fetiţei mele.

Mă ridic, mă duc la fereastră, ţinându-mi copilul în continuare în braţe, ca şi cum forţa prinsorii mele ar putea să oprească poliţia în loc, să nu-i lase să mi-o ia din braţe.

— Isa, calmează-te, zice Fatima.

Se ridică de pe canapea şi vine spre mine, dar chipul ei nu-mi aduce niciun fel de alinare, căci îmi spune cu frică în ochi:

— Eram minore. Asta trebuie să fie o circumstanţă atenuantă, nu-i aşa? Tu eşti avocata.

— Nu ştiu, zic eu, simţind cum degetele mi se înfig în carnea Freyei. Vârsta la care poţi să fii tras la răspundere penală este zece ani. Noi aveam mai mult de atât.

— Bine, atunci ce zici de prescripţia răspunderii penale?

— În genere se aplică pentru cazuri de drept civil. Nu cred că s-ar aplica pentru noi.

— Nu crezi? Dar nu ştii exact?

— Nu, nu *ştiu*, zic eu din nou, disperată. Fatima, eu lucrez în administraţia publică. Nu prea avem de-a face cu astfel de cazuri.

Freya scânceşte uşor în somn şi-mi dau seama că o strâng prea tare, şi mă forţez să-mi relaxez mâinile.

— Contează? zice Thea din capătul celălalt al încăperii.

Şi-a tot mâncat pielița din jurul unghiilor care acum sunt carne vie, însângerate şi mă uit la ea cum îşi duce un deget la gură şi-şi suge sângele.

— Adică, dacă se află, oricum suntem mâncate, nu? Nu contează ce acuzații mai vin pe deasupra. Zvonurile şi publicitatea vor fi chestiile care ne vor nenoroci. Tabloidele *adoră* câte o fază din asta.

— Căcat, exclamă Fatima, îngropându-şi fața în mâini. Apoi se uită la ceas şi se schimbă la față.

— E ora două noaptea? Cum se poate să fie două? Trebuie să mă duc să mă culc.

— Pleci dimineață? o întreabă Kate.

Fatima îi face semn că da.

— N-am încotro. Trebuie să mă întorc la muncă.

Muncă. Mi se pare imposibil şi mă trezesc râzând isteric, cu spume. Şi Owen. Cumva, nici măcar nu pot să-mi închipui fața lui. Nu are nicio legătură cu lumea asta, cu ce-am făcut noi. Cum să mă întorc şi să dau cu ochii de el? În clipa de față, nici măcar nu mă pot convinge să-i trimit un *mesaj* pe telefon.

— Sigur, trebuie să pleci, zice Kate, ba chiar îi şi zâmbeşte sau, mă rog, încearcă să zâmbească. A fost minunat să vă am aici, dar oricum, indiferent de orice altceva, reuniunea a luat sfârşit. O să pară mult mai... mai natural. Şi da, ar trebui să mergem toate la culcare.

Se ridică şi, în timp ce Fatima urcă scările care scârțâie, Kate suflă în lumânări, să stingă lămpile.

Mă aşez între ferestre şi, cu Freya în brațe, mă uit la ea cum adună paharele.

Nu mă pot gândi la somn, dar va trebui totuşi să dorm, ca să pot să mă descurc cu Freya a doua zi şi cu drumul de întoarcere.

— Noapte bună, zice Thea.

Se ridică şi ea şi o văd cum îşi pune, cu nonşalanţă, damigeana sub braţ, ca şi cum a lua o jumătate de damigeană de vin cu tine în pat e un lucru perfect normal.

— Noapte bună, îi răspunde Kate.

Suflă în ultima lumânare, apoi rămânem pe întuneric.

O pun pe Freya, încă adormită şi grea, în mijlocul patului mare şi dublu, patul lui Luc, apoi mă duc în baia goală şi mă spăl pe dinţi, obosită, simţindu-mi limba amară şi aspră ca o perie, de la prea mult vin.

Îmi şterg rimelul şi creionul de ochi şi văd cum pielea fină din jurul lor se întinde sub tamponul de vată, cum elasticitatea ei cedează uşor. Indiferent ce-am gândit azi, trecând porţile fostei mele şcoli, indiferent ce-am simţit în seara asta, nu mai sunt copila care am fost cândva, aşa cum nici Kate, Fatima sau Thea nu mai sunt. Suntem aproape cu două decenii mai în vârstă şi am purtat povara faptelor noastre mult prea mult timp.

Cum faţa mi-e curată şi nemachiată, o iau pe coridor spre dormitorul meu, cu paşi rapizi, ca să nu le trezesc pe Freya şi pe celelalte care, probabil, dorm deja. Dar, din camera Fatimei văd lumină şi uşa e întredeschisă, iar când mă opresc în dreptul ei, aud un murmur aproape imperceptibil de voci.

Pentru o clipă mă gândesc că vorbeşte cu Ali la telefon şi mă apasă un sentiment brusc de vină, dar apoi o văd că se ridică, rulează un covor de pe jos şi înţeleg brusc: se ruga.

Dintr-odată, privirea mea pare un gest de intruziune şi dau să mă îndepărtez, dar mişcarea mea sau poate un foşnet îi atrage atenţia Fatimei şi mă strigă încet:

— Isa, tu eşti?

— Da, zic eu şi mă opresc în loc, împingând uşa câţiva centimetri. Mă duceam la culcare. N-am vrut să... nu mă uitam.

— Nu face nimic, zice Fatima.

Pune cu atenţie covorul de rugăciune pe pat, iar pe chip i se citeşte un soi de linişte pe care n-am mai văzut-o la ea înainte.

— Nu fac ceva de care mi-e ruşine.

— Te rogi în fiecare zi?

— Da, chiar de cinci ori pe zi. Bine, de cinci ori când sunt acasă. E altfel când călătoreşti.

— De *cinci* ori?

Încep să pricep cât de puţine ştiu despre religia ei şi mă inundă din senin un val de ruşine.

— Cred că... cred că ştiam asta. Adică îi ştiu pe musulmanii de la muncă...

Dar mă opresc, simţind cum mă ia cu călduri din pricina lipsei mele de tact. Fatima este una dintre cele mai bune şi mai vechi prietene şi acum îmi dau seama cât de puţin ştiu despre unul din lucrurile centrale ale vieţii ei, cât de multe trebuie să învăţ iar despre ea.

— Totuşi, am început târziu, zice ea cu regret. Ar fi trebuit să spun rugăciunea Isha cam pe la unsprezece. Doar că nu mi-am dat seama când a trecut timpul.

— Contează? o întreb jenată.

Fatima ridică din umeri.

— Nu e ideal. Dar ni se spune că dacă e o greşeală nevinovată, Allah iartă.

— Fatima, zic eu, apoi mă opresc. Lasă, nu-i nimic.

— Nu! Spune, ce este?

Trag aer în piept. Nu sunt sigură dacă ceea ce am de zis n-o să fie o bădărănie cruntă, nu-mi mai dau seama ce şi cum. Îmi apăs ochii în orbite cu palmele.

— Nu-i nimic, zic eu. Apoi, în grabă: Fatima, crezi că... crezi că ne iartă? Că te iartă?

— Vrei să zici, pentru ce-am făcut? întreabă Fatima, iar eu îi fac semn că da.

Se aşază pe pat, începe să-şi împletească părul, ritmul degetelor ei oferindu-mi alinare, fiind atât de constant.

— Sper că da. Coranul ne învață că Allah iartă toate păcatele, dacă cel care a păcătuit chiar se căieşte. Şi Allah ştie, am multe pentru care mă căiesc, dar am încercat să-mi ispăşesc partea de pedeapsă pentru ce-am făcut.

— Fatima, până la urmă, *ce* am făcut? o întreb şi nu am nicio intenție să fiu retorică sau să pun întrebări de dragul întrebărilor.

Dintr-odată, chiar nu mai ştiu. Dacă m-ar fi întrebat cineva acum şaptesprezece ani, aş fi răspuns că am făcut ce era necesar pentru siguranța prietenei mele. Dacă m-ar fi întrebat cineva acum zece ani, aş fi zis că am făcut ceva incredibil de stupid, ceva ce mă ținea trează noaptea de teamă ca un cadavru să nu iasă la suprafață, iar eu să mă trezesc răspunzând la întrebări pentru care nu aveam răspuns.

Dar acum, că un cadavru chiar *a ieşit* la suprafață, iar întrebările... întrebările o să vină ca mici ambuscade pe care n-aveam cum să le anticipăm... Nu mai sunt sigură.

Am comis o infracțiune, de asta sunt convinsă. Dar oare i-am făcut ceva mai rău de-atât lui Luc? Ceva care l-a schimbat în rău, transformându-l din băiatul pe care mi-l amintesc, în bărbatul plin de furie pe care abia dacă îl mai recunosc?

Poate că adevărata fărădelege comisă de noi n-a fost împotriva lui Ambrose, ci împotriva copiilor lui.

Mergând spre camera lui Luc ca să mă întind pe patul lui şi să privesc în întunericul de deasupra capului Freyei, mă tot întreb: *Noi* i-am făcut asta lui Luc?

Închid ochii, iar prezenţa lui pare să mă împresoare, la fel de reală precum cearşafurile care mi se lipesc de pielea înfierbântată. El e aici... este la fel de prezent ca noi toate şi ar trebui ca gândul în sine să-mi provoace frică, dar nu simt nimic. Pentru că nu pot să despart imaginea bărbatului pe care l-am întâlnit în seara asta de cea a băiatului pe care l-am cunoscut cu atât de mulţi ani în urmă, cu mâinile lui lungi şi ochii aurii şi râsul răguşit şi ezitant care-mi făcea inima să-mi bată mai repede. Iar băiatul acela e încă undeva înlăuntrul lui Luc, am văzut-o în ochii lui, dincolo de durerea şi furia şi beţia evidente.

Stând în pat, cu braţele în jurul Freyei, cuvintele lui mi se tot răsucesc şi mi se învârt în minte.

Vreţi să ştiţi cine e responsabil pentru cadavrul din Estuar?

Ea fluieră şi voi, toate, veniţi alergând, ca nişte câini.

Dar ultima frază, cea care îmi vine în minte înainte să adorm şi care îmi rămâne acolo este cea care îmi crispează mâna peste Freya şi o face pe fetiţă să se sucească şi să se agite în somn.

Cu plăcere, Isa. Că am avut grijă de copilul tău — n-a fost mare lucru. Nu m-ar deranja s-o iau din nou, nicio problemă.

— Eşti *sigură* că nu vrei să te las undeva cu maşina?

Fatima stă în uşă, cu valiza într-o mână şi cu ochelarii de soare în cealaltă. Dau din cap, înghiţind ceaiul pe care mi l-am pregătit.

— Nu, e OK. Trebuie s-o schimb pe Freya şi să-mi fac bagajul şi nu vreau să te reţin.

E şapte jumătate dimineaţa. Sunt instalată pe canapea, jucându-mă cu Freya într-un con de lumină, prefăcându-mă că-i fur nasul, apoi i-l pun la loc. Ea încearcă să-mi dea peste mână, să mă prindă, zgâriindu-mă cu unghiile ei mici şi moi, chinuindu-se să mă privească în lumina strălucitoare a soarelui care se reflectă în apele Estuarului. Îi ţin mâinile cu blândeţe, încercând să n-o las să apuce de cana de ceai înainte s-o aşez înapoi pe podea.

— Du-te, serios!

Thea şi Kate încă nu s-au trezit, dar văd că Fatima nu mai are răbdare să stea, vrând cu tot dinadinsul să se întoarcă la Ali şi la copii. În cele din urmă, fără convingere, îmi face semn că pleacă, îşi pune ochelarii pe nas, împingând toartele ochelarilor sub hijab, apoi caută prin buzunare cheile de la maşină.

— Cum ajungi la gară? mă întreabă.

— Poate cu taxiul. Nu ştiu. O să discut cu Kate, văd eu.

— OK, zice Fatima, înclinând din cap. Cântăreşte gânditoare cheile în mână. Să le zici la revedere din partea mea şi, ascultă, Isa, te rog, încearcă s-o convingi pe Kate să vină, OK? Am vorbit cu ea ieri şi n-a vrut să...

— N-a vrut să ce?

Vocea vine de sus, de la etaj. Shadow scânceşte scurt, bucuros, şi se ridică din locul lui scăldat de razele soarelui, de lângă fereastră. Eu şi Fatima ne ridicăm privirile şi dăm cu ochii de Kate care coboară scările, îmbrăcată într-un halat de bumbac spălăcit, ceva ce a fost cândva albastru-bleumarin, dar care acum abia dacă mai reţine o umbră de culoare. Se freacă la ochi şi se chinuie să nu caşte.

— Pleci deja?

— Mă tem că da, îi răspunde Fatima. Trebuie să mă întorc — trebuie să fiu în clinică până la amiază şi Ali nu poate să ia copiii de la şcoală în seara asta. Dar, ascultă, Kate, tocmai îi ziceam Isei: te rog, dacă vrei să te mai gândeşti, să vii să stai la noi câteva zile. Ce zici? Avem loc.

— Ştii că nu pot să fac asta, zice Kate sec, dar îmi dau seama că nu e atât de convinsă pe cât încearcă ea să pară.

Scoate filtrul de cafea de sub chiuvetă şi, tremurând uşor, îl umple cu apă de la robinet şi pune cafea.

— Ce-aş face cu Shadow?

— L-ai putea aduce cu tine, zice Fatima cu îndoială în glas, dar Kate clatină deja din cap.

— Ştiu ce simte Ali când vine vorba de câini. Oricum, Sam nu e cumva alergic?

— Doar există pensiuni pentru câini, nu? răspunde Fatima pe un ton implorator, dar fără convingere.

Ştim amândouă că Shadow e *un* motiv, dar nu e motivul *principal*. Kate nu va pleca nicăieri şi cu asta basta.

Urmează un moment de linişte, deranjat doar de clocotul cafelei care fierbe pe aragaz, însă Kate nu zice nimic.

— Nu e sigur aici, zice Fatima în cele din urmă. Isa, spune-i şi tu. Nu e vorba doar de sistemul electric, dar ce zici de Luc? De bileţelele pătate de sânge şi de oaia moartă, pentru numele lui Dumnezeu!

— Nu ştim dacă a fost el sau nu, zice Kate, cu voce foarte joasă, dar nu ne priveşte pe niciuna.

— Ar trebui să raportezi la poliţie, zice Fatima cu furie, dar ştim foarte bine, fără să trebuiască s-o spună Kate, că asta nu se va întâmpla niciodată.

— Mă dau bătută, exclamă Fatima în cele din urmă. Am zis ce-am avut de zis. Kate, am o camera liberă pentru tine, să nu uiţi asta.

Vine la fiecare şi ne sărută pe obraz.

— Să-i spuneţi la revedere Theei din partea mea, zice ea, aplecându-se spre mine, cu obrazul lipit de al meu. Parfumul ei puternic îmi invadează nările, în timp ce ea îmi şopteşte la ureche: Te rog, Isa, încearcă s-o faci să se răzgândească. Poate că o să asculte de tine.

Apoi se îndreaptă, îşi ridică geanta şi, câteva minute mai târziu, auzim sunetul muzicii şi mugetul motorului, iar apoi o vedem plecând, hurducându-se pe drumul scăldat de soare care duce spre Salten; peste Moară se lasă tăcerea ca o pâclă.

— Mda, face Kate.

Se uită la mine pe deasupra ceştii de cafea, ridicând din sprânceană, aşteptându-se ca, în confruntarea cu paranoia Fatimei, să fiu de partea ei, dar nu pot. Nu cred că Luc ar putea să-i facă vreun rău lui Kate sau vreuneia dintre noi, dar nu cred nici că ar trebui să rămână aici. Nervii îi sunt întinşi la maximum şi câteodată am senzaţia că nu mai are mult până să clacheze, ba, poate mai puţin decât îşi imaginează.

— Are dreptate, Kate, îi zic.

Kate îşi dă ochii peste cap şi mai ia o gură de cafea, dar eu forţez nota, insistând asupra problemei la fel ca Thea când insistă să-şi roadă pielea din jurul unghiilor până când îi dă sângele.

— Şi are dreptate şi când zice spre faza cu oaia — aia a fost o chestie cât se poate de bolnavă.

Kate nu răspunde, ci doar se uită insistent în cafea.

— A fost... *a fost* Luc, nu-i aşa? zic eu în cele din urmă.

— Nu ştiu, răspunde Kate cu vocea plină de îndoială. Pune cafeaua pe masă şi-şi trece mâinile prin păr cu duritate. Am spus adevărul, când am zis asta. Da, e furios, dar el... el nu e singura persoană care să-mi poarte sâmbetele pe-aici.

— Poftim?

E prima dată când aud aşa ceva şi nu-mi pot ascunde şocul.

— Ce vrei să spui?

— Isa, fetele de la internat nu sunt singurii oameni în stare să împrăştie zvonuri. Tata a avut o mulţime de prieteni. Eu... nu.

— Vrei să spui că oamenii din sat...?

— Da, zice ea şi-n minte îmi răsună cuvintele lui Rick din taxi: *a rămas aici şi a rezistat, în ciuda bârfitorilor de tot felul.*

— Şi ce spun bârfitorii? întreb eu, cu gâtul deodată uscat.

Kate ridică din umeri.

— Tu ce crezi? Eu le-am auzit pe toate, ţin să-ţi spun. Unele chestii destul de urâte.

— Ca de exemplu?

Nu vreau să ştiu, dar am apucat să pun întrebarea.

— Ca de exemplu? Stai să vedem! Unul dintre cele mai puţin urâte zvonuri ar fi că tata a căzut iar în patima drogurilor şi ar fi fugit cu vreo drogată la Paris.

— Ăsta e cel mai *puţin* urât lucru? Fir-ar al naibii... şi care ar fi cel mai urât?

E o întrebare retorică, nu mă aştept să-mi răspundă, dar ea râde scurt şi amar.

— Greu de zis... dar aş merge pe versiunea că tata mă abuza sexual şi Luc l-a omorât din cauza asta.

— Poftim?

Nu reuşesc să-mi găsesc cuvintele, aşa că repet, aproape sufocându-mă.

— *Poftim*?

— Dap, răspunde Kate scurt, apoi dă pe gât restul de cafea, punând cana pe chiuvetă. Plus toate celelalte pe lângă astea. Şi se întreabă apoi de ce nu mă duc în pub, la Salten Arms sâmbătă noaptea, cum făcea tata. E incredibil ce vin bătrânii să te întrebe, dacă sunt destul de ameţiţi de alcool.

— Tu-ţi baţi joc de mine? Chiar te întreabă dacă e adevărat că taică-tău te abuza sexual?

— Nu, asta nu m-au întrebat. S-au mulţumit să se holbeze. Se pare că e un fapt bine ştiut, zice ea, cu chipul schimonosit. Că tata mi-o trăgea, uneori şi vouă, de altfel; depinde pe cine întrebi.

— Dumnezeule, Kate, nu! *De ce* nu ne-ai spus?

— Ce să vă spun? Că oamenii de aici v-au folosit numele, ani la rând, în anecdotele lor picante? Că părerile sunt împărţite între ideea că sunt o criminală sau că tata încă e în libertate, fiindu-i prea ruşine ca să se mai întoarcă şi să-şi asume ce ne-a făcut mie şi prietenelor mele? Cumva parcă nu mi-a venit la îndemână să vă povestesc ceva din toate astea.

— Dar... nu poți să-i pui la punct? Să negi toate zvonurile astea?

— Problema este... ce să neg totuşi?

Chipul ei e o mască a disperării şi a oboselii.

— Tata a dispărut, iar eu am aşteptat patru săptămâni ca să-i raportez dispariția la poliție. Partea asta e adevărată şi nu e de mirare că a dat naştere tuturor zvonurilor ăstora. E tocmai sâmburele de adevăr care face ca totul să fie plauzibil.

— Nu există *niciun* sâmbure de adevăr în minciunile astea scârboase, zic eu cu o convingere nestrămutată. Nici măcar unul. Niciunul care să conteze, oricum. Kate, te rog, *te implor,* hai la Londra cu mine. Fatima are dreptate, nu poți să rămâi aici.

— Trebuie să rămân, zice Kate.

Se ridică şi iese pe ponton. Marea a scăzut, țărmurile mâloase ale Estuarului oftând şi pocnind în soarele în care stau să se coacă.

— Acum mai mult ca oricând. Pentru că dacă fug acum, o să ştie că am ceva de ascuns.

Freya, în brațele mele, dă să apuce cana de cafea şi cotcodăceşte fericită că o las să pună mâna pe ea, deşi e încă destul de caldă de la zațul de cafea rămas în ea. Dar mă uit la Kate fără să scot un cuvânt. Pentru că nu găsesc niciun argument împotriva raționamentului ei.

Îmi ia atât de mult să împachetez tot ce am şi s-o schimb pe Freya, apoi s-o hrănesc iar, s-o schimb încă o dată, încât, în momentul în care am reuşit, în sfârşit, să termin, Thea s-a trezit şi vine împleticindu-se pe holul dinspre camera ei de la parter, pe jumătate îmbrăcată, frecându-se la ochi ca să alunge somnul.

— Am ratat-o pe Fati?

— Da, zice Kate laconic. Împinge cana de la filtru spre ea. Ia-ţi cafea, dacă vrei.

— Mersi.

Thea toarnă în cană restul de cafea. E îmbrăcată în blugi şi un maiou cu bretele subţiri, care arată foarte clar că nu poartă sutien pe dedesubt. Se vede la fel de clar cât de slabă e, se văd şi cicatricile, albe şi şterse, şi îmi feresc privirea.

— Şi eu trebuie să mă întorc azi la Londra, zice ea, fără să bage de seamă jena mea, apoi goleşte cana filtrului în chiuvetă, o clăteşte şi o pune cu zgomot pe margine, să se usuce.

— Isa, pot să merg cu tine la gară?

— Sigur, îi răspund. Dar trebuie să plec în curând. E bine aşa?

— Dap, oricum nu prea am cine ştie ce bagaj. Pot să strâng tot în zece minute.

— O să sun după un taxi, îi zic. Kate, ce număr are Rick?

— E pe măsuţă, zice ea, arătând spre teancul de cărţi de vizită îndoite la colţuri, adunate pe-o farfurioară de unt, şi mă apuc să caut printre ele până când dau de una pe care scrie „Taxiul lui Rick" şi formez numărul.

Rick răspunde din prima şi e de acord să vină la Moară în douăzeci de minute, cu un scăunel împrumutat, pentru Freya.

— Douăzeci de minute, îi zic Theei care stă la masă sorbind din cafea. OK?

— Dap, zice ea. Practic sunt gata. Trebuie doar să le bag pe toate în rucsac, n-o să-mi ia nici un minut.

— O să mă duc să-l plimb pe Shadow, zice Kate brusc, iar eu mă uit la ea surprinsă.

— Acum?

— Dar n-o să fii aici când o să plecăm! intervine Thea cu o urmă de indignare în voce.

Kate ridică din umeri.

— Nu mi-a plăcut niciodată să-mi iau la revedere, doar ştiţi asta.

Se ridică, iar Thea face la fel. Mă chinui o clipă cu Freya, grea în braţele mele, apoi mă ridic şi eu şi rămânem aşa, în picioare, nesigure, cu firele de praf dansând în soare în jurul nostru ca o tornadă de infime dimensiuni.

— Vino aici, spune ea în cele din urmă, trăgându-mă într-o îmbrăţişare atât de puternică, încât, pentru o clipă îmi pierd răsuflarea şi trebuie să mă trag un pas înapoi, ca s-o mut pe Freya într-o parte, unde nu riscă să fie zdrobită.

— Kate, te rog, vino cu noi, zic eu, ştiind că n-am nicio şansă, iar ea clatină din cap, înainte să termin ce-am de spus.

— Nu, nu, nu pot, Isa, te rog, nu mai insista!

— Nu suport să ştiu că plec şi te las aici...

— Atunci nu pleca, zice ea râzând, dar în ochii ei e un soi de tristeţe pe care nu pot s-o văd. Nu pleca, rămâi aici!

— Nu pot să rămân, îi zic, zâmbind, chiar dacă inima mea e îndoită. Ştii că nu pot. Trebuie să mă întorc la Owen.

— Oh, Doamne, zice ea şi mă strânge iar în braţe, trăgând-o în îmbrăţişare şi pe Thea, frunţile noastre apropiindu-se. Dumnezeule, ce mult mi-aş fi dorit să vă am aici, cu mine. Orice s-ar întâmpl...

— Poftim? exclamă Thea îndreptându-se de umeri, cu o expresie alarmată. Ce fel de vorbă e asta? Ai zice că te pregăteşti să...

— Nu mă pregătesc, răspunde Kate, ştergându-se la ochi şi râzând, fără să-şi dea seama. Îţi promit că nu. E doar un fel de a spune. Doar că... nu-mi vine să cred cât de mult timp a trecut. Nu vi se pare, când suntem toate patru la un loc, că aşa ar trebui să fie? Că e ca şi cum ar fi fost ieri?

Şi da, parcă ar fi fost ieri.

— O să ne întoarcem, îi zic. O mângâi pe obraz, alungând lacrimile care i s-au adunat între gene. Îţi promitem. OK, Thea? N-o să mai treacă atât de mult timp, de data asta, îţi jur.

E o platitudine, o frază pe care am spus-o de o mie de ori la o mie de despărţiri, fără s-o cred. De data asta, jur din toată inima, dar abia când o văd pe Thea ezitând îmi dau seama de realitatea lucrurilor — e posibil să ne întoarcem mai devreme decât am vrea noi dacă lucrurile iau o turnură negativă, şi simt cum faptul în sine îmi îngheaţă zâmbetul pe buze.

— Da, aşa e, zice Thea în cele din urmă.

Înainte să mai putem spune ceva, Shadow latră o dată, scurt, şi noi ne îndreptăm privirea spre ferestrele dinspre ţărm, de unde vedem taxiul lui Rick venind în salturi peste pietrele de pe drum.

— Oh, fir-ar, a venit mai devreme, spune Thea şi fuge pe hol spre camera ei, adunându-şi lucrurile din mers.

— OK, zice Kate. O să-l iau pe Shadow şi o să plec din calea voastră cât timp vă pregătiţi.

Îi pune lesa lui Shadow, deschide uşa spre ţărm şi se îndreaptă spre podeţul care duce pe uscat.

— Să fiţi în siguranţă, dragilor!

Abia mai târziu, în maşina lui Rick, săltând pe drumul principal, cu Kate şi Shadow doar nişte puncte în depărtare, pe fundalul verde al mlaştinii, îmi dau seama ce trist trebuie să fi fost pentru ea să spună aşa ceva. *Să fiţi în siguranţă!*

Trist, pentru că n-ar trebui să fie ceva pentru care să trebuiască să speri — ceva pentru care să ai dubii.

Şi, ciudat, pentru că, dintre noi patru, nu ar fi trebuit să fi fost ea cea care s-o spună, ci noi.

În timp ce maşina îşi vede de drum, hurducându-se peste dâmburi, mă uit pe geam spre siluetele lor îndepărtate, cele şase picioare ale lor călcând kilometrii de mlaştini, mişcându-se, fără teamă, printre şanţurile şi canalele mereu schimbătoare şi mă gândesc: *Să fii în siguranţă, Kate! Te rog, ai grijă să fii în siguranţă!*

Taxiul lui Rick a ajuns pe şoseaua de asfalt, semnalizând stânga spre gară, când Thea, care scotocea în geantă, îşi ridică privirea şi spune:

— Trebuie să scot bani. E vreun bancomat la gară?

Rick opreşte semnalizatorul, iar eu scap un oftat. Am lăsat banii pe care i-am scos ieri îndesaţi într-o cană de pe măsuţa din bucătărie, unde Kate îi va găsi după plecarea mea. Bani pentru biletele de la Internat, pe care a refuzat să-i ia înapoi, dar pe care conştiinţa mea nu mă lasă să-i ignor. Am păstrat doar douăzeci de lire — de ajuns cât să-l plătesc pe Rick şi să mai rămână şi ceva pe deasupra.

— Ştii că nu e niciun bancomat, îi zic. A fost vreodată bancomat la gară? Va trebui să mergem la poştă. Dar, nu pricep, de ce ai nevoie de bani? Pot să plătesc eu taxiul.

— Vreau să am nişte bani pentru drum, răspunde Thea. La poştă, te rog, Rick.

Rick semnalizează dreapta, iar eu îmi încrucişez braţele, reprimându-mi un oftat.

— Avem destul timp până pleacă trenul, mă anunţă Thea, închizându-şi geanta şi aruncându-mi o căutătură piezişă. Nu ai de ce să fii atât de morocănoasă.

— Nu sunt morocănoasă, răspund eu enervată, dar sunt şi, când Rick porneşte să traverseze podul spre Salten, îmi dau seama de ce. Nu vreau să mă întorc acolo. Deloc.

— Plecaţi deja?

Vocea vine de undeva din oficiul poştal, din spatele nostru, făcându-mă să tresar. Thea e aplecată asupra bancomatului, bătând PIN-ul, aşa că îmi cade mie în sarcină să mă întorc şi să-i răspund persoanei din spatele nostru.

E Mary Wren care a venit pe nesimţite din încăperea din spate, unde se aflase până în momentul în care am intrat noi în oficiul gol.

— Mary! exclam eu, ducându-mi mâna la piept. Dumnezeule, m-ai speriat de moarte. Da. Plecăm la Londra azi. Am... am venit pentru reuniune, ştii tu, de la şcoală.

— Dacă zici tu..., spune ea încet.

Mă priveşte de sus până jos şi, pentru o clipă, am senzaţia neplăcută că nu crede un cuvânt din ce spun, că vede prin noi toate — prin toate minciunile şi înşelătoriile şi ştie exact ce secrete ascundem de atâta timp. Fusese cândva una dintre cele mai bune prietene ale lui Ambrose şi, pentru prima dată, mă întreb ce i-o fi spus oare cu atâţia ani în urmă.

Mă gândesc la ce a zis Kate, la zvonurile din sat, şi mă întreb ce rol a jucat Mary Wren în toate astea. N-am fost niciodată în Salten Arms şi să n-o văd acolo, la bar, râsul ei profund şi puternic răsunând prin mulţimea de petrecăreţi. Femeia asta ştie tot ce se petrece în Salten. Dacă ar fi vrut, ar fi putut să înăbuşe zvonurile — s-o apere pe Kate —, să le spună clienţilor din pub să-şi spele gura cu săpun sau să se care. Dar n-a făcut-o. Nici măcar ca s-o apere pe fiica unui bărbat pe care cândva îl numise prieten.

De ce nu? Să fie pentru că şi ea credea, ca toată lumea, în vinovăția lui Kate?

— Ciudat moment să vă faceți apariția, zice Mary Wren.

Face un semn spre un teanc de ziare pe a căror primă pagină încă mai era *acea* fotografie.

— Ciudat? întreb eu, cu vocea gâtuită de nervi. Ce vrei să spui cu asta?

— Vreau să spun că e ciudată coincidența datei în care a picat reuniunea, atâta tot, zice ea. Chipul îi este impasibil. Având în vedere toate zvonurile şi celelalte, continuă ea. Trebuie să fie greu pentru Kate, să-i vadă pe toți oamenii ăştia, să se întrebe dacă nu cumva...

Îmi înghit nodul din gât. Nu ştiu ce să spun.

— Să se întrebe?

— Păi, e normal, nu-i aşa? Să speculeze... Iar pentru mine n-a avut niciodată logică.

— Ce n-a avut logică? întreabă Thea.

Se întoarce, vârând portofelul înapoi în buzunarul de la spate al blugilor.

— Ce încerci să spui? continuă ea cu o expresie belicoasă, iar eu dau s-o calmez, pentru că nu aşa o abordezi pe Mary Wren.

Mary are nevoie să i se arate respect, deferență.

— Ideea că Ambrose a dispărut... pur şi simplu, zice Mary.

Se uită la Thea, la blugii ei strâmți şi la sânii care i se văd prin maioul transparent.

— Indiferent de păcatele lui, zice ea în continuare, a iubit-o pe fata asta. Ar fi trecut prin foc pentru ea. Nu avea niciun fel de logică să fi... plecat, pur şi simplu, s-o lase să înfrunte singură toate problemele.

— Ei bine, nu avem nicio dovadă că s-a întâmplat altfel, răspunde Thea.

E la fel de înaltă ca Mary şi se aşază în fața ei, cu mâinile în şolduri, într-o postură care, inconştient, o imită pe cea a lui Mary, aproape ca şi cum ar fi fost gata-gata să o înfrunte.

— Şi în absența oricărei dovezi, nu cred că e foarte sănătoasă speculația, dumneata nu eşti de aceeaşi părere?

Gura lui Mary se strâmbă şi, pentru un moment, nu-i pot citi expresia de pe chip. E un fel de furie reprimată? Dezgust?

— Bun, zice ea în cele din urmă. Bănuiesc că n-o să mai speculăm de azi înainte, nu-i aşa?

— Ce vrei să zici? întreb eu.

Inima îmi bate în piept cu forță. Mă uit peste umăr la taxiul în care Freya se joacă liniştită în scăunelul adus de Rick, sugându-şi degetele.

— Ce vrei să spui cu acel n-o să *mai* speculăm?

— Probabil că n-ar trebui să vă zic chestia asta, dar Mark mi-a zis că un cadavru a fost descoperit de poliție şi, ei bine...

Se opreşte, făcând un gest cu degetul ca şi cum ne-ar chema mai aproape şi, spre surprinderea mea, mă trezesc că mă aplec spre ea, simțindu-i răsuflarea fierbinte pe obraz în timp ce-mi şopteşte:

— Hai să zicem că, dacă vreți *dovezi*, cred că trupul descoperit va primi un nume cât de curând.

Nu pot s-o pierd pe Freya, nu pot s-o pierd pe Freya.

Cuvintele îmi răsună în cap, iar şi iar, ca o mantră, în timp ce trenul se îndreaptă în viteză spre Londra.

Nu pot s-o pierd pe Freya.

Mersul roţilor măsoară timpul cu bătaia lor ritmică pe şine.

Nu pot s-o pierd pe Freya.

Thea stă în faţa mea, cu ochelarii de soare pe nas, cu ochii închişi, cu capul legănându-i-se în dreapta şi-n stânga, lovindu-se încet de geam. La o curbă strânsă, capul i se îndepărtează de geam, apoi, când trenul intră în linie dreaptă, i se loveşte iar de sticlă cu o bufnitură perceptibilă. Deschide ochii, frecându-şi fruntea.

— Ah! Am adormit?

— Da, dormeai, zic eu scurt, fără să mă chinui foarte tare să-mi ascund iritarea din voce.

Nu ştiu exact de ce sunt aşa de nervoasă, poate pentru că sunt şi eu foarte obosită şi totuşi *nu pot* să dorm. Azi-noapte nu ne-am dus la culcare decât pe la două sau trei, apoi, azi-dimineaţă, eram în picioare la şase, odată cu Freya. N-am mai dormit o noapte întreagă de luni de zile şi acum nu am cum să dorm pentru că Freya doarme pe pieptul meu şi nu pot să mă relaxez, ca nu cumva să alunec peste ea şi s-o strivesc. Dar nu e numai asta — am atins pragul de sus al intensităţii şi iritabilităţii, şi percept chipul relaxat al Theei ca pe o insultă adusă propriei mele anxietăţi aflate la limită. Cum poate să doarmă aşa liniştită, când totul atârnă de un fir de păr?

— Îmi pare rău, zice ea, frecându-se la ochi pe sub ochelarii de soare. N-am dormit azi-noapte. Adică, n-am dormit deloc. N-am putut să mă abţin să nu mă gândesc la...

Se uită peste umăr la vagonul aproape gol.

— Ei, ştii tu..., adaugă apoi.

Mă simt prost deodată. Cumva, întotdeauna reuşesc s-o judec greşit pe Thea. E mult mai greu de citit decât Fatima sau Kate, nu-şi dezvăluie atât de uşor sentimentele, dar dincolo de înfăţişarea ei care parcă spune: „ia mai duceţi-vă dracului", e la fel de speriată ca noi toate. Poate mai speriată. De ce nu pot să-mi aduc aminte de lucrul ăsta?

— Oh, zic eu spăsită. Îmi pare rău. Nici eu nu am dormit cum trebuie. M-am tot gândit la...

Nu pot s-o spun. Nu pot să-mi exprim temerile cu voce tare. Dacă o să ajung să fiu pusă sub acuzare? Dacă o să-mi pierd slujba? *Dacă mi-o iau pe Freya*?

Nu îndrăznesc să rostesc cuvintele. Doar enunţarea lor ar putea să le dea forţă şi realitate, iar gândul în sine mă îngrozeşte peste măsură.

— Chiar dacă descoperă..., zice Thea deodată, apoi se uită iar peste umăr şi se apleacă spre mine, spunând cu voce abia perceptibilă: Chiar dacă se descoperă că este *el*, tot suntem OK, nu-i aşa? Ar fi putut cădea într-un şanţ după ce a luat o supradoză.

— Da, dar atât de adânc? şoptesc la rândul meu. Cum să alunece şi să ajungă la o asemenea adâncime?

— Canalele alea se schimbă întruna. Doar ştii asta. Mai ales aproape de Estuar — toată zona a fost surpată de valuri —, dunele se mişcă întruna şi se transformă. Noi n-am... se opreşte şi se uită iar în spate, apoi reformulează ce avea de zis: Sunt sigură că locul respectiv, înțelegi tu, era la zeci, dacă nu chiar douăzeci de metri de țărm, nu-i aşa?

Încerc să-mi amintesc. Da... îmi aduc aminte că pe vremea aceea cărarea era mult mai departe, că erau copaci şi tufişuri între noi şi țărm. Are dreptate.

— Dar cortul acela era exact pe linia țărmului. Totul s-a mişcat din loc. N-o să poată să descopere prea multe despre locul exact, sunt convinsă de asta.

Nu-i răspund. Simt cum mi se face rău de la stomac.

Pentru că, deşi e ceva foarte liniştitor în certitudinea cu care vorbeşte, deşi *vreau* s-o cred, nu sunt atât de sigură că are dreptate.

A trecut multă vreme de când am lucrat în drept penal şi am învățat mai multe uitându-mă la *Cold Case* decât îmi aduc aminte din cazurile pe care le-am studiat la facultate, dar sunt destul de sigură că specialiştii lor în criminalistică pot să spună exact care obiect s-ar fi putut muta din loc şi deplasa prin straturile de nisip de-a lungul anilor.

— Hai să nu mai discutăm despre asta, mormăi eu şi Thea dă din cap afirmativ, forțându-se să-mi zâmbească. Zi-mi despre munca ta, adaug eu în cele din urmă.

Ea ridică din umeri.

— Ce e de zis? E bine, cred.

— Te-ai întors la Londra?

Dă din cap că da.

— Am avut o perioadă destul de mişto anul trecut pe unul din vasele acelea imense de croazieră. Iar la Monte Carlo a fost excelent. Dar am vrut... se opreşte şi se uită pe geam. Nu ştiu, Isa. M-am tot mutat din loc în loc atâta vreme, că Salten a fost probabil locul în care am stat cel mai mult în anii de şcoală. Am sentimentul că poate a venit vremea să prind rădăcini undeva.

Clatin din cap, gândindu-mă la cât de greu mi-a fost mie să trec prin şcoală, universitate, ce corvoadă au fost examenele de barou, intrarea în administrația publică şi viața în Londra cu Owen. Noi două suntem la poli opuşi. Eu sunt tenace şi răzbătătoare şi mă agăț de toate ca un scai. Mi-am găsit slujba potrivită şi m-am ținut de ea. L-am găsit pe Owen şi am rămas cu el. Pentru mine, Internatul Salten a fost un interludiu scurt şi amețitor. Şi totuşi, ceea ce s-a întâmplat acolo ne-a afectat în egală măsură. Doar că avem feluri diferite de a trece prin asta. Thea, fugind neobosită de fantomele trecutului. Eu, agățându-mă de lucrurile care mă ancorează în teritorii în care mă simt în siguranță.

Mă uit la cât de slabă e, la umbrele de sub pomeți, apoi mă uit la mine, la Freya prinsă de trupul meu ca un scut uman şi, pentru prima dată, îmi pun întrebarea: chiar mă descurc mai bine decât ea sau pur şi simplu m-am străduit ceva mai mult să uit?

Încă mă mai gândesc la asta când aud la pieptul meu un scâncit înfundat, o simt pe Freya zvârcolindu-se în marsupiu şi-mi dau seama că se trezeşte.

— Şşşt...

Scâncetul ei creşte în intensitate şi în furie în momentul în care o trag din păturică, ieşind la iveală cu obrăjorii ei grăsuni roşii de furie, pregătindu-se de o criză monstruoasă de isterie.

— Şşşt...

Îmi deschei cămaşa şi încerc să-i dau lapte şi, pentru o clipă, se face linişte, o linişte frumoasă. Apoi, din senin, intrăm într-un tunel, iar trenul e scufundat în întuneric. Freya îşi lasă capul pe spate mirată, cu ochii mari şi negri din cauza schimbării bruşte de circumstanțe, lăsându-mi pentru un moment sânul gol, la vedere, înainte să reuşesc să apuc rapid o bucată de pânză să mă acopăr.

— Scuze, îi zic Theei în momentul în care ieşim, clipind des, în soare şi îi împing capul Freyei la loc. Cred că până la momentul ăsta mai bine de jumătate din nordul Londrei mi-a văzut sânii, dar voi ați avut parte de mai mult decât ar fi fost necesar weekendul ăsta.

— Nu mă deranjează, zice Thea, ridicând scurt din umeri. Le-am văzut pe toate până la tine.

Nu mă pot abține să nu pufnesc în râs, lăsându-mă pe spate, cu Freya caldă şi grea în brațele mele, în timp ce trenul intră iar într-un tunel, apoi iese în soarele orbitor, iar eu mă gândesc la ce a fost, la prima dată când ne-am cunoscut, la Thea care îşi rula ciorapii pe picioarele lungi, expunându-şi coapsele şi făcându-mă să roşesc. Îmi pare că au trecut vieți de atunci. Şi totuşi, când Thea îşi întinde picioarele în golul dintre scaune şi-mi face leneşă cu ochiul, închizându-i apoi pe amândoi, îmi pare că totul a fost ieri.

REGULA 4

SĂ NU LE MINȚI NICIODATĂ PE CELELALTE

— Isa?

Owen deschide uşa de la intrare şi mă strigă cu vocea joasă, precaută, dar la început nu-i răspund. O aşez pe Freya în pătuțul din camera ei şi nu vreau s-o trezesc. Este exact în momentul acela complicat în care ar putea adormi... sau, la fel de bine, ar putea să mai stea trează un ceas, isterică şi nervoasă. În seara asta a fost greu de adormit, stresată fiind de încă o schimbare de decor.

— Isa? zice el din nou, apărând în uşa dormitorului nostru şi, când mă vede, fața i se luminează de un zâmbet larg, îşi scoate pantofii şi merge pe vârfuri, iar eu mă chinui să-i fac semn să nu facă zgomot, ducându-mi frenetic degetul la buze.

Vine şi se aşază lângă mine, cu brațul în jurul taliei mele, şi ne uităm amândoi la ființa aceasta pe care am creat-o împreună.

— Bună, iubito, şopteşte el, dar nu mie, ci Freyei. Bună, scumpete. Mi-a fost dor de tine.

— Şi nouă ne-a fost dor de tine, îi şoptesc eu, la rândul meu, iar el mă sărută pe obraz şi mă duce în hol, trăgând uşa după noi pe jumătate.

— Nu mă aşteptam să vă văd aşa curând, zice el în timp ce coborâm scările spre bucătărie, unde cartofii se coc la cuptor. Când am vorbit cu tine, mi-ai dat de înțeles că o să te întorci după câteva zile. E abia miercuri... ce s-a întâmplat? Lucrurile n-au mers bine cu Kate?

— Totul e în regulă, îi răspund.

Mă întorc cu spatele, scoțând sigură pe mine cartofii din cuptor, când de fapt nu voiam să mă uit la el în timp ce-l mințeam.

— A fost chiar frumos. Au venit şi Fatima şi Thea.

— Atunci de ce v-ați întors atât de repede? Nu trebuia să te grăbeşti pentru mine, ştii asta. Adică, nu mă înțelege greşit, mi-a fost dor de voi. Dar nu am reuşit să fac nici măcar jumătate din ce mi-am propus. Camera copilului încă este un dezastru.

— Nu contează, zic eu, îndreptându-mă de spate.

Obrajii îmi ard de la căldura din cuptor. A fost o alegere complet caraghioasă să fac cartofi copți într-o zi aşa călduroasă, dar e tot ce aveam în frigider. Îi pun pe un fund de lemn pe tejghea şi îi tai în jumătate, uitându-mă la aburul care urcă din ei.

— Doar ştii asta.

— Contează pentru mine, spune el, punându-şi brațele în jurul meu, barba lui de o zi fiind aspră pe obrazul meu, buzele lui căutându-mi urechea, gâtul. Te vreau înapoi, zice el, doar pentru mine.

Îl las să mă sărute, dar nu-i zic ce-mi trece prin minte, şi anume că, dacă asta îşi doreşte, nu va fi niciodată fericit. Pentru că n-o să fiu niciodată doar a lui. O să fiu întotdeauna nouăzeci la sută a Freyei, apoi, din puținul care mai rămânea, trebuia să mai păstrez şi pentru mine, pentru Fatima, Thea şi Kate.

— Mi-a fost dor de tine, îi spun în schimb. Freyei i-a fost dor de tine.

— Şi mie mi-a fost dor de amândouă, răspunde el cu vocea înăbușită de clavicula mea. Am vrut să te sun, dar m-am gândit că te distrezi aşa bine...

Mă încearcă un sentiment de vinovăție când îl aud spunând asta, căci îmi dau seama că nici nu prea m-am gândit să-l sun. I-am trimis un mesaj să-i zic că am ajuns cu bine. Şi cam atât. Slavă Domnului că nu m-a sunat... îmi imaginez telefonul sunând... Când? În timpul acelei reuniuni lungi, chinuitoare. În timpul certei cu Luc? În prima noapte, când ne-am adunat toate, mustind de frica a ceea ce urma să auzim?

E imposibil.

— Îmi pare rău că nu te-am sunat, zic eu în cele din urmă, terminând treaba şi închizând cuptorul. Am vrut să te sun... doar că ştii cum e cu Freya. E atât de plângăreață seara, mai ales într-un loc străin!

— Deci... cu ce ocazie v-ați întâlnit? mă întreabă Owen.

Se apucă să ia salata din dulap, adulmecând frunzele fade şi adunându-le pe cele ofilite.

— Adică e un moment ciudat să ai o reuniune tocmai în mijlocul săptămânii. Îmi dau seama că pentru tine sau Kate nu prea contează. Dar Fatima nu lucrează?

— Da. A fost o cină... o reuniune a fostelor eleve de la Internatul Salten. S-a ținut marți, nu ştiu de ce. Probabil pentru că atunci e goală şcoala.

— Nu mi-ai zis de asta, spune el, începând să taie roşiile felii, lăsând sucul palid să se scurgă pe farfurie.

Ridic din umeri.

— N-am ştiut. Kate a cumpărat biletele. A fost o surpriză.

— Mda... ce să zic, şi eu sunt surprins, zice Owen în cele din urmă.

— De ce?

— Ai zis întotdeauna că n-o să te mai întorci acolo niciodată. La şcoala aceea, adică. De ce acum?

De ce acum? De ce acum? Futu-i! *De ce acum*?

E o întrebare destul de rezonabilă. Şi nu reuşesc să găsesc un răspuns pentru ea.

— Nu ştiu, zic eu în sfârşit, cu iritare. Împing farfuria spre el. OK? Nu ştiu. A fost ideea lui Kate şi am zis că să accept aşa cum e. Putem să încetăm interogatoriul? Sunt obosită şi n-am dormit deloc bine azi-noapte.

— Hei, zice Owen cu ochii larg deschişi, ridicând mâinile.

Nu vrea să arate, dar văd pe faţa lui cât de jignit e şi-mi vine să intru în pământ de ruşine.

— Sigur, scuze! Dumnezeule! Nu voiam decât să facem puţină conversaţie.

Îşi ia farfuria şi se duce în living, fără să mai spună un cuvânt.

Ceva parcă se rupe în mine, simt o durere reală, fizică. Şi, pentru o clipă, vreau să mă duc după el şi să-i spun tot, cum s-a întâmplat, ce-am făcut, povara care atârnă pe umerii mei, ameninţând să mă facă una cu pământul...

Dar nu pot. Pentru că nu este doar secretul meu — este şi al lor. Şi nu am niciun drept să le trădez.

Îmi înghit confesiunea care vrea să iasă la suprafaţă. O înghit şi îl urmez pe Owen în living, ca să luăm cina împreună, în linişte.

***

În zilele care urmează, învăț că timpul le macină pe toate într-un fel de nouă normalitate. E o lecție pe care ar fi trebuit să mi-o amintesc de data trecută, când m-am chinuit să mă împac cu ce s-a întâmplat, cu lucrurile pe care le-am făcut.

Pe atunci, eram prea preocupată ca să simt permanent teamă, şi întreaga situație începuse să-mi pară ca un soi de coşmar, ceva ce i s-a întâmplat altcuiva, în alt timp. Mintea mi-era preocupată de alte lucruri: de efortul de a mă impune în noua şcoală, de mama mea a cărei sănătate se înrăutățea pe zi ce trecea. Nu aveam timp să citesc ziarele, iar la vremea aceea ideea de a purica internetul căutând informații nu-mi dăduse prin cap.

Acum însă am timp berechet. Când Owen pleacă la lucru şi uşa se închide în urma lui, pot să dau frâu liber obsesiei. Nu îndrăznesc să caut pe Google după termenii care mă interesează — *cadavru identificat Estuar Salten* — pentru că ştiu că nici măcar o fereastră incognito într-un browser nu poate să-ți ascundă complet căutările.

În schimb, caut după termeni care sunt anume aleşi, cu grijă, ca să nu poată deveni probe într-un dosar. „Ştiri Estuar Salten" „Kate Atagon Salten." Speram să apară titluri care să-mi dea ce vreau, dar fără să lase o urmă digitală de amprente însângerate.

Chiar şi aşa, şterg istoricul. La un moment dat, îmi dă prin minte să mă duc la un internet-café de la capătul străzii, dar nu mă pot convinge s-o fac. Printre tinerii serioşi de acolo, în halatele lor albe, eu şi Freya am apărea ca nişte ciudățenii absolute. Nu, orice s-ar întâmpla, nu trebuie să atrag atenția asupra mea.

Ştirea apare cam la o săptămână de la întoarcerea mea şi, în momentul acela, nu sunt nevoită să caut nicăieri. Apare pe website-ul *Salten Observer* în clipa în care intru pe pagină. Ştirea ajunge şi în *Guardian* şi la BBC, deşi e doar un paragraf în secţiunea „Ştiri de interes local".

> Trupul artistului local Ambrose Atagon, cunoscut pentru studiile sale privind peisajele costale şi flora şi fauna sălbatică, a fost descoperit după mai bine de cincisprezece ani de la dispariţia lui inexplicabilă pe ţărmurile Estuarului Salten, un loc minunat, aproape de casa lui de pe coasta de sud. Fiica lui, Kate Atagon, nu ne-a răspuns la mesaje, dar o prietenă a familiei, din partea locului, Mary Wren, ne-a spus că încheierea acestui capitol este binevenită după atâţia ani de când se caută răspunsuri.

E un şoc — stau şi citesc paragraful iar şi iar şi simt cum carnea se strânge pe mine şi trebuie să mă ţin de masă ca să nu cad din picioare. S-a întâmplat. Lucrul de care ne-am temut atâta timp. S-a întâmplat, în sfârşit. Şi totuşi nu e atât de rău pe cât ar fi putut să fie. Nu se spune nimic cum că ar fi tratată ca o moarte suspectă, nu se menţionează nimic de medici legişti sau de anchete. Şi, pe măsură ce trec zilele şi telefonul nu sună şi nu-mi bate nimeni la uşă, îmi zic că pot să mă relaxez... măcar puţin.

Cu toate acestea, în serile pe care le petrec cu Owen, sunt tensionată şi agitată, prea distrasă ca să citesc sau să mă concentrez să mă uit la televizor. La cină, dacă îmi pune vreo întrebare, tresar, ruptă din miezul gândurilor, fără să înţeleg bine ce mi-a zis. Încep să-mi cer scuze din ce în ce mai des.

Doamne, ce mi-aş dori să pot fuma! Degetele mele mor de dorul unei ţigări.

Numai o singură dată cedez tentaţiei şi fumez o ţigară, apoi mă urăsc pentru asta. Trec pe lângă chioşcul de la colţ şi, copleşită de ruşine, spunându-mi că nu intru decât ca să iau lapte, mă duc să plătesc — ca şi cum ar fi aşa... ceva de care sunt vag conştientă — şi cer zece Marlboro Lights, cu voce ascuţită şi fals degajată. Fumez una în curtea din spate, apoi arunc chiştocul în toaletă şi trag apa, fac duş, mă frec bine până când pielea îmi e roşie şi mă doare, ignorând scâncetele din ce în ce mai tari şi mai dese ale Freyei din leagănul pe care l-am pus în baie, lângă uşă.

Nu am cum să-mi hrănesc copilul dacă duhnesc a fum de ţigară.

Când ajunge Owen acasă, simt că mă topesc de ruşine, sunt agitată şi gata să clachez şi, în sfârşit, când îmi pun doi stropi de vin într-un pahar, izbucnesc în lacrimi, iar el mă întreabă:

— Isa, ce s-a întâmplat? Eşti ciudată de când te-ai întors din Salten. S-a întâmplat ceva?

La început nu reuşesc decât să clatin din cap, sughiţând, dar apoi reuşesc să-i răspund:

— Îmi pare rău... îmi pare atât de rău! Am... am fumat o ţigară.

— Poftim?

Nu e ce se aştepta. Îmi dau seama după expresia de pe chipul lui.

— Fir-ar să fie... cum, când ai făcut aşa ceva?

— Îmi pare rău.

Sunt mai calmă acum, dar tot sughiţ de plâns.

— Am... am mai tras câteva fumuri şi la Kate şi apoi azi, nu ştiu, n-am putut rezista.

— Înțeleg, zice el.

Mă ia în brațe, își reazemă bărbia pe fruntea mea. Îl simt cum se gândește ce să-mi spună.

— Ei bine... nu pot spune că nu mai pot de bucurie. Știi ce simt în privința asta.

— Nu ai cum să fii mai supărat de faza asta mai mult decât sunt eu pe mine însămi. Mă simt dezgustătoare... nici n-am putut s-o iau pe Freya în brațe până nu am făcut duș.

— Ce-ai făcut cu restul pachetului?

— L-am aruncat, îi zic, după o mică ezitare.

Dar ezitarea aceea înseamnă minciună. Pentru că nu l-am aruncat. Nu știu de ce nu l-am aruncat. Am vrut... dar am reușit cumva să vâr țigările pe fundul genții mele înainte să mă duc la duș. *Nu* o să mai fumez încă una, așa că nu contează, nu-i așa? Până la urmă, e același lucru. O să le arunc, și atunci ce-am spus devine adevărat. Dar pentru moment... pentru moment stau aici, în picioare, în brațele lui Owen, amorțită și rușinată... pentru moment, e o minciună.

— Te iubesc, zice el ținându-mă în brațe în continuare. Știi că de asta nu vreau să fumezi, nu-i așa?

— Știu, îi zic, cu vocea răgușită de lacrimi.

Apoi Freya se apucă să țipe, iar eu mă retrag din îmbrățișarea lui și mă duc s-o iau în brațe.

Owen rămâne însă confuz. Și-a dat seama că ceva e în neregulă... doar că nu știe ce.

Zilele trec una după alta, formând un soi de simulacru de realitate, deși sunt unele lucruri, mici, care îmi arată că, de fapt, nu e așa sau, dacă e, e o nouă normalitate, nu cea pe care o știam. În primul rând, mă dor maxilarele şi, când o zic aşa, într-o doară, Owen îmi răspunde că m-a auzit azi-noapte scrâşnind straşnic din dinţi în somn.

Apoi sunt coşmarurile. Acum nu mai e doar sunetul lopeţii cu nisip umed sau zgomotul unei prelate zgâriind pământul. Acum visez oameni, autorităţi care mi-o smulg pe Freya din braţe, iar gura mea e împietrită într-un ţipăt mut de groază că o să mi-o ia de tot.

Ies la cafea cu grupul meu de foste gravide, aşa cum fac de obicei. Mă duc la bibliotecă, aşa cum fac de obicei. Dar Freya îmi simte tensiunea şi frica. Se trezeşte noaptea din somn plângând, aşa că mă dau jos din pat, ameţită, şi mă duc s-o iau rapid din pătuţ înainte să-l trezească pe Owen. În timpul zilei e agitată şi mă caută întruna, îşi ridică tot timpul mâinile ca să fie luată în braţe, până când mă lasă spatele din cauza greutăţii.

— Poate că îi ies dinţii, zice Owen.

Dar eu ştiu că nu e asta sau nu e doar asta. E din cauza mea. Din cauza fricii şi a adrenalinei care îmi curge prin trup, în lapte, în piele, ajungând până la ea.

Simt că sunt constant în stare de asediu, muşchii gâ tului îmi sunt ca nişte coarde de oţel, pregătite constant pentru... ceva, pentru vreun trăsnet venind din senin să distrugă echilibrul fragil în care mă aflu. Dar când vine, în sfârşit, nu e în forma în care mă aşteptam.

Owen e cel care răspunde la uşă. E sâmbătă şi sunt încă în pat, cu Freya lângă mine, întinsă pe pat ca o broască, cu gura ei roşie şi umedă, larg deschisă, iar pleoapele fine şi trandafirii închise peste ochii care urmăresc vise.

Când mă trezesc, la marginea patului găsesc o cană de ceai şi încă ceva. O vază cu flori. Trandafiri.

Imaginea mă trezeşte brusc şi zac aşa, încercând să-mi dau seama ce-aş fi putut uita. Nu era aniversarea noastră — asta e în ianuarie. Ziua mea e în iulie. Ce-o fi?

În cele din urmă, mă dau bătută. Trebuie să recunosc că nu ştiu şi întreb.

— Owen, îl chem eu domol, iar el intră, o ia în braţe pe Freya care începe să se agite, şi o pune pe umăr, o bate pe spate, în timp ce ea se întinde şi cască, delicată ca o pisică.

— Bună, somnorilă. Ai văzut ceaiul pe care l-am pregătit pentru tine?

— L-am văzut, mulţumesc. Dar ce e cu florile? Sărbătorim ceva?

— Şi eu voiam să te întreb acelaşi lucru.

— Vrei să spui că nu sunt de la tine? îl întreb.

Iau o gură de ceai. E călduţ, dar mă hidratează şi asta contează.

— Nu. Uită-te la felicitare!

E băgată sub vază, o felicitare anonimă, de la florar, într-un plic alb, desfăcut şi nemarcat. Îl trag de sub vază şi-l deschid.

Isa, scrie pe felicitare, un scris de mână pe care nu-l recunosc, probabil al florarului. *Te rog, primeşte aceste flori ca un gest de penitenţă pentru comportamentul meu. Cu prietenie, Luc.*

Oh, Dumnezeule!

— Deci, ăăă... cine e Luc? întreabă Owen, luându-şi cana de ceai şi sorbind uşor, privindu-mă pe deasupra cănii. Ar trebui să fiu îngrijorat?

Comentariul lui ar trebui să fie luat ca o glumă, dar nu e sau nu e decât pe jumătate. Nu e genul gelos, dar e ceva curios în privirea lui, ceva speculativ şi nu pot să-l condamn pentru asta. Dacă el ar primi trandafiri roşii de la o femeie pe care n-o cunosc, probabil că şi eu mi-aş pune nişte întrebări.

— Ai citit felicitarea? l-am întrebat, apoi mi-am dat seama, în secunda următoare, văzând cum se întunecă la faţă, că n-a fost întrebarea potrivită. Adică... n-am vrut să zic că...

— Pe plic nu era niciun nume, răspunde el pe un ton categoric şi ofensat. Am citit ca să văd pentru cine erau. Nu te spionam, dacă asta voiai să zici.

— Nu, zic eu repede, evident că nu asta am vrut să zic. Doar că...

Mă opresc, trag aer în piept. Nimic nu e cum trebuie. N-ar fi trebuit s-o iau niciodată pe calea asta. Încerc... prea târziu... să mă întorc din drum.

— Luc e fratele lui Kate.

— Fratele? exclamă el, ridicând din sprânceană. Am crezut că a fost singură la părinţi.

— Frate vitreg, îi răspund.

Răsucesc între degete felicitarea. Cum mi-a găsit adresa? Owen probabil că se întreabă de ce-şi cere scuze, dar ce pot să-i zic? Nu pot să-i spun ce-a făcut Luc.

— El... a fost o înţelegere la mijloc când eram la Kate. O prostie, sincer.

— Nu zău, zice Owen senin. Dacă aş trimite trandafiri de fiecare dată când avem câte o neînţelegere, aş fi la sapă de lemn acum.

— A fost ceva legat de Freya, îi zic eu, ezitant.

Trebuie să-i zic cumva, fără să-l fac pe Luc să pară că e nebun de legat. Dacă îi zic — fără ocolişuri — că Luc mi-a luat copilul, copilul nostru, de la persoana în grija căreia era, fără să ceară voie, Owen probabil o să vrea să sun la poliție și nu pot să fac așa ceva. Trebuie să-i zic adevărul, dar nu tot adevărul.

— Păi... oh, e complicat, dar când am ieșit la cina de reuniune, am găsit o dădacă, dar era cam tânără și nu s-a putut descurca în momentul în care Freya a avut o criză de isterie. A fost o prostie — n-ar fi trebuit s-o las pe Freya cu un străin, dar Kate a zis că fata are experiență... Oricum, s-a întâmplat că Luc era prin preajmă și s-a oferit s-o ia pe Freya și s-o ducă la plimbare ca s-o calmeze. Dar eu m-am enervat, pentru că nu mi-a cerut voie s-o scoată din casă.

Ambele sprâncene ale lui Owen s-au ridicat acum.

— Adică tipul te-a ajutat și tu mai aveai puțin și-i luai beregata, iar acum tot el îți trimite trandafiri? Nu e un pic exagerat?

Dumnezeule! Nu fac decât să înrăutățesc lucrurile.

— Ideea e că, la momentul respectiv, lucrurile erau puțin mai complicate, îi zic eu, încercând vag să mă apăr, ceea ce îmi transpare în voce. E o poveste lungă. Putem să vorbim despre asta după ce fac un duș?

— Sigur, zice Owen, ridicând mâinile. Nu mă băga în seamă!

În timp ce apuc un prosop de pe calorifer și mă înfășor în halatul de baie, îl surprind aruncând o privire la vaza cu trandafiri de pe noptieră, având pe chip expresia unui om care pune cap la cap o poveste... și căruia nu prea îi convine finalul.

Ceva mai târziu în aceeași zi, în timp ce Owen e cu Freya la Sainsbury's să cumpere lapte și pâine, iau florile din vază și le îndes adânc în tomberon, fără să-mi pese de spinii care mă înțeapă și-mi zgârie pielea.

Deasupra răstorn gunoiul adunat peste zi într-un sac de plastic pe care îl apăs peste trandafiri, ca şi cum gunoiul acumulat poate să anuleze prezenţa florilor, apoi trântesc peste el capacul tomberonului şi mă întorc în casă.

Mă spăl pe mâini la chiuvetă, ca să scap de sângele de la spini, îmi tremură şi abia mă pot abţine să nu le sun pe Kate, pe Fatima şi pe Thea şi să le spun ce-a făcut Luc, să-i aflăm motivele. Chiar încerca să-şi ceară scuze? Sau era altceva, mai subtil, mai periculos?

Ba chiar merg până într-acolo încât să iau telefonul şi să găsesc numărul lui Kate — dar n-o sun. Are destule pe cap, toate au, fără să mai adaug şi eu la fricile lor ceva ce poate nu e decât o simplă scuză.

Unul dintre lucrurile care nu-mi dau pace e faptul că mi-a găsit adresa. O are de la Kate? De la şcoală? Dar, îmi dau seama, cu inima grea ca un bolovan, că sunt în cartea de telefoane. Isa Wilde. Probabil că nu sunt atât de multe cu acelaşi nume în nordul Londrei. Nu i-ar fi fost atât de greu să-mi dea de urmă.

Bat apartamentul în lung şi-n lat, gândindu-mă, gândindu-mă întruna, dar apoi trebuie să-mi abat gândurile ca să n-o iau razna. Mă duc în dormitor şi golesc dulapul de haine al Freyei, sortând body-urile şi salopetele care i-au rămas prea mici de câteva luni deja. Activitatea îmi absoarbe toată atenţia şi, pe măsură ce teancurile cresc, mă trezesc că îngân o melodie, un cântec pop stupid, pe care îl ascultasem la radioul lui Kate şi că bătăile inimii mi s-au liniştit, iar mâinile nu-mi mai tremură.

O să calc hăinuţele care i-au rămas mici şi o să le pun la păstrare în mansardă, în cutii de plastic, pentru când Freya o să aibă, poate, un frăţior sau o surioară.

Dar abia când mă întorc după maldărul de haine să le duc jos unde e masa de călcat, îmi dau seama. Sunt pătate cu stropi mici de sânge de la zgârieturile în spinii trandafirilor.

Desigur, aş putea să le spăl. Dar nu sunt sigură că petele de sânge ar ieşi din ţesătura fină şi moale şi, oricum, îmi dau seama uitându-mă la picăturile roşii care se întind şi devin ruginii, că nu sunt în stare s-o fac. Lucrurile acestea micuţe, perfecte, nevinovate, sunt distruse, pângărite şi n-o să le mai privesc niciodată cu aceiaşi ochi.

În noaptea aceea zac în pat, ascultând-o pe Freya cum scânceşte în pătuţul ei şi pe Owen sforăind uşor lângă mine şi nu pot dormi.

Sunt obosită. Zilele astea sunt mereu obosită. De când s-a născut Freya n-am mai dormit nicio noapte ca lumea, dar e mai mult de-atât — se pare că nu mai pot să-mi stăpânesc gândurile. Îmi amintesc de mantra musafirilor pe care îi primeam când era nou-născută — *dormi când doarme copilul!* Şi-mi vine să râd. Voiam să le zic: voi chiar nu pricepeţi? N-o să mai dorm niciodată ca lumea. Nu o să mai am acel somn greu, starea aceea de inconştienţă completă, totală, în care cădeam înainte să apară ea, starea în care Owen se pare că pică aşa de uşor.

Pentru că acum o am pe *ea*. Freya. Şi ea îmi aparţine şi e responsabilitatea mea. Orice s-ar putea întâmpla: să se înece în somn, să ia foc casa, să intre vreo vulpe pe geamul deschis de la baie şi s-o sfâşie. Aşa că dorm cu o ureche ciulită, gata, la cel mai mic semn că ceva nu e cum trebuie, să sar în sus, cu inima bătându-mi nebuneşte în piept.

Şi acum, nimic nu e cum trebuie. Aşa că nu pot să dorm.

Mă tot gândesc la Luc, la bărbatul acela furibund de la poştă şi la băiatul pe care îl ştiam acum mulţi ani. Şi încerc să aduc cele două imagini laolaltă, să le fac să se potrivească.

Îmi tot aduc aminte cât de frumos era. Luc, întins pe ponton, în strălucirea stelelor, cu ochii închişi, jucându-se cu degetele în apa sărată. Şi-mi aduc aminte cum stăteam întinsă lângă el, uitându-mă la profilul lui în lumina lunii şi simţindu-mi stomacul strângându-se bolnav de dorinţă.

Cu el a fost prima dată când... ei bine, să zicem că mi s-au aprins călcâiele după el, deşi expresia nu exprimă nici pe departe felul în care m-a lovit sentimentul. Am mai cunoscut băieţi şi înainte, prieteni de-ai lui Will sau fraţi ai colegelor mele de şcoală. Dar n-am mai stat niciodată în întuneric, întinsă alături de un băiat frumos de-ţi rupea inima, nu alta.

Îmi amintesc cum stăteam acolo, întinzând mâna spre umărul lui — vârfurile degetelor atât de aproape, că simţeam căldura pielii lui bronzate şi goale, argintii în lumina nopţii.

Acum, întinsă pe pat, lângă copilul meu şi tatăl lui, mă tot gândesc. Îmi imaginez cum aş întinde mâna, iar Luc s-ar întoarce în lumina domoală a lunii şi şi-ar deschide ochii aceia extraordinari. Îmi imaginez cum mi-ar mângâia obrazul, îmi imaginez cum l-aş săruta, aşa cum am mai făcut-o cândva, cu atâţia ani în urmă. Dar, de data asta, nu s-ar mai feri — şi m-ar săruta la rândul lui. Şi simt din nou cum se ridică în mine dorinţa aceea în care te-ai putea scufunda iar şi iar.

Închid ochii, alung gândul, simțind căldura răspândindu-mi-se în obraji. Cum pot să stau în pat, lângă partenerul meu de viață, gândindu-mă la un băiat pe care l-am cunoscut acum două decenii? Nu mai sunt o fetişcană. Sunt un om matur, o femeie în toată firea, cu un copil.

Iar Luc... Luc nu mai e nici el un băiat. E bărbat, şi încă unul plin de furie. Iar eu sunt unul dintre oamenii împotriva cărora îşi îndreaptă furia.

Înainte de reuniunea de la Salten, au trecut luni de zile, ba chiar ani în care n-am vorbit cu fetele. Dar acum impulsul puternic de a vorbi cu ele e ca o mâncărime constantă de piele, o dorință dincolo de aparențe, ca țigările după care tânjesc iar dintr-odată.

Mă trezesc în fiecare dimineață şi mă gândesc la pachetul de țigări care e încă vârât pe fundul genții şi mă gândesc şi la telefonul în care am numerele lor. Ar fi chiar aşa de dureros să ne vedem din nou?

E ca şi cum am atrage destinul, dar cu cât trec aceste zile încărcate şi dorința începe să fie din ce în ce mai puternică, găsesc motive să-mi justific ideea. Nu e vorba doar de darul nedorit de la Luc; deşi, e adevărat, o discuție cu ele despre însemnătatea lui ar fi o uşurare. Dar trebuie să mă asigur că sunt bine, că se descurcă sub stres. Atâta vreme cât ne menținem povestea — că nu ştim nimic, că n-am văzut nimic — nu există niciun fel de dovadă împotriva noastră. Şi dacă nu se abate vreuna de la linia pe care ne-am propus-o, vor avea mari dificultăți să dovedească contrariul a ceea ce susținem noi. Dar sunt îngrijorată. Mai ales în privința Theei şi pasiunii ei pentru băutură. Dacă vreuna dintre noi cedează, am terminat-o. Şi acum, că a fost descoperit cadavrul lui Ambrose, nu mai e decât o chestiune de timp până o să primim un telefon.

Ideea acelui telefon îmi stă pe creier. De fiecare dată când sună, sar în sus şi, înainte să răspund, mă uit bine pe ecran să văd cine mă apelează. O singură dată, când am văzut număr ascuns, l-am lăsat să intre în mesageria vocală, dar n-a lăsat niciun mesaj. Probabil o greşeală, mi-am zis eu, cu groaza răspândindu-se în stomac, aşteptând să văd dacă sună înapoi.

N-a mai sunat nimeni înapoi. Dar nu pot să mă abţin să nu mă gândesc la acel apel, iar şi iar. Îmi imaginez cum sună poliţia şi întreabă de progresia cronologică, despicând firul în patru şi găsind nereguli. Şi e un lucru la care mă întorc mereu în minte, imaginându-mi întrebările lor atacând întruna problema, din toate unghiurile, ca un şobolan prins în laţ, iar eu nu am un răspuns pregătit.

Ambrose s-a sinucis pentru că era pe punctul de a fi dat afară pentru comportament deviant. Pentru că au găsit acele desene în portofoliul lui de lucrări sau în biroul lui sau aşa ceva. Asta am crezut toate de la bun început.

Dar dacă aşa stăteau lucrurile, de ce am fost chemate la şedinţa aceea din biroul domnişoarei Weatherby abia sâmbătă?

E o cronologie pe care am compus-o şi recompus-o în mintea mea, în miez de noapte, cu Owen sforăind lângă mine, şi nu reuşesc să-i dau de cap. Ambrose a murit vineri noaptea, iar ziua aceea la şcoală a fost absolut normală, de la un capăt la celălalt — am mers la cursuri ca de obicei, ba chiar am văzut-o pe domnişoara Weatherby la teme, în seara aceea, şi era perfect calmă.

Când au fost descoperite desenele şi unde? În mintea mea începe să se contureze un răspuns, dar nu e unul pe care vreau să-l formulez de una singură.

În sfârşit, la vreo cinci sau şase zile de la articolul din *Guardian*, cedez şi le trimit Theei şi Fatimei un mesaj.

E vreuna din voi disponibilă să ne întâlnim? Ar fi minunat să ne vedem.

Fatima îmi răspunde prima.

Poți să vii la cafea sâmbăta asta? Nu pot până atunci. 3pm undeva central?

Minunat, îi răspund. *E bine şi pentru mine. Thea?*

Theei îi ia douăzeci şi patru de ore să răspundă, iar când o face, e în obişnuitul ei stil laconic.

P Quot în S Ken?

Îmi ia mai bine de zece minute în care îmi frământ mintea, până îmi pică fisa şi, când îmi pică, Fatima răspunde înainte să pot eu să-mi exprim acordul.

OK, 3pm la Pain Quotidien în South Ken. Ne vedem acolo.

— Poți să ai grijă de Freya sâmbăta asta? îl întreb pe Owen, într-o doară, în seara aceea, la masă.

— Sigur, îmi răspunde, îndesându-şi în gură paste şi vorbind printre spaghetele bolognese. Doar ştii că pot să am grijă de ea. Ar trebui să ieşi mai des. Care e ocazia?

— Ah, mă văd cu nişte prieteni, zic eu vag.

E adevărat, dar nu vreau să ştie tot adevărul: că mă văd cu Fatima şi Thea. S-ar întreba de ce atât de devreme, după ce abia ne-am întors de la Kate.

— Îi ştiu? întreabă Owen şi simt o uşoară iritare.

Nu că nu vreau să-i răspund, doar că acum o săptămână nici măcar nu i-ar fi dat prin cap să pună o asemenea întrebare. Cred că de la florile de la Luc i se trage. Owen n-a zis nimic când s-a întors acasă şi a văzut că florile nu mai sunt, dar încă se mai gândeşte la ele. Îmi dau seama foarte bine de asta.

— Doar nişte amici, îi zic, apoi adaug prosteşte: E o chestie cu cei de la CPN.

— Ah, mişto! Cine o să fie?

Simt cum îmi pierd curajul, dându-mi seama de minciuna în care m-am înfundat. Am mers cu Owen la cursurile de prenatal. Îi ştie pe toţi. O să trebuiască să fiu foarte precisă şi, aşa cum zicea Kate, cu mărunţişurile eşti prins la înghesuială.

— Um... Rachel, zic în cele din urmă. Şi cred că o să fie şi Jo. Nu sunt sigură de celelalte.

— Îi laşi lapte muls? întreabă Owen, întinzându-se după piper.

— Nu, zic eu clătinând din cap. O să lipsesc doar câteva ore. Ne vedem la o cafea, nu mai mult.

— Nicio problemă, zice el. O să fie distractiv. O iau în pub şi-i dau să mănânce şorici de porc.

Ştiu că glumeşte — cel puţin în ce priveşte şoriciul de porc — dar ştiu că o zice şi pentru că ştie că mă enervez, aşa că îi fac pofta şi mă încrunt în glumă şi-l lovesc uşor peste masă, râzând, în acelaşi timp, de pantomima noastră conjugală. În timp ce eliberez masa de farfurii, mă întreb dacă toate relaţiile au genul ăsta de suişuri şi coborâşuri, de ritualuri de chemări şi răspunsuri.

Când ne prăbuşim în pat în seara aceea, mă aştept ca Owen să adoarmă, ca de obicei — dispărând în inconştienţă cu viteza şi uşurinţa pe care le invidiez din ce în ce mai mult în ultima vreme, dar mă surprinde, atingându-mă prin întuneric, mâna lui rătăcind peste abdomenul meu încă suferind de la sarcină, coborând între picioarele mele, făcându-mă să mă întorc spre el, căutându-i fața, brațele, pieptul cu păr rar şi negru.

— Te iubesc, îmi zice el după aceea, în timp ce stăm întinşi pe spate, cu inimile încă bătând la unison. Ar trebui să facem asta mai des.

— Ar trebui, îi zic. Apoi, ca şi cum n-ar fi fost decât un gând răzleț: Şi eu te iubesc.

Şi e adevărat, în momentul de față, îl iubesc din toată inima.

Îmi vorbeşte iar, pe un ton domol, iar eu adorm încet.

— Isa, e totul în regulă?

Deschid ochii în întuneric, inima bătându-mi dintr-odată cu putere.

— Da, îi răspund, încercând să-mi mențin vocea somnoroasă şi calmă. Desigur. De ce întrebi?

Oftează.

— Nu ştiu. Doar că... Te-ai comportat cam ciudat în ultima vreme, ai fost tot tensionată de când ai venit de la Kate.

Te rog. Închid ochii şi-mi încleştez pumnii. *Te rog, nu face asta, nu mă face să încep iar să te mint*.

— Sunt bine, îi zic şi nu încerc să-mi ascund oboseala din voce. Doar că... sunt obosită, cred. Putem să vorbim despre asta dimineață?

— Sigur, zice el, dar simt ceva în vocea lui, poate dezamăgire.

Ştie că îi ascund ceva.

— Îmi pare rău că eşti atât de obosită. Ar trebui să mă laşi să mă trezesc eu mai des noaptea.

— N-are sens, nu-i aşa? îi răspund, cu un căscat. Atâta vreme cât mai e la ţâţă. N-ai face decât să mă trezeşti apoi pe mine.

— Păi, eu tot zic că ar trebui să încercăm să-i mai dăm şi biberon, începe Owen, dar am o senzaţie de frustrare care creşte în mine şi nu pot să nu mă răstesc la el, chiar dacă nu foarte tare.

— Owen, te rog, te rog, hai să nu avem conversaţia asta acum, bine? Ţi-am zis, sunt obosită, vreau să dorm.

— Sigur, repetă el şi, de data asta, vocea îi e monotonă şi potolită. Scuze. Noapte bună.

Îmi vine să plâng. Îmi vine să dau în el. Nu pot să suport şi asta pe lângă toate celelalte. Owen e singura mea constantă, singurul lucru din viaţa mea care nu vine la pachet cu paranoia şi minciuna.

— Owen, te rog, îi spun şi vocea îmi tremură puţin, în ciuda faptului că nu aş vrea. Te rog, nu fi aşa!

Dar nu-mi răspunde. Doar stă acolo întins, încovoiat şi tăcut sub aşternuturi, aşa că oftez şi mă întorc cu faţa la perete.

— Pa! strig eu din hol. Sună-mă dacă... ştii tu...

— O să fie bine, strigă Owen de la etaj. Aproape că îl aud cum îşi dă ochii peste cap.

Ridic privirea şi îl văd pe palier, în uşă, ţinând-o pe Freya.

— Du-te. Distrează-te. *Stai liniştită.* Pot să am grijă de propriul meu copil, să ştii.

Ştiu.

Ştiu, ştiu şi totuşi, când aud uşa apartamentului trântindu-se la etaj, iar eu rămânând în hol, simt presiunea aceea familiară din piept, funia care mă leagă de Freya întinzându-se, întinzându-se...

Îmi verific geanta să văd dacă am telefonul... dap. Cheile... dap. Portofelul... unde mi-e portofelul? Mă uit în dreapta şi-n stânga după el, până când privirea mi se opreşte pe o scrisoare lăsată pe etajeră, adresată mie.

O iau şi mă gândesc s-o duc sus, ca să-mi caut şi portofelul, dar două lucruri se întâmplă în acelaşi timp.

Primul e că îmi simt portofelul în buzunarul de la blugi şi-mi dau seama ce-am făcut cu el. Al doilea... al doilea e că observ că timbrul e din Salten.

Inima începe să-mi bată mai repede, dar îmi zic că nu am niciun motiv de panică. Dacă era ceva de la poliție, plicul ar fi fost ştampilat, nu timbrat şi ar fi arătat ca o corespondență oficială — scris de calculator, într-unul din plicurile acelea cu fereastră din plastic.

Dar asta e altceva — un plic maro, A5, în care simt câteva foi de hârtie.

Scrisul nu e al lui Kate. E un scris curat, cu litere mari, anonime, complet diferit de scrisul generos, plin de bucle al lui Kate.

Să fie ceva de la şcoală? Poate nişte fotografii de la masă?

Ezit un moment, întrebându-mă dacă nu cumva ar trebui să pun foile înapoi şi să mă uit pe ele când mă întorc. Dar curiozitatea mă înfrânge, aşa că bag un deget în marginea plicului şi-l desfac, rupându-l.

Înăuntru e un teanc de hârtii, poate trei sau patru foi, dar par să fie copii xeroxate după ceva — nişte desene, mai degrabă decât litere. Le scutur, uitându-mă după o foaie de început, care să-mi zică despre ce e vorba şi, pe măsură ce foile cad, plutind spre podea, simt cum o mână mi se încolăceşte în jurul gâtului şi strânge, atât de tare că mă apucă o durere în piept. Sângele mi se scurge de pe chip, iar degetele îmi sunt reci şi amorțite şi mă întreb o clipă dacă nu cumva fac infarct — pentru că aşa simt.

Inima o ia nebună la goană, iar respirația îmi devine superficială şi chinuită.

Apoi, de sus, aud un zgomot, moment în care un instinct puternic de autoconservare preia controlul, aducându-mă în patru labe, în fața fotografiilor pe care dau să le culeg de pe jos cu o disperare pe care nici măcar nu mă chinui s-o ascund.

Abia când sunt toate foile înapoi în plic mă străduiesc să procesez ce s-a întâmplat, ce-am văzut şi-mi duc mâinile la faţă, simţind roşeaţa şi fierbinţeala obrajilor, cu pulsul galopând puternic. Cine le-a trimis? De unde au ştiut?

Dintr-odată e mai urgent ca oricând să ies de aici, să vorbesc cu Fatima şi cu Thea şi, cu mâinile tremurând puternic, îndes plicul adânc de tot în geantă şi deschid cu furie uşa de la intrare.

Când dau să păşesc în stradă, aud zgomot de sus şi-mi ridic privirea ca să-i văd pe Owen şi pe Freya stând la fereastra deschisă de deasupra. Owen ţine în mâna lui mânuţa grăsană a Freyei şi, când vede că-mi întorc capul, îmi face solemn din mână.

— Slavă Domnului! zice el.

Râde, încercând s-o stăpânească pe Freya să nu-i fugă din braţe.

— Începusem să cred că ai de gând să-ţi petreci întreaga după-amiază în hol!

— S... scuze, mă bâlbâi, ştiind că obrajii îmi ard, iar mâinile îmi tremură. Verificam mersul trenurilor.

— Pa-pa, mami, zice Owen, dar Freya se smuceşte din braţele lui, lovindu-l cu picioruşele dolofane, vrând s-o pună jos, iar el se apleacă şi-i dă drumul. Pa, iubire, zice el şi se îndreaptă de spate.

— Pa, reuşesc eu să zic, cu gâtul sugrumat de emoţie şi plin de durere, ca şi cum ceva imens mi-l blochează, sufocându-mă, împiedicându-mă să vorbesc şi să înghit. Ne vedem mai târziu.

Apoi o iau la fugă, pentru că nu mai sunt în stare să fac faţă situaţiei.

Când ajung, Fatima stă la o masă în Le Pain Quotidien şi, de îndată ce dau cu ochii de ea, o văd tensionată şi ţeapănă în scaun, bătând darabana pe masă şi înţeleg imediat.

— Ai primit şi tu unul? o întreb în timp ce mă aşez pe scaun.

Îmi face semn că da, cu chipul palid, ca de mort.

— Ai ştiut?

— Ce să ştiu?

— Ai ştiut că o să vină? şuieră ea printre dinţi.

— Poftim? Nu! Evident că nu. Cum poţi să mă întrebi aşa ceva?

— Momentul în care a venit... întâlnirea asta. Mi s-a părut puţin cam... planificat?

— Fatima, *nu*.

Oh, Doamne, e mai rău decât mi-am imaginat. Dacă Fatima bănuieşte că sunt implicată în asta...

— Nu! aproape că strig în gura mare, protestând la ideea că aş fi putut avea ceva de-a face cu asta şi că n-am avertizat-o, n-am protejat-o. Evident că n-am ştiut nimic despre asta... cum poţi să crezi aşa ceva? E o coincidenţă. Şi eu am primit un plic.

Trag de colțul plicului meu şi-l scot din geantă, iar ea se holbează la mine îndelung, apoi pare să-şi dea seama de grozăvia a ceea ce-mi reproşa şi-şi revine.

— Isa, îmi pare rău... nu ştiu la ce m-am gândit. Doar că...

Vine un chelner şi se întrerupe, uitându-se la el cu ochii mari.

— Doamnelor, ce pot să vă aduc? Cafea? Prăjitură?

Fatima îşi trece o mână peste față şi îmi dau seama că încearcă să-şi adune gândurile şi că e la fel de şocată cum sunt şi eu.

— Aveți ceai de mentă? întreabă, în cele din urmă, iar chelnerul îi face semn că are şi se întoarce zâmbind spre mine.

Îmi simt chipul înțepenit, fals, ca o mască de veselie peste o prăpastie de temeri. Cumva însă, reuşesc să înghit nodul care mă împiedică să respir.

— Aş vrea... aş vrea un cappuccino, vă rog.

— Ceva de mâncare?

— Nu, mulțumesc, zice Fatima şi mă trezesc dând din cap cu forță, confirmându-i spusele.

Am senzația că m-aş îneca dacă aş încerca să înghit ceva acum.

Chelnerul a dispărut să ne aducă băuturile, iar în acelaşi timp, uşa de la intrare se deschide, clopoțelul sună, iar eu şi Fatima ne întoarcem şi o vedem pe Thea, cu ochelarii negri de soare la ochi şi cu buzele date cu ruj roşu, uitându-se în jurul ei panicată. Ne zăreşte şi aproape că tresare, apoi vine spre noi.

— De unde ai ştiut?

Îmi bagă plicul sub nas, holbându-se la mine.

— De unde dracu' ai ştiut?

Aproape că țipă la mine, aruncându-mi cuvintele în ochi, plicul tremurându-i între degete.

— Thee... eu...

Dar gâtul mi se blochează iar şi nu pot vorbi, nu mă pot forța să rostesc niciun cuvânt.

— Thee, calmează-te, zice Fatima, ridicându-se din scaun, cu mâinile întinse spre ea, cu palmele în sus. Am întrebat-o şi eu acelaşi lucru. Dar e doar o coincidență.

— O coincidență? Al dracului de mare coincidență! scuipă Thea, apoi se opreşte brusc, şocată. Stai puțin, şi tu ai primit un plic?

— Da, şi Isa la fel, răspunde Fatima, arătând spre plicul care ieşea din geantă. Nu ştia că o să vină, aşa cum n-am ştiut nici eu.

Thea se uită la Fatima, la mine, apoi pune plicul înapoi în geantă şi se aşază pe scaunul liber.

— Deci... nu avem nicio idee despre cine ni le-a trimis?

Fatima clatină încet din cap şi spune:

— Dar avem o idee destul de clară despre locul din care provin, nu?

— Ce vrei să zici? întreabă Thea cu vehemență.

— Păi, cum adică ce vreau să zic? Kate a zis că a distrus toate... desenele de felul acesta. Fie ne-a mințit, fie astea vin de la şcoală.

— *Futu-i!* strigă tare Thea, atât de tare, încât chelnerul care a venit să ia comanda, aşteptând cuminte, pleacă discret ca să revină într-un moment mai potrivit. În pizda mamii lor de cretini nenorociți, înjură ea luându-şi capul în mâini, şi văd cum unghiile îi sunt roase până la sânge. Ați întrebat-o? spune ea în cele din urmă. Pe Kate, zic?

— Ba bine că nu, tu ce crezi? zice Fatima înnegurată. Dacă ăsta vrea să fie şantaj din partea ei, atunci s-a chinuit ceva să-şi deformeze scrisul şi să trimită plicurile anonime, aşa că, dacă o întrebăm, nu cred că e dispusă să recunoască faptul că ea le-a trimis.

— Nu se poate să fie Kate, explodez eu, exact în momentul în care chelnerul apare cu băuturile noastre, aşa că ne oprim şi aşteptăm în tăcere, cu obrajii roşii de enervare, să lase băuturile pe masă şi să ia comanda Theei, un espresso dublu.

După ce dispare, le zic, cu vocea ceva mai scăzută:

— Imposibil. Nu se poate și gata... ce motiv ar fi avut să trimită aşa ceva?

— Nici mie nu-mi place ideea mai mult decât ție, se răsteşte Fatima. La dracu'! *La dracu'*, ce haos e totul! Dar dacă nu le-a trimis Kate, cine le-a trimis? Cei de la şcoală? Ce motiv să fi avut *ei* să trimită plicurile? Isa, vremurile s-au schimbat. În ziua de azi, judecătorii nu mai condamnă fetişcanele pentru că n-au fost *cuminți* — chestia asta s-ar transforma într-un scandal de abuz şi Internatul Salten s-ar trezi în mijlocul lui. Felul în care au ținut să rezolve problema a fost şocant şi au aproape la fel de multe de pierdut ca şi noi.

— N-am fost abuzate, zice Thea.

Îşi scoate ochelarii de pe nas, lăsându-ne să vedem pungile negre de sub ochi.

— Ambrose a fost orice altceva, dar agresor n-a fost.

— Thea, asta n-are a face, zice Fatima. Indiferent care au fost motivele lui, a abuzat de *poziția* în care se afla şi nu există dubii în privința asta, şi o ştii la fel de bine ca mine. A fost un prost iresponsabil.

— A fost un artist, i-o întoarce Thea. Şi nu s-a atins nici măcar de un fir de păr din capul nostru, decât dacă tu ştii altceva.

— Dar presa nu va vedea lucrurile aşa! şuieră iar Fatima printre dinţi. Trezeşte-te, Thee. Tu nu pricepi că asta constituie un posibil *mobil*?

— Mobil pentru ce... pentru sinucidere?

Pentru o clipă, pe chipul Theei se citeşte confuzie, dar apoi îi explic clar:

— Mobil pentru crimă... comisă de noi, nu-i aşa, Fatima? Asta vrei să zici?

Dă din cap aprobator, cu faţa palidă contrastând cu hijabul de culoarea vinului negru, iar eu simt iar cum mi se strânge gâtul, sufocându-mă. În mintea mea, imaginile se adună iar — tuşele delicate ale creionului lui Ambrose, o curbă aici, o linie dincolo, o buclă de păr... trupul din imagini s-a schimbat, dar chipul meu, nu există niciun dubiu, cu toată groaza pe care faptul în sine îl trezeşte în mine, chipul meu e încă al meu, după toţi aceşti ani, privindu-mă de pe hârtie, atât de nesigură şi atât de incredibil de vulnerabilă...

— Poftim? Thea râde tulburată. Nu. Nu! E ridicol! Cine ar crede aşa ceva? Pur şi simplu, nu văd logica!

— Uite care-i faza, zice Fatima deja obosită. Acum şaptesprezece ani nu ne gândeam la noi, ne gândeam că descoperirea desenelor ar acuza un singur om: pe Ambrose. Desenele erau, pur şi simplu, un dezastru pentru el. Dar priveşte acum lucrurile în lumina dură a maturităţii. Ce-ai gândi dacă ai vedea aşa ceva în presă, în ziua de azi? Ai un grup de fete dintr-un internat, curtate de un profesor, iar printre fete e şi fiica lui. Ai auzit-o pe Kate — oamenii din sat deja speculează că Ambrose îşi molesta fata. Desenele astea, ieşind la suprafaţă aşa, *acum*, după toate tentativele lui Kate de a scăpa de ele? Asta schimbă radical relaţia noastră cu Ambrose, Thee. Ajungem din elevele lui, victimele lui. Şi, câteodată, victimele se mai şi răzbună.

Şopteşte, cuvintele ei de-abia se aud în zarva din cafenea, dar dintr-odată îmi vine să-i pun mână peste gură, s-o fac să tacă, pentru numele lui Dumnezeu, să tacă şi gata! Pentru că are dreptate. Am îngropat un cadavru. Nu avem niciun alibi pentru noaptea în care a murit. Chiar dacă nu va ajunge în instanță, oamenii vor vorbi.

Espresso-ul Theei soseşte în tăcerea care s-a lăsat între noi şi ne bem cafeaua, fiecare pierdută în lumea ei, gândindu-ne la posibilele consecințe pe care un astfel de scandal le-ar avea asupra carierelor noastre, asupra relațiilor, copiilor...

— Şi atunci, cine? întreabă Thea în cele din urmă. Luc? Cineva din sat?

— Nu ştiu, geme Fatima. Orice am spus mai înainte, *nu* cred că sunt trimise de Kate, pur şi simplu nu cred. Dar, fie că le-a trimis ea, fie că nu, tot ne-a mințit când a zis că le-a distrus. Desenele astea nu sunt cele pe care ni le-au arătat cei de la şcoală, nu-i aşa?

— N-o să-ți vină să crezi, zice Thea, cu o oarecare iritare, dar admirația față de cum am ieşit în desenele alea nu era tocmai prima chestie pe lista de priorități din ziua aceea. Isa? Tu-ți aduci aminte?

— Nu ştiu, zic eu încet.

Încerc să-mi aduc aminte imaginile răsfirate pe birou în ziua aceea. Erau doar vreo şase coli de desen şi numai una era cu mine, singură, sau, cel puțin, aşa cred... Dumnezeule, ce greu mi-e să-mi aduc aminte! Dar de un lucru sunt sigură — plicul în care le-am primit azi conținea cel puțin trei sau patru coli şi mult mai multe imagini decât am văzut împrăştiate pe biroul domnişoarei Weatherby.

— Cred că ai dreptate, îi zic în sfârşit. Nu cred că astea sunt cele pe care le deținea şcoala. Asta dacă nu cumva au păstrat câteva pe care nu ni le-au arătat. Cele pe care ni le-au arătat... nu erau aşa multe. Dar cred că şi Fatima are dreptate — cei de la şcoală nu au niciun motiv să ni le trimită, nu-i aşa? Au la fel de multe de pierdut ca noi.

— Cine atunci... Luc? vrea Thea să ştie.

Ridic neputincioasă din umeri.

— Mary Wren? Şi ce? E o avertizare sau cineva încearcă să ne protejeze? Poate e Kate care ne returnează desenele ca să nu fie folosite împotriva noastră mai târziu?

— Mă îndoiesc, îi zic.

Mi-ar plăcea să cred în versiunea asta — versiunea care nu presupune să ne uităm peste umăr, aşteptând să vedem ce şantaj aduc cu ele aceste desene.

— Dar sunt copii, nu originale. De ce să ne trimită copii?

Deşi, chiar în momentul în care o zic, îmi dau seama cât de greu i-ar fi lui Kate să se despartă de ele. Până la urmă, numai Dumnezeu ştie cum s-a agățat de fiecare lucru care i-a aparținut tatălui ei.

— Poate vrea să ne dea de ştire de existența lor? zice Thea, dar vocea îi e nesigură.

Clatin din cap.

— Ne-ar fi zis la Moară. Să ni le trimită acum prin poştă... nu are sens.

— Ai dreptate..., zice Fatima. Nu are sens să ni le trimită acum.

Cuvintele ei au un ecou neplăcut şi, brusc, îmi vin în minte dubiile stârnite în mine în miez de noapte şi am sentimentul că mă scufund sub greutatea acestor fotocopii şi a fricii mele privind însemnătatea lor.

Înghit cappuccino-ul şi, când aşez cana înapoi pe masă, răsună cu zgomot pe farfurioară, trădându-mi nervozitatea pe care o resimt în privința a ceea ce urmează să spun. Aşa de mult îmi doresc să greşesc! Aş vrea ca Fatima şi Thea să-mi alunge dubiile... dar nu cred că au cum.

— Mda, păi mai e ceva, zic eu, fără tragere de inimă, iar Fatima şi Thea ridică privirea la mine, amândouă deodată. Înghit din nou, simțindu-mi brusc gâtul uscat şi amar de la cofeină. E ceva, ceva la care m-am gândit, apropo de momentul în care au venit desenele... nu astea, adaug eu. Cele pe care le-au găsit cei de la şcoală.

— Ce vrei să spui? întreabă Fatima. Ce moment?

— Ziua în care a murit Ambrose s-a desfăşurat complet normal, nu-i aşa?

Amândouă dau din cap că da.

— Dar nu înțeleg cum. Dacă cei de la şcoală ştiau de existența desenelor, dacă au vorbit cu Ambrose despre ele, atunci de ce au aşteptat douăzeci şi patru de ore până să ni le bage pe gât? Şi de ce ne-au vorbit atunci ca şi cum nu ştiau exact cine le-a desenat?

— Pen... pentru că..., începe Thea, dar se opreşte, încercând să-şi pună ordine în idei. Adică... vreau să spun... întotdeauna am crezut că ne-au spus nouă înainte să stea de vorbă cu Ambrose. Aşa trebuie să se fi întâmplat, corect? Altfel ar fi ştiut că erau ale lui, el n-ar fi negat, nu?

Dar Fatima deja ajunsese la concluzia ei. Era albă la față, cu ochii negri fixați pe mine şi cu un soi de frică în ei, care băga groaza şi în mine.

— Înțeleg ce vrei să zici. Dacă n-au vorbit cu Ambrose, de unde a ştiut el că aveam să fim toți expuşi?

Tăcând, îi fac semn că da. Am sperat, în ciuda tuturor evidențelor, că Fatima — Fatima cea rece, calculată, cu mintea ei clară şi gândirea ei logică — să găsească o hibă în raţionamentul meu. Acum ştiu că nu e niciuna.

— Părerea mea e, zic eu încet, şi de fapt nici măcar nu mai e o părere, cred că este al dracului de sigur că cei de la şcoală n-au văzut desenele acelea decât *după* moartea lui Ambrose.

Urmează o tăcere, una plină de groază.

— Deci, ce zici tu..., vorbeşte şi Thea în cele din urmă şi văd cum încearcă să pună totul cap la cap, să facă lucrurile să însemne altceva, să ajungă la altă concluzie decât cea pe care încercam toate trei s-o evităm. Deci, ce zici tu...

Se opreşte din nou.

Tăcerea umple aerul, zgomotul cafenelei este dintr-odată îndepărtat, aproape mut în contrast cu vorbele care îmi urlă în cap.

Nu-mi vine să cred că o să zic asta cu voce tare, dar cineva trebuie s-o facă. Trag adânc aer în piept şi mă străduiesc s-o zic pe şleau.

— Ce vreau să zic e că, fie cineva îl şantaja... şi ştia că imaginile astea urmau să fie trimise şi a acţionat înainte să se facă rahatul praf... fie...

Dar mă opresc, pentru că nu pot să rostesc acest gând, e prea îngrozitor, e ceva ce va schimba totul: ce s-a întâmplat, ce-am făcut noi şi, mai ales, înainte de toate, posibilele consecinţe.

Fatima e cea care spune totul, Fatima care e obişnuită să dea informaţii care ţin de viaţă şi moarte — diagnostice care schimbă vieţi, rezultate care te lovesc ca pumnul în stomac. Bea ultimele guri de ceai de mentă şi-mi termină fraza, pe un ton neutru.

— Fie cineva l-a omorât.

În metrou, în drum spre casă, faptele încep să se amestece în mintea mea, să se aranjeze şi să se rearanjeze, de parcă n-aş fi în stare să înțeleg ce se întâmplă decât dacă amestec cărțile şi tai din nou.

Complice la crimă. Şi, dacă Fatima are dreptate, chiar suspectă de crimă.

Asta schimbă totul şi simt că mă ia cu frisoane înțelegând în ce rahat ne-am băgat fără să ne dăm seama. Sunt furioasă — mai mult decât furioasă. Furibundă. Furioasă pe Fatima şi Thea pentru că n-au fost în stare să-mi dea niciun fel de asigurări. Furioasă pe mine pentru că nu mi-am dat seama de asta mai devreme. Am amânat şaptesprezece ani să mă gândesc la ce-am făcut în seara aceea. Am petrecut şaptesprezece ani *ne*gândindu-mă la ce s-a întâmplat, încercând să îngrop amintirile sub mii de straturi de nimicuri mundane, griji şi planuri de zi cu zi.

Ar fi trebuit să mă gândesc la asta.

Ar fi trebuit să mă gândesc la asta în fiecare zi, să analizez din fiecare unghi posibil. Pentru că, acum că am tras de acest fir, întreaga țesătură a trecutului începe să se desfacă.

Cu cât mă gândesc mai mult, cu atât sunt mai convinsă că desenele au apărut în acea dimineață, în dimineața de *după* moartea lui Ambrose. Am vorbit cu domnişoara Weatherby în seara aceea, după cină, m-a întrebat de mama şi de planurile mele de weekend. N-a existat nici măcar o singură clipă care să sugereze şocul crud şi furia pe care le-am văzut în ochii ei în ziua următoare. Ar fi putut fi o fățarnică şi jumătate — dar *de ce*? Conducerea şcolii nu avea niciun motiv să aştepte până a doua zi ca să ne pună în față desenele. Dacă domnişoara Weatherby le-ar fi văzut în vinerea aceea, ar fi putut să ne cheme în biroul ei în aceeaşi zi.

Nu, concluzia era inevitabilă: desenele au apărut după moartea lui Ambrose.

Dar *cine* le-a trimis? Şi, mai important de-atât, *de ce*?

Cineva care îl şantaja şi care, în sfârşit, şi-a dus la îndeplinire amenințarea?

Sau cineva care l-a omorât, încercând să ofere un motiv pentru sinuciderea lui?

Sau, se poate... oare era posibil... ca Ambrose însuşi să le fi trimis, într-o criză de remuşcare, înainte să-şi administreze doza fatală?

Dar resping ideea asta de îndată. Poate că Ambrose a greşit desenându-ne, din punct de vedere legal şi moral, poate că a fost un abuz al poziției lui, cum a zis-o Fatima. Poate că, în timp, şi el ar fi ajuns să gândească aşa.

Dar sunt absolut convinsă, sută la sută sigură că, indiferent care erau sentimentele lui Ambrose, n-ar fi trimis niciodată desenele acelea la şcoală. Nu ca să scape de scandal, ci pentru că nu ne-ar fi pus niciodată în situația de a suferi oprobriul public care, clar, urma după o astfel de descoperire, n-ar fi pus-o pe *Kate* niciodată în asemenea postură. Afecțiunea lui, *dragostea* lui pentru noi era prea mare și, stând în acest metrou care trece hurducându-se prin tunel, cu fața mângâiată de un curent cald și plin de praf, atâta lucru știu sigur, de dragul lui Kate și al nostru, al tuturor, și anume că ne-a iubit.

Și atunci, cine?

Un șantajist din sat, cineva care a venit la Moară în ziua aceea și a văzut ceva și s-a gândit că-i poate fi de folos?

Vreau să fie adevărat. Pentru că alternativa... alternativa e aproape de neimaginat.

Crimă.

Și atunci sunt și mai puțini oameni care să aibă un motiv.

Nu Luc. El e singura persoană care a avut cel mai mult de pierdut de pe urma morții lui Ambrose. Și-a pierdut casa, sora și tatăl adoptiv. A pierdut orice pârghie de siguranță pe care o avusese vreodată.

Niciunul dintre săteni; cel puțin, nu unul de care să știu eu. Poate că vreunul l-a șantajat. Dar niciunul nu avea motiv să-l omoare pe unul de-ai lor.

Și atunci cine? Cine avea acces la desene și la ascunzătoarea lui Ambrose și cine era în casă în ziua în care a murit?

Îmi masez tâmplele, încercând să nu mă gândesc la asta și încercând să nu mă gândesc la ultima conversație pe care am avut-o cu Fatima și Thea în timp ce mergeam spre stația de metrou din South Kensington, cu ochelarii de soare la ochi ca să nu ne orbească soarele arzător de vară.

— Ascultă, mai e ceva..., a zis Thea, apoi s-a oprit sub arcada stației de metrou, ducându-și degetele la gură.

— Dar încetează odată cu rosul unghiilor, i-a zis Fatima, oarecum îngrijorată şi nu pe un ton acuzator. Ce? Ce e?

— E... e vorba de Kate. Şi Ambrose. Rahat! a exclamat ea, trecându-şi degetele prin părul scurt, iar chipul îi era încremenit, de stres. Nu. Nu, nu contează.

— Nu poţi să zici aşa ceva şi apoi să nu ne spui până la capăt, i-am răspuns, punându-i o mână pe braţ. În plus, e evident că te roade. Scuipă tot, indiferent ce e. O să te simţi mai bine. Cum se zice... o problemă împărtăşită e o problemă rezolvată, nu?

— Dă-o dracului, zice Thea brutal. Ca şi cum: *vai, cât de mult bine ne-a făcut nouă împărtăşitul ăsta*, a spus cu chipul schimonosit. Uite care-i faza, ce-am să vă zic acum... nu e că aş crede... nu vreau ca *voi* să credeţi că...

S-a poticnit, strângându-se de puntea nasului, sub ochelari, dar eu şi Fatima am rămas tăcute, simţind că, dacă voiam să ne facă totuşi o confesiune, nu aveam încotro decât să aşteptăm.

În cele din urmă, ne-a zis.

Ambrose plănuia s-o ia pe Kate de-acolo. Imediat. S-o ducă la alt internat.

I-a zis Theei în weekendul anterior, când era foarte beat. Eu, Kate şi Fatima înotam în Estuar, dar Thea rămăsese la Moară cu Ambrose, iar el băuse vin roşu şi se holba la tavanul boltit şi încerca să se împace cu o alegere pe care nu voia s-o facă.

— M-a întrebat despre şcoli, ne-a zis Thea. Cum era Salten în comparaţie cu celelalte locuri în care am fost. Dacă eram de părere că mi-a făcut rău faptul că am schimbat şcoala atât de des. Era beat, foarte beat şi nu vorbea cum trebuie, până la capăt, dar apoi a zis ceva de legătura dintre părinte şi copil şi am simţit cum mi se strânge stomacul. Vorbea despre Kate.

Trage adânc aer în piept, ca şi cum chiar şi acum revelaţia o şochează.

— I-am zis: „Ambrose, nu face asta. O să-i frângi inima lui Kate." Nu mi-a răspuns imediat, dar, în cele din urmă, mi-a zis „Ştiu. Dar nu am cum să... Nu mai pot să continui aşa. Nu e bine, nimic nu e bine."

Ce nu mai putea continua? Thea l-a întrebat sau, cel puţin, a încercat; dar noi tocmai ne întorceam şi Ambrose a clătinat din cap, şi-a luat sticla de vin şi s-a dus sus, în studioul lui, a închis uşa după el, înainte ca noi, restul, să venim înapoi din Estuar, scuturându-ne apa din păr şi râzând.

Şi pe tot parcursul serii şi în săptămâna care a urmat, Thea s-a tot uitat la Kate, întrebându-se dacă ştia ce plănuia tatăl ei. Dacă ştia ce *grozăvie*...

Apoi, Ambrose a murit. Şi totul s-a destrămat.

Nu mai pot continua aşa. Vocea Theei, un ecou al vocii lui Ambrose, îmi răsuna în cap în drumul de la staţia de metrou spre casă şi abia dacă simţeam arsura soarelui după-amiezii în ceafă, atât de preocupată eram de propriile-mi gânduri.

E greşit, e complet greşit. Ce-a vrut să zică? Încerc să-mi imaginez ce-ar fi putut Kate să facă atât de rău încât el să ia decizia s-o trimită departe — dar imaginaţia mea dă rateuri. A văzut-o pe Kate, ne-a văzut pe toate, de fapt, trecând cu greu prin acel an, făcând greşeli şi luând hotărâri îndoielnice, experimentând băutura, drogurile şi sexualitatea. Şi n-a zis nimic. Într-un fel, nici nu e de mirare, căci, având în vedere trecutul lui, nu era prima persoană care să arunce cu piatra. Ne-a supravegheat doar, cu dragoste, şi a încercat să ne spună, fără să ne judece, când riscam prea mult şi ne puneam în pericol. Singura dată când l-am văzut cu adevărat furios a fost când Kate a luat pastilele acelea la discotecă.

— Ai înnebunit? a urlat el atunci. Ştii ce fac pastilele astea din corpul tău? Pentru Dumnezeu, ce avea dacă fumai nişte iarbă?!

Dar chiar şi atunci, n-a pedepsit-o, nu i-a restricţionat programul — ci doar şi-a exprimat îngrijorarea şi dezamăgirea. Ţinea la ea, la noi. Voia să ne fie bine. Clătina nemulţumit din cap când ne vedea că fumăm, se uita cu tristeţe la Thea când apărea cu bandaje şi plasturi peste tăieturi şi arsuri ciudate. Când ne duceam la el cu vreo problemă, ne dădea un sfat, ne asculta. Dar atât. Nu exista niciun fel de condamnare, de indignare morală. Nu ne-a făcut niciodată să ne simţim prost sau să ne fie ruşine.

Ne-a iubit pe toate. Dar, mai presus de orice, a iubit-o pe Kate — a iubit-o cu o dragoste atât de puternică, încât, câteodată, îţi tăia răsuflarea. Poate că asta se datora faptului că au fost doar ei doi atât de multă vreme, după moartea mamei lui Kate — dar, câteodată, era ceva în felul în care o privea, în felul în care îi dădea părul după ureche, în felul în care o evoca în tablourile lui, în felul în care încerca... nu s-o surprindă, nu neapărat ăsta e cuvântul, cât să-i găsească chintesenţa care i-ar fi permis să păstreze pentru totdeauna ceva din ea pe o coală de hârtie, de unde să nu poată nimeni să i-l ia. Era o odă a adorării pe care am surprins-o uneori şi la părinţii mei, dar vag, ca şi cum m-aş fi uitat printr-un geam aburit sau de la o distanţă foarte mare. Însă, în Ambrose, era ca o flacără care ardea cu patimă.

Pe noi ne iubea, dar Kate era parte din el. Mi-e imposibil să accept că ar fi putut s-o trimită departe de el.

Ce-ar fi putut să facă ea atât de rău, încât Ambrose să simtă că nu are ce face decât să se despartă de ea?

— Eşti sigură? am întrebat-o pe Thea, simţindu-mă dc parcă viaţa îmi era zdruncinată din temelii, ca într-un glob de zăpadă în care zăpada se reaşază. Chiar asta a spus?

Dar ea s-a mulţumit să dea din cap afirmativ, iar apoi, când am insistat, mi-a răspuns:

— Chiar crezi că aş fi înţeles greşit aşa ceva?

Nu mai pot continua aşa...

Ce s-a întâmplat, Ambrose? A făcut Kate ceva? Sau... şi gândul era ca un cuţit în stomac... S-a întâmplat altceva? Ceva de care Ambrose o apăra pe Kate? Sau ceva ce-a făcut el însuşi?

Nu ştiu. Nu pot să răspund la întrebări, dar mi se învârte capul din pricina lor, în timp ce picioarele înghit distanţa dintre metrou şi casă.

Ajung aproape de casă şi curând o să trebuiască să las la o parte gândurile astea şi să devin partenera de viaţă a lui Owen şi mama Freyei.

Dar întrebările nu-mi dau pace, sunt creaturi cu aripi şi gheare care mă agaţă şi mă lovesc cu o asemenea putere, încât tresar, ferindu-mi faţa ca şi cum m-aş feri de ele, dar nu reuşesc.

Ce-a făcut? Ce-a făcut de merita să fie trimisă de-acasă? Şi ce ar fi fost ea în stare să facă, numai să-l oprească?

Complice la crimă.

Complice la crimă.

Indiferent de câte ori repet fraza asta în mintea mea, nu reuşesc s-o pricep. Complice la crimă. O infracțiune care se pedepseşte cu închisoarea. În întunericul încăperii mele, cu draperiile opace trase pe geamuri ca să nu intre soarele serii, cu Freya în brațe, fraza repetată întruna vine peste mine în valuri de teroare care-mi dau frisoane. Complice la *crimă*.

Apoi, îmi apare ca o străfulgerare în întuneric. Biletul de adio. De el trebuie să mă agăț.

O adorm pe Freya la sân, iar ea pare să doarmă profund, dar, când încerc s-o desprind de mine, se prinde ca o maimuță, cu degețelele ei puternice şi începe să sugă iar, cu o hotărâre reînnoită, îngropându-şi fața în sânul meu, ca şi cum s-ar putea întoarce în trupul meu, acolo unde se simte în siguranță.

După un minut, îmi dau seama că n-o să-mi dea drumul fără să se opună vehement, şi oftez, lăsându-mă cu toată greutatea pe scaunul de alăptat, lăsându-mi gândurile să roiască iar, să danseze înainte şi înapoi, în legea lor.

Biletul lui Ambrose. Biletul *de adio*. Cum să fi scris un bilet de adio, dacă a fost omorât?

L-am citit, deşi tot ce-mi pot aminti acum sunt fraze scurte şi fragmente, şi felul în care scrisul părea să se dezintegreze în literele chinuite de la final. *Sunt împăcat cu hotărârea mea... te rog să mă crezi, draga mea Kate, că fac asta din dragoste — ultimul lucru pe care îl pot face ca să te protejez... Te iubesc, aşa că, te rog, mergi mai departe: trăieşte, iubeşte, fii fericită. Şi, mai presus de toate, nu lăsa ca toate astea să fie în van.*

Dragoste. Protecţie. Sacrificiu. Acestea au fost cuvintele care au rămas cu mine în toţi anii ăştia. Şi, în contextul a ceea ce credeam atunci, cuvintele acestea aveau sens. Dacă Ambrose ar fi trăit, întregul scandal al schiţelor ar fi ieşit la iveală — el ar fi fost dat afară, iar numele lui, împreună cu cel al lui Kate, ar fi fost târât în noroi.

La vremea aceea, când am fost chemate în biroul domnişoarei Weatherby, am avut sentimentul că lucrurile se potrivesc, au sens. Ambrose a văzut furtuna venind şi a făcut singurul lucru pe care îl putea face ca s-o protejeze pe Kate — şi-a pus capăt zilelor.

Dar acum... acum nu mai sunt atât de sigură.

Mă uit la copilul din braţele mele şi nu-mi imaginez o situaţie în care aş putea s-o părăsesc de bunăvoie şi nesilită de nimeni. Nu că nu-mi pot imagina un părinte care îşi ia viaţa — ştiu că sunt astfel de oameni. A fi părinte nu e o garanţie că te imunizezi în faţa depresiilor insuportabile sau a stresului, dimpotrivă chiar.

Dar Ambrose nu era deprimat. Eram cât se poate de sigură. Şi, mai mult decât atât, era ultima persoană care să ţină la reputaţia lui. Avea bani. Avea prieteni în străinătate, mulţi prieteni. Şi, mai presus de toate, îşi iubea copiii. Nu-mi pot imagina că i-ar fi lăsat să înfrunte balaurii de care el însuşi se temea. Ambrose pe care l-am cunoscut eu şi-ar fi luat copiii cu el şi i-ar fi dus la Praga sau în Thailanda sau în Kenya — şi nu l-ar fi durut nici în fund de scandalul pe care l-ar fi lăsat în urmă, pentru că ar fi avut cu el arta şi copiii, şi acestea erau cele mai importante lucruri din lume pentru el.

Cred că am ştiut asta dintotdeauna. Doar că a fost nevoie ca eu, la rândul meu, să devin părinte, ca să-mi dau seama.

Freya adoarme în cele din urmă, gura îi rămâne moale, capul îi cade pe spate, iar eu o las uşor pe cearşaful alb şi ies pe vârfuri din cameră, ducându-mă jos, la Owen, care stă pe canapea şi se uită la o emisiune uşoară şi plictisitoare, pe Netflix.

Ridică privirea în momentul în care intru în cameră.

— A adormit?

— Da, era ruptă de oboseală. Nu cred că a fost foarte mulțumită că am plecat de-acasă azi.

— La un moment dat, trebuie să mai tai din cordonul ombilical..., zice Owen, tachinându-mă uşor.

Încearcă doar să mă stârnească, ştiu asta, dar sunt obosită şi stresată şi lipsită de echilibru psihic din cauza tuturor celor întâmplate azi; şi încă mai încerc să pricep revelațiile Theei şi de unde a apărut plicul cu pozele, aşa că mă răstesc la el, fără să vreau.

— Pentru Dumnezeu, Owen, are şase luni.

— Dar ştiu asta, zice el, înțepat, luând o gură din berea pe care o avea la îndemână. Ştiu ce vârstă are la fel de bine ca şi tine. E şi copilul meu. Sau, cel puțin, asta mi s-a dat de înțeles.

— Asta ți s-a dat de înțeles?

Simt cum mi se urcă sângele în cap, iar vocea mea, în momentul în care repet cuvintele, e foarte ascuțită și musteşte de furie.

— *Asta ți s-a dat de înțeles?* Ce mama dracului vrea să însemne asta?

— Hei! Owen trânteşte paharul de bere cu destulă putere. Să nu mă înjuri! Isa, Dumnezeule! Ce s-a întâmplat cu tine în ultima vreme?

— Ce s-a întâmplat cu *mine*?

Aproape că nu mai sunt în stare să articulez cuvintele, de furie.

— Adică tu te apuci şi-mi arunci aşa, din senin, că Freya nu e copilul tău şi tot tu mă întrebi ce s-a întâmplat cu *mine*?

— Freya nu e... ce naiba?

Chipul lui e confuz şi îl văd cum reia în minte conversația din ultimele minute, apoi îşi dă seama.

— Nu! Ți-ai ieşit din minți? De ce-aş fi vrut să zic aşa ceva? Încercam doar să zic că ar trebui să te mai relaxezi uneori, că *sunt* tatăl Freyei, dar nu şi-ar da nimeni seama de asta după timpul pe care apuc să-l petrec având grijă de ea. Cum naiba ai putut să gândeşti că eu aş putea sugera că n-ar fi...

Se opreşte, nu mai are cuvinte, iar eu simt cum obrajii îmi iau foc când înțeleg ce-a vrut de fapt să zică, dar furia mea nu se poate domoli; ba, dimpotrivă, creşte în intensitate. Nimic nu te face să lupți mai tare cu celălalt ca atunci când ştii că greşeşti.

— Ah, păi, e perfect atunci, îi arunc eu. Nu făceai decât să sugerezi că sunt o nebună obsesivă şi maniacă a controlului, care nu-şi lasă soțul să schimbe nici măcar un scutec. Asta schimbă totul. Evident că nu mai sunt nervoasă *deloc* acum.

— Oh, Hristoase, încetezi totuşi să-mi mai răstălmăceşti cuvintele? geme Owen.

— Păi e cam greu, când te apucă glumele, fără să spui ce urmăreşti de fapt, zic eu, cu vocea tremurândă. Sunt sătulă de toate înțepăturile astea despre tot felul de lucruri — dacă nu despre copil, atunci e despre biberoane, şi dacă nu e vorba de biberoane, atunci vrei neapărat să vorbim despre când o scoatem pe Freya din dormitorul nostru şi-o mutam în al ei. E ca şi cum...

— Nu sunt înțepături, sunt sugestii, mă întrerupe Owen, pe un ton rugător. Da, uite, recunosc, *este* ceva ce a început să-mi creeze nişte frustrări, mai ales acum că are şase luni. Mănâncă şi alimente — nu e cam ciudat să-i mai dai sân acum, că au început să-i dea dinții?

— Ce legătură are asta? E un *bebeluş*, Owen. N-ai decât să-i dai mâncare solidă. Ce te opreşte?

— Tu mă opreşti! În fiecare seară e acelaşi lucru — evident că nu adoarme cu mine, cum să adoarmă, dacă tu nu te opreşti din alăptat?

Tremur toată de furie, atât de mare este furia, că pentru o clipă nu mai sunt în stare să vorbesc.

— Noapte bună, Owen, reuşesc în cele din urmă să-i zic.

— Stai puțin!

Se ridică în picioare, în momentul în care dau să ies pe uşă.

— Adică tot tu pleci cu coada sus. Eu n-am vrut de la bun început să avem discuția asta. *Tu* ai ținut morțiş să scoți toate astea la iveală!

Nu-i răspund. Încep să urc scările.

— Isa, strigă el ferm, dar domol, ca să n-o trezească pe Freya. Isa! De ce dracu' te comporți așa?

Dar nu-i răspund. Nu pot să-i răspund. Pentru că dacă o fac, o să zic ceva care s-ar putea să-mi distrugă relația și să nu mai existe cale de întoarcere.

Adevărul.

Mă trezesc cu Freya lângă mine, dar restul patului dublu e gol şi, pentru o clipă, nu reuşesc să pricep de ce mă simt atât de dărâmată şi de ruşinată, apoi îmi aduc aminte.

Rahat! A dormit jos sau a venit târziu şi a plecat devreme?

Mă ridic foarte încet, las cuvertura să se adune jos, pe podea, în caz că Freya se rostogoleşte pe pat, îmi iau halatul pe mine şi cobor în vârful picioarelor.

— Îmi pare rău, îi zic direct, iar faţa lui se schimbă, exprimând ceva între uşurare şi nefericire.

— Şi mie îmi pare rău, zice el. Am fost un idiot absolut. Ce-am zis...

— Ascultă, ai tot dreptul să te simţi aşa. Şi ai dreptate — nu cu alăptatul, asta e o prostie, dar o să *încerc* să te implic mai mult. Oricum, va fi nevoie. Freya creşte şi n-o să aibă atât de multă nevoie de mine şi, în plus, o să mă întorc la lucru în curând.

Se ridică şi mă îmbrăţişează şi îi simt bărbia pe creştetul capului meu şi pieptul cald pe obraz şi trag adânc aer în piept, tremurând.

— E plăcut aşa, zic eu în cele din urmă.

Rămânem aşa o vreme, nu ştiu cât. Dar, în cele din urmă, se aude zgomot de sus, un fel de ciripit, şi mă retrag din îmbrăţişarea lui.

— Fir-ar, am lăsat-o pe Freya pe pat. O să se rostogolească.

Sunt pe cale să plec, dar Owen mă bate pe umăr.

— Hei, rezoluţie nouă, ţi-aduci aminte? Mă duc *eu*.

Zâmbesc şi-i fac semn că am înţeles, iar el o ia la fugă pe scări. Pornesc fierbătorul ca să-mi fac ceaiul de dimineaţă şi-l aud gângurindu-i Freyei, luând-o în braţe, ea chicotind fericită când el se joacă de-a v-aţi ascunselea cu suzeta ei.

Îmi beau ceaiul şi-l ascult pe Owen umblând prin cameră. Îl aud cum scoate şerveţelele umede şi scutecele, cum o schimbă pe Freya, apoi aud sertarele deschizându-se, ca să ia de acolo un maiou curat pentru ea.

Îi ia mult timp, mult mai mult decât mi-ar lua mie să schimb un scutec, dar îmi reprim pornirea de a mă duce sus şi, în cele din urmă, aud paşi pe scări şi apar amândoi în uşă, Freya în braţele lui Owen, expresiile lor fiind atât de asemănătoare, încât mă înduioşez profund. Freya e haioasă, are părul ridicat de la somn, cam cum îl are şi Owen şi rânjesc amândoi la mine, mulţumiţi de ei înşişi şi fiecare de celălalt şi de soarele dimineţii. Ea întinde o mână spre mine, cerându-mi s-o iau în braţe, dar, gândindu-mă la vorbele lui Owen, mă mulţumesc să-i zâmbesc şi să rămân unde sunt.

— Bună, mami, zice Owen solemn, uitându-se la Freya, apoi la mine. Eu şi Freya am stat de vorbă şi ne-am decis ca tu să-ţi iei liber azi.

— Liber? răspund, cu o nuanţă de alarmă. Cum adică liber?

— Să ai ziua asta pentru tine, să-ți faci de cap. Ai fost atât de obosită, că meriți o zi în care să nu-ți faci griji pentru noi.

Nu pentru Freya îmi fac eu griji. De fapt, în multe privințe, ea e singurul lucru care mă mai ține pe linia de plutire. Dar nu pot să-i zic asta lui Owen.

— Nu vreau să aud niciun fel de proteste, zice el. Ți-am făcut o programare la spa pentru toată ziua și am plătit deja în avans pentru toată ziua, așa că, dacă nu vrei să pierd banii, trebuie să fii în oraș la 11. Eu și Freya o să ne descurcăm singurei de la... — se uită la ceasul de bucătărie — de la 10 până la 4 după-masă, și nu vrem să te vedem.

— Păi, și cum facem cu mâncarea?

— O să-i dau una dintre cutiile alea de lapte. Și poate — zice el și chicotește în barbă — o să facem o nebunie totală și o să mâncăm niște piuré de broccoli, nu-i așa, simpatico? Ce zici?

Nu vreau. Ideea de a-mi petrece toată ziua la spa, cu toate astea pe cap... este... este cumva obscen. Trebuie să mă mișc, să fac ceva, să scap de îndoieli și temeri.

Deschid gura... dar nu găsesc nimic de zis. Doar atât:

— OK!

Îmi iau la revedere de la ei și simt că mi se strânge stomacul dându-mi seama că nu-mi rămâne altceva de făcut decât să mă întorc cu gândul la Salten și la ce s-a întâmplat acolo. Și totuși, cumva, n-a fost să fie așa. După călătoria cu metroul, mă simt tensionată, am maxilarele încleștate, mă doare capul din ce în ce mai tare, din ceafă spre tâmple. Dar, când ajung la salon, mă las pe mâinile unei terapeute experimentate și, cumva, toate gândurile obsesive îmi sunt alungate şi, pentru următoarele două ore, nu mă mai gândesc la nimic decât la durerea din muşchi, la tensiunea din cap şi dintre omoplaţi sub presiunea mâinilor ei.

— Eşti foarte tensionată, îmi zice ea pe un ton foarte scăzut. Sunt o grămadă de noduri pe spatele tău. Ai parte de foarte mult stres la muncă?

Dau ameţită din cap, dar nu zic nimic. Rămân cu gura căscată. Simt răceala salivei mele pe prosop, dar sunt atât de obosită, că nu reuşesc să găsesc resursele să-mi pese.

O parte din mine nu mai vrea să plece de-aici niciodată. Dar trebuie să mă întorc. La Kate, Fatima şi Thea. La Owen. La Freya.

Plec de la spa după vreo patru, cinci ore, clipind ameţită şi confuză, cu părul tuns, relaxată şi încălzită şi mă simt de parcă aş fi beată — beată de satisfacţia că mi-am luat trupul înapoi. Sunt *eu* din nou. Nimic nu mă mai apasă. Până şi poşeta mi-e uşoară pe umăr, căci am lăsat acasă geanta Marni pe care o port de când am născut-o pe Freya — o chestie mare şi spaţioasă, încăpătoare, cu mult loc pentru scutece şi şerveţele umede şi un schimb de haine pe deasupra — şi mi-am lăsat portofelul şi cheile în geanta pe care am folosit-o înainte. E o chestie minusculă, nu mai mare decât un plic şi acoperită cu nişte fermoare decorative care nu folosesc la nimic, dar care sunt un magnet pentru un bebeluş curios. Mă simt ca şi cum aş fi din nou eu, cea de altădată, deşi în geantă nu am loc decât pentru portofel, telefon, chei şi balsam de buze.

În drumul spre casă, de la metrou, sunt cuprinsă brusc şi copleşitor de o dragoste imensă pentru Owen şi Freya. Mă simt de parcă aş fi fost plecată o sută de ani undeva, imposibil de departe.

Dar o să fie bine. Dintr-odată, sunt convinsă de asta. O să fie bine. Ce-am făcut a fost stupid şi iresponsabil, dar n-a fost nici crimă, nici ceva pe aproape măcar, iar poliția o să-şi dea seama de asta, dacă o să se ajungă atât de departe.

Urcând scările spre apartament, trag cu urechea să văd dacă plânge Freya... dar e linişte totală. Oare au ieşit în oraş?

Bag cheile în uşă, uşurel, pentru cazul în care Freya doarme... şi îi strig încet. Niciun răspuns. Bucătăria e goală, luminată de soarele de vară, şi pun de cafea, apoi o iau sus, s-o beau.

Doar că... nu se întâmplă aşa.

În schimb, mă opresc brusc, în uşa livingului, ca şi cum m-ar fi lovit ceva şi nu pot respira.

Owen e pe canapea, cu capul în mâini, iar în fața lui, pe măsuța de cafea, sunt două obiecte, răsfirate ca dovezile într-un proces. Primul este un pachet de țigări din geantă, geanta de bebeluş, cea pe care am lăsat-o acasă.

Al doilea este plicul... cu timbru de Salten.

Stau acolo, cu inima bătându-mi repede în piept, incapabilă să vorbesc, în timp ce el îmi întinde o fotografie — una în care sunt eu.

— Vrei să-mi explici chestia asta?

Înghit cu greutate. Am gura uscată şi am iar senzația că mi s-a pus un nod în gât, atât de dureros că nu-l mai pot înghiți.

— Aş putea să întreb acelaşi lucru, reuşesc eu să-i zic. Ce faci, mă spionezi? Îmi cauți prin geantă?

— Cum îndrăzneşti?

Vorbeşte încet, ca să n-o trezească pe Freya, dar vocea îi tremură de furie.

— *Cum* îndrăzneşti? Ți-ai lăsat căcatul de geantă aici şi Freya a umblat în ea. Molfăia chestiile astea — îmi aruncă pachetul de țigări la picioare, vărsându-i conținutul — când am găsit-o. Cum ai putut să mă minți?

— Eu..., încerc să zic ceva, dar mă opresc.

Ce pot să zic? Gâtul mă doare atât de rău de efortul de a nu spune adevărul!

— Cât despre asta..., ridică spre mine desenul, cu mâini tremurânde. Nici măcar... Isa, mă înşeli, ai pe cineva?

— Poftim? Nu!

Am răspuns spontan, înainte să am timp să mă gândesc.

— Evident că nu! Desenul acela nu e... nu sunt *eu* în el!

Îmi dau seama din momentul în care am deschis gura că e o prostie ce spun. Ba sunt eu, e atât de clar! Ambrose e un artist mult prea bun ca să pot nega. Dar nu sunt eu cea de-acum, asta am vrut să zic. Nu e trupul meu — trupul meu moale, de după sarcină. Sunt eu cea care am *fost*, aşa cum eram cândva.

Dar privirea lui Owen îmi sugerează ce am făcut.

— Adică..., încep eu să mă bâlbâi. Eu sunt, adică am fost, dar nu e...

— Nu mă minți, mă întrerupe, cu vocea chinuită, apoi îşi fereşte privirea, ca şi cum nu mai suportă să mă vadă şi se duce la fereastră.

— Am sunat-o pe Jo, Isa. A zis că n-a fost nicio întâlnire ieri. E un bărbat, nu-i aşa, fratele lui Kate, cel care ți-a trimis trandafirii?

— *Luc*? Nu, cum poți să mă întrebi aşa ceva?

— Atunci, cine? E din Salten, am văzut timbrul. Asta ai făcut acolo, la Kate, te-ai întâlnit cu el?

— Nu el a desenat asta.

— Atunci cine? țipă Owen, întorcându-se spre mine.

Fața îi e contorsionată de furie și supărare, pielea îi e pătată, iar buzele întinse sunt ca ale unui copil gata să plângă.

Ezit, suficient de mult cât să-l aud făcând un zgomot de dezgust, apoi, cu un gest șocant, rupe foaia în două, sfâșiindu-mi fața, trupul, sânii, picioarele, apoi îmi aruncă jumătățile la picioare și se întoarce să plece.

— Owen, nu face asta, reușesc eu să-i zic. N-a fost Luc. A fost...

Dar mă opresc. Nu-i pot spune adevărul. Nu pot să zic că a fost Ambrose fără să fiu nevoită să spun totul, de la capăt. Ce-aș putea să-i zic? Nu pot să-i zic decât un singur lucru:

— A fost... a fost Kate, zic eu în cele din urmă. Kate a fost cea care le-a desenat. Acum multă vreme.

Vine foarte aproape de mine și-mi prinde bărbia între degete și se uită în ochii mei, susținându-mi privirea, ca și cum ar încerca să se uite prin mine, în sufletul meu. Încerc să-l înfrunt, să mă uit în ochii lui cu aceeași intensitate, fără frică... dar nu pot. Ochii mei însă ezită și sunt nevoită să-mi feresc privirea, văzând durerea și furia atât de vii pe chipul lui.

Fața i se schimonosește și își retrage mâna.

— Mincinoaso, zic el, apoi se întoarce să plece.

— Owen, nu! strig eu și mă așez între el și ușă.

— Dă-te din calea mea, zice el și mă împinge cu forță, îndreptându-se spre scări.

— Unde te duci?

— Nu e treaba ta. În pub. La Michael. Nu ştiu. Doar că...

Dar nu mai poate continua, cred că mai are puţin şi începe să plângă, iar chipul îi e contorsionat de efortul de a nu lăsa disperarea să pună stăpânire pe el.

— Owen! ţip după el, în momentul în care ajunge la uşa de la intrare şi, pentru o clipă, se opreşte cu mâna pe clanţă, aşteptând să spun ceva, dar apoi se aude un sunet de sus, un scâncet din ce în ce mai puternic.

Am trezit-o pe Freya.

— Eu..., încerc să-i zic, dar nu mă pot concentra.

Plânsetele ascuţite şi bolborosite ale Freyei sunt ca nişte freze în creierul meu şi nimic altceva nu mai contează.

— Owen, te rog, eu...

— Du-te şi vezi ce face fata, zice el, aproape cu blândeţe, apoi lasă uşa să se trântească în urma lui şi dispare, iar eu nu reuşesc decât să mă aşez pe scară, în timp ce urletele de sus ale Freyei îmi acoperă plânsul.

Nu se întoarce acasă toată noaptea. E prima dată când ne certăm şi face chestia asta — să plece în oraş, să stea în oraş, fără să-mi spună unde e şi când se întoarce.

Mănânc cu Freya, cu un sentiment de singurătate, apoi, după ce o adorm, încep să bat casa în lung şi-n lat, în semiîntunericul care începe să se adâncească, încercând să pricep ce am de făcut mai departe.

Partea cea mai rea e că nu-l condamn. Ştie că-l mint şi nu e doar prostia pe care am făcut-o zicându-i că mă întâlnesc cu Jo, ci şi faptul că a simţit că-l mint de când am plecat la Kate. Şi are dreptate. Îl mint. Şi nu ştiu cum să fac să nu-l mai mint.

Îi trimit un mesaj, doar unul, nu vreau să-l implor. Îi scriu: *Te rog, vino acasă. Sau, cel puțin, zi-mi că ești OK.*

Nu-mi răspunde. Nu știu ce să cred.

Undeva, spre miezul nopții, primesc un mesaj de la Ella, prietena lui Michael. Îmi scrie: *Nu știu ce s-a întâmplat, dar Owen e la noi. O să stea peste noapte. Te rog să nu-i zici că ți-am trimis mesajul ăsta, nu e treaba mea să mă bag între voi, dar nu pot să suport ideea că o să-ți faci griji din pricina lui.*

Simt cum mă inundă un val de ușurare, o senzație atât de fizică, reală, ca aceea pe care o ai când ieși dintr-un duș fierbinte.

Mersi mult de tot!!! îi scriu înapoi, apoi îmi vine în minte să adaug: *N-o să-i zic, dar îți mulțumesc.*

Cam pe la 2:30 mă duc sus și mai durează până când, în cele din urmă, adorm plângând.

Dimineață însă, starea mea de spirit s-a schimbat. Nu mai simt disperarea aceea totală. Sunt furioasă. Pe mine, pe trecutul meu, pe propria mea prostie.

Dar sunt furioasă și pe Owen.

Încerc să-mi imaginez cum ar fi fost dacă situația era invers — dacă el ar fi primit trandafiri de la o prietenă veche, un desen nesemnat prin poștă și-mi pot imagina că aș vedea roșu în fața ochilor. Ba chiar îmi pot imagina că l-aș putea acuza de diverse. Dar nu-mi pot imagina că aș pleca și mi-aș lăsa partenerul și copilul, fără să le spun unde mă duc, fără măcar să încerc să aflu povestea din punctul lui de vedere.

E luni și nu mă aștept să vină acasă decât după muncă. Ține un costum de schimb în birou, în caz de urgență, așa că nu e nevoie să vină acasă, poate doar ca să se bărbierească, dar s-au cam dus vremurile când cei din Ministerul de Interne mai aşteptau ca bărbaţii să vină la lucru raşi, cu piele de bebeluş şi, în tot cazul, Michael îi putea împrumuta o lamă, dacă avea nevoie.

Mă duc în parc cu Freya, o dau în leagăne. Mă prefac că nu e nimic în neregulă şi refuz să las toate scenariile negative să-şi facă de cap în mintea mea.

Vine ora şapte seara... şi începe. Mănânc de seară, simţind iar durere în gât, ca şi cum m-aş sufoca.

O duc pe Freya la culcare.

Şi apoi, exact în momentul în care mă întind pe canapea şi trag o cuvertură pe mine, în ciuda căldurii de afară, îl aud — sunetul cheilor în uşă — şi inima îmi tresare în piept.

Mă ridic, înfăşurată în cuvertură, ca într-un scut împotriva a ceea ce avea să urmeze... şi mă întorc cu faţa spre uşă.

Niciunul din noi nu zice nimic. Nu ştiu exact ce aşteptăm — un indiciu de la celălalt, poate. Să-şi ceară scuze celălalt.

— E orez pe plită, îi zic eu în cele din urmă, cu durere în gât de la efortul de a vorbi. Dacă ţi-e foame, adaug eu.

— Nu mi-e foame, zice el scurt, dar se întoarce şi intră în bucătărie, unde îl aud umblând prin oale şi farfurii.

E beat, îmi dau seama după felul în care trânteşte farfuriile pe masă, mai tare decât ar fi vrut, după felul în care scapă cuţitul şi furculiţa din mână, le ridică iar pe masă, apoi, cumva, le scapă din nou.

Rahat, trebuie să mă duc şi eu în bucătărie. În ritmul ăsta, o să se opărească sau o să-şi dea foc la cravată.

Când ajung în bucătărie, îl găsesc la masă, cu capul în mâini, cu o farfurie de orez rece în faţă, dar din care nu mănâncă. Stă acolo, pur şi simplu, holbându-se în farfurie, cu un fel de disperare în ochi.

— Lasă-mă pe mine, îi zic eu şi-i iau farfuria şi o pun în cuptorul cu microunde câteva secunde.

Când îi pun din nou orezul în faţă, e aburind şi el începe să mănânce mecanic, părând că nici nu-şi dă seama ce mâncare e.

— Owen... Despre aseară...

Se întoarce cu faţa la mine, cu o expresie îndurerată de implorare şi-mi dau seama, dintr-odată, că nici el nu ştie ce să facă. Vrea să mă creadă. Să-i ofer o explicaţie acum, să o accepte, pentru că vrea atât de mult să se termine, vrea ca toate acuzaţiile pe care mi le-a aruncat în ochi aseară să nu fie adevărate.

Trag adânc aer în piept. Dacă aş putea găsi cuvintele potrivite...

Dar când dau să vorbesc, sună telefonul, făcându-ne pe amândoi să tresărim.

E Kate şi aproape că nu vreau să răspund. Dar ceva — obişnuinţa, teama, nu ştiu exact ce — mă face să răspund.

— Alo?

— Isa?

Vocea îi e plină de panică şi-mi dau seama imediat că ceva s-a întâmplat.

— Isa, eu sunt.

— Ce e? Ce s-a întâmplat?

— E vorba de tata, zice ea, încercând să nu plângă. De trupul lui. M-au întrebat... mi-au zis că...

Se opreşte, respirând sacadat şi înţeleg că se chinuie să-şi stăpânească plânsul.

— Kate, Kate, calmează-te! Respiră adânc! Ce ţi-au zis?

— Mi-au zis că o să-i ancheteze moartea pe motiv de suspiciune. Că vor să vin la poliție. Pentru interogatoriu.

Mă ia frigul instantaneu. Simt că mă lasă picioarele şi caut să mă țin de masa de bucătărie ca să nu cad, apoi mă aşez lângă Owen, incapabilă să mai stau în picioare.

— Oh, Dumnezeule mare!

— Poți să vii? Trebuie... trebuie să vorbim.

Ştiu ce zice. Încearcă s-o facă să sune ca o chestie inofensivă, în cazul în care Owen ascultă, dar da, trebuie să vorbim, de urgență, înainte ca poliția s-o interogheze şi, poate şi pe noi. Trebuie să ne punem poveştile în ordine.

— Desigur, reuşesc să-i răspund. O să vin în seara asta. Ultimul tren spre Salten pleacă la nouă jumătate. Reuşesc să-l prind dacă iau un taxi până la gară.

— Eşti sigură? mă întreabă, suspinând. Ştiu că îți cer foarte mult, dar Fatima nu poate veni, că e de gardă, şi nu reuşesc să dau de Thea. Nu răspunde la telefon.

— Nu fi nebună, vin!

— Mulțumesc, *mulțumesc mult,* Isa. E... înseamnă mult pentru mine. O să-l sun acum pe Rick, să vină să te ia.

— Ne vedem în curând. Te iubesc.

Abia după ce închid telefonul îi văd fața lui Owen, ochii lui roşii de oboseală şi băutură, dar îmi dau seama cam cum îi par lui toate astea. Simt că intru în pământ.

— Te întorci în Salten? scuipă el. *Iar*?

— Kate are nevoie de mine.

— S-o ia dracu' pe Kate!

Urlă cuvintele în aşa hal, că tresar, apoi se ridică şi-şi ia castronul cu orez, mâncare de care abia s-a atins, şi îl trânteşte în chiuvetă aşa de tare că tot orezul se împrăştie pe gresie. Apoi, când îmi vorbeşte din nou, vocea îi e mai calmă, dar îi tremură:

— Cu *noi* cum rămâne, Isa? Cum rămâne cu mine?

— Nu e vorba de tine, îi răspund. Mâinile îmi tremură în momentul în care ridic de jos castronul de orez şi-l spăl în chiuvetă. E vorba despre Kate. Are nevoie de mine.

— *Eu* am nevoie de tine.

— L-au găsit pe tatăl ei. E distrusă. Ce vrei să fac?

— *Ce* a păţit tatăl ei? Despre ce dracu' e vorba?

Îmi ţin capul în mâini. Nu sunt în stare să fac faţă acum unei discuţii cu el. Nu-i pot explica totul — încercând să navighez între adevăruri şi minciuni, să găsesc calea spre el. Şi oricum Owen nu m-ar crede, nu în starea în care este acum. E pregătit de încă o ceartă, caută o modalitate să defuleze.

— Ascultă, e complicat... are nevoie de mine, asta e tot ce pot să-ţi spun. Trebuie să plec.

— Căcat! Îmi vinzi numai gogoşi. A reuşit să se descurce şaptesprezece *ani* fără tine, Isa. Ce-ai păţit? Nu înţeleg... n-ai văzut-o de ani de zile şi dintr-odată pocneşte din degete şi te şi duci fuguţa?

Cuvintele lui... pentru o clipă le simt atât de asemănătoare celor spuse de Luc, că nu reuşesc să dau nicio replică, ci doar rămân aşa, în picioare, respirând greu, ca şi cum m-ar fi plesnit peste faţă. Apoi îmi strâng palmele în pumni, încercând să mă autocontrolez, şi dau să plec.

— La revedere, Owen.

— La revedere?

Vine spre mine, păşind prin orezul vărsat pe jos.

— Ce dracu' vrea să însemne asta?

— Ce vrei tu să însemne.

— Ce vreau eu, zice el, cu vocea tremurându-i, e ca relaţia noastră să fie o prioritate pentru tine. De când a apărut Freya, am fost mereu ultimul pe lista curului — nici măcar nu mai *vorbim* — şi acum asta!

Nu-mi dau seama dacă vorbeşte despre Salten şi Luc, despre Fatima, Thea şi Kate... sau chiar despre Freya.

— M-am săturat, mă auzi? M-am săturat să tot fiu ultimul pe listă!

Şi brusc, cu aceste cuvinte, nu mai sunt tristă şi înfricoşată, ci furioasă. Foarte, foarte furioasă.

— Despre *asta* e vorba cu adevărat, nu-i aşa? Nu e vorba despre Luc sau despre Kate sau măcar despre nenorocitul ăla de pachet de ţigări. E vorba despre *tine*. E vorba despre faptul că nu suporţi să nu mai fii tu automat pe primul loc.

— Cum *îndrăzneşti* să-mi zici aşa ceva? întreabă el, aproape incoerent. M-ai minţit şi acum vrei s-o faci ca şi cum ar fi vina mea? Încerc să stau de vorbă cu tine, Isa. Chiar nu dai nici un rahat pe *noi*?

Ba da! E evident că mă doare. Dar, în momentul acesta, chiar sunt la limita suportabilităţii. Şi nu sunt în stare să stau să rezolv nimic. Dacă Owen forţează nota, atunci mi-e foarte, foarte teamă că o să-i spun adevărul.

Îl împing şi trec pe lângă el şi mă duc sus, unde doarme Freya şi încep să-i îndes lucrurile într-o geantă, cu mâinile tremurând. Nu sunt sigură ce împachetez. Scutece. O mână de chiloţi şi maiouri pentru copil. Nişte bluze. Dumnezeu ştie dacă eu o să am ce purta. Dar în momentul ăsta nu-mi pasă. Vreau doar să ies.

O iau pe Freya, o simt cum începe să se agite şi să mormăie în braţele mele, o bag într-un pulover de lână care s-o protejeze de aerul rece al nopţii. Apoi îmi pun geanta pe umăr.

— Isa!

Owen mă aşteaptă în hol, cu faţa o mască de furie şi angoasă reprimate.

— Isa, nu face asta!

— Owen, eu...

Freya se agită pe umărul meu. Telefonul din geantă îmi bipăie. Thea? Fatima? Nu pot să gândesc. Nu pot să *gândesc.*

— Te duci la el, nu-i aşa? izbucneşte Owen. La fratele lui Kate. Nu-i aşa? Mesajul e de la el?

E ultima picătură.

— Du-te dracului, îi scuip printre dinţi..

Şi-l împing să-mi fac loc, apoi trântesc uşa apartamentului după mine, lucru care o face pe Freya să sară din somn şi să înceapă să scâncească. În hol, îi bag picioarele agitate în căruţ, tremurând, ignorându-i urletele din ce în ce mai ascuţite, apoi deschid uşa de la intrare şi trântesc căruţul furioasă peste prag, ca să ies din casă şi să cobor scările.

Nici n-am ajuns bine în grădina din faţa casei, că aud uşa deschizându-se şi Owen iese afară, cu o faţă chinuită.

— Isa! plânge el, dar eu continui să merg. *Isa*! Nu poţi să pleci aşa din relaţia asta!

Ba pot. Şi o fac.

Chiar dacă lacrimile îmi curg neîncetat pe faţă, iar inima mi se frânge în piept.

Nu mă opresc.

Când trenul iese din Gara Victoria, vremea se schimbă, iar când lăsăm în sfârşit întinderea masivă a Londrei, și trenul intră pe teritoriile rurale, plouă cu găleata, iar temperatura a scăzut de la umiditatea plăcută şi caldă dinainte de furtună, la ceva care se apropie de atmosfera toamnei.

Stau în tren, amorțită şi înfrigurată, ținând-o pe Freya la piept şi nu sunt în stare să înțeleg bine ce am făcut. L-am *părăsit* pe Owen?

Nu e prima ceartă pe care o am cu el, nici pe departe. Am avut disputele noastre şi şicanele noastre, ca toate cuplurile. Dar asta e, de departe, cea mai serioasă şi, mai mult de atât, prima de când o avem pe Freya. Când am născut-o, ceva s-a schimbat în relația noastră — miza a devenit mai mare, am făcut un efort conştient de a ne maturiza şi stabiliza, am început să nu ne mai facem griji din pricina mărunțişurilor, ca şi cum ne-am fi dat seama că nu ne mai puteam permite să zdruncinăm barca atât de des, de dragul fetei, dacă nu de-al nostru.

Şi acum... acum barca s-a înclinat atât de riscant, încât nu sunt sigură că sunt în stare să-l salvez şi pe el, şi pe mine.

Nedreptatea acuzaţiilor lui mă arde pe gât ca acidul. O aventură. *O aventură?* Abia dacă am ieşit din casă singură de când s-a născut Freya. Trupul nici măcar nu-mi mai aparţine — e lipită de mine ca scaiul, sugându-mi energia şi libidoul odată cu laptele. Sunt atât de epuizată şi stoarsă de orice nevoie sexuală, că până şi dorinţa de a i-o trage lui Owen e aproape mai mult decât pot suporta — şi el ştie asta, *ştie* cât de obosită sunt, cum mă simt în privinţa corpului meu flasc, postnatal. Chiar crede că am luat-o pe Freya la subsuoară şi m-am târât undeva după o aventură amoroasă pasională şi ilicită? E atât de ridicol, că mi-ar veni să şi râd, dacă n-ar fi atât de strigător la cer de nedrept.

Şi totuşi, oricât de furioasă aş fi, sunt forţată să recunosc că, la un anumit nivel... are dreptate. Nu în privinţa aventurii. Dar, pe măsură ce trenul îşi croieşte drum spre sud şi furia mea se mai domoleşte, un sâmbure de vină începe să se formeze în mine. Pentru că miezul celor spuse de el e de fapt: nu am fost cinstită cu el. Nu în felul în care crede el — dar în alte feluri, tot aşa de importante. Am avut secrete faţă de el din ziua în care ne-am cunoscut, dar acum, pentru prima dată în relaţia noastră, fac ceva mai mult de atât: îl mint cu neruşinare. Şi el ştie. Ştie că ceva s-a întâmplat şi că eu nu vreau să-i zic. Şi pur şi simplu nu ştie despre ce e vorba.

Şi mi-aş dori să-i pot spune. Şi dorinţa asta e ca un gol în stomac, ca o foame. Şi totuşi... şi totuşi, o parte din mine se bucură că nu pot s-o fac. Nu e secretul meu, deci nu eu hotărăsc. Dar dacă ar fi fost? Dacă numai eu aş fi fost implicată? Atunci... nu ştiu.

Pentru că, deşi nu vreau să-l mint, nici nu vreau să ştie adevărul. Nu vreau să se uite la mine şi să vadă persoana care a făcut aşa ceva — o persoană care a minţit, şi nu o dată, ci repetat. O persoană care a ascuns un cadavru, care a fost complice la fraudă. O persoană care, poate, a ajutat ca o crimă să fie ascunsă.

Dacă toate astea ar ieşi la iveală, m-ar mai iubi?

Nu sunt sigură. Şi asta mă face să-mi vină rău de la stomac.

De-ar fi numai dragostea lui Owen la mijloc, aş risca-o. Cel puţin, asta îmi spun acum. Dar e vorba şi de cariera lui. Formularele acelea pe care le semnezi ca să intri în Ministerul de Interne sunt lungi şi detaliate. Te întreabă de jocurile de noroc şi de finanţe, despre consumul de droguri şi, da... despre activitatea infracţională. Se uită după pârghii — lucruri care ar putea fi folosite împotriva ta, ca să te şantajeze să deconspiri informaţii, să te forţeze să comiţi o fraudă.

Te întreabă despre partenerul de viaţă. Te întreabă de familie şi prieteni — şi cu cât eşti mai sus în organizaţie, cu atât mai multe întrebări îţi pun şi cu atât mai sensibilă devine informaţia.

Practic, întrebarea finală e, de fapt: există ceva în viaţa ta care ar putea fi folosit să te influenţeze să divulgi informaţii? Dacă e aşa, declară acum.

Am completat amândoi hârtiile alea de nenumărate ori — eu, de fiecare dată când am schimbat departamentul, Owen, de fiecare dată când a avut nevoie să i se dea acces la nivelurile din ce în ce mai înalte ale ministerului. Şi eu am minţit în acele formulare. Repetat. Faptul în sine, că am mințit, poate fi motiv de concediere. Dar dacă îi zic lui Owen adevărul, îl fac părtaş la minciună. Îi pun şi lui fundul la bătaie, odată cu al meu.

Era destul de rău când tot ce-am făcut a fost doar ascunderea unui cadavru. Dar dacă sunt complice la crimă...

Închid ochii, ignorând întunericul şi ploaia care bate în vagoane. Şi am sentimentul brusc că sunt acolo, în mlaştinile cu apă sărată, încercând să merg pe o cărare necunoscută mie. Dar sub tălpi pământul e moale — moale şi ud şi cu fiecare pas fals pe care îl fac, mă îndepărtez şi mai mult de la cărare şi mă afund din ce în ce mai tare în mâlul îmbibat de saramură. În curând n-o să-mi mai găsesc drumul înapoi.

— Salten ai zis, drăguțo? întreabă o voce spartă, bătrână şi mă trezesc brusc, cu Freya care tresare convulsiv lângă inima mea şi țipă supărată.

— Poftim? îi răspund, ştergând un fir de salivă din colțul gurii cu păturica Freyei, clipind la bătrâna care stă în fața mea. Ce-ați spus?

— Intrăm în Salten şi te-am auzit zicându-i controlorului că aici cobori, aşa e?

— Oh, Doamne, da!

E atât de întuneric, încă sunt nevoită să-mi fac mâinile pâlnie la ochi şi mă văd în geamul stropit de ploaie al trenului, uitându-mă mijit la semnul slab luminat de pe peron, ca să mă asigur că e stația care trebuie.

Chiar este Salten şi mă dau, nesigură, în spate, apucând de haine şi genți. Freya se agită somnoroasă pe pieptul meu în timp ce eu mă chinui să deschid uşa cu o singură mână.

— Lasă-mă să-ți țin eu ușa, zice bătrâna, văzând cum mă chinui s-o așez pe Freya în cărucior și să pun copertina de ploaie.

Fluierul controlorului răsună categoric, iar eu împing căruciorul pe peronul umed, înfruntând ploaia care îmi udă haina. Ochii Freyei sunt larg deschiși, plini de groază și ofensă, după care se aude un țipăt de indignare în momentul în care încep să alerg pe peron, cu haina fluturând în jurul meu, și mă rog la toți Dumnezeii să mă aștepte Kate.

Și, slavă cerului, mă așteaptă, împreună cu Rick, cu motorul pornit și cu geamurile aburite de respirația lor. Și, de data asta, mi-am adus aminte să-mi pun în bagaj și scăunelul pentru copil, așa că, în timp ce el îi dă bătaie, pornind pe drumul bătătorit ce duce spre sat, eu o pun pe Freya în scaun și-i prind centurile.

Cu Freya care urlă neconsolată, din ce în ce mai tare, cu furie, din cauză că a fost trezită din somnul ei cald și uscat, ca să fie adusă în umezeala și în frigul ăsta, iar zbierătele ei sunt ca niște gheare ascuțite care-mi sfâșie carnea, totuși o parte din mine e mulțumită că nu trebuie să port vreo discuție de complezență cu Rick. Nu pot să mă gândesc decât la desenele alea, la scrisoarea lui Ambrose, la trandafiri și la sângele de pe mâinile mele.

Ajunși la Moară, găsim apa până la ușă, cu bălțoace sub ușorii de la intrare. Ploaia a intrat cu de-a sila prin ferestrele putrede, strângându-se acum sub podelele inegale și în jurul tocurilor ferestrelor.

— Kate, încerc să-i vorbesc peste urletele Freyei și sunetul valurilor care se izbesc de ponton, dar ea scutură din cap, arătând spre ceasul care indică miezul nopții.

— Du-te la culcare, zice ea. Vorbim mâine-dimineață.

Şi nu pot decât să dau din cap că da şi să-mi iau copilul sughiţând de plâns şi să-l duc la etaj, în dormitorul în care am mai stat, unde cearşafurile în care am dormit sunt încă pe pat, pe patul lui Luc, şi mă întind pe-o parte, ascultând cum oftaturile şi înghiţitul ei lacom se atenuează încet... şi alunec în vis.

Mă trezesc devreme, dar rămân întinsă, în timp ce ochii mi se adaptează la lumina din încăpere. Camera e luminoasă, în ciuda orei matinale, dar e o lumină rece, difuză, cu un suflu înghețat şi, uitându-mă spre Estuar, văd cum dinspre mare se ridică o ceață care vine spre Moară, învăluind-o, dimpreună cu împrejurimile, într-o pulbere fină şi cenuşie. Peste fereastră s-a întins o pânză de păianjen, pe care au căzut picături de apă, ca nişte bijuterii microscopice, iar eu stau să le privesc o vreme, aducându-mi în minte o amintire neplăcută a plaselor de pescar care atârnau pe casele din Salten.

Simt curent rece pe brațe şi trag cuverturile pe mine, apoi mă întorc spre Freya ca să văd ce face, căci e neobişnuit de liniştită în pătuțul de lângă mine.

Ce mi-e dat să văd îmi face inima să se oprească din loc, apoi să se repornească, bufnind, cu două sute de kilometri la oră.

Freya nu e acolo.

Freya nu e acolo.

Înainte să realizez ce fac, mă dau rapid jos din pat, tremurând ca şi cum aş fi fost curentată. Caut sub cuverturi — o mişcare cretină, pentru că ştiu că am pus-o în leagănul din lemn azi-noapte şi că nu e încă la vârsta la care să meargă de-a buşilea, darămite să se mai şi caţere din leagăn şi să se cuibărească în pat.

Freya! Oh, Doamne!

Scot nişte gemete scurte, incapabilă să înţeleg cum de nu mai este acolo, apoi ies din cameră şi mă năpustesc pe hol.

— Kate!

Am avut toate intenţiile să ţip, dar panica îmi opreşte cuvintele în gât, sufocându-mă, iar strigătul meu e un fel de ţipăt strangulat.

— Kate!

— Vino jos! strigă ea şi mă grăbesc să cobor împiedicată scările de lemn, înfigându-mi călcâiele în trepte, ratând-o pe ultima şi ajungând în bucătărie mai mult pe brânci, astfel c-o forţez pe Kate, ocupată la chiuvetă, să ridice brusc capul cu o expresie de mirare care s-a transformat pe loc în îngrijorare, când mă vede cu ochii ieşiţi din orbite şi cu braţele goale.

— Kate, reuşesc să spun. Freya... a... a dispărut.

Kate lasă jos filtrul de cafea pe care îl spălase şi o văd, în timp ce eu mă chinuiam să vorbesc, că expresia i se transformă în ceva ce seamănă cu... să fie vină oare?

— Îmi pare tare rău, zice ea şi-mi face un semn spre covorul din spatele meu.

Mă întorc rapid... şi e acolo. Freya e acolo. Stă pe covor cu o bucată de pâine în pumn şi se uită la mine, ţipând de exaltare, aruncând pâinea morfolită pe covor şi întinzând mâinile să o iau în braţe.

O iau repede, cu inima bătându-mi sălbatică în piept, şi o lipesc de mine şi-o strâng cât pot. Nici nu sunt în stare să vorbesc. Nu ştiu ce să zic.

— Îmi pare tare rău, zice ea din nou, cu o mină vinovată. Nu... nu mi-a trecut prin cap că o să-ți faci griji. Cred că am trezit-o când am fost la baie, pentru că am auzit-o când am ieşit... tu dormeai şi m-am gândit că...., zice ea şi-şi trosneşte degetele. Arăți mereu atât de obosită, că m-am gândit că ți-ar plăcea să mai lenevești puțin.

Nu zic nimic, aşteptând să mi se potolească inima, simțind degețelele fine şi rozalii ale Freyei în păr, adulmecând mirosul ei de bebeluş pe care îl emană prin pielea capului şi simțindu-i greutatea în brațe... Oh, Doamne! E OK. Totul e OK.

Simt deodată că mă lasă picioarele de la genunchi din cauza uşurării şi mă aşez pe canapea.

— Îmi pare rău, repetă Kate şi se freacă la ochi. Trebuia să-mi dau seama că o să te întrebi unde e.

— Nu-i nimic, reuşesc eu să îngaim în cele din urmă.

Freya mă bate pe obraz, încercând să mă facă să mă uit la ea. Ştie că ceva nu e în regulă, doar că nu poate să-mi spună. Mă forțez să-i zâmbesc când mă uit la ea, întrebându-mă ce s-a întâmplat, ce fel de om devin, dacă prima reacție în momentul în care nu găsesc copilul lângă mine e să mă gândesc că a fost răpită?

— Îmi cer scuze, îi zic lui Kate.

Vocea îmi tremură puțin şi trag adânc aer în piept, încercând să respir mai calm.

— Nu ştiu de ce m-am panicat aşa, continui eu. Doar că... sunt la capătul puterilor în momentul de față.

Se uită în ochii mei cu o expresie de compasiune.

— Şi eu.

Se întoarce la chiuvetă.

— Vrei cafea?

— Sigur.

Kate pune filtrul în funcţiune şi ne aşezăm amândouă lângă el, ascultând tăcerea înainte ca maşinăria să înceapă să fâsâie şi să gâfâie.

— Mersi, zice Kate.

Mă uit la ea surprinsă.

— Mersi pentru ce? N-ar fi trebuit să zic asta?

— Pentru că ai venit aici aşa de repede. Ştiu că am cerut mult de la tine.

— Nu-i nimic, repet eu, deşi nu e adevărat.

Faptul că am ales-o pe Kate în defavoarea lui Owen s-ar putea să fie ultima picătură în relaţia dintre mine şi el şi asta mă sperie cumplit.

— Zi-mi... zi-mi de poliţie, schimb eu subiectul, încercând să nu mă gândesc la ce am făcut.

Kate nu-mi răspunde imediat; în schimb, se întoarce spre filtrul care fâsâie, îl ia de pe plită şi toarnă cafeaua în două căni mici, apoi îmi aduce una. O pun pe Freya înapoi pe covor, iau cana, atentă să n-o pun pe undeva de unde mânuţa ei grăsuţă s-o poată lua.

— Tâmpitul ăla de Mark Wren, zice Kate în cele din urmă, înfundându-se în fotoliul din faţa mea. A venit la mine, să mă vadă. Plin de „*Vai, cât de greu trebuie să-ţi fie*", dar ştie foarte bine. N-am idee ce i-a zis Mary, dar ştie că ceva nu e cum trebuie.

— Deci, trupul a fost... identificat şi se ştie clar cine e? o întreb, deşi ştiu bine că e aşa, am văzut articolele de ziar.

Dar, cumva, vreau s-o aud din gura lui Kate, să-i văd reacţia când îmi spune.

Îmi face cu tristeţe semn că da, însă din expresia de pe chipul ei, nu-mi dau seama de nimic.

— Da, aşa cred. Au luat o probă de ADN de la mine, dar se ştie aproape cu certitudine. Au zis ceva de fişele dentare şi mi-au arătat inelul lui.

— Ți-au cerut să te duci să-l identifici?

— Da, am zis că e trupul lui. Ar fi fost... stupid să zic că nu.

Îi fac semn că am înțeles. Kate are, evident, dreptate. Parte din Jocul Minciunii a fost întotdeauna să ştii când s-a terminat, când să ieşi din rundă. Regula cinci: să ştii când să te opreşti din mințit. *Renunță la minciună înainte să intri în rahat până în gât,* cum obişnuia să spună Thea. Trucul era să ştii când ai ajuns în punctul acela. Dar nu sunt convinsă că am reuşit de data asta. Am senzația că pericolul vine indiferent ce facem noi.

— Şi ce urmează?

— Mi-au cerut să vin să le dau o declarație despre noaptea în care a dispărut. Dar asta e chestia, trebuie să ne hotărâm... le spun că erați şi voi toate aici?

Îşi freacă fața cu mâinile, lăsând să se vadă pungile negre de sub ochii căprui în armonie cu pielea măslinie.

— Nu ştiu ce e cel mai bine să spun. Aş putea să le spun că v-am chemat când mi-am dat seama că tata a dispărut — că v-am cerut să veniți la mine. Am putea să ne susținem una alteia poveştile, să spunem că am fost aici toate patru, dar că tata n-a dat niciun semn şi ați plecat devreme. Dar atunci v-ar cere şi vouă declarații. Totul se rezumă la ce ştie conducerea şcolii.

— La ce ştie conducerea şcolii? repet eu prosteşte.

— Despre seara aceea. V-a văzut cineva plecând? Dacă le zic că n-ați fost aici şi apoi află că ați fost, o să avem probleme.

Înțeleg. Încerc să-mi amintesc. Eram în camerele noastre când a venit să ne caute, dar domnişoara Weatherby ne-a văzut hainele, noroiul de pe sandale. Şi ne-a zis ceva, atunci, în biroul ei, despre faptul că am ieşit din internat fără permisiunea ei, ceva despre un martor...

— Cred că am fost văzute, îi zic, fără tragere de inimă. Sau, cel puțin aşa a zis domnişoara Weatherby. N-a zis de către cine. Noi n-am recunoscut nimic — adică eu n-am recunoscut. Nu ştiu ce-au făcut Fatima şi Thea.

— Futu-i! Deci va trebui să le spunem că am fost aici în noaptea aceea şi că şi tu erai. Şi asta înseamnă că, probabil, veți fi târâte aici pentru interogatoriu.

E albă ca varul la față şi ştiu la ce se gândeşte — nu e doar faptul că îi pasă de stresul prin care o să trecem noi, restul, ci mai e şi un alt element, mult mai practic şi mult mai egoist. Dacă cele patru seturi de poveşti vor rezista intacte la interogatoriu. Dacă nu cumva una dintre noi va ceda...

Mă gândesc la Thea, la alcoolismul ei, la cicatricile de pe brațe, la efectul pe care toate astea îl au asupra ei. Mă gândesc la Fatima şi la credința ei nou descoperită. Ea zice că e din pură penitență. Dar penitența asta include şi confesiunea? Cu siguranță că Allah nu poate să ierte pe cineva care continuă să mintă şi să nu recunoască minciuna, nu?

Şi mă gândesc şi la pozele acelea. Pozele acelea nenorocite, trimise din poştă. Mă gândesc la faptul că mai e cineva acolo care ştie ceva.

— Kate, îi zic eu, înghițind un nod, apoi mă opresc.

Ea se întoarce spre mine şi atunci mă forțez să-i zic ce am de zis.

— E ceva ce trebuie să-ți zic. Eu, Thea şi Fatima am... am primit nişte poze. Prin poştă. Copii ale unor desene.

Kate se schimbă la faţă şi-mi dau seama că ştie deja ce urmează să spun. Nu ştiu dacă asta face lucrurile mai simple sau mai dificile, dar mă forţez să continui, vorbind acum rapid, în şuvoaie de cuvinte, ca nu cumva să-mi pierd curajul.

— Tu chiar ai distrus desenele pe care le-a făcut tatăl tău cu noi?

— Da, zice Kate, cu o expresie tristă. Jur. Dar nu..., continuă o clipă, apoi se opreşte şi, brusc, nu mai vreau să aud ce are de spus, dar e prea târziu. Îşi strânge buzele până devin o dungă albă, din care s-a retras tot sângele. Dar nu imediat, adaugă ea.

— Ce vrei să zici?

— Nu m-am putut convinge să le ard imediat ce-a murit; am vrut s-o fac, doar că... nu ştiu, n-a fost niciodată momentul potrivit. Însă, într-o zi, m-am dus sus, în atelierul lui şi am constatat că umblase cineva prin lucrurile lui.

— Poftim? exclam, incapabilă să-mi ascund şocul. Când a fost asta?

— Acum mulţi ani. Nu la mult timp după ce s-a întâmplat totul. Lipseau tablouri şi desene şi am ştiu că cineva a venit să caute ceva anume. Le-am ars pe toate după aceea, jur, dar apoi au început să vină scrisorile.

Simt cum răceala îmi picură în vene ca o otravă.

— Scrisori?

— La început, a fost doar una, spune Kate pe un ton domol. Vândusem un tablou de-al tatei. Licitaţia a fost menţionată în presa locală, împreună cu suma pentru care a fost vândut şi, câteva săptămâni mai târziu, am primit o scrisoare în care mi se cereau bani. Nu conţinea niciun fel de ameninţare, ci doar mi se cereau câteva sute de lire, pe care să-i las într-un plic în spatele unui lambriu desprins din perete, în Salten Arms. N-am făcut nimic şi, câteva săptămâni mai târziu, a venit din nou o scrisoare, numai că de data asta cerea două sute, şi în ea era şi un desen.

— O schiță cu noi? vocea îmi era lipsită de vlagă, bolnavă.

Kate îmi face semn că da.

— Am plătit. Din când în când, am tot primit scrisori, poate timp de şase luni şi am plătit şi am răs-plătit, dar, în cele din urmă, am scris o scrisoare în care am precizat că asta a fost totul, că nu mai puteam plăti mai departe — că Moara se scufundă şi că tablourile lui tata s-au dus şi că puteau să ceară cât vor, că pur şi simplu nu mai aveam cu ce să plătesc. Şi scrisorile s-au oprit.

— Când a fost asta?

— Cam acu' doi sau trei ani. După aceea nu s-a mai întâmplat nimic şi am zis că s-a terminat totul, dar la un moment dat, acum câteva săptămâni a reînceput totul. Prima dată a fost oaia şi apoi..., spune ea, înghițind. Apoi, după ce-ați plecat, am primit o scrisoare în care scria: *De ce nu le ceri prietenelor tale?* Dar nici prin gând nu mi-a dat...

— Dumnezeule mare, Kate!

Mă ridic în picioare, prea plină de nervi ca să pot să stau într-un loc, dar nu am unde să mă duc, aşa că mă aşez la loc, trăgând agitată de franjurile de la canapeaua zdrențuită.

Aş fi vrut s-o întreb: de ce nu ne-ai zis? Dar ştiu de ce. Pentru că, în toți aceşti ani, a încercat să ne apere. Aş fi vrut s-o întreb: de ce nu te-ai dus la poliție? Dar ştiu şi asta. Aş fi vrut să-i spun că nu sunt decât nişte amărâte de schițe. Dar ştim — ştiam amândouă — că nu e adevărat.

Nu schițele contează până la urmă. Ci biletul care a venit odată cu oaia, în care se spune întreaga istorie.

— M-am tot întrebat..., spune Kate încet, apoi se oprește.

— Continuă, o presez.

Ea își împletește degetele, apoi se ridică și se duce la dulap. Într-unul dintre sertare e un vraf de hârtii legat cu o sfoară roșie, iar în mijlocul vrafului e o scrisoare într-un plic vechi și ponosit. E o scrisoare care îmi îngheață sângele în mine.

— Asta..., mă străduiesc să spun, iar Kate îmi confirmă cu un gest din cap.

Mi-o întinde și, pentru o clipă, ezit să o ating, gândindu-mă la elementele criminalistice, la amprente și la toate cele asemenea, dar e prea târziu. Am pus mâna pe biletul acela acum șaptesprezece ani, toate patru. Îl apuc, foarte ușor, cu vârful degetelor, de parcă așa ar fi mai dificil să mă identifice, dar nu-l deschid. Nu e nevoie. Acum, că scrisoarea e în mâinile mele, frazele din ea plutesc prin apa adâncă a memoriei mele — *îmi pare atât de rău... nu da vina pe altcineva, iubita mea...e singurul lucru pe care-l pot face ca să îndrept lucrurile...*

— Ar trebui să i le dau lui Mark Wren? mă întreabă Kate cu vocea spartă. Adică ar putea să oprească toată chestia asta. Ar răspunde la atâtea întrebări...

Dar ar putea să și iște multe altele. Ca, de exemplu, de ce nu s-a dus Kate la poliție cu biletul acum șaptesprezece ani?

— Ce i-ai spune? o întreb, în sfârșit. Despre locul în care l-ai găsit? Cum o să-i explici?

— Nu știu. Aș putea spune că l-am găsit în noaptea aceea, dar că n-am zis nimănui — practic, aș putea spune adevărul, că tata a dispărut, că mi-a fost frică să nu cumva să pierd casa. Dar nu trebuie să vă implic şi pe voi... îngropatul, toate celelalte, aş putea să nu menţionez nimic. Sau aş putea spune că l-am găsit abia mai târziu, mult mai târziu, la câteva luni după.

— Doamne, Kate, nu ştiu ce să zic.

Îmi frec ochii cu pumnii, încercând să alung epuizarea totală care parcă nu mă lasă să gândesc cum trebuie. Sub pleoape, strălucesc luminiţe şi înfloresc flori întunecate.

— Toate poveştile astea par a isca mai mult întrebări decât răspunsuri şi, în plus...

Apoi mă opresc.

— În plus, ce? întreabă Kate cu o umbră în voce pe care n-o pot desluşi.

Simte nevoia să se apere? Îi e frică?

Rahat! N-am vrut să pornesc pe drumul ăsta. Dar nu ştiu ce altceva ar trebui să spun. Regula patru a Jocului Minciunii: să nu ne minţim niciodată una pe cealaltă, nu-i aşa?

— În plus... dacă le dai biletul, vor fi nevoiţi să-l verifice.

— Ce vrei să spui?

— Kate, trebuie să te întreb.

Înghit, încercând să găsesc o modalitate de a o spune în aşa fel încât să nu sune ca şi cum chiar cred ceea ce gândesc.

— Te rog să înţelegi că, indiferent ce o să-mi zici, indiferent ce s-a întâmplat, n-o să te judec. Dar trebuie să ştiu... ne datorezi asta, bine?

— Isa, mă sperii, zice Kate serioasă, dar e ceva în privirea ei care nu-mi place, îngrijorare şi ceva evaziv.

— Biletul ăla. Nu... nu se potriveşte. Şi tu ştii asta. Ambrose s-a sinucis din cauza desenelor, asta am crezut dintotdeauna, nu-i aşa?

Kate dă din cap, dar încet, ca şi cum ceea ce-i zic o oboseşte.

— Dar ordinea cronologică ne contrazice teoria: desenele n-au apărut în şcoală decât *după* ce-a murit.

Înghit din nou. Mă gândesc la uşurința lui Kate de a imita, de a falsifica tablourile ani la rând după moartea lui Ambrose. Mă gândesc la scrisorile de şantaj în contul cărora a plătit mai bine de cincisprezece ani, la toate lucrurile astea pe care le-a făcut în loc să se ducă la poliție cu biletul ăsta — şantaj de care nu ne-a zis nimic, deşi aveam tot dreptul să ştim.

— Kate, ce vreau să te întreb este... Ambrose chiar a scris biletul ăla?

— Da, a scris biletul ăla, zice ea, iar expresia de pe chip îi e foarte dură.

— Dar nu are *sens*. Şi, uite care e chestia, el a luat o supradoză de heroină, nu? Asta am crezut dintotdeauna. Şi atunci de ce era biletul lui frumos împachetat în cutia aia? N-ar fi fost mai logic să-şi ia doza şi biletul să cadă lângă fotoliul lui?

— El a scris biletul acela, repetă Kate cu încăpățânare. Dacă cineva ştie chestia asta, atunci eu sunt acea persoană.

— Atâta doar că..., zic, dar mă opresc.

Nu ştiu cum să formulez ce am de zis şi ce gândesc. Kate îşi îndreaptă umerii, îşi trage cămaşa de noapte pe lângă ea.

— Ce mă întrebi, de fapt, Isa? Mă întrebi dacă mi-am omorât propriul tată?

Tăcere.

Cuvintele sunt şocante, spuse aşa, cu voce tare — suspiciunea mea vagă, amorfă, concretizată deodată, cu margini dure şi suficient de tăioasă cât să rănească.

— Nu ştiu, spun în cele din urmă. Vocea îmi e dogită şi spartă. Întreb doar... întreb dacă nu e altceva ce-ar trebui să ştim înainte să ajungem la un interogatoriu la poliție.

— Nu mai e nimic altceva ce-ar trebui să ştiți.

Are vocea ca de gheață.

— Nu mai e nimic altceva ce-ar trebui să ştim sau nu mai e nimic altceva, punct.

— Nu mai e nimic altceva ce-ar trebui să ştiți.

— Deci mai *e* ceva? Doar că nu vrei să-mi zici ce?

— Ah, fir-ar al dracului, Isa, nu îmi mai pune atâtea întrebări!

Are o expresie chinuită şi se duce spre fereastră urmată de Shadow, câinele simțindu-i tulburarea.

— Nu mai e nimic altceva ce-aş putea să vă zic... te rog, crede-mă!

– Thea a zis..., încep eu, dar aproape că-mi piere curajul, însă trebuie s-o întreb. Trebuie să ştiu. Kate, Thea a zis că Ambrose voia să te trimită undeva, departe de-aici. E adevărat? De ce? De ce-ar fi făcut asta?

Pentru o clipă, Kate se holbează la mine, împietrită, cu fața albă ca varul.

Şi apoi suspină şi se întoarce cu spatele la mine, apucând haina din cuier şi aruncându-şi-o peste pijama, înfundându-şi picioarele în cizmele murdare de noroi de lângă uşă. Îl apucă pe Shadow de lesă, câinele merge neliniştit după ea, cu privirea în sus, încercând să-i priceapă tulburarea — apoi Kate dispare, uşa trântindu-se în urma ei.

Zgomotul seamănă cu o împuşcătură, trimiţând ecouri în grinzi şi făcând cănile din dulap să zornăie de indignare. Freya, care se juca fericită la picioarele mele, tresare din cauza zgomotului, iar faţa ei mică se schimonoseşte deodată din cauza şocului suferit, şi fetiţa începe să zbiere.

Vreau să mă duc după Kate, s-o forţez să-mi dea nişte răspunsuri. Dar nu pot, trebuie să-mi liniştesc copilul.

Rămân aşa un minut, neştiind ce am de făcut, ascultând-o pe Freya care urlă şi sunetul paşilor lui Kate care traversează podul în viteză, apoi un mârâit de exasperare, o iau pe Freya în braţe şi mă grăbesc să ajung la fereastră.

Fetiţa e roşie la faţă şi dă din picioare, agitată din cauza zgomotului venit din senin; încerc s-o fac să tacă, uitându-mă în acelaşi timp după silueta lui Kate care dispare încet cu Shadow spre ţărm. Şi mă întreb...

Mă întreb de ce-a ales cuvintele pe care le-a ales.

Nu mai e nimic altceva ce-aş putea să vă zic.

Kate nu e o femeie care se încurcă în cuvinte multe — întotdeauna a vorbit puţin. Şi atunci trebuie să fie un motiv. Un motiv pentru care n-a zis, pur şi simplu, *nu mai e nimic altceva de zis.*

Şi cum mă uit aşa după ea dispărând în ceaţă, mă întreb care ar fi acel motiv şi dacă nu cumva am făcut o greşeală enormă venind aici.

Cum Kate şi Shadow sunt afară, casa îmi pare ciudată şi tăcută, ceaţa bate în geamuri, iar bălţile de azi-noapte încă se mai usucă pe podelele închise la culoare şi pătate de umezeală.

În ceaţa aceasta, Moara mi se pare mai aproape de mare ca oricând, mai mult ca o barcă decrepită şi plină de apă, care pluteşte în neştire spre un ţărm, decât ca o casă care ar trebui să fie pe uscat. Ceaţa parcă a intrat peste noapte în duşumele şi în grinzi, iar casa e rece, podeaua umedă şi îngheţată sub tălpile mele.

O hrănesc pe Freya şi apoi, aşezând-o înapoi pe podea, să se joace cu nişte prespapieruri, aprind focul în sobă şi mă uit cum bucăţile de lemn umed şi sărat se aprind cu flacără albastră şi verde, arzând dincolo de gemuleţul pătat de funingine, apoi mă aşez pe canapea, cu picioarele sub mine, gândindu-mă la ce am de făcut.

Gândul mi se tot întoarce la Luc. Oare ştie mai mult decât lasă să se înţeleagă? A fost atât de apropiat de Kate, iar acum dragostea pentru ea s-a transformat în amărăciune. *De ce?*

Îmi apăs fața cu mâinile, aducându-mi aminte... de fierbințeala pielii lui, de senzația picioarelor lui lângă ale mele... şi simt dintr-odată că mă înec.

Kate se întoarce la prânz, dar îmi face semn că nu vrea sendvişurile pe care le-am pregătit, şi urcă scările spre dormitorul ei, cu Shadow după ea, iar o parte din mine se simte uşurată. Ce-am spus, bănuielile cărora le-am dat glas sunt aproape de neiertat şi nu ştiu cum să dau ochii cu ea.

Când mă duc sus s-o adorm pe Freya, o aud bătând camera în lung şi-n lat, ba, câteodată, îi şi văd silueta printre scândurile uşii când trece prin fața ferestrei, blocând razele de lumină argintie care se filtrează printre crăpături.

Freya e greu de adormit, dar reuşesc, în cele din urmă, şi mă întorc jos, în living, să stau la fereastră, de unde să privesc apele agitate ale Estuarului. Nu e încă patru după-masă, iar fluxul este aproape la apogeu, o maree excepțional de puternică, una dintre cele mai înalte pe care le-am văzut vreodată. Pontonul e inundat şi, când vântul bate dinspre mare, apa, în partea dinspre larg a Morii, vine şi bălteşte până la uşă.

Ceața s-a mai ridicat puțin, dar cerul e în continuare înnorat şi cenuşiu şi, privind apele de plumb care bat în scândurile de afară, mi-e greu să-mi amintesc căldura de acum câteva săptămâni. Chiar am înotat în Estuar la începutul lunii? Mi se pare imposibil să fie acelaşi loc cu acela în care apa era caldă şi plăcută, în care am înotat şi plutit şi râs împreună. Totul s-a schimbat.

Mă trece un fior rece şi strâng şi mai tare puloverul pe mine. Nu mi-am pus ce trebuie în bagaj — am îndesat în geanta de umăr ce mi-a venit la mână şi acum am prea multe perechi de pantaloni şi bluze subţiri şi prea puţine haine groase pentru vremea asta, dar sunt prea laşă ca să-i cer lui Kate să-mi împrumute ceva. Nu sunt în stare să dau ochii cu ea, nu acum, nu azi. Mâine, poate, când lucrurile se vor mai domoli.

Pe podea, lângă fereastră, e un vraf de cărţi cu copertele îndoite de umezeală şi mă duc înspre ele şi aleg una la nimereală. Bill Bryson, *Însemnări de pe o insulă mică*. Are coperta lucioasă şi atât de absurd de veselă în contrast cu nuanţele fade ale Morii, cu podelele ei umede şi ţesăturile decolorate! Mă duc la întrerupător să încerc să aduc puţină lumină în încăpere — şi-mi pocneşte în mână, făcându-mă să tresar. De undeva, din spatele meu, se aude un bubuit puternic, luminile se aprind scurt o dată, o lumină strălucitoare, nenaturală, apoi mor de tot.

Frigiderul geme profund, cutremurător, apoi se linişteşte. *Rahat!*

— Kate, o strig cu prudenţă, căci nu vreau s-o trezesc pe Freya, dar nu-mi răspunde.

Totuşi, o aud în continuare la etaj şi îmi dau seama că s-a oprit din mers prin cameră, semn că m-a auzit.

— Kate, s-a ars o siguranţă!

Niciun răspuns.

Sub scări e un dulap şi bag capul acolo să caut panoul electric, dar e întuneric beznă şi, deşi e ceva care seamănă cu un panou, nu e tocmai instalaţia modernă de care vorbea Kate. E o cutie din bachelită neagră, instalată pe suport de lemn, cu ceva care pare a fi un mănunchi de fire acoperite cu smoală care ies dintr-o parte şi nişte cabluri de plumb, din perioada victoriană, care ies din partea cealaltă. Nu îndrăznesc să ating nimic.

Futu-i!

Pun mâna pe mobil şi sunt pe cale să caut „cum să resetezi un panou electric“ pe Google, când văd ceva ce-mi opreşte inima în loc. Un e-mail de la Owen.

Îl deschid, cu inima cât un purice.

Sper, sper din tot sufletul că mi-a scris ca să-şi ceară iertare pentru cearta noastră — aş accepta orice, cel mai mic gest de mărinimie care să mă ajute să cobor din turnul în care m-am izolat singură. Trebuie să-şi dea seama, în lumina nemiloasă a zilei, că acuzațiile lui sunt ridicole. Nişte trandafiri şi o călătorie să-mi văd o prietenă veche chiar înseamnă o aventură? E concluzie de paranoic şi sigur şi-a dat seama de asta.

Dar nu îşi cere iertare. Nici măcar nu e un e-mail propriu-zis şi, la început, nu înțeleg ce-mi scrie.

Nu începe cu „Bună, iubire“, nici măcar cu „Dragă Isa“. Nu prezintă niciun fel de justificare pentru nimic şi nici nu imploră iertare. Ba, de fapt, nu e niciun fel de text şi, pentru o clipă, mă întreb dacă nu cumva mi-a trimis mie un e-mail care îi era adresat altcuiva.

E o listă de infracțiuni, cu date şi locuri, fără niciun nume sau context ataşate. Un furt dintr-un magazin din Paris, furt de automobil într-o suburbie a Franței de care n-am auzit niciodată, ultraj cu violență într-o pensiune din Normandia. La începutul listei sunt date de acum douăzeci de ani, dar, pe măsură ce mă uit mai jos, infracțiunile sunt din ce în ce mai recente, deşi sunt pauze între ele, câteodată chiar de câțiva ani. Cele mai recente sunt toate din sudul Angliei. Condus sub influența băuturilor alcoolice în apropiere de Hastings, un arest preventiv pentru deținere de droguri în Kent, dar cu eliberare fără punere sub acuzare, apoi alte aresturi preventive. Ultimul incident a avut loc acum câteva săptămâni — consum de alcool în spații publice lângă Rye, o noapte petrecută în arest, fără punere sub acuzare. *Ce* sunt astea?

Şi apoi îmi dau brusc seama.

E cazierul judiciar al lui Luc.

Mi se face rău. Nici nu vreau să ştiu cum a făcut Owen rost de chestia asta şi încă aşa de repede. Are cunoştințe — în poliție, în serviciul de informații — şi are o poziție de conducere în Ministerul de Interne, cu permis de acces la informații confidențiale dintre cele mai sensibile, dar asta e o încălcare gravă a codului de conduită profesională, indiferent cum priveşti lucrurile.

Dar nu e doar asta.. Ci faptul că nu se calmează, că încă mai crede că Luc e motivul pentru care am venit aici. El încă mai crede că îl înşel.

Simt cum furia mă strânge de gât, cum îmi face părul să se ridice şi simt furnicături în degete.

Îmi vine să urlu. Îmi vine să pun mâna pe telefon şi să-i zic că e un ticălos şi că încrederea pe care a distrus-o acum nu mai poate fi recâştigată.

Dar n-o fac. În parte, pentru că sunt atât de furioasă, încă nu sunt sigură că n-o să-i zic ceva ce nu mai poate fi retras.

Şi, în parte, pentru că ştiu, şi o bucățică din mine e pregătită s-o recunoască, că nu e vina lui *sută la sută*.

Adică da, e vina lui, sigur că e vina lui. Suntem împreună de aproape zece ani şi, în tot acest timp, nici măcar nu m-am sărutat cu un alt bărbat. N-am făcut niciodată nimic ca să merit un asemenea tratament.

Dar Owen ştie că-l mint. Nu e prost. Ştie... şi are dreptate.

Doar că nu ştie despre ce e vorba.

Strivesc telefonul în pumn până când aproape că scârțâie de protest că-l strâng prea tare şi mă forțez să-mi relaxez mâna pe bucata plastic şi să las sângele să-mi circule în degete.

Futu-i. *Futu-i.*

Jignirea e cea pe care n-o suport — ideea că aş putea să sar din patul lui direct în al lui Luc — şi că nu el e tatăl Freyei; numai astea ar fi suficiente motive ca să termin relația. Am mai avut prieteni geloşi în trecut şi sunt ca o otravă — o otravă pentru relație şi o otravă pentru stima ta de sine. Sfârşeşti prin a privi constant peste umăr, punându-ți mereu la îndoială motivele. Oare nu cumva *chiar* i-am făcut ochi dulci respectivului? N-am vrut s-o fac. Oare *chiar* m-am uitat la prietenul lui ca şi cum aş fi vrut ceva mai mult de la el? Oare nu cumva decolteul meu *chiar* era prea adânc, fusta prea scurtă, zâmbetul prea strălucitor?

Începi să nu mai ai încredere în tine, îndoiala începe să-ți populeze peisajul interior în care, până atunci, erau doar iubire şi încredere în sine.

Vreau să-l sun şi să-i zic că s-a terminat... dacă nu poate avea încredere în mine, s-a terminat între noi. N-o să trăiesc aşa, bănuită de ceva ce n-am făcut, forțată să neg infidelități care există numai în mintea lui.

Dar... chiar dincolo de partea mea de vină în toate astea, pot să-i fac una ca asta Freyei? Ştiu ce înseamnă să creşti fără un părinte. Ştiu asta prea bine şi nu vreau să treacă prin aşa ceva.

Cerul e acoperit de o pătură groasă de nori şi Moara e întunecată şi rece, focul arde mocnit în sobă şi, dintr-odată, o aud pe Freya agitându-se deasupra, scâncetul ei de trezire ajungând până la mine şi ştiu că trebuie să ies de aici. O să mă duc în pub pentru cină. Poate o să aflu câte ceva, să vorbesc cu Mary Wren despre ancheta poliției. Oricum, e clar că Kate n-o să coboare curând şi, chiar dacă ar face-o, nu sunt sigură că aş fi în stare să dau ochii cu ea, să stau cu ea la masă, să facem conversație, cu fantoma celor spuse plutind între noi şi e-mailul lui Owen ca o otravă în telefonul meu.

Fug sus în dormitor să mă lupt cu Freya s-o îmbrac. Apoi mă asigur că am copertina sub cărucior şi pornesc spre țărmul nisipos, cu vântul în față când cotesc s-o luăm spre Salten.

Pe drumul rece şi bătut de vânturi care duce în Salten, am mult timp de gândire, picioarele mele înghiţind distanţa kilometru cu kilometru, încet şi cu înfrigurare. Mintea îmi oscilează între resentimentul faţă de felul execrabil în care s-a purtat Owen şi conştiinţa mea încărcată din pricina comportamentului meu nu tocmai cinstit faţă de el. Bifez în cap defectele lui — cât de uşor îşi pierde cumpătul, cât de posesiv e, cum face planuri fără să mă întrebe ce părere am.

Dar se interpun alte amintiri. Curbura spinării lui când se apleacă asupra căzii să-i toarne apă pe cap fetiţei lui. Blândeţea lui, ingeniozitatea. Dragostea lui pentru mine. Pentru Freya.

Şi, dincolo de toate astea, ca un contrapunct, e complicitatea mea la toate astea. Am minţit. Am minţit şi am ascuns şi am omis. Am ţinut secrete faţă de el din clipa în care ne-am cunoscut, dar în ultimele săptămâni a fost deja mult mai mult şi el ştie că ceva s-a întâmplat. Owen a fost întotdeauna posesiv, dar niciodată n-a fost gelos... nu aşa. Şi vina îmi aparţine. Eu l-am făcut aşa. Noi am făcut-o. Eu, Fatima, Thea şi Kate.

Atât sunt de cuprinsă de gândurile mele, că nici nu-mi mai dau seama de distanța pe care o parcurg, dar, când ultimele frânturi de ceață din depărtare se dizolvă, dezvăluind case și blocuri, nu sunt cu nimic mai aproape de vreo decizie.

Când dau colțul spre Salten Arms, încercând să-mi dezmorțesc degetele înghețate de pe căruț și să șterg apa care s-a adunat pe copertină, aud muzică. Nu muzică în surdină, ci muzică live, de modă veche — șuierat de acordeon, bătăi de banjo și scârțâit vesel de viori.

Împing ușa de la bar și sunetul mă lovește ca un zid, dimpreună cu mirosul de fum, bere și trupuri vesele, înghesuite ca sardinele. Media de vârstă e mult peste șaizeci și majoritatea sunt bărbați.

Deși capetele se întorc spre mine, muzica nu se oprește și-mi fac loc să intru în încăperea supraîncălzită. O văd pe Mary Wren cocoțată pe marginea unui scaun înalt, de bar, privind muzicienii și bătând din picior în ritmul muzicii. Mă vede stând nesigură în prag și-mi face semn din cap, apoi îmi face cu ochiul. Îi întorc zâmbetul, ascultând un moment și apoi mă îndrept spre partea din spate a pubului, uitându-mă fix, de parcă ar fi fost pentru prima dată când le vedeam, la lambriurile de lemn de pe pereți. Mi se strânge stomacul, gândindu-mă la biletul lui Kate, la cât de ușor i-ar fi fost oricui de aici să tragă un scaun lângă unul dintre lambriurile desprinse, să bage o mână între lemn și perete, în drum spre toalete... dar și mai ușor i-ar fi fost cuiva care ar deține localul.

Îmi aduc aminte de comentariul aruncat într-o doară de Mary despre berăria care vrea să vândă locul ca să construiască aici apartamente pentru proprietarii care caută să investească în a doua casă, mă uit la pereți, observând vopseaua care se cojeşte, şi la covoarele şi scaunele care se destramă, şi mă gândesc la ce-ar însemna asta pentru Jerry. A lucrat aici toată viața lui — pubul este pâinea lui, viața lui socială şi planul lui de pensionare. Ce altceva ar putea face? Nu sunt sigură dacă din cauza privirii celorlalți sau a căldurii şi zgomotului, ori poate din pricina faptului că-mi dau seama că şantajistul lui Kate ar putea fi aici, în pub, dar simt un val brusc de claustrofobie şi paranoia. Toți localnicii aceştia, toți bărbații aceştia cu rânjetele lor şi cu privirile atotştiutoare, barmanița cu gura strânsă pungă şi cu brațele încrucişate la piept, toți ştiu cine sunt, de asta sunt convinsă.

Îi împing şi-mi fac loc spre toalete, trag căruciorul înăuntru şi las uşa să se închidă în urma mea, sprijinind-o cu spatele, simțind răceala şi liniştea învăluindu-mă. Închid ochii şi-mi zic: *Poți să faci asta. Nu-i lăsa să te doboare!*

Abia când deschid ochii, văd cuvintele scrise cu markerul, acum aproape şterse şi neclare, reflectate în oglinda murdară.

Mark Wren e un infractor sexual!!!!

Simt cum sângele mi se urcă în obraji, un val fierbinte de ruşine. Literele sunt scrise demult şi sunt greu de descifrat, dar nu ilizibile. Şi cineva, mult mai încoace, a tăiat *Mark* şi a scris deasupra, cu litere de tipar, cuvântul *Sergent*.

De ce nu mi-am dat seama? De ce nu mi-am dat seama că o minciună poate să dureze mai mult decât orice adevăr şi că în locul acesta, oamenii au ținere de minte. Nu e ca în Londra, unde trecutul e rescris, iar şi iar, până când nu mai rămâne nimic. Aici, nimic nu se uită şi fantoma greşelii mele îl va urmări veşnic pe Mark Wren. Şi mă va urmări şi pe mine.

Mă duc la chiuvetă şi arunc cu apă rece pe faţă, în timp ce Freya se uită la mine curioasă, apoi mă îndrept, mă privesc în oglindă, înfruntându-mi propria reflexie. Da, este vina mea. Ştiu asta. Dar nu e doar vina mea. Şi dacă pot să recunosc asta faţă de mine însămi, pot să le fac faţă şi lor.

Deschid uşa pubului şi împing hotărâtă căruciorul Freyei spre bar.

— Isa Wilde! se aude o voce a cuiva oarecum ameţit, în clipa în care trec pe lângă dozatoarele de bere. Ce să zic, am crezut că n-ai să mai vii prin Salten încă vreo zece ani de acum înainte. Ce-ai vrea să bei?

Mă întorc şi dau de Jerry, rânjind din spatele barului, cu dintele lui de aur sclipind în lumina palidă a focului. Şterge de zor un pahar cu o cârpă care a prins şi vremuri mai bune.

— Bună, Jerry, îi zic.

Freya dă din picioare şi se agită în cărut, înfierbântată acum, după ce-am ieşit din baia răcoroasă. A izbutit, cu o lovitură destul de nervoasă de picioare, să dea la o parte copertina de ploaie şi să ţipe de fericire că i-a reuşit mişcarea; o iau în braţe şi o sprijin de umărul meu, s-o liniştesc.

— Nu te deranjează bebeluşii în bar, nu?

— Atâta vreme cât beau bere, nici pomeneală, răspunde Jerry şi rânjeşte iar cu gura lui ştirbă pe chipul nebărbierit. Ce să-ţi dau?

— Serveşti şi mâncare?

— Nu până la şase, dar c... se uită la ceasul de deasupra barului. Ei uite, acuşi se face şase... uite meniul.

Îmi împinge o bucată de hârtie murdară, cu colțurile îndoite, şi mă uit pe ea. Sendvişuri, plăcintă cu peşte, crab cu sos, burger şi cartofi prăjiți.

— O să iau plăcintă cu peşte, zic în cele din urmă. Şi... şi poate un pahar de vin alb.

— Ei, de ce nu? E aproape şase. Vrei să-ți las nota de plată deschisă?

— Sigur. Poate vrei să-ți plătesc cu cardul acum?

Mă caut prin geantă, dar el râde şi scutură din cap.

— Ştiu unde să te găsesc.

Nu ştiu cum face, însă reuşeşte să ia o frază atât de inofensivă şi s-o facă să sune uşor amenințător, dar zâmbesc şi-i fac semn că mă retrag spre fundul pubului, unde e mai linişte şi sunt câteva mese libere.

— O să mă duc să stau acolo, OK?

— Da, du-te liniştită, o să aduc io paharul la masă. Doar nu vrei să-l cari tu cu a' mică după tine.

Dau din cap aprobator şi mă îndrept făcându-mi loc spre fundul barului. Una dintre mesele libere e lângă uşă şi e încărcată cu halbe unsuroase de bere. Cineva a deşertat pe masă conținutul unei pipe şi l-a lăsat acolo. Cealaltă masă, cea din colț, nu e mai bună. Într-o băltoacă de bere vărsată pe masă sub un pahar pus cu fundul în sus, e o viespe, iar scaunele din muşama plesnită sunt acoperite cu păr de câine, dar am loc pentru căruciorul Freyei, aşa că duc gunoaiele pe masa cealaltă şi şterg tăblia vag cu un suport pentru bere şi ne aşezăm, băgând şi căruciorul în spațiul rămas liber. Freya se răsuceşte în brațele mele şi mă loveşte cu capul şi-mi dau seama că n-o să-mi ajungă biberonul pe care îl am până mă întorc la Moară; fata a decis că-i e foame şi că o să înceapă să urle dintr-o clipă într-alta. Nu pot să-i dau să mănânce cum vrea ea — am mai hrănit-o în puburi şi înainte, ba chiar des, dar de fiecare dată a fost Owen cu mine şi, sincer, în Londra nu te bagă nimeni în seamă nici dacă ai da ţâţă unei pisici. Aici, însă, de una singură, e altceva şi nu ştiu cam cum ar reacţiona Jerry şi muşteriii lui, dar chiar nu am de ales, decât dacă chiar vreau s-o fac pe Freya să explodeze. Îmi desfac haina şi îmi rearanjez bluzele de dedesubt ca să asigur un maximum de decenţă, apoi o pun la sân cât de repede pot, lăsând haina să cadă la loc ca să ne ascundă pe amândouă.

Când ea se pune pe supt, câteva capete se întorc spre mine şi un bătrân, cu o barbă albă, se holbează curios nevoie mare. Mă întreb, cu o strângere de inimă, oare ce-ar fi zis Kate despre moşnegii libidinoşi care bârfesc în Salten Arms, când apare Jerry cu un pahar de vin alb pe-o farfurie şi un cuţit şi o furculiţă învelite într-un şerveţel.

— Ar trebui să punem taxă pe chestia asta, zice el, rânjind şi făcându-mi semn spre sânii mei, iar eu simt cum îmi iau foc obrajii.

Reuşesc să râd scurt.

— Îmi pare rău, îi e foame. Nu te superi, nu-i aşa?

— Io? Nici vorbă. Şi pun pariu că nici ăilalţi nu se supără să vadă şi ei ceva frumos.

Chicoteşte mulţumit, un sunet care e preluat, ca un ecou gâfâit, de amicii lui de la bar şi simt iar cum îmi arde faţa. Se întorc şi mai multe capete spre mine şi bărbatul cu barba albă îmi face ameţit cu ochiul, apoi începe să hohotească, scărpinându-se la boaşe în timp ce-i şopteşte ceva amicului lui, făcând un semn spre masa la care stau eu.

Mă gândesc în mod serios să-i zic lui Jerry să anuleze comanda pentru plăcinta cu peşte şi să mă car de aici, când se întoarce şi-mi întinde un pahar, apoi îmi face semn spre bar.

— Apropo, asta-i din partea prietenului tău de colea.

Prieten? Mă uit spre bar şi dau cu ochii de... Luc Rochefort.

Stă la bar şi, văzând că mă uit spre el, ridică paharul, expresia lui fiind oarecum... întristată? Nu sunt sigură.

Mă gândesc la Owen, la e-mailul pe care mi l-a trimis. La ce-ar zice dacă m-aş duce în secunda asta la bar. Şi simt iar că mi se strânge stomacul. Dar înainte să apuc măcar să mă gândesc la ce-aş putea zice, Jerry a şi dispărut şi-mi dau seama că Luc s-a ridicat şi că se îndreaptă spre mine.

Nu am scăpare. Sunt flancată de cărucior în partea stângă şi de scaunele unui grup de oameni din dreapta şi sunt adusă la stadiul de neputinţă de Freya care e prinsă de sânul meu gol de sub haină. Nu am cum să ies înainte ca el să ajungă la mine. Nu am nici măcar cum să mă ridic fără să-mi alunece haina de pe sân şi Freya să înceapă să dea din picioare.

Mă gândesc la oaia plină de sânge.

Mă gândesc la Freya în braţele lui, urlând.

Mă gândesc la desene, la suspiciunile lui Owen şi la obrajii mei în flăcări şi nu ştiu dacă m-am înroşit de furie sau... de altceva.

— Ascultă, îi zic în momentul în care se apropie cu halba de bere în mână.

Vreau să fiu curajoasă, să-l înfrunt, dar mă afund tot mai tare în scaunul căptuşit cu muşama şi mă fac mică de tot, în ciuda dorinţei mele.

— Luc, uite...

— Îmi pare rău, zice el deodată, venind direct spre mine. Îmi pare rău de ce s-a întâmplat. Cu fetița ta.

Expresia de pe chip e hotărâtă, ochii întunecați în lumina slabă a încăperii.

— Am încercat să te ajut, dar a fost o prostie ce-am făcut, îmi dau seama de asta acum.

Nu e ce mă așteptam să spună și simt că mi-a luat vântul din pânze, așa că discursul pregătit, prin care îi ziceam să stea dracului departe de mine, nu-și mai are locul și nu mai știu ce să zic.

— Paharul... știu, e aiurea, dar am vrut să... să fie o ofertă de pace. Îmi cer scuze, n-o să te mai deranjez.

Se întoarce să plece și ceva în mine își face loc, un soi de disperare și, spre uimirea mea totală, mă aud strigând după el:

— Stai, așteaptă!

Se întoarce, precaut. Refuză să se uite în ochii mei, dar e ceva în privirea lui... un soi de speranță, poate?

— N-ar... n-ar fi trebuit s-o iei pe Freya, îi zic în cele din urmă. Dar îți accept scuzele.

Stă în fața mea, în picioare, înalt ca bradul deasupra mesei și apoi își lasă capul plecat, acceptând în tăcere ce i-am zis și privirile ni se întâlnesc. Poate că din cauza nesiguranței lui, a felului în care stă cu umerii lăsați, ca un copil care a crescut prea repede. Sau poate din cauza ochilor lui, a felului în care îmi susține privirea cu un fel de vulnerabilitate dureroasă. Dar, pentru o clipă, arată ca atunci când avea cincisprezece ani. Iar inima mea pare s-o ia razna.

Înghit un nod dureros, o durere care e întotdeauna acolo, în ultima vreme, un simptom vechi al stresului și anxietății.

Mă gândesc la Owen şi la acuzaţiile lui, la actul pe care crede deja că l-am comis... şi simt că un soi de indiferenţă prostească pune stăpânire pe mine.

— Luc, eu... vrei să stai jos?

Nu zice nimic. Pentru o clipă mă gândesc că o să-mi întoarcă spatele, făcându-se că nu mă vede.

Dar apoi înghite şi el în sec, iar muşchii gâtului i se mişcă cu nervozitate.

— Eşti sigură? mă întreabă.

Îi fac semn că da, iar el îşi trage un scaun şi se aşază, cu halba într-o mână, uitându-se cu interes în străfundurile lichidului chihlimbariu.

Urmează o tăcere lungă şi bărbaţii îşi întorc capetele de la mine, de parcă prezenţa lui Luc e un fel de scut împotriva curiozităţii lor. Luc stă pe scaun, ferindu-şi privirea de mine, uitându-se în altă parte.

— Ai... ai auzit veştile? mă întreabă el în cele din urmă.

— Despre...

Şi mă opresc. Vreau să zic, *despre oseminte*, dar cumva nu reuşesc să articulez cuvintele. El îmi face semn din cap că da.

— Au identificat cadavrul. E Ambrose.

— Am auzit, îi răspund, înghiţind din nou. Îmi pare atât de rău!

— Mersi, zice el.

Accentul lui franţuzesc e mai puternic, aşa cum se întâmplă întotdeauna în momente de stres. Clatină din cap, ca şi cum ar încerca să alunge gânduri nedorite.

— Am fost... surprins de cât de mult m-a durut.

Mi se taie respiraţia şi-mi dau seama, cu forţă reînnoită, ce-am făcut noi — sentinţa pe viaţă pe care ne-am dat-o nu doar nouă, dar şi lui Luc.

— I-ai... zis mamei tale? reuşesc eu să îngaim.

— Nu. Oricum nu-i mai pasă. Şi nu merită s-o denumeşti aşa, adaugă Luc foarte încet.

Iau o gură de vin, încercând să-mi calmez inima care bate cu putere şi să-mi alin durerea din gât.

— E... dependentă de droguri, nu?

— Da. Heroină. Şi, mai târziu, s-a dat pe metadonă.

Pronunţă cuvântul franţuzeşte, *me-ta-don* şi, pentru o clipă, nu reuşesc să pricep ce zice, apoi îmi dau seama şi-mi muşc buza, gândindu-mă că ar fi fost mai bine să nu fi deschis subiectul. Luc e tăcut, cu privirea în halbă şi nu ştiu ce să mai spun, cum să-l scot din această stare. A venit aici să încerce să repare lucrurile între noi şi tot ce-am făcut a fost să-i aduc aminte ce a pierdut.

O tânără apare cu o farfurie cu plăcintă cu peşte şi mă scuteşte de jena de a trebui să-i mai zic ceva lui Luc. Pune farfuria în faţa mea fără să mai întrebe şi zice:

— Sosuri?

— Nu, îi răspund cu greutate. Nu, mulţumesc. E OK aşa.

Iau o gură de plăcintă. E grasă şi cremoasă, iar brânza de pe deasupra e aurie şi moale, dar are gust de rumeguş. Bucăţile de aluat se sfărâmă în gură şi simt un os zgâriindu-mă pe gât în momentul în care mă forţez să înghit.

Luc nu zice nimic, ci doar stă, pierdut în gânduri mute. Mâinile lui mari sunt pe masă, cu degetele împletite, oarecum relaxate, şi-mi aduc aminte de dimineaţa aceea de la poştă, furia lui abia stăpânită, tăieturile de pe mâini şi frica pe care am resimţit-o în prezenţa lui. Mă gândesc la oaia aceea şi la sângele de pe mâinile lui... şi îmi tot pun întrebări.

Luc e furios, ştiu asta. Dar, în locul lui, şi eu aş fi la fel de furioasă.

***

Este foarte târziu. Freya a adormit la pieptul meu, iar eu şi Luc tăcem după ce ore întregi am stat de vorbă. Acum doar stăm împreună, unul lângă celălalt, uitându-ne la ea cum respiră, adânciţi în propriile noastre gânduri.

Când se aude gongul pentru ultima comandă, nu-mi vine să cred şi trebuie să-mi scot telefonul ca să verific dacă într-adevăr e aşa târziu: unsprezece fără zece minute.

— Mulţumesc, îi zic lui Luc, în momentul în care se ridică şi se întinde.

Se uită la mine mirat.

— Pentru ce?

— Pentru seara asta. Aveam... aveam nevoie să ies, să uit totul pentru o vreme.

Îmi dau seama, pe măsură ce articulez aceste cuvinte, că nu m-am gândit la Owen sau la Kate ore întregi. Mă frec pe faţă, îmi întind picioarele înţepenite.

— Nu ai pentru ce.

Se apleacă şi apoi o ia pe Freya din braţele mele, cu foarte mare blândeţe, ca să pot să mă strecor de sub măsuţă. Mă uit cum o ţine neîndemânatic la piept şi zâmbesc când o văd cum oftează uşor şi se cuibăreşte în el, bucurându-se de căldura trupului lui.

— Te pricepi. Vrei să ai copii?

— N-o să am copii, zice fără niciun dubiu în voce şi mă uit la el surprinsă.

— Pe bune? De ce nu? Nu-ţi plac?

— Nu e vorba de asta. N-am avut o copilărie frumoasă. Când eşti distrus, ai toate şansele să transmiţi asta mai departe.

— Aiurea!

Mi-o întinde pe Freya, o iau din brațele lui şi o pun cu grijă în cărucior, lăsându-mi mâna cu blândețe pe pieptul ei, privind cum pleoapele i se deschid, zbătându-se, apoi se închid din nou, capitulând.

— Dacă ar fi adevărat ce zici, niciunul din noi nu s-ar mai reproduce. Toți avem un trecut dureros. Cum rămâne cu toate calitățile tale pe care le-ai putea da mai departe?

— Nu am nimic ce-aş vrea să aibă copilul meu, zice el şi, pentru o clipă, mă gândesc că poate glumeşte, dar mă uit la fața lui, atât de serioasă şi tristă, şi văd că nu e aşa. Şi nu voi risca să pun alt copil să treacă prin ce-am trecut eu.

— Luc... Asta e... atât de trist! Sunt sigură că n-ai fi niciodată la fel ca mama ta.

— Nu poți să ştii asta.

— Nu, dar nimeni nu ştie sigur ce fel de părinte va fi. Sunt o grămadă de oameni fără niciun căpătâi care fac copii în fiecare zi — diferența e că lor nu le pasă. Ție, da.

Ridică din umeri, îşi ia geaca pe el, apoi mă ajută şi pe mine să mă îmbrac.

— Nu contează. Nu vreau copii. Nu vreau să aduc un copil într-o lume ca asta.

Ajuns în parcare, îşi vâră mâinile în buzunare şi umerii îi sunt iar lăsați.

— Pot să te conduc acasă?

— E la câțiva kilometri depărtare, în direcția cealaltă.

Dar, de îndată ce am vorbit, îmi dau seama că n-am nici cea mai vagă idee unde locuieşte. Totuşi, nu se poate ca Moara să fie în drumul cuiva spre casă, nu?

— Nu e chiar în direcția cealaltă. Stau pe drumul de coastă, spre şcoală. Cea mai rapidă cale să ajung acasă e să tai mlaştina.

Ah, asta explică multe. Ca să nu mai spun că explică faptul că trecea pe la Moară în noaptea reuniunii. Simt un vag sentiment de vină că nu l-am crezut pe cuvânt atunci.

Nu ştiu ce să-i zic.

Să am încredere în Luc? Răspunsul este nu. Dar, de când cu discuţia mea cu Kate de azi-dimineaţă şi felul în care a preferat să fugă decât să-mi răspundă la întrebări... nu mai sunt sigură dacă am încredere în cineva din locul ăsta.

N-am luat o lanternă cu mine şi, cu perdeaua densă de nori, noaptea e cât se poate de neagră. Mergem încet, eu împingând căruciorul, Luc păşind cu atenţie, amândoi vorbind cu voci scăzute. În întuneric se aude un camion trecând pe lângă noi, farurile lui alungindu-ne umbrele negre pe şosea, iar Luc ridică o mână, în semn de salut către şoferul care vine şi trece pe lângă noi, scufundându-se înapoi în beznă.

— ...noapte bună, Luc! se aude vag de la unul din geamurile camionului.

Şi înţeleg brusc că, acolo unde Kate a eşuat, Luc a reuşit. Şi-a făcut o viaţă aici, a devenit parte din comunitate, în timp ce ea e încă o străină, exact cum a zis Mary.

Ajungem la podul care traversează Estuarul când simt o piatră în pantof şi mă opresc s-o scot. În timp ce sar într-un picior şi apoi îmi bag pantoful înapoi în picior, Luc se apleacă peste parapet, rezemându-se cu coatele, privind Estuarul unde se varsă în mare. Ceaţa s-a mai ridicat, dar norii sunt, în continuare, denşi şi joşi, iar Estuarul e învăluit în întuneric şi nu se poate vedea nimic, nici măcar luminile palide ale Morii. Expresia de pe chipul lui e impenetrabilă, iar eu mă gândesc la cortul alb, ascuns în întuneric, şi mă întreb dacă şi el se gândeşte tot la asta.

Reuşesc să-mi pun pantoful în picior, apoi mă duc lângă el şi-mi odihnesc şi eu braţele pe marginea podului. Deşi nu ne atingem, braţele noastre sunt atât de aproape unul de celălalt, că simt căldura pielii lui prin haina subţire.

— Luc, încep eu, dar deodată, aproape fără voie, el se întoarce şi apoi buzele lui calde le întâlnesc pe ale mele şi simt un val de dorinţă atât de puternic, că aproape mă orbeşte, o căldură lichidă împrăştiindu-mi-se în măruntaie.

O clipă nu fac nimic, ci doar rămân aşa, cu degetele răsfirate pe trupul lui, cu gura lui încinsă peste a mea, cu inima bătându-mi în piept ca un ciocan pe o nicovală. Apoi, conştiinţa faptului în sine vine peste mine ca un val rece.

— Luc, nu!

— Îmi pare rău, zice el, şocat. Îmi pare atât de rău... nu ştiu ce m-a apucat...

Se opreşte şi rămânem unul în faţa celuilalt, cu respiraţia precipitată, întretăiată, şi îmi dau seama că aceeaşi expresie de confuzie şi tulburare pe care le văd pe chipul lui trebuie să se regăsească şi pe al meu.

— *Merde*, scuipă el, deodată, lovind cu pumnul în parapet. De ce dracu' fut lucrurile întotdeauna?

— Luc, nu-i adevărat... n-ai făcut...

Durerea din gât îmi revine şi înghit cu greu.

— Sunt măritată, îi zic, deşi nu e adevărat, şi totuşi este într-un fel, care contează.

Indiferent de ce probleme avem, Owen este tatăl copilului meu şi suntem împreună... şi punct. Nu am de gând să sar din floare-n floare.

— Ştiu, zice el, cu vocea foarte scăzută acum şi nu se uită la mine în momentul în care se întoarce şi începe să traverseze podul, spre Moară.

E doar la câţiva paşi distanţă de mine când se hotărăşte din nou să vorbească, atât de încet, că nu sunt convinsă că aud bine.

— Am făcut o greşeală atât de mare... ar fi trebuit să te aleg pe tine.

Ar fi trebuit să te aleg pe tine.

Ce vrea să însemne asta? Mergând pe cărarea desfundată de-a lungul Estuarului, vreau să deschid discuția, dar tăcerea lui Luc e impenetrabilă.

Ce-a vrut să zică? *Ce* s-a întâmplat între el şi Kate?

Dar nu găsesc o modalitate de a-l întreba şi, în plus, mi-e teamă. Teamă că o să mă întrebe şi el, la rândul lui. Nu pot să-i cer adevărul, când şi eu ascund atâtea lucruri.

În schimb, mă concentrez să împing căruțul Freyei pe lângă bălțile şi şanțurile de pe cărarea desfundată. Cât am fost în pub, a plouat cu găleata şi, dacă te desparți de asfalt, drumul devine foarte moale sub picioare.

Îl simt pe Luc alături, cum calcă în acelaşi ritm cu mine şi, în sfârşit, fără tragere de inimă, fac un efort să-l las în urmă, să-l determin să se ducă acasă la el.

— Nu trebuie să mergi cu mine tot drumul, să ştii, dacă vrei să o iei pe aici, să scuteşti atâta cale...

Dar el clatină din cap.

— O să ai nevoie de o mână de ajutor.

Abia când ajungem la Moară, înțeleg ce-a vrut să zică.

Mareea s-a înălțat — mai mult ca niciodată. Poteca de lemn e invizibilă, scufundată complet, iar dincolo de apa neagră şi stătută văd că silueta Morii e complet izolată de țărm. Podul nu are cum să fie scufundat mai mult de câțiva centimetri, dar abia îmi mai dau seama unde se termină țărmul şi unde începe apa, darămite să mai văd şi forma buştenilor întunecați de sub apă.

Dacă aş fi fost singură, aş fi riscat să intru în apă cu căruțul? E greu, iar dacă vreuna din roți alunecă pe marginea potecii, nu sunt sigură că aş fi destul de puternică să opresc căruțul să cadă în apă cu tot cu copil.

Simt, în momentul în care mă întorc spre Luc, cum fața mi-e crispată de anxietate.

— Rahat, ce mă fac?

Se uită spre geamurile întunecate.

— Se pare că nici Kate nu e acasă. Ar fi putut să lase o lumină aprinsă, zice el, cu amărăciune în voce.

— Poate e vreo pană de curent, ceva, zic eu.

Luc ridică din umeri, un gest care e undeva între resemnare şi dispreț, şi simt că ar trebui s-o apăr pe Kate, dar nu pot să zic nimic care să contracareze dezaprobarea tacită a lui Luc, mai ales când o voce de undeva din mine îmi şopteşte ceva despre propriul meu resentiment. Cum a putut Kate să plece şi să mă lase să mă descurc cu toate astea singură? N-avea de unde să ştie că am să-l găsesc pe Luc să mă ajute.

— Ia copilul, zice el, făcând semn spre căruț, aşa că o iau pe Freya în brațe.

Doarme şi, când o ridic, se încovoaie, grea şi somnoroasă, lipindu-se de umărul meu ca un melc transformat în carne.

— Ce-ai de gând să...

Dar mă opresc în momentul în care Luc îşi scoate pantofii, apucă de căruţ şi intră în apa neagră. Apa se închide în jurul gleznelor lui, ajungându-i până la jumătatea pulpelor.

— Luc, fii atent! Nu ştii...

Dar ştie. Ştie exact unde e podul. Calcă apa sigur pe el, eu ţinându-mi răsuflarea la fiecare pas de-al lui, temătoare că ar putea pune piciorul cum nu trebuie şi s-ar împiedica de marginea podeţului, ajungând direct în apa adâncă, însă nu se întâmplă asta. Ajunge pe partea cealaltă, acum doar o fâşie îngustă de mal, abia suficient de mare cât să încapă căruciorul, şi încearcă uşa.

Nu e încuiată şi se deschide larg spre un întuneric profund. Luc împinge căruciorul înăuntru.

— Kate?

Vocea i se propagă în ecouri prin casa tăcută. Aud un clic în momentul în care încearcă să aprindă luminile. Nu se întâmplă nimic.

— Kate?

Apare iar în prag, ridică din umeri şi, suflecându-şi blugii, se întoarce spre ţărm cu mâinile goale, înfruntând apa.

— Asta aproape că este ca-n jocurile acelea logice pentru copii, zic eu, încercând să fac o glumă. Ai o raţă, o vulpe şi o barcă...

Îmi zâmbeşte, iar pielea bronzată din jurul ochilor şi a gurii lui se încreţeşte şi-mi dau seama, şocată, cât de străină e expresia de pe faţa lui. Cât de puţin l-am văzut zâmbind de când m-am întors!

— Deci, cum facem? mă întreabă el. Ai încredere în mine s-o iau pe Freya?

Ezit şi, văzându-mi ezitarea, zâmbetul din ochi îi dispare.

— Am... încredere în tine, îi zic rapid, deşi nu sunt chiar sigură. Nu e vorba că n-am încredere, continui eu. Doar că ea nu te ştie... mi-e teamă că o să se trezească şi o să înceapă să se agite. E surprinzător de puternică dacă nu vrea să fie ţinută în braţe.

— OK, zice el. Deci... ce zici? Aş putea să te duc eu în braţe, dar nu sunt sigur că podul ne-ar putea susţine pe amândoi.

De data asta, râd cu poftă.

— Luc, n-o să te las să mă duci în braţe. Cu sau fără pod.

El ridică din umeri.

— Am mai făcut-o şi altă dată.

Şi-mi dau seama, şocată, că are dreptate. Am uitat complet, dar, acum, că zice el, imaginea îmi revine cu forţă în minte — o plajă arsă de soare, mareea înaltă, papucul meu luat de valuri. Nu ne mai puteam întoarce decât trecând peste stâncile înţesate de scoici şi, după ce m-a privit jumătate de oră cum săream din bolovan în bolovan, cu picioarele însângerate, Kate şi Thea şi Fatima uitându-se la mine cu compătimire, oferindu-mi papucii lor pe care n-aveam cum să-i accept şi care oricum nu mi-ar fi venit, Luc, fără un cuvânt, m-a luat pe sus şi m-a purtat în spate tot restul drumului până la Moară.

Îmi aduc aminte atât de bine — mâinile lui pe şoldurile mele, muşchii spatelui pe pieptul meu, mirosul gâtului lui... piele udă şi săpun.

Simt cum mă înroşesc toată.

— Aveam cincisprezece ani. Sunt ceva mai grea acum.

— Dă-ţi jos pantofii, zice el şi eu salt într-un picior, încercând s-o ţin pe Freya cu o mână, în timp ce, cu cealaltă, mă chinui să-mi desfac închizătorile şi să-i dau jos — şi apoi, înainte să am timp să comentez, Luc e în genunchi, cu degetele trăgând de curele. Ies dintr-un pantof, deja roşie ca racul, fericită că e întuneric beznă, şi-l las să-mi desfacă şi cureaua cealaltă, după care se ridică în picioare.

— Ia-mă de mână, zice el, păşind în apă. Vino după mine. Stai foarte aproape, cât de aproape poţi.

Cu mâna liberă o apuc pe-a lui şi păşesc în mare.

E atât de rece apa, că-mi taie răsuflarea, dar apoi degetele mele de la picioare simt ceva cald — picioarele mele le-au atins pe ale lui în apă.

Stăm aşa, un moment, uitându-ne unul la celălalt, apoi Luc zice:

— O să fac un pas mare, fă la fel ca mine. Aici e bucata aceea de scândură putrezită, aşa că va trebui să sărim peste ea.

Îi fac semn din cap că am priceput, amintindu-mi de scândurile lipsă din podeţ, de cum am agăţat căruţul de cea mai putrezită dintre ele, iar roata mi s-a afundat de tot. Dar, slavă Domnului, Luc e aici — n-aş fi avut nici cea mai vagă idee care scânduri sunt bune şi unde sunt. Mă uit cum păşeşte şi fac exact ca el, dar pasul lui e mai mare ca al meu, iar scândurile dedesubt sunt alunecoase. Piciorul îmi alunecă pe nişte alge şi simt că îmi pierd echilibrul.

Ţip, fără să vreau, sunetul strident răsunând deasupra apei. Dar Luc m-a prins deja, mâna lui strângându-mă cu atâta forţă de braţ, că mă doare.

— Nu s-a întâmplat nimic, zice el cu convingere. Nu s-a întâmplat nimic.

Dau din cap că sunt OK, încercând să nu-i fac rău Freyei în clipa în care mă redresez şi încerc să-mi calmez respirația. În depărtare se aude un lătrat în rafale, ca răspuns la țipătul meu, dar s-a potolit. Să fi fost Shadow?

— Îmi pare rău, îi zic, tremurând. Scândurile astea sunt atât de alunecoase.

— Nu-i nimic, îmi răspunde şi-şi relaxează mâna pe brațul meu, dar nu-mi dă drumul totuşi. Eşti OK, nu s-a întâmplat nimic.

Îi fac un semn scurt din cap şi ne croim drum pe ultimele scânduri, el ținându-se bine de brațul meu, dar nu atât de strâns cât să mă mai doară.

Ajunşi pe partea cealaltă, îmi dau seama că gâfâi, că inima îmi bate absurd de tare în piept. Ca un miracol, Freya încă doarme buştean.

— M... mersi, reuşesc eu să articulez, iar vocea îmi tremură în ciuda dorinței mele, în ciuda faptului că simt pământul ferm sub picioare şi că sunt în siguranță. Mulțumesc, Luc, nu ştiu ce-aş fi făcut dacă n-ai fi fost aici.

Da, chiar aşa, ce-aş fi făcut? Îmi închipui cum aş fi încercat să trec căruciorul peste scândurile alunecoase, înşelătoare, cu roțile înfundându-se câțiva centimetri în apă; sau şezând în ploaia rece, aşteptând-o pe Kate să se întoarcă de unde a plecat. Mă enervez iar la acest gând. Cum a putut să dispară aşa, fără ca măcar să-mi trimită un mesaj?

— Ştii unde sunt lumânările? mă întreabă, iar eu îi fac semn că nu.

Plescăie scurt şi nu ştiu dacă de scârbă sau dezaprobare şi-şi face loc pe lângă mine, în întunericul cavernos al Morii. Mă duc după el, rămânând nesigură în mijlocul camerei. Marginea rochiei mele de vară e udă şi mi se prinde de picioare şi ştiu că probabil am lăsat o baltă de apă pe podea; îmi dau seama, cu părere de rău, că încălțările mele au rămas la capătul celălalt al podului. Eh, asta e. Nu se poate ca mareea să se înalțe mai mult de-atât, altfel Moara ar fi plutit de mult în larg. O să le iau mâine, când vine refluxul.

Pe lângă toate astea, mai şi tremur, aerul rece care vine pe uşa deschisă înghețând marginea udă a rochiei pe picioarele mele, dar Luc e ocupat să caute prin dulapuri, apoi aud un chibrit aprinzându-se, miros de parafină şi văd o flacără în întunericul din jurul chiuvetei. Luc e acolo, în picioare, cu o lampă de petrol în mână, reglând fitilul, astfel încât flacăra să ardă puternic şi nederanjată în micul ei horn. Când flacăra se stabilizează, pune peste ea un glob de sticlă mată şi, dintr-odată, lumina care pâlpâia nesigură se difuzează într-o strălucire aurie.

Luc închide uşa şi ne uităm unul la celălalt în lumina lămpii. Micul cerc de lumină este cumva şi mai intim decât întunericul, ținându-ne în sfera lui îngustă, iar noi suntem la câțiva centimetri distanță unul de celălalt, brusc nesiguri. În lumina caldă, văd o venă de pe gâtul lui Luc pulsând mai repede decât bate inima mea şi mă trece un fior prin tot trupul. E atât de greu de citit, atât de impasibil... dar acum ştiu că nu e decât o fațadă, că dincolo de înfățişarea lui dură, e la fel de tulburat ca şi mine şi că, brusc, nu mai suport să mă mai uit în ochii lui. Sunt nevoită să-mi feresc privirea, de frica a ceea ce-ar putea surprinde în ea.

Îşi drege vocea, un sunet imposibil de tare în casa asta tăcută, şi vorbim pentru prima dată, în acelaşi timp.

— Mda, ar trebui să...

— Da, probabil că e...

Ne oprim, râzând nervos.

— Zi tu întâi, îi spun.

Clatină din cap

— Nu, ce voiai să zici?

— Oh... nimic. Doar că... îi fac semn spre Freya. Ştii cum e. Cu asta mică. Ar trebui s-o duc la culcare.

— Unde doarme?

— În..., dau să zic şi mă opresc, înghiţindu-mi nodul dureros. În fosta ta cameră.

Ridică privirea spre mine, dar nu sunt sigură dacă e surprins sau e şocat sau altceva. Trebuie să fie ciudat pentru el să vadă cum Kate a instalat pe altcineva în casa copilăriei lui, şi mă confrunt din nou cu realitatea răului petrecut.

— Ah! Înţeleg.

Lumina scade şi tremură, ca şi cum lampa ar fi ţinută de o mână nesigură, dar se poate să fi fost doar un curent.

— Păi, atunci o să duc lampa sus pentru tine, că n-o să poţi să duci copilul sus, pe scări, şi să ţii şi lampa, zice el, făcând un semn spre colţul încăperii, către scările şubrede, în spirală, din lemn.

Dacă cineva ar scăpa o lumânare, casa ar lua foc în câteva minute.

— Mersi, îi zic.

Fără niciun cuvânt în plus, se întoarce şi începe să urce, iar eu merg în spatele lui, după cercul de lumină care dispare după grinzile de sus.

Se opreşte în uşa fostei lui camere şi aud un sunet, ca şi cum cineva şi-ar ţine răsuflarea, dar, când mă duc aproape de el, chipul îi este aproape lipsit de expresie; se mulţumeşte doar să se uite lung în încăpere — la patul care fusese al lui, acum plin de hainele mele împrăştiate peste tot, şi la leagănul de la capătul patului, în care sunt păturica Freyei şi elefantul ei de pluş. Văzând rolul meu în toate astea, fața începe să-mi ardă — genţile împrăştiate pe jos, pe podeaua *lui*, biberoanele şi loţiunile mele pe biroul *lui*.

— Luc, îmi pare tare rău, zic eu, disperată dintr-odată.

— De ce să-ţi pară rău? întreabă el, iar vocea îi este la fel de impasibilă ca şi chipul, dar nu ratez să văd vena care i se zbate pe gât; el însă clatină din cap, lasă lampa pe noptieră şi se întoarce, fără niciun cuvânt, dispărând în întuneric.

După ce termin cu Freya, iau lampa şi mă duc jos, călcând atentă pe scări, păşind în oaza de lumină aurie care creează mai mult umbre decât să le împrăştie.

Aproape că mă aşteptam să fi plecat, dar când ajung la capătul scărilor, văd o umbră înălţându-se de pe canapea şi, când ridic lampa, văd că e el.

Pun lampa pe masa mică de lângă canapea şi, fără vreun cuvânt, ca şi cum ar fi fost ceva ce plănuiserăm amândoi, îmi ia fața în mâini şi mă sărută şi, de data asta, nu mai zic nimic — nu protestez, nu-l îndepărtez — ci îl sărut şi eu, la rândul meu, trecându-mi mâinile pe sub cămaşa lui, simţind netezimea pielii, rotunjimile oaselor şi muşchilor, cicatricile şi căldura gurii lui.

Când m-a sărutat afară, pe pod, am simţit că-l înşel pe Owen, chiar dacă nu l-am sărutat şi eu, dar aici... aici nu simt niciun fel de vină. De data asta, momentul ăsta se contopeşte, fără niciun fel de oprelişti, cu zilele şi nopţile şi orele pe care le-am petrecut atunci, tânjind după atingerea lui Luc, după sărutările lui — un timp dinainte de Owen, dinainte de Freya, dinainte de desene şi de supradoza lui Ambrose — înainte ca ceva din toate astea să se fi întâmplat.

Aş putea să invoc resentimentele mele faţă de Owen, să număr pe degetele de la mâini greşelile lui — falsele acuzaţii, lipsa de încredere şi, cireaşa de pe tort, e-mailul acela cu lista de infracţiuni comise de Luc, ca şi cum, dintre toate lucrurile din lume, tocmai asta m-ar opri să mi-o trag cu un bărbat, chit că asta vreau — şi da, nu mi-e ruşine să recunosc acum, e un bărbat pe care l-am dorit de când aveam cincisprezece ani şi, poate, încă îl mai doresc.

Dar n-o fac. Nu încerc să justific ce fac. Las prezentul să se dizolve, las curentul care mă poartă să mi-l ia din mâini, să-l scap printre degete şi-mi dau voie să mă scufund în adâncuri, în trecut, ca un trup care cade în ape tulburi şi adânci şi simt cum mă înec, cum apele se închid deasupra mea, iar eu mă duc la fund şi nu-mi pasă.

Cădem pe canapea, picioarele ni se împletesc şi-l ajut pe Luc să-şi tragă tricoul peste cap. Se iscă din străfundul măruntaielor mele o dorinţă acută de a-i simţi pielea pe pielea mea — o nevoie care îmi anulează conştiinţa de sine, care nu mai ştie de vergeturi sau de reţeaua vineţie de pe pielea mea, flască acolo unde, cândva, era netedă şi elastică.

Ştiu că ar trebui să încerc să mă opresc, dar adevărul e că nu simt niciun fel de vină. Nimic nu mai contează în momentul în care începe să-mi descheie rochia, nasture cu nasture.

Degetele mele sunt pe cureaua lui Luc, iar el se opreşte brusc şi se retrage. Mi se taie răsuflarea. Chipul îmi înţepeneşte de ruşine şi mă ridic, gata să-mi adun rochia pe mine şi să încep să-mi găsesc justificări — nu, ai dreptate, e OK, nu ştiu la ce mă gândeam.

Abia când se duce la uşa de la intrare şi trage zăvorul, înţeleg ce se întâmplă şi mă cuprinde un soi de căldură ameţitoare — pricep brusc că... că o să facem asta cu adevărat.

Când se întoarce spre mine, zâmbeşte, iar zâmbetul îi transformă chipul serios în cel al puştiului de cincisprezece ani pe care îl ştiam cândva şi inima pare să mi se urce în gât, oprindu-mi respiraţia; dar durerea... durerea pe care am tot resimţit-o din momentul în care am găsit desenele în cutia poştală, din momentul în care Owen mi-a aruncat acuzaţiile lui furibunde, din momentul în care au început toate astea... a dispărut.

Canapeaua moale şi delabrată oftează în clipa în care Luc se urcă pe ea şi eu mă las pe spate, iar el mă ia în braţe şi simt pe mine greutatea lui. Buzele mele sunt pe gâtul lui, simţind moliciunea pielii între dinţi, gustul sărat al transpiraţiei lui... şi dintr-odată împietresc.

Căci acolo, în întunericul de la capătul scărilor, se mişcă ceva. O siluetă în beznă.

Luc se opreşte, se ridică pe coate, simţind dintr-odată încordarea muşchilor mei ţepeni.

— Isa? Eşti OK?

Nu pot să vorbesc. Ochii îmi sunt fixaţi în întunericul de la capătul scărilor. Ceva — cineva — e acolo sus.

Prin minte îmi trec zeci de imagini. O oaie spintecată. Un bilet stropit de sânge. Un plic plin cu poze din trecut...

Luc se întoarce, se uită peste umăr în direcţia în care mă uit eu.

Curentul provocat de mişcarea lui face ca lumina lămpii să se agite şi să se mărească şi, pentru o clipă, o fracţiune de secundă, flacăra luminează chipul persoanei care stă acolo, în întuneric, privindu-ne în tăcere.

Este Kate.

Scot un sunet — nu e tocmai un țipăt, dar ceva asemănător — şi Kate se întoarce şi dispare în tăcerea camerelor de la etaj.

Luc îşi trage iar tricoul pe el, îşi încheie blugii, lăsând, în graba lui, cureaua să-i atârne desfăcută. Urcă scările, câte două odată, dar Kate e prea rapidă pentru el. A ajuns deja la jumătatea scărilor care duc spre mansardă şi aud uşa trântindu-se în urma ei şi cheia învârtindu-se în yală, apoi îl aud pe Luc bătând cu pumnul în uşă.

— Kate! Kate! Dă-mi drumul înăuntru!

Niciun răspuns.

Încep să-mi închei nasturii de la rochie, cu degete tremurânde, apoi mă adun, să pot sta pe picioare.

Aud sunetul paşilor lui Luc pe scări, mersul lui încetinit, apoi îi văd fața, în momentul în care reapare în lumina lămpii, şi e întunecată.

— Căcat!

— A stat acolo? şoptesc eu. În tot acest timp? De ce n-a ieşit când am strigat-o?

— Dracu' ştie!

Îşi freacă fața cu mâinile, ca şi cum ar încerca să şteargă imaginea lui Kate din capul scărilor, chipul lui rămânând imobil, lipsit de expresie.

— Cât timp o fi stat acolo?

— Nu ştiu.

Obrajii îmi ard.

Stăm în tăcere, unul lângă celălalt, pe canapea, o bună bucată de vreme. Fața lui Luc e impasibilă. Nu ştiu ce expresie am eu, dar gândurile îmi sunt un amestec confuz de emoții şi îndoieli şi disperare. Ce *căuta* acolo sus, ne spiona?

Îmi aduc aminte de momentul în care lampa a luminat brusc şi chipul ei, ca o mască albă în întuneric, cu ochii larg deschişi, cu gura strânsă pungă, de parcă încerca să nu urle. Era faţa unui străin. Ce s-a întâmplat cu prietena mea, cu femeia pe care credeam că o cunosc?

— Ar trebui să plec, zice Luc în cele din urmă, dar, deşi se ridică de pe canapea, nu se îndreaptă spre uşă.

Stă în picioare, privindu-mă, cu sprâncenele lui negre încruntate şi cu umbra pomeţilor lui înalţi, făcându-l să arate slăbit şi agitat.

Se aude un zgomot de sus, un scâncet al Freyei, şi mă ridic, nesigură, dar Luc vorbeşte înainte să apuc eu să spun ceva.

— Nu sta aici, Isa. Nu e sigur.

— Poftim?

Mă opresc brusc în loc, fără să încerc să-mi ascund şocul.

— Ce vrei să spui?

— Locul ăsta..., zice el, făcând un semn spre Moară, cuprinzând apa de afară, întrerupătoarele defecte, scările decrepite. Dar nu e doar asta... eu...

Se opreşte, îşi freacă iar faţa cu mâinile, apoi trage adânc aer în piept.

— Nu vreau să te las singură cu ea.

— Luc, e sora ta.

— Nu e sora mea şi ştiu că tu crezi că ţi-e prietenă, dar, Isa, tu... nu poţi avea încredere în ea.

Şi-a coborât într-atât vocea, că e abia o şoaptă, deşi e imposibil ca ea să ne audă, căci e cu trei etaje mai sus şi cu uşa închisă.

Scutur din cap, refuzând să cred. Indiferent ce-a făcut Kate, indiferent de stresul la care e supusă acum, ea e prietena mea. E prietena mea de douăzeci de ani. Nu, n-o să-l ascult pe Luc — nu pot să-l ascult.

— Nu mă aştept să mă crezi, zice el, vorbind şi mai precipitat acum.

Scâncetele Freyei se intețesc şi arunc o privire spre scări, vrând să ajung la ea, dar Luc mă ține de încheietură, o strânsoare blândă, dar fermă.

— Dar, să fii... să fii cu ochii în patru şi, ascultă, cum am mai zis, cred că ar trebui să pleci de la Moară.

— O să plec mâine, îi zic cu inima grea, gândindu-mă la Owen şi la ce mă aşteaptă la Londra, dar Luc clatină din cap.

— Acum. În seara asta.

— Luc, nu pot. Nu am niciun tren până mâine-dimineață.

— Atunci, vino şi stai la mine. Stai peste noapte. O să dorm pe canapea, adaugă el, agitat, dacă asta vrei. Dar nu cred că ar trebui să rămâi aici, singură.

Nu sunt singură, mă gândesc. *Sunt cu Kate*. Dar ştiu că nu asta vrea să spună.

Freya urlă iar şi mă hotărăsc.

— Nu plec în seara asta, Luc. N-o să mă plimb cu Freya şi cu bagajul după mine prin mlaştini în toiul nopții...

— Atunci ia un taxi, mi-o taie el scurt, dar eu încă mai vorbesc, ignorându-i protestele.

— ...o să plec mâine-dimineață — dacă eşti aşa îngrijorat, te asigur că o să prind trenul de 8. Dar nu se poate să fie Kate o amenințare pentru mine. Pur şi simplu, nu pot să accept asta. O cunosc de şaptesprezece ani, Luc, şi nu pot să cred. Am *încredere* în ea.

— Eu o ştiu de mult mai mulți ani, zice Luc, atât de încet că abia dacă îl mai aud peste zbierătele Freyei. Şi nu am încredere în ea.

Freya urlă acum mult prea tare ca s-o mai pot ignora şi îmi retrag încet încheietura dintre degetele lui.

— Noapte bună, Luc.

— Noapte bună, Isa, zice el.

Mă priveşte cum urc scările cu lampa de petrol, lăsându-l în întuneric. Sus, o iau pe Freya în braţe, simţind cum trupul ei se încovoaie convulsiv, urlând furioasă şi, în tăcerea care urmează, aud zăvorul de la uşa de la intrare şi zgomotul paşilor lui Luc pe pietriş, în timp ce el dispare în întuneric.

În noaptea asta nu dorm deloc. Zac întinsă, lăsând cuvinte şi fraze să se învălmăşească în capul meu. Desene pe care Kate a zis că le-a distrus. Minciunile pe care le-a zis. Chipul lui Owen când am plecat. Chipul lui Luc în clipa în care venea spre mine în lumina caldă a lămpii.

Încerc să le pun pe toate la un loc — neconcordanțele şi suferințele —, dar nu ajung la nicio concluzie. Şi, în toată nebunia asta, ca într-un carusel, apar întretăindu-se fantomele copilelor care am fost cândva, chipurile noastre apărându-mi iar şi iar, amestecând adevărul cu minciuna, suspiciunea cu amintirea.

Spre dimineață, o frază îmi tot revine în minte, clară ca şi cum cineva mi-ar şopti-o la ureche.

E Luc, zicând: *Trebuia să te fi ales pe tine.*

Şi mă întreb iar: ce-o fi vrut să zică?

E şase jumătate când se trezeşte Freya şi stăm aşa, amândouă, ea la sân, eu gândindu-mă ce am de făcut. O parte din mine ştie că ar trebui să mă întorc la Londra, să încerc să repar lucrurile cu Owen. Cu cât le las aşa mai mult, cu atât îmi va fi mai greu să salvez ce a mai rămas din relația noastră.

Dar nu pot să înfrunt gândul, aşa că rămân în continuare în pat, privind fața mulțumită a Freyei, ochii ei strânşi, ca să n-o deranjeze lumina dimineții, şi mă gândesc de ce nu o fac. Nu e din cauza a ceea ce s-a întâmplat cu Luc sau nu *doar* din cauza asta. Nu e pentru că sunt furioasă în continuare pe Owen, pentru că nu mai sunt. Ce s-a întâmplat azi-noapte mi-a secat furia, m-a făcut să pricep în câte feluri l-am trădat în toți anii aceştia.

Nu o fac pentru că, orice aş spune acum, ar fi doar minciuni. Nu pot să-i zic adevărul, nu acum şi nu doar din cauza riscului pentru cariera lui şi pentru că le-aş trăda pe fete. Deja am recunoscut față de mine că relația noastră e construită pe minciunile pe care mi le-am zis mie însămi de şaptesprezece ani.

Am nevoie de timp. Timp să-mi dau seama ce am de făcut, ce simt pentru el. Ce simt pentru *mine*.

Dar unde să mă duc ca să reuşesc să înțeleg toate astea? Am prieteni — destui prieteni — dar niciunul în pragul căruia m-aş putea duce cu tot cu copil şi bagaje, şi fără să stabilesc până la ce dată am nevoie să rămân.

Fatima ar zice *da* într-o secundă, ştiu că ar zice. Dar nu pot să-i fac una ca asta, în casa ei aglomerată şi haotică. Poate aş putea sta o săptămână. Dar nu mai mult de atât.

Iar garsoniera închiriată a Theei iese din discuție.

Celelalte prietene sunt măritate şi au şi ele copii la rândul lor. Camerele lor de oaspeți — dacă există aşa ceva — sunt ocupate de bunici sau bone sau dădace interne.

Fratele meu, Will? Dar el stă în Manchester şi e însurat, are gemeni, şi locuieşte într-un apartament cu trei camere.

Nu. Dacă nu mă pot duce acasă, nu există decât un singur loc în care m-aş putea duce.

Mobilul e lângă mine, pe pernă, şi îl iau şi caut prin numerele din agendă, până când degetele se opresc la un număr de telefon. Tata.

Camere are, slavă Domnului! În casa lui cu şase dormitoare de lângă Aviemore, unde locuieşte singur. Îmi aduc aminte ce-a zis Will ultima dată când ne-am dus în vizită.

— E singur, Isa. I-ar plăcea ca tu şi Owen să veniți să stați cu el.

Dar, cumva, n-am avut niciodată timp pentru el. E prea departe pentru un weekend — doar călătoria cu trenul durează nouă ore. Şi înainte s-o am pe Freya, întotdeauna intervenea ceva — slujba, concediul, diverse chestii de reparat prin casă. Apoi, mai târziu, am început să ne pregătim pentru copil, iar apoi, după ce s-a născut Freya, ar fi fost complicat să ne îngrijim de tot ce trebuie pentru a călători cu un nou-născut, un bebeluş... în curând, destul de mare să meargă de-a buşilea.

Desigur, a venit s-o vadă pe Freya când s-a născut. Dar îmi dau seama, cu durere în inimă, că n-am mai fost la el să-l văd de aproape... şase ani? Să fie aşa? Îmi pare imposibil, dar probabil că aşa e. Şi atunci m-am dus de fapt la un prieten care se însura în Inverness şi mi s-a părut nepoliticos să nu mă duc şi pe la tata, de vreme ce eram atât de aproape.

Nu e vina lui, asta vreau să înțeleagă. Îl iubesc — l-am iubit întotdeauna. Dar durerea lui, golul imens lăsat de moartea mamei sunt prea aproape de ale mele. Văzându-i durerea, an după an, nu fac decât s-o întăresc pe-a mea. Mama era liantul între noi doi. Acum, fără ea, suntem doar doi oameni suferinzi, incapabili să se vindece unul pe celălalt.

Dar el ar spune *da*. Ar spune mai mult decât *da*, cred. El — singurul dintre toți — ar spune *da* cu bucurie.

E trecut de şapte când, în sfârşit, mă îmbrac, o iau pe Freya în brațe şi cobor în bucătărie. Prin ferestrele înalte cu vedere spre Estuar, văd că marea a scăzut — atât cât se poate. Estuarul s-a transformat iar într-o rigolă adâncă în inima canalului, malurile late au devenit proeminente, nisipul care bate constant în ele se usucă şi toate micile creaturi — moluştele şi scoicile şi râmele de nisip — se retrag şi se ascund până când revine fluxul.

Kate e încă în pat — sau, mă rog, cel puțin n-a venit jos — şi nu pot să nu mă scutur uşurată când îmi dau seama că sunt singură cu Freya. Ating filtrul de cafea — verific să văd dacă nu cumva e cald — şi nu mă pot abține să nu mă uit spre capul scărilor, unde i-am văzut fața aseară, albă-moartă în întuneric. Şi nu sunt sigură că o să uit vreodată — imaginea ei stând acolo, în picioare, privindu-ne. Ce expresie avea pe chip? Furie? Groază? Altceva?

Îmi trec mâinile prin păr, încercând să-i găsesc un motiv pentru felul în care s-a purtat. Kate nu are încredere în Luc şi nici nu-l place — şi acum e clar ca bună-ziua că sentimentul e reciproc. Şi atunci de ce să stea acolo, aşa, în întuneric? De ce să nu strige, să mă oprească să fac greşeala pe care considera că o fac?

De ce să rămână aşa, în întuneric, printre umbre, ca şi cum ar avea ceva de ascuns?

Un lucru mi-e clar: nu pot să mai rămân aici, nu după toate câte s-au întâmplat azi-noapte. Nu doar din pricina avertismentelor lui Luc, ci pentru că încrederea între mine şi Kate s-a risipit. Fie că am distrus-o eu, cu ce am făcut noaptea trecută, fie că a distrus-o Kate, cu minciunile ei, nu contează.

Ce contează e că parte din fundamentul vieții mele s-a fisurat şi s-a distrus şi temelia pe care mi-am construit viața de adult se tot duce încet la vale. Nu mai ştiu ce să cred. Nu mai ştiu ce-ar trebui să spun la poliție în cazul unui interogatoriu. Povestea pe care credeam că o ştiu s-a sfâşiat în bucăți — în locul ei nu au rămas decât îndoială şi neîncredere.

Azi e miercuri. O să mă întorc în Londra cu primul tren pe care-l pot prinde, o să-mi fac bagajele cât timp Owen e la muncă şi o să plec în Scoția. O să le sun de-acolo pe Fatima şi Thea. Abia când o lacrimă îmi curge în sfârşit pe nas şi cade pe creştetul Freyei, îmi dau seama că plâng.

Sun la Rick's Rides, dar nu-mi răspunde nimeni şi, în cele din urmă, încarc bagajele Freyei în cărucior şi o scot din casă în soarele rece al dimineții. Trec desculță podul şubred, împingând căruciorul şi, de partea cealaltă, îmi vâr picioarele în pantofii pe care îi găsesc acolo ca pe nişte resturi bizare aduse de mare. Lângă ei sunt urmele unor tălpi late — pantofii lui Luc — şi îi văd urma pe lângă țărm, dispărând în bălțile şi noroiul drumului.

Ies pe poartă şi pornesc pe drumul lung spre gară, vorbind cu Freya — orice, numai să nu mă gândesc la realitatea celor întâmplate aseară şi la dezastrul care mă aşteaptă în Londra.

La cotitura spre drumul principal, aud pietrişul scârţâind şi un claxon strident în spatele meu, făcându-mă să tresar. Mă întorc, cu inima bătând să-mi iasă din piept, şi văd un Renault negru, vechi de când lumea, oprind pe marginea drumului.

Geamul şoferului se lasă în jos şi un cap cenuşiu ca plumbul iese afară, fără urmă de zâmbet pe faţă.

— Mary! strig eu.

— N-am vrut să te sperii.

Braţele ei puternice şi goale sunt rezemate de geam, cu părul negru evident pe pielea foarte albă. Unghiile ei permanent mizerabile bat darabana pe caroserie.

— Te duci la gară?

Îi fac semn din cap că da, iar ea afirmă scurt, fără să mă întrebe dacă vreau sau nu:

— Te duc eu la gară.

— Mersi, îi zic jenată, dar...

Sunt pe cale să mă folosesc de aceeaşi scuză, cu scaunul de bebeluş, dar apoi ochii îmi cad pe căruciorul în care Freya e aşezată confortabil în scaunul care se adaptează la maşină. Mary ridică din sprânceană.

— Dar?

— Dddar... Nu vreau să te deranjez, îi zic eu, fără entuziasm.

— Nu fi fraieră! zice ea scurt, deschizând uşa din dreapta. Urcă-te-n maşină!

Nu reuşesc să găsesc niciun fel de alte scuze, aşa că o aşez pe Freya în scaunul din spate al maşinii şi-i pun centurile de siguranţă, apoi mă duc la portiera din faţă şi urc în maşină fără să mai zic un cuvânt. Mary bagă maşina în viteză, iar motorul tuşeşte răguşit şi pornim.

Mergem în linişte vreo jumătate de kilometru, dar la trecerea la nivel cu calea ferată văd că luminile semaforului sunt aprinse şi barierele se coboară. Trenul e pe cale să treacă.

— Fir-ar, zice Mary, oprind încet maşina în fața barierei.

— Oh, nu. Asta înseamnă că o să pierd trenul?

— Ăsta e trenul spre nord, care trece prin Londra. O să ajungem la mustață. Dar s-ar putea să ai noroc. Câteodată aşteaptă, dacă soseşte mai repede decât ora anunțată.

Îmi muşc buzele. Nu că am de ce să mă întorc neapărat la Londra, dar gândul de a aştepta în gară încă treizeci de minute cu Mary nu mă încântă deloc.

Tăcerea din maşină se adânceşte, întreruptă doar de sforăitul înfundat al Freyei de pe bancheta din spate, dar apoi Mary începe să vorbească, spărgând liniştea.

— Cumplită vestea asta cu cadavrul.

Mă foiesc în scaun, trăgând centura de la gât care, nu ştiu cum, dar pare să se fi strâns.

— Ce... ce vrei să zici? Zici de identificare?

— Da, deşi nu cred că a fost careva p-aici care să fi fost mirat. N-au fost mulți care să creadă că Ambrose şi-a părăsit copiii aşa, tam-nesam. Era trup şi suflet pentru copiii ăia, ar fi trecut prin foc pentru ei. Pentru un mic scandal local? Nici nu cred că l-ar fi durut cine ştie ce, darămite să-şi ia catrafusele şi să se care, lăsându-i pe copii să se descurce singuri.

Bate uşor cu mâna pe volanul care mai are puțin şi se descompune, apoi, cu un gest nerăbdător, îşi dă la o parte o şuviță de păr cenuşiu care i-a căzut din coada de cal.

— Mă gândeam mai mult la autopsie.

— Ce vrei să spui?

— N-ai auzit? îmi zice, aruncându-mi o privire rapidă, apoi ridicând din umeri. Poate n-a apărut încă în ziare.

Câteodată, pentru că Mark e polițist, aflu unele chestii mai devreme ca alții. Poate n-ar trebui să-ți spun, în caz de ceva...

Se oprește, bucurându-se de momentul ei de glorie, iar eu strâng din dinți, căci știu că vrea să fie implorată pentru informațiile ei de culise. Și nu vreau să-i dau satisfacția asta. Pe de altă parte, trebuie să știu. Pur și simplu, trebuie.

— Doar n-o să mă lași așa, în întuneric, îi zic eu, făcând tot posibilul să am vocea neutră sau ușor indiferentă. Adică, nu vreau să-mi zici ceva care ar fi confidențial, dar dacă Mark nu ți-a zis ca să păstrezi secretul, atunci...

— Păi cam da, de obicei nu-mi prea spune lucruri secrete, zice ea tărăgănat.

Își mușcă unghia, scuipă o bucată, apoi pare să se răzgândească sau obosește să se mai joace cu mine.

— S-au găsit urme de heroină într-o sticlă din buzunarul lui. Cică ar fi fost o supradoză administrată oral.

— Administrată *oral*? repet, încruntându-mă. Dar... nu are niciun sens.

— Exact, zice Mary Wren.

Prin geamul deschis aud sunetul unui tren apropiindu-se.

— Un fost dependent de droguri ca el? Dacă voia să se omoare, și-ar fi injectat chestia aia, evident că asta ar fi făcut. Dar, cum ziceam, n-am crezut niciodată că Ambrose și-a lăsat copiii de bunăvoie — și nu are mai mult sens să se fi sinucis decât să fi fugit. Nu-mi place să bârfesc, zice ea, mințind fără ca măcar să roșească vreun pic, așa că n-am zis nimic nimănui. Dar, în mintea mea, n-am crezut vreodată că a fost altceva.

— Altceva decât... ce? o întreb şi dintr-odată vocea mea e aspră, răguşită, sufocată.

Mary îmi zâmbeşte larg, arătându-şi dinţii galbeni şi pătaţi, ca nişte pietre de mormânt. Apoi se apleacă spre mine, cu respiraţia tabacică duhnindu-mi în faţă, fierbinte şi puturoasă, şi-mi şopteşte:

— N-am crezut niciodată că a fost altceva decât crimă.

Se lasă pe spate, urmărindu-mi reacția, părând că aproape se bucură de bâlbâiala mea, şi, în timp ce îmi caut cuvintele potrivite ca să-i răspund, îmi trece fulgerător ceva prin minte: Mary a ştiut adevărul în tot acest timp?

— Eu... eu...

Îmi zâmbeşte iar, încet, malițios, apoi se întoarce să se uite la drum. Trenul se apropie. Locomotiva dă semnalul, iar luminile de la trecerea la nivel clipesc cu o regularitate înnebunitoare.

Îmi simt fața crispată, atât de tare mă chinui să nu-mi trădez reacțiile, dar reuşesc să vorbesc.

— Cred că... mi-e greu să cred aşa ceva, ție nu? De ce să-l omoare cineva pe Ambrose?

Mary ridică din umerii ei mari care se lasă apoi cu greutate.

— De unde să ştiu? Dar e mai uşor să cred asta, decât să cred că şi-a făcut felu' şi şi-a lăsat copiii să se chinuie în urma lui. Cum am mai zis, ar fi trecut prin foc pentru ei, mai ales pentru Kate. Nu că ea ar fi meritat asta, cățeaua nenorocită!

Sunt uluită!

— Ce-ai zis? o întreb.

— Am zis că ar fi trecut prin foc pentru copiii lui, repetă ea, apoi râde în gura mare. Da' ce credeai c-am zis?

Mă enervez brusc şi, dintr-odată, suspiciunile pe care le-am avut cu privire la Kate îmi par doar nişte bârfe urâte. O să las bârfele şi aluziile să mă pornească împotriva uneia dintre cele mai vechi prietene de-ale mele?

— Nu ți-a plăcut niciodată de ea, nu-i aşa? îi zic fără ocolişuri, încrucişându-mi brațele. Ai fi foarte mulțumită dacă ar fi anchetată în legătură cu asta.

— Ca să-ți spun adevărul? Da, aş fi, îmi răspunde Mary.

— De ce? țip eu, iar vocea mea sună ca a unui copil care se smiorcăie. De ce o urăşti atât de mult?

— N-o urăsc. Dar nu e aşa bună cum vrea să pară, curva naibii! Şi niciuna dintre voi nu e!

Curva naibii? Pentru o clipă nu sunt sigură că am auzit bine. Dar îmi dau seama, după expresia de pe fața ei, că am auzit bine şi, după ce-mi găsesc cuvintele, vocea îmi tremură de furie.

— Cum i-ai zis?

— Cum ai auzit.

— Doar nu crezi zvonurile scârboase despre Ambrose, nu? Doar nu crezi că s-a întâmplat aşa ceva. A fost prietenul tău!

— Despre Ambrose? întreabă ea, ridicând din sprâncene, iar gura i se strâmbă într-un rictus de dispreț. Nu, nu despre el e vorba. Ambrose a încercat s-o oprească. De asta a încercat să-i despartă.

Dintr-odată, mă ia cu frig. Deci e adevărat. Ambrose *urma* s-o trimită pe Kate de acasă.

— Ce... ce vrei să zici? Ce să oprească?

— Ce, adică nu ştii? întreabă ea, hohotind scurt, un râs lipsit de veselie, ca lătratul unui câine. Ha! Prețioasa ta prietenă se culca cu propriul ei frate. Asta ştia Ambrose, de asta a încercat să-i țină departe unul de celălalt. M-am dus la Moară în noaptea în care s-a certat cu Kate şi am auzit totul de-afară, înainte să apuc să bat la uşă. Zbiera la el. Arunca în el cu tot felul de chestii. Îl făcea în toate felurile, înjurături pe care nu te-ai gândi că le-ar şti o fată de vârsta aia. Nu-l scotea din *nenorocitule, pizdă fără inimă* şi câte şi mai câte. *Te rog, nu face asta,* zicea ea, *gândeşte-te la ce faci.* Şi apoi, când a văzut că nu i-a mers, i-a zis că o să-l facă să regrete, l-a amenințat pe față, cu tupeu' cât casa. Am plecat de acolo cât de repede am putut şi i-am lăsat la cuțite, dar zău că auzisem destule. Şi apoi, în noaptea imediat următoare, Ambrose dispare. Zi-mi tu, ce să cred, când prietenul meu bun dispare şi fiică-sa nu-l dă dispărut săptămâni la rând, iar apoi oasele lui ies la iveală dintr-un mormânt săpat la nimereală? Zi-mi tu!

Dar nu pot să zic nimic. Nu pot să vorbesc. Pot doar să stau aşa, încercând să respir, apoi, brusc, simt cum sângele îmi pulsează în degete şi mă trezesc trăgând de centură, de portieră, o apuc nebuneşte pe Freya de pe bancheta din spate, în timp ce trenul trece pe lângă noi tunând, cu viteza lui ca un țipăt, direct prin fața mea.

Trântesc portiera cu mâinile tremurând, iar Mary se apleacă spre mine, vocea ei aspră şi puternică ajungând cu uşurință la urechea mea peste mugetul trenului.

— Fata aia are sânge pe mâini şi nu doar sânge de oaie!

— De unde...? vreau să-i zic, dar gâtul mi se blochează şi cuvintele mă îneacă.

Mary însă nu aşteaptă să termin ce am de zis. Semnalizatoarele s-au oprit, iar bariera începe să se ridice şi, cum stau aşa, în picioare, holbându-mă la ea, maşina revine la viaţă şi porneşte, săltând peste şine.

Nu mai pot continua aşa... totul e complet greşit.

Sunt în continuare în picioare, încercând să procesez ce mi-a zis Mary, când luminile încep să se aprindă din nou, semnalizând trenul care duce spre sud.

Încă mai am timp să trec. Aş putea alerga după Mary, aş putea-o prinde la gară, să-i cer să-mi explice ce a vrut să zică.

Dar cred că ştiu deja.

Totul e complet greşit.

Sau aş putea să prind următorul tren, doar eu şi Freya. În două ore am fi la Londra, în siguranţă, am putea uita de toate astea.

Are sânge pe mâini.

În schimb, întorc căruciorul şi pornesc înapoi pe drum. Spre Moară.

Când ajung la Moară, Kate e plecată, iar de data asta chiar mă asigur că e plecată. Lesa lui Shadow nu e în cuiul de lângă uşă, dar nu mă las păcălită. Verific fiecare cameră, chiar şi pe cea de la mansardă. Camera lui Kate. Camera lui Ambrose.

Uşa nu e încuiată şi, când o deschid, inima îmi tresare în piept, pentru că e exact cum era când Ambrose stătea aici, nicio pensulă nu e mutată de la locul ei. Am sentimentul că încă e aici. Miroase a el — un amestec de răşină şi culori. Chiar şi pătura aruncată pe divanul vechi e aceeaşi pe care mi-o aduc aminte, de un albastru-decolorat, cu alb, cu modele cu flori ca acelea de pe porţelanuri. Numai că acum e destrămată la capete şi încă şi mai decolorată ca înainte.

Abia când mă întorc, dau cu ochii de ea. Acolo, deasupra biroului, e o inscripţie scrisă de mână. *Nu eşti niciodată un fost dependent de droguri, ci doar un dependent care n-a mai luat o doză de multă vreme.*

Oh, Ambrose.

Gâtul mi se strânge iar şi simt un soi de hotărâre plină de furie venind din mine, alungându-mi sentimentul egoist de teamă. O să aflu adevărul. Nu doar pentru protecția mea, dar și pentru a răzbuna un om pe care l-am iubit — un om care mi-a oferit adăpost și alinare într-un moment al vieții mele în care aveam cea mai multă nevoie.

Nu pot să zic că Ambrose a fost tatăl pe care nu l-am avut niciodată, pentru că, spre deosebire de Luc, am avut un tată — doar că a fost unul îndurerat și chinuit și adâncit în propriile lui necazuri. Dar Ambrose a fost tatăl de care am avut nevoie în anul acela — prezent, plin de iubire și de înțelegere nesfârșită.

Și am să-l iubesc mereu pentru asta. Iar gândul la moartea lui și la rolul jucat de mine mă umple de furie într-un mod pe care nu l-am mai simțit înainte. O furie suficient de mare încât să înece vocile din cap care îmi zic să plec, să întorc spatele acestui loc, să mă duc înapoi în Londra. O furie suficient de mare încât s-o aduc după mine pe Freya într-un loc în care s-ar putea să nu fie în perfectă siguranță.

Sunt suficient de furioasă încât să nu-mi mai pese de nimic.

Sunt furioasă pe Luc.

După ce am verificat fiecare încăpere, cobor scările șubrede și mă duc la dulap, rugându-mă să nu se fi gândit și Kate la asta și s-o fi ascuns în absența mea.

Dar nu, n-a ascuns nimic.

Acolo, în sertarul din care l-a scos ca să mi-l arate chiar ieri, e un teanc de hârtii legate cu sfoară roșie.

Le trec rapid în revistă, cu mâinile tremurând, până când ajung la plicul maro pe care scrie *Kate*.

Îl scot de acolo. Și, pentru prima dată în șaptesprezece ani, citesc biletul de adio al lui Ambrose Atagon.

Draga mea Kate, zice în scrisoare, cu scrisul încâlcit, caracteristic lui Ambrose.

Îmi pare atât de rău, infinit de rău că te las aşa, am vrut să te văd crescând, să te văd transformându-te în persoana care ştiam că poţi deveni, puternică, iubitoare, responsabilă şi altruistă. Am vrut să-ţi ţin copilul pe genunchi, aşa cum, odată, te-am ţinut pe tine... şi îmi pare îngrozitor de rău că nu pot să fac niciunul din lucrurile astea. Am fost un prost să nu-mi dau seama care vor fi consecinţele acţiunilor mele, aşa că acum fac singurul lucru pe care îl pot face ca să îndrept greşeala. Fac asta pentru ca nimeni altcineva să nu mai sufere.

Nu da vina pe nimeni altcineva, iubita mea. M-am hotărât şi m-am împăcat cu gândul şi te rog să mă crezi, draga mea Kate, că am luat hotărârea asta din dragoste: rolul părintelui este să-şi apere copiii, astfel că fac acest ultim gest, singurul, de altfel, ca să-i apăr pe ai mei. Nu vreau ca cineva să trăiască într-o închisoare a vinei, aşa că, te rog, mergi mai departe: trăieşte, iubeşte, fii fericită şi nu privi niciodată înapoi! Şi, mai presus de toate, nu lăsa ca toate astea să fie în van.

Te iubesc,
Tata

Mi s-a pus un nod în gât la finalul scrisorii, o durere atât de intensă şi de dură, că abia dacă pot să-mi reţin lacrimile care ameninţă să cadă pe hârtie.

Pentru că, în sfârşit, după şaptesprezece ani, cred că înţeleg.

Înțeleg ce încerca Ambrose să-i spună lui Kate şi sacrificiul pe care l-a făcut. *Nu da vina pe altcineva. Fac singurul lucru pe care îl pot face ca să te apăr. Am luat hotărârea asta din dragoste. Nu lăsa să fie în van.*

Oh, Doamne! Oh, Ambrose! Nimic din toate astea nu are sens. *Ce-ai* făcut?

Degetele îmi tremură în clipa în care scot telefonul şi le trimit un mesaj Fatimei şi Theei.

Am nevoie de voi. Vă rog să veniți. Hampton's Lee, ora 6?

Apoi pun scrisoarea în buzunar şi ies cu tot cu Freya de acolo cât de repede pot. Şi nu mă mai uit înapoi.

E 6:38 şi micuţa cafenea de pe peronul staţiei Hampton's Lee unde trăgeau trenurile dinspre Londra s-a închis, perdelele au fost trase peste fereastră şi semnul pe care scrie *Închis* e pus în geam. Freya e la adăpost în căruciorul ei, acoperită cu pătura groasă pe care o aveam vârâtă în coşul de dedesubt, dar fetiţa e plictisită şi miorlăită, iar eu tremur toată în rochia mea de vară, cu degetele crispate pe braţele cu pielea de găină, bătând peronul în lung şi în lat, încercând în van să-mi pun sângele în mişcare.

Oare nu vin? Nu mi-au trimis niciun mesaj până la 4, iar apoi mi s-a terminat bateria de la telefon — am stat prea mult pe terasa cafenelei de pe Westridge, verificând stresată mesajele, e-mailurile, aşteptând un răspuns de la ele.

Când am trimis mesajul, n-am avut niciun dubiu că o să vină. Dar acum... acum nu mai sunt sigură. Şi totuşi, nu îndrăznesc să plec. Fără telefon, nu le mai pot trimite un mesaj cu alt punct de întâlnire. Dar dacă vin şi nu sunt aici?

Ajung la capătul celălalt al peronului şi mă întorc, o iau de la capăt, tremurând de-a binelea deja, încercând să ignor icnetele din ce în ce mai puternice ale Freyei. Ceasul de deasupra casei de bilete arată 6:44. Când ar trebui să renunț?

Peronul e pustiu, dar un sunet în depărtare mă face să-mi ciulesc urechile. E un tren. Un tren spre sud.

Trenul de 6:12 de la Gara Victoria, Londra, oprește la linia a doua și are o întârziere de..., aud vocea mecanică a dispecerului. *Primele șapte vagoane își vor continua drumul doar până la Gara West Bay Sands, cu oprire în Westridge, Salten, Riding și West Bay Sands. Pasagerii pentru Westridge, Salten, Riding și West Bay Sands sunt rugați să urce doar în primele șapte vagoane.*

Mă hotărăsc. Dacă nu sunt în trenul ăsta, atunci o să mă sui în tren ca să mă întorc în Salten și o să le sun de-acolo.

Degetele mi se crispează pe plicul din buzunar.

Oh, Kate. Cum ai putut să ne minți în halul ăsta?

Trenul se apropie... din ce în ce mai mult... și, în sfârșit, în zgomot de frâne hidraulice și de roți pe șine, oprește în stație. Ușile se deschid, oamenii se dau jos din vagoane, iar eu mă uit înnebunită, în susul și în josul peronului, după duetul Fatima-Thea. Unde sunt?

Se aude un bip și ușile se închid. Inima îmi bate în piept. Dacă e să mă întorc în Salten, trebuie să urc acum. N-o să mai fie alt tren timp de o oră. *Unde* sunt?

Ezit încă un momen... apoi fac un pas înainte și apăs butonul *Deschideți*, exact în clipa în care dispecerul dă semnalul de pornire.

— Vă rog să vă îndepărtați de marginea peronului, strigă dispecerul, iar locomotiva începe să urle și mai tare.

Rahat! Am stat două ore lungi, în frig, pe peronul acesta şi ele n-au venit, iar acum sunt nevoită să mai stau aici încă o oră.

Trenul huruie asurzitor şi se îndepărtează indiferent de gară, fără să-i pese de înjurăturile mele adresate dispecerului.

— Lua-te-ar dracu', cretinule!

Dar dispecerul nu are cum să mă audă, din cauza zgomotului motorului.

Pe faţă îmi curg lacrimi amare care îngheaţă din pricina curentului făcut de tren, dar apoi aud o voce în spatele meu.

— Ba să te ia dracu' pe tine, târâtură!

Mă întorc rapid pe călcâie şi încremenesc, apoi încep să râd — un soi de combinaţie isterică de lacrimi şi uşurare. Thea!

O vreme, nu pot să mai scot niciun cuvânt, ci doar o ţin în braţe, apucând-o de gât. Miroase a ţigări... şi a gin, îmi dau seama, cu o vagă presimţire urâtă. Simt în buzunar o cutie şi ştiu, fără să mă uit, că în ea e unul din acele amestecuri de gin şi apă tonică, pe care le poţi cumpăra de la Marks&Spencer.

— Unde e Fatima? o întreb.

— N-ai primit mesajul ei?

Clatin din cap:

— Mi s-a descărcat telefonul.

— Nu poate să iasă din clinică înainte de cinci jumătate, dar o să vină cu trenul următor. I-am zis că o să găsim un loc să stăm de vorbă şi că o să-i trimitem un mesaj în care să-i zicem unde suntem.

— OK, îi răspund, frecându-mi palmele. Bun plan. Oh, Thee, sunt aşa fericită că ai venit! Unde mergem?

— Hai să mergem în pub.

Mă uit la Thea, la felul în care se concentrează puțin cam prea tare să articuleze cuvintele.

— N-ai vrea să nu? îi zic în cele din urmă. Nu e... nu e drept față de Fatima.

Simt o urmă de vinovăție că mă folosesc de Fatima, deşi e adevărat, nu cred că o să vrea să-şi piardă vremea într-un bar.

— Ah, pentru Dumnezeu, aruncă Thea cuvintele, dându-şi ochii peste cap. Bine, bine, atunci mergem să mâncăm peşte şi cartofi prăjiți. Presupunând că Fat Fryer mai e la locul lui.

Mai e. Ba chiar nu s-a schimbat nimic, de la tejgheaua de melamină galbenă, la dulapurile din oțel, în care codul auriu şi cârnații în aluat stăteau aliniați cuminți, aşteptându-şi rândul.

Alege o plăcintă Pukka, scrie pe unul dintre semnele şterse pe care e tipărit *Închis-Deschis,* de pe uşă, aşa cum era şi acum şaptesprezece ani şi mă întreb: oare plăcintele Pukka mai există şi acum?

Împingem uşa de la intrare şi un val de căldură, duhnind a oțet, vine peste mine şi respir adânc miasma, simțind cum răceala mi se scurge din oase. Freya a adormit în drum spre butic, aşa că parchez căruciorul la una dintre mesele de plastic şi mă duc cu Thea să mă uit pe meniu.

— O porție de cartofi prăjiți, vă rog, zice ea, în cele din urmă, către bărbatul transpirat, roşu la față din spatele tejghelei.

— La pachet sau aici?

— Aici, vă rog.

— Sare şi oţet?

Îi face semn că da şi bărbatul trece la acţiune, o furtună de sare care se împrăştie peste melamină, ca zăpada, şi peste cele două lire pe care Thea le-a pus pe tejghea.

— Thee, nu poţi să mănânci numai cartofi prăjiţi, îi zic, ştiind că sunt ca o mamă, dar nu mă pot abţine. Nu aşa arată o mâncare sănătoasă.

— Cuprinde două din grupele alimentare de bază, îmi răspunde sfidătoare Thea, ducând cartofii la masă şi scoţând o cutie nedesfăcută de G&T din buzunar.

— Fără alcool, zice bărbatul nemulţumit şi-i face semn spre o inscripţie de pe perete pe care scrie: *În local nu se pot consuma decât mâncare şi băutură cumpărate de la Fat Fryer*. Thea oftează şi pune cutia înapoi în buzunar.

— Bine, bine. O să iau nişte apă. Isa, poţi să plăteşti tu apa? O să-ţi dau banii.

— Cred că mă descurc să cumpăr o apă, îi zic. O să iau... mmm ... eglefin pane, vă rog. Şi o porţie mică de cartofi prăjiţi. Şi o porţie de mazăre piure. Şi o sticlă de apă pentru prietena mea. Ah, şi o Cola.

— Vax, zice Thea, în timp ce mă aşez pe scaunul din faţa ei şi deschid cutia cu piure de mazăre. Ce scârbos! Ca şi cum ai mânca muci la cutie.

Cartofii pai sunt perfecţi: calzi şi uşor moi din cauza oţetului, acoperiţi de sare presărată în zigzag. Bag un cartof în mazăre şi muşc din el, simţind moliciunea cremoasă în cerul gurii.

— Oh, Dumnezeule mare, ce buni sunt! Adică, nu mă înţelege greşit, îmi plac şi cartofii ăia congelaţi şi răsprăjiţi, la fel ca oricui... dar nişte cartofi adevăraţi, de pe malul mării...

Thea dă din cap ca un gest de apreciere, dar nu prea mănâncă. Ciuguleşte din ei, îi învârte în cornet, îndoind hârtia, transparentă deja de la grăsime, de la cât îi presează ca să absoarbă uleiul.

— Thea, doar nu încerci să scoţi toată grăsimea din ei, nu-i aşa? Îţi dai seama că sunt cartofi prăjiţi, nu? De asta se cheamă prăjiţi. Asta e ideea.

— Nu-i asta, zice Thea, dar nu se uită la mine. Doar că nu prea mi-e foame.

Nu mai spun nimic şi, pentru o clipă, e ca şi cum m-aş fi întors în zilele de şcoală, privind neajutorată cum asistenta o cheamă pe Thea pentru măsurătorile săptămânale şi apoi iese din cabinet urlând şi scuipând, ameninţând că-l sună pe taică-său dacă mai pierde mult din greutate.

Îmi doresc, mai mult decât orice, să fie Fatima aici. Ea ar şti ce să spună.

— Thee, zic eu. Thee... trebuie să mănânci.

— Nu mi-e foame, zice ea din nou şi, de data asta, împinge cornetul de cartofi din faţă şi se uită peste masă la mine, scrâşnind din dinţi furioasă. Mi-am pierdut slujba, OK?

Poftim? Nu sunt sigură dacă am exclamat cu voce tare sau doar am gândit, dar Thea îmi răspunde ca şi cum aş fi vorbit.

— Mi-am pierdut slujba. M-au dat afară.

— Din cauza... a tot ce s-a întâmplat?

Ridică din umeri, gura strâmbându-i-se teribil.

— Pentru că nu mi-a stat mintea la ce aveam de făcut, probabil. Dracu' să-i ia!

Mă chinui să găsesc ceva de zis — ce-aş putea zice? —, când Freya înghite în somn, apoi se agită şi se trezeşte. Ridică braţele să fie luată, aşa că o trag din cărucior şi o pun în poală, de unde ne zâmbeşte amândurora, toată numai gingii, uitându-se rapid când la o faţă, când la cealaltă. Văd cum mintea ei se chinuie să descifreze... mama... nu mama. Mama... nu mama.

Ochii îi sunt mari cât cepele, fiind fascinată de tot ce e în jurul ei — tejgheaua cromată şi strălucitoare, cerceii Theei sub formă de cercuri mari, reflectând lumina fluorescentă. Thea se întinde şi încearcă s-o mângâie pe obraz — apoi, deasupra uşii, răsună clopoţeul buticului şi ne întoarcem şi-o vedem pe Fatima intrând, cu un rânjet mare pe faţă, deşi, în spatele zâmbetului, arată obosită şi îngrijorată.

— Fatima! mă ridic uşurată şi o strâng în braţe, gata s-o strivesc.

Ea mă îmbrăţişează la rândul ei, apoi se apleacă s-o îmbrăţişeze pe Thea, apoi se aşază pe scaunul de lângă ea.

— Ia un cartof, îi zice Thea, împingând cornetul spre ea, dar Fatima clatină din cap, oarecum întristată.

— Ramadanul, nu-i aşa? A început săptămâna trecută.

— Adică o să stai acolo şi o să te uiţi la noi cum mâncăm? întreabă Thea incredulă. Fatima dă din cap că da, iar Thea îşi dă ochii peste cap. Eu abia mă pot abţine să nu-i zic că uite cine vorbeşte.

— Cam asta-i faza, zice Fatima, simplu. Oricum... trebuie să mă întorc la timp pentru rugăciune şi iftar, adaugă ea, uitându-se la ceas în timp ce vorbeşte, ceea ce înseamnă că nu mai am foarte mult timp până vine celălalt tren, aşa că, dacă s-ar putea, să n-o mai lungim cu politeţurile!

— Da, Isa, dă-i drumul, spune Thea, apoi mai ia o gură de apă, uitându-se la mine pe deasupra sticlei. Sper că e ceva al dracului de special, de ne-ai târât până aici.

Înghit un nod.

— Nu ştiu dacă *special* e cuvântul potrivit. Dar e important.

Am nevoie de voi. Cuvintele astea, care n-au fost niciodată rostite decât în cele mai negre situaţii. *Ea fluieră şi voi, toate, veniţi alergând, ca nişte câini.*

— E vorba de chestia asta.

O mut pe Freya pe celălalt braţ, pescuiesc plicul din buzunar şi-l împing pe masă spre ele.

Fatima e cea care îl ia de pe masă, cu o mină confuză.

— E adresat lui Kate. Ia stai puţin...

Bagă un deget în plicul rupt şi verifică, apoi ridică privirea spre mine, albă la faţă.

— Doar nu e...

— Ce? întreabă Thea, luându-i plicul din mână, apoi, când recunoaşte scrisul de mână de pe biletul dinăuntru, se schimbă la faţă.

Sunt atât de diferite una de cealaltă, la polii opuşi, în orice privinţă: Fatima, roşie în obraji, cu trăsăturile acviline, cu ochii ei întunecaţi şi veşnic la pândă, şi Thea, cea cu zâmbetul fin, lipsit de bucurie, numai piele şi os, ţigări şi tocuri înalte. Dar expresiile lor, în momentul acela, sunt identice: un amestec de groază, şoc şi presimţire neagră.

Aproape că-mi vine să râd de asemănarea dintre ele, aş face-o, dacă n-ar fi faptul că nu este nimic, dar absolut nimic amuzant în situaţia de faţă.

— Citiţi ce scrie, le zic cu voce scăzută şi, în timp ce scot foiţa fragilă de hârtie din plic şi se uită peste ea, le spun, foarte repede, ce mi-a zis Mary Wren. Despre ceartă. Ba le spun — roşind de ruşine şi sfidare în acelaşi timp — şi despre ce s-a petrecut în noaptea aceea între mine şi Luc şi cum, uitându-mă peste umărul lui, am văzut silueta lui

Kate în întuneric, privindu-ne pe amândoi în tăcere, cu o mască a terorii pe chip.

Le zic şi despre ce descoperise Ambrose şi considera că era atât de bolnav şi de greşit. Despre Kate care se culca cu Luc.

Şi, la sfârşit, le zic despre sticlă. Despre ce mi-a zis Mary. Despre heroina pe care au găsit-o la fundul sticlei de vin.

— Supradoză administrată oral? vocea Fatimei e aproape o şoaptă, deşi sfârâitul tigăilor ne acoperă conversaţia. Dar nu are *niciun* sens. E stupid să încerci să te sinucizi aşa, lăsând totul complet la voia întâmplării — doza ar fi foarte greu de calculat şi trebuie mult, mult timp să-şi facă efectul. Plus că, dacă administrezi Naloxane, e foarte uşor de contracarat. De ce nu şi-a injectat-o? Având în vedere nivelul lui scăzut de toleranţă, ar fi fost mort în câteva minute, fără vreo şansă să fie resuscitat.

— Citeşte biletul, îi şoptesc. Citeşte-l din perspectiva unui bărbat care tocmai a fost otrăvit de copilul lui. Acum înţelegi ce zic?

Sper, în ciuda tuturor aparenţelor, că o să-mi spună că sunt nebună sau paranoică. Sau că o să-mi spună că nu, Kate nu i-ar fi făcut niciodată vreun rău lui Ambrose. Că a fi despărţită de băiatul pe care îl iubeşti nu e un motiv de crimă.

Dar n-o face niciuna. Doar se holbează la mine, albe la faţă şi înfricoşate. Apoi, Fatima reuşeşte să articuleze:

— Da, zice ea, apoi vocea i se îneacă. Da, înţeleg. Oh, Doamne! Ce-am făcut?

— Aveți de gând să comandați ceva?

Ridicăm privirea, toate trei, spre bărbatul cu șorțul pătat de grăsime care stă cu mâinile în șolduri la capătul mesei noastre.

— Poftim? întreabă Thea, cu accentul ei dur ca diamantul.

— Am zis..., articulează el, cu grijă exagerată, ca și cum ar fi vorbit cu surzii, doamnelor, aveți de gând să mai comandați ceva de mâncare? Aveți mai mult de o oră de când stați și vorbiți și ea — arată cu degetul spre Fatima — n-a comandat nici măcar o cană de ceai.

— Mai mult de o oră? sare Fatima cât colo, uitându-se la ceas cu groază, apoi umerii îi cad. Oh, nu, nu pot *să cred* așa ceva! E nouă fără un sfert. Am pierdut trenul. Scuzați-mă, spune ea, trecând pe lângă individul cu șorț unsuros. Îmi pare rău, trebuie să-l sun pe Ali.

Afară, prin geamul de la butic, o vedem cum măsoară trotuarul cu pașii, apoi auzim fragmente de conversație care se filtrează prin ușă, când clienții intră și ies. *Îmi pare așa de rău,* auzim de afară. *O urgență...* și *chiar nu mi-am dat seama că o să-mi ia...*

Eu şi Thee ne adunăm lucrurile, eu o pun pe Freya în cărucior şi-i prind centurile. Thea ia şi geanta Fatimei odată cu a ei, în timp ce eu adun chipsurile cu care s-a jucat Freya, rupându-le cu gingiile ei, până le-a făcut pastă, după care le-a aruncat pe podea.

Afară, o găsim pe Fatima încă vorbind la telefon.

— Îmi pare atât de rău, dragul meu! Zi-i lui Ammi că-mi pare rău şi sărută-i pe copii din partea mea. Te iubesc.

Închide, având pe față o expresie de dezamăgire cruntă.

— Ahh, ce idioată sunt!

— N-ai fi putut să te întorci totuşi, zice Thea şi Fatima oftează.

— Probabil că nu. Deci, bănuiesc că facem asta, atunci, nu?

— Ce să facem? o întreb, deşi ştiu înainte să răspundă ce are de gând să zică.

— Trebuie să-i spunem toate astea în față lui Kate, nu-i aşa? Adică, dacă nu avem dreptate...

— Eu sper, pe toți Dumnezeii, că n-avem dreptate, intervine Thea cu amărăciune.

— *Dacă* nu avem dreptate, zice Fatima din nou, are dreptul să se apere. Pot să fie un milion de feluri de a citi biletul ăsta.

Dau din cap aprobator, dar, în realitate, nu sunt atât de sigură că sunt un milion de feluri. Având spusele lui Mary proaspete în minte, singurul lucru pe care îl pot vedea este cum un tată a încercat să-şi țină copilul departe de închisoare, ştiind că propria lui viață este distrusă oricum şi că face singurul lucru pe care îl poate face ca s-o protejeze.

Am citit biletul acela iar şi iar, de mai multe ori decât Fatima, de atâtea ori că nici nu mai pot număra, uitându-mă cum cuvintele devin ininteligibile, urmând efectul progresiv al drogului în literele chinuite ale lui Ambrose. Am citit scrisoarea în tren, dinspre Salten şi în timpul lungii aşteptări în Hampton's Lee. Am citit-o în timp ce propria mea fiică se juca la pieptul meu, cu gura ei roşie ca un boboc de trandafir deschisă spre mine, cu respiraţia ei şovăielnică moale ca vata de zahăr pe pielea mea şi n-am reuşit să văd decât un singur fel de a o citi.

E scrisoarea unui tată care îşi salvează copila şi-i spune să facă din viaţa ei ceva care să merite sacrificiul lui.

Ajungem la Moară înainte de zece, după o călătorie plină de întârzieri, aşteptând trenuri, privind-o pe Fatima cum îşi ia cina după o zi de post, pe un peron, într-o gară, când ştiam că ar prefera să fie cu familia ei.

Când ajungem în Salten, încă mai avem de aşteptat, şi îl sunăm pe Rick, apoi stăm să-l aşteptăm să termine o altă cursă, dar, în cele din urmă, reuşim, ne urcăm toate în taxiul lui, cu Freya care, instalată în scaunul de maşină, îşi molfăie cu gingiile degetele grăsune, cu Thea care se foieşte lângă mine, rozându-şi unghiile însângerate, şi cu Fatima în faţă, uitându-se în noaptea neagră, o privire la care nu avem acces.

Ştiu că şi ele reiau istoria de la capăt, incredule, aşa cum am făcut şi eu toată ziua. Dacă e adevărat, atunci ce-am făcut? Şi ce implicaţii are asta asupra noastră, a tuturor?

Să zicem că ne pierdem slujbele... şi asta ar fi deja destul de rău. Dar complice la crimă? Am putea să fim pasibile de condamnare la privaţiune de libertate. Eu şi Fatima ne-am pierde copiii. Şi dacă e adevărat, atunci ce om în toate minţile ne-ar crede că n-am ştiut ce facem?

Încerc să mă închipui într-o sală de vizitare în închisoare, să văd fața împietrită a lui Owen dându-i-o pe Freya unei mame pe care abia dacă fetița o mai recunoaşte.

Dar nu reuşesc să-mi închipui aşa ceva — singurul lucru pe care îl ştiu despre închisoare e desprins din *Orange Is the New Black*. Nu pot să accept că aşa ceva se poate întâmpla. Nu mie. Nu *nouă*.

Rick ne duce cât poate de departe pe drumul spre Moară, înainte ca roțile să înceapă să derapeze şi să meargă în gol, iar acolo coborâm din maşină, iar el dă cu spatele încet şi cu atenție, în timp ce noi pornim pe drumul lung şi dificil spre Moară.

Inima îmi bate în piept cu putere. Se pare că încă nu a revenit curentul electric în casă, dar văd o lumină zbătându-se la fereastra lui Kate. Însă nu e lumina stabilă a unui bec, ci strălucirea nesigură a unei lămpi cu gaz, pâlpâind uşor din pricina perdelelor agitate de vânt.

Pe măsură ce ne apropiem, îmi dau seama că-mi țin respirația, aşteptându-mă, pe jumătate, să găsesc iar podul scufundat; dar mai sunt încă vreo câteva ore bune până la flux şi podețul e în continuare accesibil. Trecând peste scândurile şubrede, văd pe fețele lor ce gândesc — dacă apele cresc mult, riscăm să rămânem aici peste noapte.

Ajungem însă, în sfârşit, în fața fâşiei din ce în ce mai înguste de nisip de la intrarea în Moară.

— Sunteți pregătite? ne întreabă Thea pe un ton grav, iar eu ridic din umeri.

— Nu sunt sigură.

— Haideți, zice Fatima.

Ridică pumnul şi, pentru prima dată de când mă ştiu, batem la uşa Morii şi aşteptăm să vină Kate să ne deschidă.

— Voi sunteţi! Ce faceţi toate aici?

Kate, văzându-ne pe toate în uşă, e surprinsă, dar se dă la o parte şi ne face loc să intrăm, iar noi trecem, una câte una, pe lângă ea şi intrăm în întunericul din living.

Singura lumină e cea a lunii care se reflectă din apele Estuarului, intrând în Moară prin ferestre, şi cea de la lampa pe care o ţine Kate în mână; în momentul în care trec pe lângă ea, îmi revine în minte imaginea chipului ei alb ca varul, ieşind la iveală din umbre şi, fără să vreau, mă trece un fior pe şira spinării.

— N-a venit curentul, zice ea, dar vocea îi e ciudată şi indiferentă. Staţi să aprind nişte lumânări.

Mă uit cum caută în dulap şi-mi dau seama că îmi tremură mâna pe căruciorul Freyei. *Chiar* avem de gând să facem aşa ceva? Să o acuzăm pe una dintre cele mai vechi prietene de uciderea tatălui ei?

— Vrei s-o culci pe Freya în camera din spate? întreabă Kate peste umăr.

Deschid gura să zic *nu*, dar apoi mă mulţumesc să dau din cap afirmativ. Nu cred că o să stăm peste noapte — nu după ce vom spune ce-am venit să spunem — dar, orice s-ar întâmpla, o să iasă cu scandal şi nu vreau ca Freya să fie părtaşă la aşa ceva.

Desfac scaunul adaptabil din cărucior şi apoi îi şoptesc Fatimei:

— Nu durează decât o secundă. Nu începeţi fără mine!

Freya continuă să doarmă în timp ce o duc cu grijă pe scări în dormitorul lui Luc şi rămâne adormită când o pun uşor pe pat şi trag uşa ca să fie doar uşor întredeschisă.

Inima dă să-mi sară din piept când cobor scările.

Lumânările sunt aprinse, împrăştiate din loc în loc pe farfurii mici şi, când ajung la canapeaua pe care stau Fatima şi Thea, cu mâinile încleştate anxios pe genunchi, Kate îşi îndreaptă spatele.

— Ce-ar trebui să însemne venirea voastră aici? întreabă ea domol.

Deschid gura... dar nu ştiu ce să zic. Limba mi-e uscată, lipită de cerul gurii şi obrajii îmi ard de ruşine, deşi nu ştiu exact de ce mi-e ruşine. Poate de propria-mi laşitate?

— Futu-i, am nevoie de o tărie, ceva, mormăie Thea.

Pune mâna pe sticla care se află pe marginea canapelei şi îşi umple un pahar de whisky. Lichidul străluceşte, negru ca petrolul în lumina lumânării în momentul în care îl dă peste cap şi se şterge la gură.

— Isa? Kate?

— Da, te rog, îi zic, cu vocea tremurând uşor.

Poate că o să reuşească să-mi calmeze nervii, să mă ajute să fac chestia asta oribilă şi necesară.

Thea toarnă un pahar şi, când îl dau pe gât, simt asprimea băuturii şi-mi dau seama că nu ştiu ce e mai rău. Posibilitatea că am putea greşi şi că suntem pe cale să dăm pe apa sâmbetei douăzeci de ani de prietenie din cauza unei intuiţii false? Sau că nu greşim şi că ăsta e adevărul?

În cele din urmă, Fatima e cea care se ridică. Îi ia mâinile lui Kate într-ale ei şi-mi aduc aminte, încă o dată, de forţa ei oţelită din spatele compasiunii.

— Kate, zice ea, iar vocea îi e foarte gravă. Scumpo, noi am venit aici, în seara asta, să te întrebăm ceva. Poate că ai ghicit deja despre ce e vorba, nu-i aşa?

— Nu ştiu, răspunde Kate, expresia de pe chipul ei fiind deodată obosită.

Îşi retrage mâinile dintr-ale Fatimei şi îşi trage un scaun în fața canapelei. Am brusc imaginea ei în boxa acuzaților, în fața unui complet de judecată care rânjeşte la ea şi-i citeşte sentința.

— Ce-ar fi să-mi spuneți voi?

— Kate, mă forțez eu să vorbesc.

În cele din urmă, eu am fost cea care le-a împărtăşit celorlalte suspiciunea.

— Kate, m-am întâlnit mai devreme, când mă duceam la gară, cu Mary Wren. Mi-a zis... mi-a zis ce au descoperit cei de la poliție. Ceva ce n-am ştiut.

Înghit cu greutate. Simt că mă sufoc.

— Mi-a zis... mi-a zis...

Înghit din nou şi mă forțez să vorbesc rapid, ca şi cum ai smulge un plasture lipit pe o rană.

— Mi-a zis, continui eu, că poliția a descoperit urme de heroină în sticla de vin din care Ambrose bea în momentul acela. Mi-a zis că supradoza a fost administrată oral. Şi că nu mai consideră moartea lui o sinucidere, ci... ci...

Nu pot rosti cuvântul.

Până la urmă, Thea e cea care continuă. Se uită la Kate de sub bretonul ei des, iar lumina lămpii îi conturează chipul în umbre în asemenea măsură, că o fac să arate mai mult ca un craniu strălucind în întuneric, ceea ce mă face să mă cutremur.

— Kate, zice ea fără ocolişuri, ți-ai ucis tatăl?

— Ce te face să crezi aşa ceva? întreabă ea, în continuare ciudat de calmă.

Chipul ei, în lumina lămpii, este golit de orice fel de expresie, într-o măsură aproape ireală, comparativ cu cel al Fatimei sau al Theei, pe care era zugrăvită o durere vie.

— A luat o supradoză, adaugă Kate.

— O supradoză administrată oral, mă răstesc la ea. Kate, tu ştii cât de ridicolă e chestia asta. E un mod stupid de a te sinucide. De ce-ar fi înghițit heroina, dacă avea la îndemână tot ce-i trebuia ca să şi-o injecteze? Şi...

Şi aici inima nu mă lasă să termin şi simt cum vina îmi dă târcoale, dar nu pot să mă opresc acum.

— Şi, apoi, mai e şi asta.

Scot din buzunar biletul şi i-l arunc pe masă.

— L-am citit, Kate. L-am citit şi acum şaptesprezece ani, dar nu l-am înțeles până azi. Nu e un bilet de adio, nu-i aşa? E scrisoarea unui om otrăvit de propria lui copilă şi care încearcă să n-o bage la închisoare. E scrisoarea care îți zice ce ai de făcut — să continui, să nu te uiți înapoi, să faci în aşa fel încât ultima lui acțiune să nu fi fost în van. *Cum* ai putut, Kate? E adevărat că te culcai cu Luc? De asta ai făcut-o, pentru că Ambrose voia să vă despartă?

Kate oftează. Închide ochii şi-şi duce mâinile ei subțiri spre față, le apasă pe frunte. Apoi, se uită la noi, cu o tristețe imensă pe chip.

— Da, zice ea în cele din urmă. Da, este adevărat. Tot ce-ați zis este adevărat.

— *Poftim*? explodează Thea.

Se ridică în picioare, atinge paharul în izbucnirea ei, paharul cade pe podea, se sparge, împrăştiind vinul pe podea.

— Poftim? Adică ai de gând să stai acolo şi să ne zici că ne-ai pus să te ajutăm să ascunzi o *crimă*? Nu pot să cred aşa ceva!

— Ce nu poți să crezi? întreabă Kate.

O privește pe Thea în ochi, fără ezitare.

— Nu cred nimic din toate astea! Adică ți-o trăgeai cu Luc? Ambrose voia să te trimită de acasă? Şi tu l-ai *omorât* pentru asta?

— E adevărat, zice Kate.

Îşi întoarce privirea, îndreptând-o spre fereastră şi văd cum i se mişcă muşchii gâtului, din cauza felului convulsiv în care înghite.

— Eu şi Luc... ştiu că tata se gândea la noi ca la frate şi soră, dar eu abia dacă mi-l aminteam. Când s-a întors din Franța... a fost ca şi cum m-aş fi îndrăgostit. Şi că e bine ce facem, că aşa *trebuie* să fie şi *asta* tata n-a vrut să priceapă. Luc mă iubea şi avea *nevoie* de mine. Şi tata..., zice ea, înghite din nou şi închide iar ochii. Din felul în care se purta, ai fi zis că el chiar credea că suntem frate şi soră. Felul în care s-a uitat la mine când i-am zis...

Priveşte spre Estuar, spre promontoriul dincolo de care e cortul înconjurat cu bandă semnalizatoare care interzice accesul.

— Până atunci, nu ne-am simțit niciodată murdari. Dar ne-am simțit după aceea.

— Ce *anume* ai făcut, Kate? Vocea Fatimei e gravă şi tremurândă, ca şi cum nu-i vine să-şi creadă urechilor. Vreau să aud de la tine, pas cu pas.

Kate ridică privirea în momentul în care o aude. Bărbia îi țâşneşte în sus şi, când vorbeşte, o face aproape sfidător, ca şi cum s-a hotărât, în sfârşit, să înfrunte inevitabilul.

— Am chiulit de la şcoală în vinerea aceea şi m-am cărat acasă. Tata era în sat şi Luc la şcoală şi am turnat toată cantitatea de heroină, pe care tata o avea strânsă, în vinul ăla roşu pe care îl ţinea sub chiuvetă. Nu mai era decât vreun pahar în sticla aia şi ştiam că Luc n-avea să-l bea, era plecat în seara aia, în Hampton's Lee. Şi era primul lucru pe care îl făcea tata vineri seara: ajungea acasă, îşi turna un pahar de vin, îl dădea peste cap... nu vă aduceţi aminte? zice ea, râzând tumultuos. Şi apoi m-am întors la şcoală şi am aşteptat.

— Ne-ai târât şi pe noi în chestia asta, ţipă Fatima, cu vocea răguşită. Tu ne-ai adus pe noi aici ca să ascundem o crimă şi nici măcar n-ai de gând să zici că-ţi pare *rău*?

— Evident că-mi pare rău, strigă Kate şi, pentru prima dată, calmul ei ciudat dispare şi reuşesc să întrevăd ceva din fata pe care o ştiam cândva, la fel de speriată şi de tulburată ca noi toate. Crezi că nu-mi pare rău? Crezi că n-am petrecut şaptesprezece ani de agonie pentru ce v-am cerut să faceţi?

— Cum ai putut, Kate? o întreb, gâtul fiindu-mi deja rană de angoasă şi durere şi cred că o să bocesc în orice secundă. Cum ai *putut*? Nu e vorba de noi... ci de el. Ambrose. Cum ai *putut*? Nu pentru că te trimitea de acasă, nu se poate aşa ceva. Nu pot să cred!

— Atunci nu crede, zice Kate, iar vocea îi tremură.

— Avem dreptul să ştim, îi zice Fatima cu dispreţ. Avem dreptul să ştim adevărul, Kate!

— Nu mai am nimic să vă spun, zice Kate, dar în vocea ei se simte deja disperarea. Respiră sacadat şi Shadow vine înspre ea, neînţelegându-i angoasa şi îşi lasă capul pe piciorul ei. Nu pot, zice ea, apoi vocea pare să i se înece. Nu... nu pot...

Şi apoi sare în sus, se duce la uşa care dă spre Estuar. Iese afară cu Shadow şi trânteşte uşa după ea.

Thea dă să se ducă după ea, dar Fatima o oprește, ținând-o de braț.

— Las-o, zice ea. Nu mai are mult și clachează. Dacă te duci după ea acum, e posibil să facă vreo prostie.

— Adică ce? scuipă Thea. Să mă arunce și pe mine în Estuar? *Futu-i!* Cum am putut fi atât de proaste? Nici nu e de mirare că Luc o urăște — *a știut* în tot acest timp. A știut și n-a zis nimic!

— O iubea, spun eu, gândindu-mă la fața lui în noaptea aceea, când am văzut-o pe Kate în capul scărilor — amestecul de triumf și agonie din ochii lui.

S-au întors amândouă spre mine, ca și cum ar fi uitat că sunt și eu acolo, pe un colț de canapea.

— Cred că încă o mai iubește, în ciuda a tot ce s-a întâmplat. Dar să trăiești atâția ani cu chestia asta... știind ce s-a întâmplat...

Mă opresc. Îmi ascund fața în mâini.

— L-a omorât, le zic, încercând să mă conving și pe mine de adevăr, să reușesc să-l înțeleg. Și-a omorât propriul tată. Și nici măcar n-a încercat să nege.

Mult mai târziu, suntem în continuare în living, când auzim un zgomot venind dinspre ușă și Kate se întoarce în casă. Are picioarele ude. Marea s-a umflat, acoperind pontonul, iar vântul s-a întețit și văd că părul îi e plin de picături de ploaie. Vine furtuna.

Însă chipul ei, când închide fereastra și pune un sac de nisip ca să țină ușa în loc, e iarăși nefiresc de calm.

— Ar fi bine să rămâneți aici peste noapte, zice ea, ca și cum nimic nu s-ar fi întâmplat. Podețul e scufundat și vine furtuna.

— Sunt convinsă că reuşim să trecem prin câţiva centimetri de apă, zice Thea răstit, dar Fatima îi pune o mână pe braţ, ca un semn de avertizare.

— O să rămânem, zice ea. Dar Kate, trebuie să...

Nu ştiu ce vrea să zică. Trebuie să discutăm despre asta? Să vorbim între noi? Orice ar fi, Kate o întrerupe.

— Nu-ţi face griji, zice ea, pe un ton precaut. M-am hotărât. O să-l sun pe Mark Wren la prima oră. O să-i povestesc totul.

— Totul? reuşesc eu să îngaim.

Gura lui Kate se schimonoseşte într-un zâmbet obosit.

— Nu totul. O să-i zic că am fost singură în toată situaţia asta. N-o să vă amestec şi pe voi.

— N-o să te creadă, zice Fatima ezitând. Cum ai fi putut să-l târăşti pe Ambrose până acolo?

— O să-l fac să mă creadă, zice Kate cu duritate şi mă gândesc la desene, la felul în care Kate i-a făcut pe cei de la şcoală să creadă ce voia ea, dincolo de orice dovezi care arătau contrariul. Nu e aşa de departe. Cred că oricine cu o prelată ar fi putut să... să târască un...

Dar se opreşte. Nu poate să articuleze cuvintele. Un *cadavru.*

Simt că-mi dau lacrimile.

— Kate, nu trebuie să faci asta!

— Ba da, zice ea. Trebuie.

Şi vine spre mine dinspre capătul încăperii şi-mi cuprinde faţa în mâini, privind adânc în ochii mei. Iar pe buzele ei flutură un zâmbet trist şi vag, dar numai pentru o clipă.

— Vreau să ştiţi un lucru: vă iubesc. Vă iubesc pe toate foarte mult. Şi îmi pare atât de rău, mai mult decât pot exprima în cuvinte, că v-am tras pe toate după mine în nebunia asta. Dar a venit momentul să se termine, pentru binele tuturor. A venit momentul să îndrept lucrurile.

— Kate...

Thea se cutremură, iar fața îi e albă ca varul. Fatima își freacă fața cu mâinile ca și cum nu-i vine să creadă că s-a ajuns în punctul acesta, că prietenia noastră — a noastră, a tuturor — va sfârși în acest fel.

— Adică asta e tot? întreabă ea nesigură.

Iar Kate îi face semn că da.

— Da. Asta e tot. Ăsta e sfârșitul. Nu trebuie să vă mai fie frică. Îmi pare rău, zice ea din nou și ne privește pe rând, întâi pe Fatima, apoi pe mine și, la urmă, pe Thea. Vreau să știți asta. Că-mi pare rău pentru tot.

Mă gândesc la ultimele rânduri din scrisoarea lui Ambrose. *Îmi pare atât de rău, infinit de rău că te las așa...*

Și, în timp ce Kate ia lampa și urcă scările, pășind în întuneric, cu Shadow, o pată albă pe lângă picioarele ei, simt cum lacrimile amenință iar să curgă pe fața mea, ca ploaia care bate în ferestre, și știu că are dreptate. Asta e tot. Acesta este sfârșitul. Iar gândul în sine e insuportabil.

Într-un târziu, ajung în camera lui Luc, dar nu mă aştept să pot dormi. Mă aştept la încă o noapte în care să zac întinsă, cu mii de întrebări roindu-mi în minte, în timp ce Freya doarme lângă mine. Dar sunt obosită — mai mult decât obosită, epuizată. Mă urc în pat îmbrăcată şi, în secunda în care pun capul pe pernă, cad într-un somn plin de vise tulburi.

Ceva mai târziu — nu ştiu cât de târziu — sunt trezită brusc din somn de zgomot de voci venind de deasupra. Cineva se ceartă, iar în vocile acelea e ceva care mă sperie îngrozitor.

Stau în pat câteva momente, încercând să mă smulg din visele urâte cu Kate şi Ambrose şi Luc, chinuindu-mă să mă orientez în spaţiu, apoi ochii mei se adaptează încet. Printre crăpăturile din scândurile de deasupra văd lumină filtrându-se până la mine, pâlpâind ca şi cum cineva s-ar mişca de colo-colo, iar intensitatea vocilor creşte şi scade, apoi se aude o bufnitură care face ca apa din paharul meu să tremure, ca şi cum cineva, într-un moment de frustrare necontrolată, ar fi dat cu pumnul în perete.

Mă întind după lampa de pe noptieră, dar apăs întrerupătorul inutil, de câteva ori, până îmi aduc aminte că nu e curent. Fir-ar să fie! Fatima a luat lampa cu ea când s-a dus la culcare, dar oricum, n-am chibrituri. N-am cum să aprind nici măcar o lumânare.

Rămân nemişcată, încercând să disting cuvintele şi să-mi dau seama cine vorbeşte. E Kate, care vorbeşte de una singură, sau poate că Fatima ori Thea s-a dus sus, s-o înfrunte?

— Nu înţeleg, nu asta ai vrut de la bun început? aud eu de sus.

E Kate, cu vocea aspră şi răguşită de atâta plâns.

Mă ridic în capul oaselor, ţinându-mi răsuflarea, încercând să ascult. Vorbeşte la telefon?

— Ai vrut să mă pedepseşti, nu-i aşa? zice ea, apoi vocea i se îneacă.

Şi apoi se aude şi răspunsul. Dar nu în cuvinte... cel puţin, nu de la început.

Se aude un suspin în întuneric, un geamăt profund care îmi face inima să-mi sară din piept.

Nu aşa trebuia să se întâmple.

E vocea lui Luc şi pare distrus de durere.

Nu mai stau pe gânduri. Sar din pat şi mă duc să bat la uşa Fatimei, zgâlţâind mânerul. E încuiată şi-i şoptesc prin gaura cheii:

— Fati, trezeşte-te, trezeşte-te!

Ajunge la uşă într-o secundă, cu ochii mari din cauza întunericului, ascultând vocile dinspre tavan, spre care îi fac semn. Ne ţinem respiraţia, încercând să înţelegem cuvintele, încercând să ne dăm seama cine vorbeşte.

— Şi ce-ai vrut atunci?

Abia reuşesc să pricep ce zice Kate, atât de tare plânge, iar cuvintele îi sunt înecate în lacrimi.

— Ce-ai vrut, dacă nu asta?

Degetele Fatimei mi se înfig în braţ şi o simt cum îşi ţine respiraţia.

— Luc e sus? şopteşte ea şi eu îi fac semn că da, însă încerc în acelaşi timp să disting ce zice Luc, printre sughiţuri de plâns.

— Nu te-am urât niciodată..., îl aud zicând. Cum poţi să spui aşa ceva? Te iubesc... te-am iubit întotdeauna.

— Ce se întâmplă? îmi şopteşte Fatima ieşindu-şi din minţi.

Clatin din cap, încercând să reiau în minte tot ce s-a întâmplat azi-noapte. *Oh, Dumnezeule mare, Kate! Te rog, zi-mi că n-ai încercat să...*

Luc zice ceva, Kate ridică vocea, plină de furie, apoi se aude spărgându-se un obiect, apoi un ţipăt al lui Kate — de durere sau de alarmă, nu-mi dau seama — şi pe urmă se aude vocea lui Luc, prea înfundată ca să disting cuvintele. Pare că mai are puţin şi-şi pierde cumpătul.

— Trebuie s-o ajutăm, îi zic Fatimei şi ea îmi face semn că e de acord.

— Hai s-o trezim pe Thea şi să urcăm împreună. Cu cât mai mulţi, cu atât mai bine. Luc pare beat.

Ascult în timp ce o urmez pe Fatima pe scări şi mă gândesc că poate are dreptate. Luc nu e în toate minţile.

— N-a mai existat altcineva pentru mine vreodată, aud de sus, în timp ce alergăm pe scări. Cuvintele îi sunt încărcate de angoasă. Aş fi vrut să nu fi fost adevărat, dar este! Aş fi făcut orice ca să fim împreună.

— Aş fi venit pentru tine! plânge Kate. Aş fi aşteptat, l-aş fi făcut să se răzgândească. De ce n-ai putut să ai încredere în el? De ce n-ai putut să ai încredere în *mine*?

— N-am putut..., se îneacă Luc, apoi, pe măsură ce înaintăm pe coridor, alergând spre camera Theei, cuvintele se aud mai slab. N-am putut s-o fac. N-am putut să-l las să mă trimită înapoi.

Thea se ridică brusc în pat în clipa în care ne năpustim în camera ei, are chipul înnebunit de groază, e şocată când ne vede în faţa ei.

— Ce se întâmplă? întreabă ea, respirând precipitat.

— Luc! reuşesc eu să articulez. E aici. Credem că... oh, Dumnezeule, nu mai ştiu nimic. Thea, cred că am înţeles totul de-a-ndoaselea.

— Poftim?

Se ridică din pat într-o secundă şi îşi trage un tricou pe ea.

— Futu-i! Kate e OK?

— Nu ştiu. Luc e sus cu ea. Pare că se ceartă. Şi cred că unul dintre ei tocmai a aruncat cu ceva.

Dar ea e deja afară din cameră, alergând spre scări.

Nu ajunge bine la prima treaptă, că se aude încă o bufnitură — de data asta, mult mai puternică. Pare că cineva trage de o mobilă... pentru o clipă, ne oprim toate în loc. Apoi un ţipăt şi zgomotul unei uşi care se deschide, paşi alergând.

După care simt că miroase a ceva. Ceva care îmi strânge inima în piept. Miros de parafină. Şi apoi, un zgomot ciudat, străin. Un zgomot pe care nu-l pot înţelege, dar mă umple de o groază pe care n-o pot explica.

Abia când o văd pe Kate alergând pe scări în direcţia noastră, cu faţa ca o mască a terorii, îmi dau seama ce aud, de fapt. E sfârâitul flăcărilor.

— Kate! strigă Fatima. Ce se întâmplă?

— Ieşiţi afară! urlă ea, trecând pe lângă Fatima, îndreptându-se spre uşa de la intrare pe care o deschide dând-o de perete. Apoi, când vede că nu ne mişcăm, urlă din nou la noi. Ieşiţi afară imediat! S-a spart lampa — e parafină peste tot!

Nu se poate! Freya!

Ţâşnesc spre scări, dar Kate mă apucă de încheietură, trăgându-mă înapoi.

— Tu nu m-ai auzit? Ieşi afară, *acum*, Isa! Nu te poţi duce acolo, curge printre scândurile din podea.

— Dă-mi drumul! urlu la ea, răsucindu-mi încheietura ca să scap din prinsoarea ei.

De undeva, Shadow începe să latre, un sunet repetitiv, încărcat de groază şi nelinişte.

— Freya e sus! ţip la ea.

Kate se albeşte la faţă şi-mi dă drumul.

Sunt la jumătatea scărilor, tuşind deja de-atâta fum. Picături de parafină aprinsă se scurg printre crăpăturile din podeaua de deasupra şi-mi acopăr capul cu braţele, deşi abia dacă simt durerea provocată, în comparaţie cu arsura din ochi şi din gât. Fumul e deja gros şi înecăcios şi mă doare când respir — dar nu mă pot gândi la asta, nu pot să mă gândesc decât cum să ajung la Freya!

Aproape că ajung pe palier, când o siluetă apare în fața mea, blocându-mi calea.

Luc. Mâinile îi sunt arse şi însângerate şi are pieptul gol, căci şi-a rupt cămaşa de pe el ca să-şi stingă flăcările de pe mâini.

Se schimbă la față când mă vede, şocul şi groaza schimonosindu-i trăsăturile.

— Ce cauți aici? urlă el răguşit, tuşind din cauza fumului.

De deasupra se aude zgomot de geam spart şi simt mirosul crud, volatil de terebentină. Mă gândesc la rândurile de sticle din mansardă, la baia de ulei de in, la spirtul alb şi mi se întoarce stomacul pe dos. Toate picură printre scânduri în dormitorul de dedesubt.

— Dă-te la o parte din calea mea, îi zic eu, cu respirația întretăiată. Trebuie s-o iau pe Freya.

Aude ce-i spun şi se schimbă la față.

— E în casă?

— E în *camera ta*. Dă-te la o parte din *calea mea*!

În spatele lui acum, între mine şi Freya, e un coridor de flăcări, iar eu, plângând, încerc să-l împing, să pot trece de el, dar e prea puternic.

— Luc, *te implor*, ce faci?

Apoi, mă împinge. Nu încet, ci mă trânteşte cu forță la vale pe scară, unde ajung cu genunchii răniți, plini de zgârieturi.

— Du-te, îmi strigă el. Du-te afară! Stai sub fereastră!

Apoi se întoarce, îşi pune cămaşa însângerată la gură şi aleagă înapoi pe coridor, spre camera Freyei.

Pornesc după el pe scară, împiedicându-mă, când o scândură de la mansardă se prăbuşeşte, blocându-mi trecerea. Mă uit în jur după ceva, orice, ca să-mi înfăşor în jurul mâinilor sau ceva care să mă ajute să împing lemnul arzând din cale, când aud un zgomot. E plânsetul Freyei.

— Isa, du-te dracului la fereastră! aud prin acel zgomot şi deodată înţeleg.

Nu poate s-o aducă înapoi pe Freya prin infernul acela. O să-i dea drumul în Estuar.

Alerg, sperând că am dreptate. Sperând că sunt destul de rapidă.

Afară, Thea, Fatima şi Shadow s-au retras pe mal, dar nu mă duc după ele traversând podețul, ci o iau prin apă, cu respirația oprindu-mi-se de cât de rece e, simțind în acelaşi timp pe față căldura care vine dinspre Moară, contrastând cu răceala Estuarului care îmi cuprinde coapsele.

— Luc! urlu eu sub fereastră, din apa care îmi ajunge deja până la brâu.

Curentul mă trage la fund.

— Luc, sunt aici!

Îi văd fața la fereastră, luminată de flăcări. Se chinuie s-o deschidă, dar rama e umflată de umezeala ploilor recente şi blocată în balamale. Cu sufletul la gură, mă uit la el cum împinge cu umărul în fereastră.

— Sparge-o! urlă Kate.

Se chinuie să ajungă prin apă la mine, dar, exact în clipa în care strigă, fereastra zboară bufnind şi Luc dispare în cameră, în întunericul plin de fum.

Pentru o clipă, mă gândesc că poate s-a răzgândit, dar apoi aud un plânset de copil şi văd silueta lui Luc ținând în brațe ceva şi acel ceva e Freya — Freya urlând şi lovindu-l cu picioarele şi zbierând şi înecându-se.

— Acum, urlu la el. Dă-i drumul, Luc, *grăbeşte-te*!

Umerii lui abia dacă încap în cadrul îngust al ferestrei, dar îşi scoate cu greu un braţ, apoi capul, după care, cumva, reuşeşte să-şi strecoare şi celălalt braţ afară. Se apleacă mult, cât de mult poate, ţinând-o pe Freya destul de nesigur, în timp ce ea se agită şi se zbate groaznic.

— Dă-i drumul! ţip la el.

Şi Luc îi dă drumul.

În momentul acela, Freya amuţeşte din pricina şocului căderii în gol.

Se aude un fluturat de haine, apoi o străfulgerare a chipului ei rotund şi uimit — apoi apa împroşcându-ne puternic în clipa în care Freya ajunge în braţele mele şi împreună cădem în Estuar.

Mă ridic rapid la suprafaţă, cu degetele prinzând-o ca nişte cleşti de faţă, de păr, de braţele cu care se agaţă de mine... însă picioarele îmi alunecă din cauza curenţilor de pe fundul apei.

Apoi Kate mă trage iar la suprafaţă, cu Freya în braţe, iar eu şi fata tuşim înecate, scuipând apă, iar plânsul Freyei străbate întunericul în fragmente furibunde, un zbierăt de indignare din pricina apei reci şi sărate care i-a intrat în ochi, în plămâni. Dar furia şi durerea ei sunt minunate: e vie, e vie, e vie... şi nimic altceva nu mai contează!

Nesigură pe picioare, mă chinui să ajung pe mal, tălpile înfundându-mi-se în mâlul înşelător. Fatima o ia pe Freya din mâinile mele, în timp ce Thea mă trage în sus, iar hainele îmi sunt grele de apă şi noroi, dar eu habar n-am dacă râd sau plâng.

— Freya, zic eu întruna, e OK? Fatima, e OK?

Fatima se uită la ea cât poate de bine, între zbierătele de locomotivă ale fetiței.

— E OK, o aud zicând. Cred că e OK. Thea, ia telefonul meu și sună la ambulanță, rapid.

Îmi dă înapoi copila, care e în pragul isteriei, apoi se întoarce s-o ajute pe Kate să revină pe mal.

Dar Kate nu e pe-aproape. E încă în apă, sub fereastra lui Luc, cu brațele întinse.

— Sari!

Luc se uită la ea, se uită la apă. Pentru o clipă, cred că e pe cale s-o facă. Să sară de la fereastră. Dar apoi clatină din cap, cu o expresie liniștită și resemnată.

— Îmi pare rău, zice el. Pentru tot.

Și face un pas înapoi, un pas departe de fereastră, în străfundurile pline de fum ale încăperii.

— Luc! urlă Kate din toate puterile.

Merge prin apă de-a lungul țărmului, împroșcând stropi în toate părțile, căutând, din fereastră în fereastră, cu disperare, printre flăcări, silueta lui Luc alergând prin tunelul de flăcări al coridorului. Dar nu e de găsit. Nu se vede mișcare nicăieri.

Mi-l și imaginez — făcut covrig pe patul lui, închizând ochii. Acasă, în sfârșit...

— Luc! urlă Kate.

Și apoi, înainte să ne dăm seama ce se întâmplă, înainte ca vreuna dintre noi s-o poată opri, Kate se avântă prin apă spre ușa de la intrarea în Moară și se chinuie să ajungă pe țărm.

— Da, vechea Moară, zice Thea. Vă rog să vă grăbiți. Pompierii și ambulanța.

— Kate, strigă Fatima. Kate, ce faci...

Dar Kate a ajuns deja la uşa de la intrare. Îşi înfăşoară mâinile în mânecile ude ca să se protejeze de fierbinţeala mânerului, apoi dispare înăuntru, închizând uşa după ea.

Fatima face brusc câţiva paşi în faţă, şi, pentru o secundă, am senzaţia că o să se ducă după ea. O apuc de încheietură, iar ea se opreşte pe marginea pontonului şi rămânem aşa, în picioare, toate trei, cu Shadow scâncind la picioarele Theei, de-abia respirând din cauza fumului care se ridică dinspre Moară şi se întinde peste Estuar.

În faţa uneia dintre ferestrele înalte ale Morii văd o siluetă trecând în viteză — Kate, pe scări, încercând să facă faţă căldurii — şi apoi, nimic... până când Thea arată spre fereastra de la camera lui Luc.

— Uitaţi, acolo, zice ea cu vocea gâtuită de frică şi vedem, în rama ferestrei sparte de o rafală bruscă de flăcări, două siluete întunecate pe fondul roşu-auriu al infernului de foc.

— Kate! strig eu, cu vocea înăbuşită de fum.

Dar ştiu că nu are niciun rost. Ştiu că nu mă mai poate auzi.

— Kate, te rog!

Apoi se aude un vuiet ca de avalanşă — ceva prăbuşindu-se cu un muget, făcându-ne pe toate să ne acoperim urechile, ca să nu mai auzim forţa geamurilor sparte şi a cioburilor împroşcate peste tot şi a lemnului în flăcări care ies din fiecare fereastră a Morii.

O grindă de susţinere se prăbuşeşte şi întreaga construcţie cade, un foc de tabără imens care se năruie, adus la pământ de propria-i greutate, aterizând pe ţărm într-o ploaie de cioburi de sticlă şi aşchii de lemn, iar noi ne aplecăm ca să ne apărăm de forţa exploziei. Simt căldura cărbunilor arzându-mi spinarea îndoită deasupra Freyei, în efortul de a o proteja.

Când zgomotul se potoleşte şi ne ridicăm în sfârşit, Moara e doar o ruină, cu grinzi şi stâlpi arzând, profilându-se pe cer ca nişte coaste. Nu mai e niciun acoperiş, nu mai sunt etaje, nu mai există nicio scară. Mai sunt doar limbile de flăcări ieşind prin cadrele ferestrelor sparte, consumând totul în calea lor.

Moara e distrusă, distrusă complet.

Iar Kate nu mai e.

Mă trezesc tresărind şi, câteva secunde, nu am nici cea mai vagă idee unde mă aflu — camera e în semiîntuneric şi e plină de maşinării care bipăie şi de voci scăzute, şi simt un miros de dezinfectant, de săpun şi de fum.

Apoi îmi revine totul în minte.

Sunt la spital, în salonul de pediatrie. Freya doarme într-un pătuţ în faţa mea, cu degetele ei mici încleştate pe degetul meu.

Cu mâna liberă, îmi frec ochii umflaţi şi dureroşi de lacrimi şi fum şi încerc să-mi dau seama ce s-a întâmplat în ultimele douăsprezece ore. Prin cap îmi trec multe imagini — Thea aruncându-se în canalul îngust de apă, încercând să ajungă la Moară, Fatima ţinând-o în loc. Mulţimea de poliţişti şi pompieri care au sosit între timp şi încercau să se lupte cu flăcările, feţele lor când le-am zis că mai sunt oameni înăuntru.

Imaginea Freyei, cu faţa ei grăsună, mânjită de cenuşă şi funingine, cu ochii mari reflectând flăcările care îi dansau în faţă, în timp ce privea vâlvătaia, hipnotizată de frumuseţea ei.

Şi, mai presus de toate, ultima imagine a lui Luc şi Kate, siluetele lor negre profilându-se pe un fundal de flăcări.

S-a dus după el.

— De ce? tot întreba Thea răguşit, în timp ce aşteptam ambulanţa, cu braţele strânse în jurul lui Shadow care tremura puternic, şocat. *De ce*?

Am clătinat din cap. Dar, în realitate, cred că ştiu de ce. Şi cred că pricep, în sfârşit, *cu adevărat*, şi scrisoarea lui Ambrose.

E ciudat, dar, în ultimele zile şi ore, am început să înţeleg că nu l-am cunoscut niciodată pe Ambrose de fapt. Am petrecut atât de mult timp prinsă în capcana sinelui meu de la cincisprezece ani, văzându-l cu ochi de copil, plini de indulgenţă puerilă. Dar acum sunt şi eu un adult, apropiindu-mă de vârsta la care era Ambrose când l-am cunoscut şi, pentru prima dată, sunt nevoită să-l analizez din prisma unui matur — de la egal la egal — şi îmi apare dintr-odată complet diferit: cu defecte, plin de imperfecţiuni umane şi luptându-se cu nişte demoni pe care nu-i văzusem niciodată, deşi lupta era, la propriu, scrisă pe un afiş, pe perete.

Dependenţele lui, băutura, visurile şi fricile lui... îmi dau seama acum, cu un soi de ruşine, că nu m-am gândit niciodată la ele. Niciuna dintre noi n-a făcut-o, poate cu excepţia lui Kate. Eram prea prinse în povestea noastră, ca s-o vedem pe a lui. N-am observat niciodată sacrificiile pe care le făcuse pentru Kate şi Luc, cariera la care renunţase ca să fie profesor de desen în Salten, iar asta numai de dragul ei. Nu m-am gândit niciodată la eforturile pe care le-a făcut ca să scape de dependenţă şi să rămână curat — pur şi simplu, nu m-a interesat.

Chiar şi când problemele lui ne erau puse sub nas — acea conversaţie agonizantă din cafenea, povestită de Thea —, nu am făcut decât să privim problema prin prisma a ceea ce ne preocupa pe noi. Nu voiam decât să rămânem împreună, să ne folosim în continuare de Moară ca de propriul nostru refugiu şi loc de joacă, aşa că nu i-am auzit cuvintele decât în măsura în care ameninţau propria noastră fericire.

Adevărul e că nu-l cunoşteam pe Ambrose, nu chiar. Vieţile noastre s-au intersectat într-o vară şi asta e tot, iar eu l-am iubit pentru ceea ce-mi oferea *mie*: afecţiune, libertate, un moment de eliberare din coşmarul care devenise viaţa mea de acasă. Nu l-am iubit pentru ce era el. Îmi dau seama de asta acum. Şi totuşi, în acelaşi timp, mă gândesc că l-am înţeles în sfârşit şi că pricep ce a făcut.

Într-un fel, am avut dreptate. Chiar *era* scrisoarea cuiva care a fost otrăvit de propriul copil şi a fost singurul lucru pe care îl putea face ca să-şi apere copilul de consecinţe. Dar acel copil nu era Kate. Ci Luc.

Înţeleseserăm totul pe dos dar, în cele din urmă, ne-am luminat. Şi nu vorbesc doar de scrisoare, ci de tot ce s-a întâmplat. Nu pe Kate voia Ambrose să o trimită departe. Ci pe Luc. *De ce n-ai avut încredere în el?* l-a întrebat Kate. Doar că încrederea lui Luc fusese distrusă de prea multe ori. S-a gândit, presupun, că tocmai lucrul de care se temea cel mai rău avea să se întâmple: că Ambrose regreta generozitatea de a-l fi luat sub aripa lui pe băiatul acesta, de a-l iubi, de a avea grijă de el. Îi testase iubirea lui Ambrose de atâtea ori... l-a îndepărtat, a încercat cu disperare să se asigure că omul *acesta* nu-l va trăda, că iubirea *acestui* om nu va şovăi vreodată.

Mary n-a fost singura persoană care a auzit cearta dintre Ambrose şi Kate. Şi Luc trebuie să o fi auzit şi a înțeles ceea ce eu şi Thea n-am reuşit — că el urma să fie trimis de acasă, nu Kate. Nu ştiu unde avea de gând să-l trimită — probabil la un internat, din ce i-a zis Ambrose Theei. Dar Luc, trădat de prea multe ori, probabil că a tras concluzia greşită că se ajunsese în punctul de care se temuse cel mai mult. A crezut că Ambrose avea să-l trimită înapoi la maică-sa.

Şi a făcut ceva incredibil, nemaipomenit de stupid — acțiunea unui puşti de cincisprezece ani, îndrăgostit până la Dumnezeu şi disperat să nu fie trimis înapoi în iadul din care scăpase.

O fi vrut să-l omoare, într-adevăr, pe Ambrose? Nu ştiu. Stând întinsă în pat şi uitându-mă la chipul angelic al Freyei, mă întreb cum a fost şi pot să-mi închipui ambele scenarii. Poate că a vrut să-l omoare pe Ambrose într-un moment de furie, regretat amarnic în momentul în care n-a mai fost nimic de făcut. Poate că doar voia să-l pedepsească, să-l umilească. Sau poate că nu s-a gândit deloc — doar a acționat la mânie sau din disperarea care ardea în el.

Vreau să cred că totul a fost o greşeală. Că n-a avut niciodată intenția să-l ucidă, ci că n-a vrut decât să-l umilească pe Ambrose, să-l facă să fie internat la urgențe şi să fie găsit într-o baltă de vomă indusă de heroină, dat afară de la şcoală, să sufere aşa cum şi el, Luc, avea să sufere la rândul lui. Era copilul unei drogate, care crescuse cu heroina în casă şi care, probabil, ştia despre cât de nesigură e supradoza orală, cât timp avea să-i ia lui Ambrose să moară, şi că exista un antidot care să anuleze efectele.

Dar nu sunt sigură.

Într-un fel, nici nu mai contează. Ce contează... ce contează e, de fapt, ce a făcut.

A făcut exact cum a povestit Kate, în stilul ei rece, ciudat, când relata acțiuni pentru care ea își asuma responsabilitatea. Luc a chiulit de la cursuri, s-a dus la Moară în timpul zilei, când era sigur că atât Kate, cât și Ambrose erau la școală, în Salten. Apoi a turnat toată heroina pe care o avea Ambrose în casă în sticla de vin cu filet și a lăsat-o pe masă ca s-o găsească în momentul în care ajungea acasă de la muncă în seara aceea, apoi a adunat cele mai incriminatoare desene pe care le-a găsit și le-a trimis la școală.

Oh, Ambrose! Încerc să-mi imaginez ce a simțit când și-a dat seama ce-i făcuse Luc. Să fi fost gustul bizar al vinului care îl alertase? Sau moleșeala ciudată care începuse să-l cuprindă? I-ar fi luat ceva timp... timp ca Ambrose să-și dea seama ce i se întâmplă... să pună lucrurile cap la cap în timp ce heroina trecea de pereții stomacului și-i intra în sânge.

Stau în pat, cu mâna Freyei în mâna mea și văd totul cu ochii minții desfășurându-se ca un film în sepia. Ambrose examinând sticla și apoi, ridicându-se, nesigur pe picioare. Ducându-se la comodă, unde era ascunsă cutia. Deschizând-o... și dându-și seama de ce făcuse Luc și de cantitatea de heroină pe care o ingerase.

Ce-o fi crezut, ce-o fi simțit în clipa în care mâinile lui mâzgăleau pe hârtie literele ezitante, implorând-o pe Kate să-și protejeze fratele de consecințele a ceea ce făcuse?

Nu știu. Nici măcar nu pot să-mi imaginez durerea pe care a simțit-o când și-a dat seama ce i se întâmplase, grozăvia greșelii lui Luc și răzbunarea lui impulsivă și amară.

Dar de un singur lucru sunt sigură, privind-o pe Freya şi simţindu-i degeţelele strânse pe degetul meu. Pentru prima dată, înţeleg acţiunile lui Ambrose. Le înţeleg până la capăt şi totul are, în sfârşit, sens pentru mine.

Primul lui gând n-a fost să se salveze pe el, ci să-şi protejeze copilul. Băiatul pe care el îl crescuse şi-l iubise şi pe care a încercat să-l apere şi n-a reuşit.

L-a lăsat pe Luc să se întoarcă în infernul acela, copilul blând şi plin de încredere, pe care îl salvase când era mic şi pe care îl schimbase de scutece şi pe a cărui mamă a iubit-o, înainte ca femeia să se distrugă.

L-a lăsat să se ducă o dată şi apoi a înţeles că, din perspectiva lui Luc, planul lui era să-l mai trădeze o dată. *Am fost un prost să nu-mi dau seama care vor fi consecinţele acţiunilor mele... Fac asta pentru ca nimeni altcineva să nu mai sufere.*

A scris biletul de adio ca să se asigure că numai o singură viaţă va fi distrusă: a lui. Şi i l-a scris lui Kate, nu lui Luc, ştiind că ea, care îşi cunoştea tatăl mai bine decât oricine din lumea asta, va înţelege şi va şti ce vrea să spună: că îi va cere să-şi protejeze fratele.

Nu da vina pe nimeni altcineva, iubita mea. M-am hotărât şi m-am împăcat cu gândul... Şi, mai presus de toate, nu lăsa ca toate astea să fie în van.

Şi Kate... Kate a dus la îndeplinire dorinţele tatălui ei cât de bine s-a priceput. L-a protejat pe Luc, a minţit pentru el, an după an după an. Dar o parte din scrisoarea lui Ambrose n-a putut-o îndeplini. L-a învinovăţit pe Luc. L-a învinovăţit pentru ce-a făcut. Şi nu l-a iertat niciodată.

Luc a avut dreptate în cele din urmă. Kate ar fi putut să aştepte până împlineau amândoi şaisprezece ani, înainte să spună la poliție că Ambrose a dispărut. Dar ea n-a făcut-o. Şi el a fost trimis din țară, la viața de care credea că scăpase.

Şi Luc, care, din dragoste pentru sora lui, l-a ucis pe singurul părinte adevărat pe care l-a avut vreodată, a văzut cum ea devine rece, se îndepărtează de el. Când a fost trimis înapoi în Franța, a înțeles ce făcea Kate: îl pedepsea pentru o crimă pe care numai ea ştia că el a comis-o.

Îmi aduc aminte cum a strigat, plângând în noapte: *Aş fi făcut orice pentru tine... n-a existat nimeni altcineva în afară de tine...*

Şi cred că o să mi se rupă sufletul de durere.

REGULA 5

SĂ ŞTII CÂND SĂ ÎNCETEZI SĂ MAI MINŢI

Nu Owen este cel care vine să ne ia pe Freya şi pe mine din spital — încă nu l-am sunat — când, în spiritul obişnuit al sistemului naţional de sănătate, suntem brusc externate din spital la 9 dimineaţa, a doua zi, pentru că aveau nevoie de pat.

Telefonul mi-a ars în casă, împreună cu toate lucrurile mele şi m-au lăsat să dau un telefon din cabinetul asistentelor, dar, chiar în clipa în care degetele mele sunt deasupra tastelor, gata să formeze numărul, ceva din mine nu vrea, simţind că nu sunt în stare să trec prin discuţia pe care trebuie, de altfel, s-o avem. Îmi zic că rezistenţa mea are de-a face cu detaliile practice ale situaţiei — că i-ar lua mult să traverseze Londra la ore de vârf şi că între noi e o reţea de autostrăzi blocate şi imposibil de parcurs. Adevărul însă e că, azi-noapte, cu viaţa Freyei pusă în pericol chiar sub privirile mele, ceva în mine s-a schimbat. Nu ştiu însă cum anume şi nici ce înseamnă.

În schimb, o sun pe Fatima şi, stând afară, în faţa aripii de pediatrie a spitalului, cu Freya înfăşurată într-o pătură de împrumut, văd un taxi care trage în dreptul meu şi feţele palide ale Fatimei şi Theei în geam.

Când urc şi o pun pe Freya în scaunul pe care Fatima, gândindu-se la toate, îl avea deja instalat în maşină, dau cu ochii de Shadow, culcat la pământ, la picioarele Theei, iar aceasta avea mâna pe zgarda lui.

— Ne-au externat devreme, în dimineaţa asta, zice Fatima, peste umăr, din scaunul din faţă. Avea pungi negre sub ochi. Am rezervat nişte camere la o pensiune de pe coastă. Cred că Mark Wren o să vrea să mai stăm prin preajmă o vreme, cel puţin până poliţia o să stea de vorbă cu noi.

Dau din cap în semn de aprobare. Degetele mi se strâng pe scrisoarea din buzunar. Biletul de adio al lui Ambrose.

— Încă nu-mi vine să cred!

Faţa Theei e albă ca varul, degetele i se mişcă nervoase în blana lui Shadow.

— Că el... Credeţi că el a făcut chestia aia? Cu oaia?

Ştiu ce vrea să zică. A fost Luc? El a făcut asta, şi toate celelalte? Îmi dau seama că şi ele şi-au petrecut noaptea la fel ca mine. Pline de gânduri. De întrebări. Încercând să discearnă adevărul de minciună.

Mă uit la Fatima.

— Nu ştiu, zic în cele din urmă. Nu cred.

Dar mă opresc. Pentru că nu vreau să spun ce cred. Nu în faţa taximetristului. Nu e Rick... nu-l cunosc. Dar trebuie să fie de prin partea locului. Şi adevărul este că, dintre toate lucrurile pe care le-a făcut sau nu le-a făcut Luc, cred că e o greşeală să-l bănuim de aşa ceva.

Am crezut că el a scris biletul, din ură faţă de Kate, şi că o bănuia pe ea că a ascuns moartea lui Ambrose. Am crezut că el a vrut să ne sperie şi, astfel, să ne determine să mărturisim la poliţie. Am crezut că vrea ca adevărul să iasă la iveală.

Dar, mai târziu, când Kate mi-a zis de şantaj şi de bani, am început să-mi pun întrebări. Cumva, nu credeam că Luc a făcut aşa ceva. Felul calculat şi rece în care o seca de resurse nu era stilul lui Luc. Nu mi-l puteam imagina pe Luc interesat de bani, ci, mai curând, încercând să încline din nou balanţa: s-o facă pe Kate să plătească pentru suferinţa pe care i-a provocat-o... asta îmi părea mai degrabă ceva ce Luc ar fi făcut.

Acum însă, după noaptea trecută, nu mai cred. Nu mai are sens. Luc, dintre noi toţi, cu excepţia lui Kate, ştia adevărul şi el era cel care minţea mai mult decât oricare dintre noi. Făcea parte din Joc la fel cum şi noi făceam şi, dacă adevărul ieşea la iveală, avea mai mult de pierdut decât oricare dintre noi. Şi, în plus, în noaptea asta lungă din spital, am avut mult timp la dispoziţie să mă gândesc, să-mi amintesc lista de condamnări pe care mi-a trimis-o Owen şi o dată anume care mi-a rămas în minte.

Nu. Cred că altcineva a scris biletul acela.

Îmi amintesc degetele ei din ziua aceea de la poştă, degete puternice, cu sânge sub unghii.

Şi sunt convinsă, într-un mod în care n-am fost în privinţa lui Luc, că ea e capabilă de aşa ceva.

Când ajungem la pensiune, mă bag în pat cu Freya, apoi adormim amândouă, căzând în visare ca nişte trupuri scufundându-se în ape adânci. Ies la suprafaţă câteva ore mai târziu şi, pentru o clipă, am un sentiment ciudat de rupere completă de realitate.

Pensiunea e pe drumul de coastă, la câțiva kilometri de școală; în clipa în care mă ridic din pat, așezând pe mine hainele murdare și pătate de sare și netezind părul transpirat al Freyei și îndepărtându-i-l de pe față, vederea din camera mea este exact aceeași cu cea din camera 2B din turnul internatului în care am stat acum atâția ani.

Pentru o clipă, chiar dacă fiica mea doarme lângă mine, am iarăși cincisprezece ani și sunt acolo, înapoi în timp — țipătul pescărușilor în urechile mele, lumina ciudată și curată împroșcată peste pervazul de lemn al ferestrei, cea mai bună prietenă a mea lângă mine.

Închid ochii, ascultând sunetele trecutului, imaginându-mă iar în pielea adolescentei, a fetei ale cărei prietene erau încă în jurul ei, ale cărei greșeli erau încă în viitor.

Sunt fericită.

Și apoi Freya se agită și cârâie și iluzia dispare; am iar treizeci și doi de ani și sunt avocată și mamă. Iar gândul care-mi stăruie undeva în minte și cu care m-am chinuit toată noaptea vine iar peste mine, ca o piatră de moară.

Kate și Luc sunt morți.

O iau pe Freya în brațe și ne ducem jos, căscând, și le găsim pe Fatima și pe Thea stând pe verandă, privind marea.

E iulie, dar ziua e răcoroasă și cenușie și norii amenință cu ploaia, dârele lor întunecate având exact aceeași nuanță de gri precum cea de pe faldurile spinării lui Shadow. Câinele stă covrig la picioarele Theei, cu nasul lui negru în mâna ei, dar când ajung își ridică privirea spre mine, ochii lui strălucind o clipă, apoi se retrage din nou. Știu pe cine caută. Cum să-i explici unui câine sfârșitul, nedreptatea morții lui Kate? Abia dacă înțeleg eu.

— Am primit un telefon de la poliție, zice Fatima. Își trage genunchii la piept, pe scaun, cuprinzându-i cu brațele. Vor să mergem după-masă, la ora 4, la secție. Trebuie să ne gândim ce avem de gând să le zicem.

— Știu, răspund eu și mă frec la ochi, apoi o pun pe Freya pe podea ca să se joace cu niște reviste vechi lăsate acolo pentru cazul în care oaspeții vor să le citească.

Rupe coperta uneia dintre ele, țipând voioasă și știu că ar trebui s-o opresc, dar sunt prea obosită. Nu-mi mai pasă.

Rămânem o vreme în tăcere, uitându-ne la ea, și știu, fără să întreb, că și celelalte și-au petrecut noaptea ca și mine: chinuindu-se să înțeleagă, chinuindu-se *să creadă* că s-a întâmplat ce s-a întâmplat. Am sentimentul că ieri aveam patru membre, iar azi m-am trezit și nu mai am decât trei.

— A încălcat regulile, zice Thea. Vocea îi e joasă, incredulă. Ne-a mințit. Ne-a mințit *pe noi*. Dacă ne-ar fi spus... Nu a avut încredere în noi?

— N-a fost secretul ei, ca să ni-l fi împărtășit, le zic.

Nu mă gândesc doar la Kate, ci și la Owen. La felul în care l-am mințit în toți anii ăștia, trădând astfel propriile noastre reguli nescrise. Pentru că nu există un răspuns corect la chestiunea asta, nu-i așa? Doar un schimb — o trădare pentru o alta. Kate a avut de ales între a-i proteja secretul lui Luc și a-și minți prietenele. Și a ales să mintă. A ales să încalce regulile. A ales... Înghit un nod dureros gândindu-mă la acest adevăr. A ales să-l protejeze pe Luc. Dar a ales, în același timp, să ne protejeze și pe noi.

— Nu pricep, izbucnește Fatima, cu pumnii încleștați pe țesătura fotoliului. Nu înțeleg și pace de ce Ambrose a permis să se întâmple toate astea! O supradoză administrată oral cere timp și chiar dacă nu și-ar fi dat seama imediat ce i se întâmplă, e clar că știa în momentul în care a ajuns să scrie biletul. Ar fi putut să sune la 999! De ce dracu' și-a petrecut ultimele momente spunându-i lui Kate să-l salveze pe Luc, în loc să încerce să se salveze pe el?

— Poate că n-a avut de ales, zice Thea.

Se ridică de pe scaun, își trage mânecile puloverului de lână peste degetele cu unghiile roase.

— Aduceți-vă aminte că nu exista telefon fix la Moară! Nici nu mai știu dacă, pe vremea aceea, Ambrose avea un telefon mobil. Kate avea, dar nu-mi aduc aminte ca el să fi avut vreodată.

— Sau poate..., încerc eu să zic și mă opresc.

O privesc pe Freya, jucându-se pe covor.

— Ce? insistă Thea.

— Poate că, în momentul respectiv, să se salveze pe sine nu era cel mai important lucru pentru el.

Nu-mi răspunde nimeni nimic. Fatima se mulțumește să-și muște buza și Thea își ferește privirea, uitându-se pe fereastră spre marea neliniștită. Mă întreb dacă și ea se gândește la propriul tată și se întreabă dacă, în aceeași situație, și el ar fi făcut aceeași alegere. Cumva, mă îndoiesc.

Mă gândesc la Mary Wren, la cuvintele pe care mi le-a adresat când am oprit la trecerea la nivel cu calea ferată. *Ar fi trecut prin foc pentru copiii ăia...*

Și apoi îmi aduc aminte că mi-a mai spus ceva, și mi se strânge stomacul.

— Trebuie să vă zic ceva, le spun.

Thea își ridică brusc privirea.

— Ați întrebat în mașină despre oase și n-am putut să vă zic atunci, dar...

Mă opresc, încercând să-mi adun gândurile, încercând să le explic ferm ce am avut în minte, ca o umbră, din ziua aceea când a vrut să mă ducă la gară cu mașina ei.

— Noi ne-am gândit că ar fi Luc, pentru că se potrivea cu ce știam despre el, dar cred că am greșit. Dacă se afla adevărul, și el ar fi avut la fel de mult de pierdut ca și noi. Ba mai mult. Și, oricum, sunt destul de convinsă că era în arest în Rye, în noaptea aceea.

Fetele nu-mi cer să le explic de unde știu și nici nu mă ofer.

— Și, mai e ceva... ceva ce Kate mi-a zis când am venit aici fără voi.

— Spune-ne tot, zice Thea, morocănoasă.

— Era șantajată, le zic eu, fără ocolișuri. Era șantajată de ani buni. De asta i-a fost trimisă oaia, de asta au fost trimise și desenele. A fost un fel de a i se sugera că ar trebui să înceapă să ne mulgă și pe noi.

— *Nu!* strigă Fatima.

Fața îi e foarte palidă în contrast cu eșarfa întunecată.

— Nu! Cum a putut să nu ne spună așa ceva?

— N-a vrut să ne îngrijoreze, zic eu neputincioasă.

Îmi pare totul atât de lipsit de sens acum! Cât de mult mi-aș fi dorit și eu să-mi fi spus!

— Dar, pur și simplu, nu cred că Luc a făcut așa ceva... și, în plus, a început acum mulți ani, când Luc era încă în Franța.

— Atunci cine? întreabă Freya.

— Mary Wren.

Urmează o lungă tăcere. Pentru o clipă, stau amândouă și nu reușesc să spună nimic, apoi, încet, Fatima înclină din cap.

— A urât-o întotdeauna pe Kate.

— Dar de unde știi chestia asta? întreabă Thea.

Degetele îi mângâie necontenit blana lui Shadow, îi netezesc urechile, iar firele lui de păr de culoarea fumului se prind de pielea aspră și mâncată.

— Am aflat în drum spre gară, îi răspund.

Îmi apăs fruntea cu degetele, încercând să-mi aduc aminte cuvintele ei. Mă doare capul și țipetele fericite ale Freyei care rupe de zor revista îmi înrăutățesc migrena.

— Mary s-a oferit să mă ducă la gară și a zis ceva... ceva ce nu am băgat în seamă la vremea respectivă, eram prea șocată de ce mi-a zis despre Kate și Luc... dar a zis ceva despre Kate și despre oaie, a zis că *are sânge pe mâini și nu doar sânge de oaie*. Dar de unde știa ea despre oaie?

— De la Mark? întreabă Fatima, mai mult ghicind, dar Thea scutură din cap.

— Kate n-a sunat la poliție, nu-ți aduci aminte? Deși probabil că fermierul ar fi putut să sune.

— Ar fi putut, intervin eu. Dar sunt destul de sigură că a primit destul de mulți bani de la Kate ca să-și țină gura. De asta i-a dat două sute de lire, până la urmă. Dar nu contează doar ce a zis Mary, ci și... felul în care a zis-o. A fost cumva... *personal*. Cu un soi de satisfacție plină de dușmănie. Ca și cum era fericită că o vedea pe Kate primind ce merită. Biletul ăla era plin de venin, înțelegeți ce zic? Demonstra ură, și am avut aceeași senzație în clipa în care am auzit-o pe Mary spunând cuvintele alea. Ea a scris biletul, sunt sigură de asta. Și cred că tot ea a trimis și desenele. E singura persoană care ar fi putut să afle adresele noastre.

— Și acum ce facem? întreabă Fatima.

— Ce facem? Ce putem face? Nimic. Nu spunem nimic. Nu-i putem spune lui Mark, nu-i așa?

— Adică lăsăm lucrurile să treacă așa? O lăsăm să ne amenințe și să scape basma curată?

— Mințim în continuare, zice Thea înverșunată. Numai că, de data asta, nu mai dăm greș. Ne hotărâm asupra unei versiuni și rămânem ferme pe poziție. În fața poliției, a familiilor noastre... în fața tuturor. *Trebuie* să-i facem pe toți să creadă că Ambrose s-a sinucis, pentru că el asta a vrut, la urma urmei. Dar aș fi vrut să avem *ceva* cu care să dovedim adevărul.

— Păi...

Bag mâna în buzunar și scot la iveală... un plic, cu numele lui Kate pe el, foarte vechi și de prea multe ori împăturit, acum pătat de apă și sare.

Totuși, se poate citi de pe el, încă se mai poate. Cerneala albastră s-a întins pe pagină, dar nu s-a șters de tot și încă se mai pot citi cuvintele lui Ambrose către fiica lui: *...mergi mai departe: trăiește, iubește, fii fericită. Și, mai presus de toate, nu lăsa ca toate astea să fie în van.*

Numai că acum am sentimentul că ni se adresează nouă.

Taxiul ne lasă pe faleza din Salten şi, în timp ce Fatima plăteşte şoferul, eu mă dau jos din maşină şi-mi întind picioarele, privind nu spre secţia de poliţie, o clădire înghesuită, din beton, înălţată lângă dig, ci în larg, spre port şi marea de dincolo.

E aceeaşi mare care m-a salutat şi de la fereastra camerei mele de la internat, marea copilăriei mele, neschimbată, implacabilă, iar gândul acesta îmi dă cumva o stare de linişte. Mă gândesc la toate lucrurile la care a fost martoră şi pe care le-a acceptat cu întinderea ei. Felul în care a luat la sânul ei cenuşa Morii... împreună cu Kate şi Luc. Toate lucrurile pe care le-am făcut — toate greşelile noastre, toate minciunile pe care le-am spus — toate sunt, încet, spălate de ape şi duse în larg.

Thea apare lângă mine, uitându-se la ceas.

— E aproape ora 4, zice ea. Eşti gata?

Îi fac semn că da, dar nu mă mişc din loc.

— Mă gândeam..., îi zic în clipa în care Fatima se îndepărtează de taxi şi acesta pleacă.

— La ce? mă întreabă ea.

— La...

Şi cuvântul îmi vine aproape din senin şi îl spun cu mirare:

— La vină.

— Vină? spune Fatima, încruntându-se.

— Mi-am dat seama azi-noapte că am petrecut şaptesprezece ani gândindu-mă că, într-un fel, ce s-a întâmplat cu Ambrose a fost vina noastră. Că a murit din cauza noastră — din cauza desenelor, din cauză că ne tot întorceam la Moară.

— Noi n-am cerut să fim desenate, zice Fatima, şoptit. N-am *cerut* nimic din toate astea.

Dar Thea îmi face semn din cap.

— Ştiu ce vrei să zici, spune ea. Oricât de iraţional ar suna, şi eu am simţit la fel.

— Dar mi-am dat seama...

Şi mă opresc, căutând cuvintele potrivite, căutând, de fapt, să exprim în cuvinte un gând numai pe jumătate clar.

— Azi-noapte mi-am dat seama... că moartea lui n-a avut nimic de-a face cu asta. Că n-a fost vorba niciodată despre desenele acelea. Că n-a fost vorba niciodată despre noi. Că n-a fost niciodată vina noastră.

Thea dă din cap încet. Apoi Fatima ne prinde pe amândouă de braţe.

— Nu există nimic de care să ne fie ruşine, zice ea. N-a existat niciodată.

Ne întoarcem ca să pornim spre secţia de poliţie, când, exact în clipa aceea, apare o siluetă pe una dintre aleile acelea înguste care se insinuează printre casele de piatră. O figură masivă, îmbrăcată cu multe rânduri de haine, cu o coadă de cal de culoarea fierului care îi flutură în vânt.

E Mary Wren.

Se opreşte când ne vede, apoi ne zâmbeşte şi nu e un zâmbet plăcut — e zâmbetul cuiva care are putere asupra altcuiva şi care intenţionează s-o folosească. Şi apoi, porneşte pe faleză spre noi.

Dar şi noi mergem spre ea, toate trei, braţ la braţ. Mary îşi schimbă traiectoria, gata să ne taie calea, şi simt cum braţul Fatimei se strânge pe al meu şi pasul Theei se grăbeşte pe asfalt.

Mary rânjeşte deja şi, pe măsură ce ne apropiem, îşi dezveleşte dinţii galbeni din ce în ce mai mult, ca ai unei creaturi gata să sară la beregată, şi inima începe să-mi bată puternic în piept.

Dar mă uit fix în ochii ei şi, pentru prima dată de când m-am întors în Salten, nu mai simt niciun fel de vină. Sunt liberă. Şi ştiu adevărul.

Şi Mary Wren ezită. Se opreşte din mers şi trecem toate trei pe lângă ea, braţ la braţ, împingând-o. Simt braţul Fatimei ferm înlănţuit de al meu şi o văd pe Thea zâmbind. Soarele iese din nori, luminând marea cenuşie ca plumbul.

În spatele nostru, Mary Wren strigă ceva nearticulat.

Dar noi ne continuăm drumul.

Şi nu mai privim înapoi.

E o poveste pe care i-o voi spune Freyei când va fi mare. E povestea unui incendiu, un accident cauzat de o instalație stricată și o lampă pe care cineva a răsturnat-o în noapte.

Este povestea unui bărbat care și-a riscat viața ca s-o salveze pe-a ei, este povestea celei mai bune prietene, care l-a iubit pe acel bărbat și care s-a dus după el în flăcări, când știa foarte bine că nu mai sunt șanse să-l salveze.

E o poveste despre curaj și altruism și despre sacrificiu — despre sinuciderea unui tată și durerea copiilor lui.

Și este o poveste despre speranță, despre cum trebuie să continuăm după ce au avut loc evenimente greu de suportat. Să ne trăim viața din plin, de dragul celor care și-au sacrificat-o pe a lor.

E povestea pe care eu, Thea și Fatima i-am spus-o sergentului Wren când am ajuns la secție, iar el ne-a crezut, pentru că este adevărată.

Dar e, în același timp, și o minciună.

Am mințit toate trei, aproape douăzeci de ani. Dar acum, în sfârșit, știm de ce. Și acum, în sfârșit, știm adevărul.

Au trecut două săptămâni şi, încă o dată, eu şi Freya suntem într-un tren, de data asta spre Aviemore, cel mai îndepărtat loc de Salten, căci mai departe de atât, fără să traversezi Marea Nordului, nu se poate.

Trenul se îndreaptă, trepidând pe şine, spre nord, iar eu, cu Freya dormind în braţe, mă gândesc la minciunile pe care le-am zis. Mă gândesc la acele minciuni, minciunile care mi-au otrăvit viaţa şi relaţia cu un om bun şi iubitor. Mă gândesc la preţul pe care l-a plătit Kate şi cum au pus-o pe Freya în pericol, iar degetele mi se încleştează atât de tare pe ea, că se agită în somn.

Poate că a venit vremea să nu mai mint. Poate... poate că ar trebui să spunem adevărul, fiecare dintre noi.

Dar apoi mă uit la Freya. Şi ştiu un lucru: nu vreau ca ea să treacă vreodată în viaţă prin ce am trecut eu. Nu vreau să ajungă să verifice mereu o poveste, să se plieze pe minciunile pe care le-a zis, să caute punctele nevralgice, să încerce constant să-şi aducă aminte ce a zis ultima dată şi să trebuiască să ghicească ce au zis prietenele ei.

Nu vreau să fie nevoită să se uite vreodată peste umăr ca să-i apere pe alţii.

Mă gândesc la sacrificiul pe care Ambrose l-a făcut pentru Kate, pentru Luc şi ştiu... nu-i voi spune niciodată adevărul Freyei. Pentru că asta ar însemna să-i pun pe umeri povara mea.

Pot să fac asta. Noi *toate* putem s-o facem, eu, Thea şi Fatima. Putem să ne păstrăm secretele. Şi ştiu că şi ele gândesc la fel. Îşi vor menţine povestea aşa cum am pus-o la cale pe şoptite în camerele noastre de la pensiune — o poveste a unei cronologii fragmentate şi a alibiurilor reciproce. În cele din urmă, e ultimul lucru pe care îl putem face pentru Kate.

Când ajungem aproape de York, îmi vibrează telefonul, făcând-o pe Freya să se agite în brațele mele, după care se calmează la loc. E Owen.

Cum îți merge — ai reușit să prinzi trenul?

M-am gândit la el tot drumul. La cum arăta când ne-am luat la revedere azi-dimineață, înainte ca eu și Freya să pornim spre King's Cross.

Sau mai înainte, la felul în care mâinile îi tremurau când s-a dat jos din mașină, în parcarea de la pensiunea din Salten, felul în care a luat-o pe Freya în brațe, ca și cum nu s-ar mai fi văzut de săptămâni întregi, ca și cum ar fi înotat un ocean ca s-o salveze. Și-a pus buzele pe creștetul ei și, când și-a ridicat privirea, avea lacrimi în ochi.

Și mai înainte, la lumina care părea să iradieze din el în clipa în care a ținut-o în brațe pentru prima dată, în noaptea în care s-a născut. S-a uitat la chipul ei și apoi s-a uitat în ochii mei cu un fel de uimire și știam atunci ce știu și acum — că ar trece prin foc pentru ea.

Trag aer în piept și îl țin așa, în mine, multă vreme, uitându-mă la fața adormită a Freyei. Apoi îi răspund:

Totul e în regulă. Tata o să ne aștepte la gară, în Aviemore. Te iubesc.

E o minciună, știu asta acum. Dar pentru ea, pentru Freya, pot să mint în continuare. Și poate, într-o bună zi, voi transforma minciuna aceasta într-un adevăr.

MULȚUMIRI

În primul rând, aș dori să le mulțumesc excepționalelor mele editoare, Liz, Jade și celor două Alison (și de aici, și din SUA). Mi-au oferit, împreună, măiestrie editorială, mi-au oferit sugestii inspirate, au pus întrebări enervant de pertinente și au făcut ca fiecare dintre romanele mele să fie, datorită intervenției lor colective, cu 50% mai bun decât l-aș fi făcut eu singură.

Bethan, September și Chloe formează cea mai bună echipă pe care și-o poate dori un scriitor și nu le pot mulțumi îndeajuns pentru tot ce-au făcut pentru această carte și predecesoarele lor.

Cât despre toată echipa de la Vintage — Faye, Rachel, Richard, Chris, Rachael, Anna, Helen, Tom, Jane, Penny, Monique, Sam, Christina, Beth și Alex și toți ceilalți care s-au agitat în culise — sunteți geniali, amuzanți și parteneri minunați de lucru și sunt în continuare uimită și mândră că mă pot numi un autor Vintage.

Agentei mele, Eve White și întregii ei echipe, mulțumiri pentru că sunteți mereu de partea mea și sunt veșnic recunoscătoare pentru sprijinul și entuziasmul vastei comunități de scriitori, fie în mediul online, fie offline, cu care râd, de la care primesc sfaturi și ajutor de natură tehnică. Lista persoanelor în această categorie cărora ar trebui să le mulțumesc ar umple singură o carte întreagă, așa că vă rog să știți că vă iubesc și vă respect pe toți! Totuși, mulțumiri speciale trebuie acordate dragii mele prietene Ayisha Malik, pentru timpul pe care l-a rupt de la propria ei carte ca să-mi dea sfaturi în legătură cu *Jocul Minciunii*. Nu e nevoie să menționez că orice gafă care apare mi se datorează, dar fără ajutorul ei, ar fi fost mult mai multe...

Aș vrea să-i mulțumesc și lui Marc Hopgood pentru generoasa donație la acțiunea de caritate pentru copiii cu cancer CLIC Sargent și pentru că și-a împrumutat numele unui oaspete de la cina de reuniune de la Internatul Salten. Sper că-ți place personajul, Marc!

În sfârșit, mulțumiri dragilor mei prieteni și familiei mele. Vă iubesc, fără voi n-aș fi putut (la propriu) să scriu această carte, așa că vă mulțumesc. Cu drag, xxx

La prețul de vânzare al cărții
se adaugă 2%, reprezentând
contravaloarea timbrului literar

Tiparul executat la:

EuroBusiness Tipar

office@tipografiaeurobusiness.ro
www.tipografiaeurobusiness.ro